KB014689

그녀와 그

휴머니스트 세계문학 007

그녀와 그

ELLE ET LUI

조르주 상드 ┃ 조재룡 옮김

차례

일러두기

1. 번역 대본으로는 George Sand, *Elle et Lui*(Gallimard, 2009)를 사용했다.
2. 주석은 모두 옮긴이 주다.
3. 본문 중 굵은 글씨는 원서에서 이탤릭체로 강조한 부분이다.

마드무아젤 자크에게

친애하는 테레즈●(당신을 '마드무아젤'이라고 부르지 않아도 된다고 제게 허락하셨으니 이렇게 부르겠습니다), 우리의 친구 베르나르가 **예술계**라고 부르는 곳에서 중요한 소식 하나가 들려와 당신에게 알려드립니다. 그러고 보니 공교롭게도 운율이 맞아떨어지는군요.●● 그러나 제가 이제부터 들려드릴 이야기에는 운율도 논리도 없습니다. 어제 집을 방문해서 당신의 짜증을 돋운 다음, 집으로 돌아가는 길에 저는 어느 영국 귀족과 마주쳤습니다. 어쩌면 귀족이 아닐 수도 있으나 영국인이었던 것만은 확실했는데, 그건 잠시 후, 그자가 영어로 제게 말을 걸었기 때문입니다.

"당신은 화가이신가요?"

"**예스**, 마이 로드."●●●

"얼굴도 그리시나요?"

"**예스**, 마이 로드."

"손도요?"

"**예스**, 마이 로드. 발도 그립니다."

● 조르주 상드는 애당초 이 소설의 제목을 장 자크 루소의 아내 이름인 '테레즈 르바쇠르'로 정하고, 여주인공의 이름도 '테레즈'로 설정했다.

●● '예술계(르 몽드 데 자르)'와 '베르나르'의 마지막 음절의 발음이 같다.

●●● 이 대답을 한 사람은 '나'다. 편지에는 프랑스어로 적었지만, 영국인이 이 '나'에게 영어로 화가인지 물어보았고, '나'가 그에게 '다소 비꼬듯' 영어로 대답한 것이다.

"좋네요!"

"아주 좋지요!"

"오! 내 이럴 줄 알았지!"

"놀랍네요! 그럼 제 초상화를 그려주실 수 있겠습니까?"

"초상화요?"

"안 될 게 뭐겠소."

아주 순진하게 **안 될 게 뭐겠소**라고 말했기도 했고, 또 이 영국의 아들이 멋진 남자이기도 해서 저는 그를 바보로 여기는 짓을 그만두었습니다. 이 사람…… 그러니까 이 영국인이 어깨 위에 달고 있는 것은 안티노오스●의 머리였습니다. 그러니까 영국식 패션의 표본처럼 다소 특이하게 차려입은 상반신에 넥타이를 맨, 절정기의 그리스풍 남자였습니다. 제가 그에게 말했습니다.

"확신하건대 당신은 정말로 아름다운 모델입니다. 그래서 저의 이력을 위해서라도 당신을 그리면 좋겠으나 초상화는 그릴 수 없습니다."

"이유가 뭡니까?"

"제가 초상화가가 아니기 때문이죠."

"오호! 프랑스에서는 예술의 특별 분야에 허가세 같은 것이라도 내야 하나보지요?"

"그건 아닙니다. 그러나 대중들이 겸업을 용납하지 않아요. 대중들은 우리가 어떻게 우리의 계좌를 관리하는지 알고 싶어 합니다. 특히 우리들이 젊을 때 말이지요. 지금 당신과 말하고 있는, 아주 젊기도

● 로마의 황제 하드리아누스의 총애를 받은 미소년.

한 제가 괜찮은 초상화 한 점을 불행하게도 당신에게 그려드린다면, 저는 아마 초상화 이외의 작품으로 다음 전시회에서 성공하기는 아주 힘들어질 겁니다. 그뿐만 아닙니다. 제가 당신에게 평범한 초상화를 그려준다 하더라도, 다른 분야를 시도하지 못하도록 사람들은 저를 막으려 들 겁니다. 다시 말해, 그들은 제가 직업적으로 자질이 없는 사람이라거나 위험을 무릅쓰는 오만한 사람이었다고 공표할 거라는 말입니다."

이외에도 저는 당신에게라면 하지 않을 수많은 헛소리를 이 영국인에게 늘어놓았고, 그는 제 말을 들으면서 눈을 커다랗게 떴고, 그런 다음 웃기 시작했으며, 그러자 저는 제가 늘어놓은 이 이유들이 그에게는 프랑스에 대한, 그게 아니라면 저에 대한 가장 지독한 경멸을 불러일으켰다는 사실을 확실히 알 수 있었습니다. 그가 저에게 말했습니다.

"말은 분명히 합시다. 당신은 초상화를 좋아하지 않는 겁니다."

"뭐라고요! 당신은 지금 저를 외국에서 온 촌뜨기로 여기는 겁니까? 차라리 제가 아직 초상화를 그려보지 않았다거나, 초상화에는 그 무엇도 허락하지 않는 고유한 특성 아니면 재능의 영광스러운 화관(花冠)이라 부를 완벽성이 요구된다는 두 가지 이유 중 하나 때문에 제가 초상화를 그릴 줄 모르는 거라고 말씀하십시오. 어떤 화가들은 구성에 재능이 전혀 없어도 살아 있는 모델을 충실하게 그리거나 힘들이지 않고 복제할 수 있습니다. 모델이 가진 호의적인 면모를 조금이라도 나타낼 줄 알거나, 유행에 따라 모델에게 유리한 옷을 입히는 기교를 조금이라도 부릴 줄 안다면, 아마 그런 자들은 성공을 보장받을 수 있을 겁니다. 그러나 초심자이며 전혀 인정받지 못한, 가히 영광되게도 지금 저처럼 가난한 역사화가일 뿐일 때는 이 분야의 사람들과 맞서 싸울 수 없습니다. 고백하건대 저는 단 한 번도 의식적으로 검은 예복의 주름과 습관적으로 짓는 얼굴의 특정한 표정 같은 걸 연구한 적이 없습니다. 저는 자세와 유형, 그리고 표현을 만들어내는 불행한 발명가입니다. 당신이 뭐라 해도 상관없지만, 모든 것은 저의 주제, 제 아이디어, 제 꿈에 철저히 따라야만 합니다. 제가 원하는 대로 당신에게 옷을 입히고, 제 주장에 따라 구성한 작품에 당신의 자리를 만들 수 있게 당신이 허락해준다면 또 모를까……. 그러니 보십시오! 게다가 이런 작품은 아무런 가치가 없을 게 분명하며, 그건 아마 당신도 잘 아실 겁니다. 이런 작품은 당신의 애인에게는 물론이거니와 당신의 법적인 부인에게는 더더욱 건네지도 못할 초상화가 될 게 뻔합니다. 게다가 두 사람 모두 당신을 알아보지 못할 게 분명합니다. 그러니 언젠가 제가 우연히 루벤스나 티치아노 같은 화가가 됐을 때, 바로 그때, 노력도 걱정도 없이 강력하고도 장엄한 현실을 꿰뚫어 보는 시인이자 창조자가 된 제가 해낼 수 있을지도 모를 무엇을 저에게 지금 요구하지 마십시오. 불행하게도 제게는 미치광이나 멍텅구리보다 더 나은 뭔가가 될 가능성이 전혀 없으니까요. 자신의 글에서 이렇게 말했던 작자들●의 책을 찾아 한번 읽어보세요."

테레즈, 당신은 알아차리지 않았습니까? 지금 제가 당신에게 얘기하고 있는 이 모든 것을 그 영국인에게는 단 한마디도 하지 않았다는

● 외젠 들라크루아(1798~1863)를 암시한다.

사실 말입니다. 우리는 항상 자기 자신에게 말하게 하면서 무언가를 정리하곤 하지요. 하지만 초상화를 그릴 줄 모른다고 변명하려고 제가 그에게 말할 수 있었을 이 모든 것은 "이런 빌어먹을, 당신은 왜 자크 양에게 직접 문의하지 않는 겁니까?"라는 한마디보다 더 도움이 되지 않았습니다.

그는 세 번 연달아 "오호!" 하더니 저에게 당신의 주소를 물어보았고, 조금도 지체하지 않고 떠나가버렸습니다. 초상화에 대한 설명을 끝낼 수 없어 저는 매우 당황했고 또 아주 화가 나기도 했습니다. 현명한 테레즈, 결국에 이 아름다운 영국 동물이 오늘 당신 집에 간다면, 아마 그럴 수 있으리라 생각합니다만, 이 편지에 제가 방금 당신에게 썼던 모든 것, 즉 **전문가**들에 대해서며 위대한 대가들에 대해서며 그에게 말하지 않았던 것을 포함해 온갖 것을 당신에게 다시 이야기한다면, 당신은 당신의 이 배은망덕한 친구를 어떻게 생각할까요? 그가 당신을 최상위 그룹으로 여기거나, 모든 사람의 마음에 들 아주 예쁜 초상화 이외에는 당신이 할 수 있는 게 없을 거라 판단한다면! 아! 사랑하는 친구, 그가 떠났을 때 제가 그에게 했던 당신에 대한 모든 얘기를 당신이 들은 다음이라면! 당신은 알고 있습니다. 제게 당신은 한창 유행 중인 초상화를 그리는 자크 양이 아니라, 아카데미를 다니지 않고서도 위대한 고대 조각가와 르네상스 시대의 위대한 화가처럼 반신상에 깃든 몸과 영혼을 알아맞히고 또 알아맞히게 할 수 있는, 여자로 위장한 우월한 남자라는 사실을 당신은 알고 있습니다. 그러나 저는 침묵하겠습니다. 당신에 대해 사람들이 어떻게 생각하는지 듣는 걸 당신이 그다지 좋아하지 않으니까요. 당신은 지금 이걸 칭찬으로 여기는 척하고 있군요. 테레즈, 당신은 정말 거만하시군요!

왜 그런지 모르겠지만 저는 오늘 정말로 우울합니다. 아침도 거의 먹지 못했습니다……. 요리용 화덕을 새로 사들인 이후로 이렇게 못 먹은 적이 없었던 것 같습니다. 그리고 질 좋은 담배를 시중에서 더 는 구할 수 없어요. 공기업이 당신을 중독시키고 있어요. 또, 새로운 부츠가 생겼는데 저에게는 전혀 어울리지 않았습니다……. 또, 아, 비가 내리고 있군요……. 그런 다음, 또 그런 다음…… 사실 제가 뭘 알 겠어요? 얼마 전부터 하루하루가 빵 없이 지냈던 날들처럼 길게 느껴집니다. 그렇지 않나요? 아니군요. 당신은 그렇게 생각하지 않는군요. 당신은 불안을 알지 못하는군요. 권태로운 쾌락을, 회색으로 번져나가는 권태를, 어느 날 저녁, 라일락 향기 가득한 아담한 거실에서 제가 당신에게 들려주었던 이름 없는 고통을 당신은 알지 못하는군요. 오늘은 그림을 그리기에는 끔찍한 날이고, 또 그림을 그릴 수도 없으니, 대화로 당신을 괴롭히며 즐거움을 느끼고 싶은 저는 지금 당신의 그 거실로 가고 싶습니다.

그래서 오늘은 당신을 만나러 가지 않을 것입니다! 달콤한 당신의 친구들에게서 당신을 훔쳐 가는, 지긋지긋한 당신의 가족이 당신과 함께 거기 있겠지요! 그래서 오늘 저녁, 저는 어쩔 수 없이 어리석은 짓을 저지르게 될 겁니다! 위대하고 소중한 내 동료들, 이것이야말로 당신이 제게 보여준 호의의 효과가 아닐까요. 다시는 당신을 볼 수 없다는 사실이 저를 너무나도 어리석고 형편없는 사람으로 만들어버려, 당신의 분노를 살지 모르는데도 결국 저는 정신을 완전히 빼앗겨야만 할 것 같아요. 그러나 걱정하지 마세요. 제가 밤에 무얼 했는지 당신에게는 말하지는 않을 테니까요.

당신의 친구,

로랑

183×년 5월 11일

로랑 드 포벨[●] 씨에게

　친애하는 로랑, 당신이 조금이나마 제게 우정을 갖고 있다면, 우선 건강을 해치는 어리석은 일들을 너무 자주 하지는 말아달라고 부탁드립니다. 그 외의 것들은 하셔도 괜찮습니다. 당신이 다른 것의 예를 하나 들어보라고 한다면 저는 몹시 곤란해질 텐데, 사실 해롭지 않은 어리석은 일은 거의 없다시피 하기 때문이지요. 당신이 무엇을 어리석은 일이라고 부르는지가 문제겠네요. 지난번 당신이 이야기했던 그 긴 저녁 식사, 저는 그런 식사가 당신을 죽일 거라고 생각하는데, 이렇게 말하게 되어 유감입니다. 하느님 맙소사, 이렇게 소중하고 이렇게 아름다운 생명을, 이런 식으로 자진해서 파괴하려 들다니, 당신은 대체 무슨 생각을 하고 있는 겁니까! 제 설교 따위는 바라시지 않을 테니, 다만 저는 당신을 위해 기도를 올릴 뿐입니다.

　당신이 말한 영국인은 사실 미국인입니다. 조금 전 그를 만났는데, 몹시 아쉽지만 오늘 저녁에도, 어쩌면 내일도 당신을 만나지 않을 것이기 때문에, 당신이 그의 초상화를 그리려 하지 않은 것이 전적으로 잘못된 생각이었음을 지금 꼭 말해야겠습니다. 그는 눈이 동그래질 정도로 비싼 값을 당신에게 지불할 수도 있어요. 딕 파머 씨 같은 미국인이 내는 비싼 값, 그것은 당신이 필요로 하는, 정확히 말해 어리

_____

[●] '로랑'이라는 이름은 조르주 상드와 연인 관계였던 알프레드 드 뮈세(1810~1857)의 희곡 《로렌차치오》에 등장하는 주인공 '로렌초'에 해당하며, 뮈세는 이 이름에 자신을 상당히 이입했다.

석은 일을 저지르지 않기 위해, 다시 말해 망상에 빠진 사람들에게는 절대로 당도하지 않는 행운이 찾아오기를 바라면서 계속해서 **도박장을 전전**하지 않기 위해 당신에게 필요한 상당량의 돈이지요. 망상에 **빠진** 사람들은 도박을 할 줄 모르기에 항상 돈을 잃곤 하지요. 그러고 나서는 자신의 빚을 어떻게 갚아야 할지 자신의 망상에게 물어보곤 하는데, 자기 일이 아니라고 생각하는 이 망상이라는 공주는 오로지 자신이 거주하고 있는 불쌍한 몸에 불을 붙일 때만 자기 일에 충실하곤 합니다.●

당신은 제가 상당히 긍정적인 사람이라고 생각하시죠? 어쨌든 상관없어요. 게다가 앞에서 이야기한 문제에 대해 언급하자면, 당신의 미국인과 저에게 당신이 늘어놓은 이유는 죄다 아무런 가치도 없습니다. 속물적인 성공을 바라면서 초상화를 그려야 한다면, 아, 당신은 물론 그런 초상화 따위는 그릴 줄 모르시죠. 그럴 겁니다. 아니요, 그건 확실하지요. 그러나 파머 씨는 있는 그대로의 자신을 그려달라는 것 이외에는 당신에게 아무것도 요구하지 않았어요. 그런데 당신은 그를 속물로 취급했지요. 당신이 사람을 잘못 본 겁니다. 그는 판단력과 안목을 갖춘 사람이고, 그림에 정통하며, 또한 당신에게 열의를 갖고 있었어요. 제가 그를 제대로 대접했는지 어디 한번 판단해보시죠! 그는 마치 부득이한 선택인 것처럼 저의 집을 방문했고, 그런 사실을

● 뮈세는 도박꾼이었다. 그의 친구들은 도박을 끊지 못하는 뮈세에게 크게 절망했다. 이 소설에서 테레즈와 로랑은 각각 상드와 뮈세의 분신이다. 이 작품의 자전적 성격에 관해서는 해설을 참조할 것.

정확하게 알아차린 저는 그래서 이와 같은 그의 선택에 감사를 표했습니다. 마찬가지로 당신이 최선을 다해 그 사람을 그릴 결심을 하게 도와주겠노라 약속하면서 저는 그를 위로했어요. 파머 씨의 사정을 듣고 제가 그를 도우려고, 또 그가 당신에게서 약속을 받을 수 있게 하려고 오늘 저녁 그와 약속을 잡았으니, 이 일에 관해서라면 당신과는 모레쯤 이야기를 나눌 수 있을 겁니다.

그러니 친애하는 로랑, 저를 만나지 않을 이틀 동안, 최선을 다해 무료함을 달래도록 해보세요. 당신에게는 그리 어렵지 않을 겁니다. 당신은 재주 있는 사람들을 많이 알고, 가장 아름다운 사교계에 발을 들이고 있으니까요. 저는 당신에게 매일 밤늦게까지 깨어 있지 말라고 간청이나 하는, 그 무엇도 과용하거나 남용하지 말라고 충고나 하는, 당신을 많이 좋아하는 늙은 잔소리꾼일 뿐입니다. 당신에게는 그럴 권리가 없습니다. 천재에게는 의무가 있습니다.

당신의 동료,

테레즈 자크

마드무아젤 자크에게

친애하는 테레즈, 두 시간 후에 저는 S 백작, 그리고 D 왕자[●]와 함께 어느 시골 마을로 떠납니다. 거기에 젊음과 아름다움이 있을 거라고 그들이 말하더군요. 어리석은 짓을 하지 않고 샴페인을 마시지 않겠다고 당신께 맹세하고 또 약속합니다. 저를 가혹하게 비난하지 말아주시길! 제게 무엇을 원합니까? 저는 이런 여행보다 당신의 커다란 아틀리에를 둘러보고 당신의 아담한 자홍색 거실에서 수다를 떠는 걸 훨씬 좋아했습니다. 그러나 당신은 지방에 사는 당신의 사촌들 서른여섯 명과 함께 은퇴한 몸이시니, 모레 제가 없다는 사실조차 알아차리지 못할 게 분명할 테지요. 당신은 저녁 내내 영국계 미국인의 억양에서 흘러나오는 매력적인 음악을 들으실 테지요. 아! 딕이었나요? 사람 좋은 그 파머 씨의 이름 말입니다. 저는 '딕'이 그저 '리처드'를 줄여 부르는 애칭이라고만 생각하고 있었네요! 맞아요, 사실 언어라면 저는 고작해야 프랑스어를 할 줄 알 뿐이니까요.

초상화에 대해서는 더 이상 이야기하지 맙시다. 손해도 개의치 않고 제 이익을 생각해주시다니, 착한 테레즈, 당신은 정말이지 너무나 자애롭군요. 당신에게는 좋은 고객이 있지만 이런 관대함 때문에 당신은 부자가 되지는 못할 겁니다. 몇 장의 지폐는 저보다 당신의 손아귀에 더 많이 쥐어질 거라는 걸 저는 알고 있습니다. 당신은 이 지폐

[●] 뮈세를 먹여 살렸던 수많은 동료 중 달통세 백작, 에크뮐의 왕자였던 루이 니콜라 다부를 말한다.

를 행복을 만들어내는 데 사용할 테지만, 당신이 말씀하신 것처럼 제 손에 쥐어진 그것들은 도박장에 던져질 테니까요.

게다가 저는 그림 그리는 일을 지금보다 덜 해본 적이 한 번도 없습니다. 그러려면 당신이 가진 두 가지, 즉 성찰과 영감이 필요합니다. 첫 번째는 절대로 제가 가질 수 있는 것이 아니지만, 두 번째라면 **저도 갖고 있습니다.** 아포칼립스라는 말의 말라빠진 엉덩이 위에 태우고 들판을 거닐며 저를 지치게 했던 어느 미치광이 노파에게서와 마찬가지로, 저는 이 두 번째 영감이라는 것에 구역질이 납니다. 제게 부족한 것이 무엇인지 잘 알고 있습니다. 당신에게는 미안한 말이지만, 저는 아직 충분한 경험을 쌓지 못했습니다. 그리고 사흘이나 일주일 정도 저는 오페라 발레단의 요정으로 가장하고서 레알리테 부인과 함께 떠납니다. 돌아왔을 때, 제가 세상에서 가장 완벽한 사람, 다시 말해 가장 비난받은 사람이자 가장 합리적인 사람이 되어 있기를 바랍니다.

당신의 친구,

로랑

제1장

    이 편지를 보자마자, 테레즈는 글을 쓴 자의 분통과 질투를 충분히 이해하고도 남았다. 그녀가 중얼거렸다.

    "그럼에도 불구하고 이 사람이 나와 사랑에 빠진 건 아니구나. 오! 물론 아닐 테지. 이 사람은 누구와도 사랑에 빠지지 않을 거야. 다른 누구보다 나와는 더 사랑에 빠지지는 않을 거야."

    편지를 다시 읽으며 몽상에 잠긴 테레즈는 로랑이 그녀 곁에서 어떤 위험한 일도 하지 않을 거라고 설득하려 애쓰면서 자신에게 거짓말을 하고 있지나 않은지 걱정했다. 그녀가 계속 중얼거렸다.

    "대체 어떤 위험이 있다는 거지? 일시적인 충동이 충족되지 못해서 고통받는다고? 그깟 일시적인 충동으로 많은 사람들이 고통스러워할까? 모르겠네 나는. 절대 그런 적이 없으니까!"

시곗바늘은 오후 5시를 가리키고 있었다. 테레즈는 편지를 주머니에 넣은 다음, 하녀에게 모자를 가져오라고 했고, 그 하녀에게 스물네 시간 동안 휴가를 주었으며, 그녀의 충실하고 나이 든 하녀 카트린•에게 세세하게 여러 가지 지시를 내린 다음 삯마차에 올랐다. 두 시간 후, 그녀는 작고 마른 어떤 여자와 함께 집으로 돌아왔는데, 등이 조금 굽은 이 여인은 촘촘하게 짜인 베일을 쓰고 있어서 마부조차도 얼굴을 보지 못할 정도였다. 테레즈는 이 신비로운 인물과 방에 틀어박혔고, 카트린은 두 사람에게 아주 맛있는 저녁 식사를 내왔다. 테레즈는 자신이 데려온 여인을 세심하게 정성을 다해 대접했고, 테레즈를 황홀하고도 넋을 잃은 것처럼 바라보느라 여인은 음식을 넘길 수 없었다.

한편 로랑은 자신이 예고한 쾌락의 파티를 시작할 채비를 마쳤다. 그러나 D 왕자가 마차를 몰고 그를 데리러 오자, 로랑은 예기치 못한 일이 생겨 파리에서 두 시간 더 머물러야 할 것 같으니 저녁쯤에 왕자의 시골집에 합류하게 될 거라고 말했다.

그러나 로랑에게 별다른 일이 있었던 것은 아니었다. 그는 서둘러 옷을 입었다. 특히 공들여 머리를 빗어 내린 다음, 소파 위로 옷을 던졌고, 지나치게 대칭적인 머리카락을 손으로 쓸어 올렸을 뿐 자신의 외모에 대해서는 생각하지 않았다. 때

● 상드에게는 두 명의 하녀가 있었다. 카트린은 실제로는 소피 크라메르다.

로는 빠른 걸음으로, 때로는 느린 걸음으로 로랑은 아틀리에 구석구석을 돌아다니고 있었다. 로랑에게 서둘러 출발하겠다는 약속을 열 번 정도 받아낸 다음 D 왕자가 떠났을 무렵, 로랑은 계단으로 급히 달려가 왕자에게 기다려달라고 부탁하면서 그를 따라가기 위해 모든 일을 포기했다고 말하려 했으나 왕자를 부르지 못했고, 자기 방으로 들어가 침대 위로 몸을 던지고 말았다.

"그녀는 왜 이틀 동안이나 자기 집 문을 내게 닫아놓은 것일까? 여기에는 분명 뭔가가 있어! 나와 사흘 후에 약속을 잡은 건 내가 모르는 그 영국인인지 미국인인지를 자기 집에서 나와 만나게 하기 위해서야! 그러나 그 작자는, 파머라고 그녀가 친히 이름으로 부르는 그 작자는 그녀가 아는 사람인게 분명해! 그렇다면 그는 왜 내게 그녀의 주소를 물어보았던 것일까? 속임수였나? 나를 속여서 대체 뭐 하려고? 나는 테레즈의 애인도 아니고, 그녀에 대한 아무런 권리도 갖고 있지 않은데!

테레즈의 애인이라니! 나는 절대로 그렇게 되지 못할 거야. 신조차 허락하지 않는다고! 나보다 다섯 살, 아니 그보다 더 나이가 많은 여자라고! 누군들 여자의 나이를, 더구나 무엇 하나 알지 못하는 여자의 나이 따위를 정확히 알겠어? 이렇게 신비로운 과거에는 엄청난 실수, 아니 어쩌면 잘 포장된 치욕거리가 감춰져 있을 게 분명해. 잘 감추려면 그녀는 신중하거나 헌신적으로 변해야 했겠지. 아니면 철학적이 되어야 했거나, 아니 누가 알겠어? 그녀는 모든 걸 공평하게, 혹은 관용을 갖고, 아니면 무심한 태도로 이야기하곤 하지. 그녀가 믿는 게 뭔지, 믿지 않는 게 뭔지, 그녀가 원하는 게 뭔지, 좋아하는 게 뭔지, 아니면 단순하게 그냥, 그녀가 좋아할 수 있기는 한지, 우리가 알고 있기나 한가?"

젊은 비평가이자 친구 메르쿠르•가 로랑의 집에 들어왔다. 그가 로랑에게 말했다.

"자네 몽모랑시로 떠난다고. 그래서 자네에게 자크 양의 주소만 물어보고 바로 가려고 잠시 들렀네."

로랑은 소스라치게 놀랐다. 담배를 말아 피울 종이를 찾는 척하면서 로랑이 대답했다.

"자네, 자크 양에게 부탁할 거라도 있나?"

"나? 아무것도 없는데……. 그러고 보니, 아, 있다! 그녀를 좀 알고 싶은데, 내가 아는 거야 고작해야 그녀의 얼굴과 평판뿐이잖나. 그림을 그리려고 하는 사람이 있는데 그자에게 소개해줄까 해서."

"자네가 자크 양의 얼굴을 안다고?"

"물론이지! 지금 그 여자, 아주 유명인이라고. 알아보지 못

• 이 이름은 첫째, 비평가이자 전기 작가였던 외젠 드 미르쿠르(1812~1880)를 떠올리게 한다. 상드는 그의 비판 대상이 되었으며, 뮈세에 관해 그에게 반박했다. 둘째, 외젠 자코를 떠올리게 하는데, 그는 상드에게 외젠 미르쿠르라는 가명으로 편지를 보내 열렬한 사랑을 고백하고 문학적 칭찬을 쏟아부었다. 마지막으로 뮈세의 형 폴의 친구인 르네 드 마리쿠르를 떠올리게 한다.

하는 사람이 아마 없을걸? 그녀는 그러려고 있는 거라고!"

"그렇게 생각하는군!"

"그렇지! 그러는 자네는?"

"나? 잘 모르겠네. 그녀를 많이 좋아하긴 하지만 나는 능력이 없어서."

"그녀를 많이 좋아한다고?"

"응, 방금 말한 대로야. 그녀에게 내가 수작을 걸지 않는다는 게 바로 그 증거지."

"그녀를 자주 보나?"

"이따금."

"그러면 자네는 그녀와 진지한…… 친구인 건가?"

"물론! 그렇다네. 약간은. 그런데 자네 왜 웃나?"

"지금 나더러 자네 말을 믿으라는 건가. 젊고 아름다운…… 여성과 진지한 친구 사이로 지내는 스물네 살은 없어!"

"이것 참! 자네가 말하는 것처럼 그녀는 젊지도 또 아름답지도 않아. 그녀를 좋은 동료라고 해두지. 보기 불편할 정도는 아닌 동료. 이게 다야. 그녀는 내가 좋아하는 타입이 아니라고. 금발인 걸 억지로 참아야 한다고. 나는 그림으로 보는 금발만 좋아하거든."

"이제 그녀의 머리털은 완전히 금발은 아니던걸! 그윽한 검은 눈에, 갈색도 아니고 금빛도 아닌 머리를 특이하게 매만졌더구먼. 어쨌든 그녀에게 잘 어울려. 얼굴은 선하고 어린 스핑크스 같아."

"말은 참 예쁘네만……. 자네 정말 키 큰 여자를 좋아하는 구먼!"

"그녀는 그렇게 크지도 않아. 손도 작고 발도 작던데. 진짜 여자지. 그녀를 잘 관찰할 수 있었지. 내가 그녀에게 푹 빠졌거든."

"아니! 도대체 자네, 무슨 생각을 하는 거야!"

"자네와는 상관없잖나? 여자로서의 그녀는 자네 마음에 들지 않을 테니까."

"이보게 친구, 그건 그녀가 내 마음에 들 수 있다는 말과 같은 거라고. 그런 경우라면 나는 더 할 수 없을 정도로 그녀에게 잘하려고 노력할 거고. 하지만 나는 사랑에 빠지지는 않을 거야. 그렇게 된다면 내가 의도한 건 아닐 테고. 결론은, 그러니까 나는 질투하지 않을 거라는 거지. 그러니 자네가 괜찮다고 생각되면 한번 끝까지 밀어붙여보라고."

"나? 알겠네. 기회가 된다면 말이지. 그런데 그녀를 따라다닐 시간이 나한테는 없어. 그리고 사실 아내에 완전히 익숙해졌고, 쾌락이 아쉽지 않은 사교계에 있고 나이도 그렇다는 점에서 나도 자네와 같아, 로랑. 하지만 이왕 그 여자에 관한 얘기가 나온 김에, 또 자네가 그녀를 안다고 하니까, 내게 말해주게……. 맹세컨대 순전히 호기심에서 하는 말인데, 그 여자 혹시 과부 아닌가, 아니면……."

"아니면 뭐?"

"연인과 헤어진 건지, 아니면 남편과 그런 건지 궁금하다는 뜻이었네.”

“그거에 대해서라면 내 아는 바가 없어.”

“설마!”

“맹세코 사실이야. 그녀에게 물어보지도 않았어. 어느 쪽이 든 내겐 상관없거든.”

“사람들이 뭐라고 말하는지 자네 알고는 있나?”

“아니, 나는 그런 거 신경 쓰지 않잖아. 사람들이 뭐라고 하는데?”

“신경 쓰고 있구먼 그래! 그녀가 부자에다가 작위를 받은 남자와 결혼을 했었다고들 하더군.”

“결혼을 했었다…….”

“시장과 신부 앞에 서서 하는 결혼은 이제 더 이상 없잖아.”

“나 원 참 바보 같으니! 그녀에게는 남편의 이름과 작위가 있을 거야.”

“그렇군! 바로 여기에 미스터리가 있어. 시간이 좀 나면 알아본 다음, 내 자네에게 사실을 알려줄게. 매우 자유롭게 살고 있는데도, 그녀에게는 알려진 애인이 없다고들 말하더군. 이런 사실을 자네도 알고 있었겠지, 그렇지 않나?”

“그런 거라면 처음에 말했다시피 나는 아는 게 없다니까. 아! 그렇군. 자네는 내가 여자들을 관찰하고 심문하며 내 인생을 보내고 있다고 생각하는 건가? 나는 자네 같은 한량이 아니라고. 인생은 말이야, 즐기고 일하는 것만으로도 아주 짧아.”

“즐긴다……. 내 더는 말하지 않겠네. 자네는 충분히 즐기고 있는 듯하니 말이야. 자네의 일에 관해서라면…… 자네가 충분하다 할 만큼 일하는 건 아니라고 말하더군. 가만있자, 그게 뭔가? 내게 좀 보여주게나!"

"싫어. 아무것도 아니야. 여기 내가 새로 그린 건 아무것도 없어."

"자네가 아니라고 한다면야. 저 얼굴…… 도대체 뭐야, 아니 너무 아름답잖아! 내게 좀 보여주게나, 그러지 않으면 다음 **살롱전**에서 내 자네를 혹평할 거야."

"자네라면 충분히 그러고도 남을 테지!"

"물론이지. 자네가 그럴 가치가 있다면 말이야. 그런데 저 얼굴, 아주 멋지구먼. 솔직히 감탄이 절로 나와. 도대체 어떻게 하면 저렇게 되지?"

"나라고 알 것 같은가?"

"그러면 내가 한번 말해볼까?"

"그래주면 고맙겠군."

"자네는 시빌라•를 만들어낸 거야. 원하는 대로 머리 모양도 만들고, 또 아무런 구속도 제약도 받지 않은 거지."

"이것 봐라! 그럴 수도 있겠어."

"게다가 닮은 누군가와 연관 지어 추측하지도 않을 테고."

"저게 누군가와 닮기라도 했나?"

• 그리스 신화에 나오는 신 아폴론의 신탁을 받은 어느 무녀의 이름으로, 무녀 혹은 여자 예언자의 대명사가 되었다.

"하! 질 나쁜 농담이로군. 내가 저 얼굴을 알아보지 못할 거라 생각했나? 이보게 친구, 자네 나를 놀릴 작정이었나보군. 자네는 모든 걸 부인하고 있잖나. 심지어 아주 간단한 것조차 말일세. 자네가 바로 저 얼굴의 연인이잖나!"

모자를 집어 들면서 로랑이 차가운 한마디를 던졌다.

"증거는 바로, 내가 몽모랑시로 떠날 예정이라는 거야!"

메르쿠르가 대답했다.

"그렇다고 해도 달라지는 건 없어!"

로랑이 밖으로 나갔고, 그를 따라 내려온 메르쿠르는 조그만 전세 마차에 오르는 로랑을 보았다. 하지만 로랑은 불로뉴 숲으로 마차를 몰고 갔고, 그곳의 조그마한 카페에서 홀로 저녁 식사를 하고는 밤이 되자 걸어서 집으로 되돌아온 다음 잠에 빠져들었다.

이 시기의 불로뉴 숲은 오늘날의 모습과 달랐다. 규모가 조금 더 작았고, 관리가 조금 덜 되었으며, 조금 더 빈약했고, 조금 더 신비스러웠으며, 조금 더 전원적이었다. 그렇게 사람들은 그곳에서 꿈을 꿀 수 있었다.

오늘날보다 덜 화려하고 사람들도 덜 살았던 샹젤리제에는 아주 사적인 특성을 가진 조그만 정원들을 보유한 아담한 집들을 여전히 저렴한 가격에 임대해주는 새로운 구역들이 있었다. 이 정원은 즐길 수 있는 공간이자 일할 수 있는 공간이었다.

테레즈가 머물던 곳은 녹색으로 칠해진 장벽으로 닫힌, 커다란 산사나무 울타리 뒤로 만발한 백합꽃밭 한가운데 있는 희고 깨끗하고 아담한 집 중 하나였다. 5월이었다. 날씨는 화창했다. 가로등도 아직 설치되어 있지 않았고, 경사면에는 여전히 쐐기풀과 잡초들이 자라고 있는, 황량하고 미처 완성되지 않은 울타리 뒤 길에, 어떻게 해서 자신이 아침 9시에 서 있게 되었는지 설명할 길이 없어 로랑은 몹시 혼란스러웠다.

나무 울타리는 아주 두꺼웠다. 로랑은 소리 없이 그 주위를 맴돌았다. 햇빛을 받아 황금빛으로 살짝 물든 나뭇잎 외에는 아무것도 보이지 않았다. 이 햇빛이 정원을 비추고 있을 테고, 테레즈의 집에서 저녁 시간을 보낼 때면 자신이 담배를 피우곤 했던 조그마한 테이블 위로 내리쬐고 있을 거라고 로랑은 추측할 뿐이었다. 정말로 누군가가 정원에서 담배를 피우고 있었던 것일까? 아니면 가끔 그랬듯이, 누군가가 정원에서 차를 마시고 있었던 것일까? 하지만 테레즈는 지방에 사는 가족을 기다리는 중이었다고 로랑에게 알린 바 있다. 신비롭게 속삭이는 두 사람의 목소리만이 그에게 들려왔다. 그중 하나는 테레즈의 목소리인 것 같았다. 또 다른 목소리는 아주 낮은 톤으로 말하고 있었다. 어떤 남자의 목소리인 것일까?

로랑은 귓속에서 종소리가 날 정도로 그 소리에 귀를 기울였고, 마침내 테레즈의 몇 마디를 들을 수 있었으며 또 들었다고 생각했다.

"이 모든 게 저와 대체 무슨 상관이 있죠? 이 세상에서 제가 사랑하는 사람은 단 한 사람, 바로 당신이에요!"

조그맣고 한적한 길을 서둘러 빠져나와 소란스러운 샹젤리제로 되돌아오면서 로랑은 중얼거렸다.

"지금 나는 아주 차분해. 그녀에게 애인이 있다! 그렇다 해도 그녀가 내게 그걸 털어놓을 의무는 없지! 다만 그녀에게 애인이 없고 애인을 가질 생각도 없다고 내가 믿게 하기 위한 경우에만 그런 사실을 내게 말할 의무가 없던 것뿐이었지. 그녀도 다른 여자들과 똑같아. 언제나 거짓말을 필요로 하지! 그런데 그게 나랑 무슨 상관이지? 나는 그녀를 믿지도 않았잖아! 게다가 질투가 아니라면 설명할 길이 없는 이런 비겁한 짓이나 하면서 이렇게 숨어서 엿듣고 있는 걸 보면, 나는 아마 그녀가 이런 사실을 내게 고백하지 않아 머리꼭지가 돌아버린 게 분명해! 그렇다고 이제 와서 엿들은 걸 후회할 수도 없잖아. 후회하지 않아야 이 엄청난 기만과 비참한 상태에서 벗어날 수 있어. 다른 모든 여자들보다 매력이랄 게 전혀 없고 더구나 솔직하지도 않은 여자를 내가 원하고 있다는 기만에서 말이야!"

로랑은 사람을 태우지 않고 지나가는 마차를 불러 세워 타고는 몽모랑시로 갔다. 그는 그곳에서 일주일을 보내겠다고, 보름이 지나기 전에는 테레즈의 집에 다시 발을 들이는 일이 없을 거라고 자신에게 약속했다. 그러나 그는 시골에서 고작 마흔여덟 시간을 머물렀고, 셋째 날 저녁, 리처드 파머와 같은 시간에 테레즈의 집 문 앞에 있었다.

로랑에게 악수를 청하며 미국인이 말했다.

"오! 당신을 보게 되어 기쁩니다!"

로랑도 그에게 손을 내밀 수밖에 없었고, 자신을 만난 걸 왜 그렇게 기뻐하는지 자신도 모르게 이 파머 씨에게 물어보았다.

이 외국인은 예술가의 다소 무심한 목소리에는 전혀 주의를 기울이지 못했다. 그는 거부하기 어려운 진심을 담아 계속 말했다.

"내가 기뻐하는 건 당신을 좋아하기 때문입니다. 또 내가 당신을 좋아하는 건 당신을 매우 존경하기 때문이고요!"

그때 로랑을 보고 놀란 테레즈가 말했다.

"어머! 당신이 여기 있네요? 오늘 저녁에 당신을 볼 수 있으리라고는 생각하지 못했는데."

젊은 남자는 그녀의 단순한 이 말에서 예상치 못한 냉담한 어투를 느꼈다.

로랑이 그녀에게 낮은 목소리로 대답했다.

"아! 아주 쉽게 이런 만남을 결정하셨을 텐데, 제가 두 분의 달콤한 일대일 만남을 방해한 듯합니다."

테레즈는 똑같이 쾌활한 어조로 대답했다.

"이분과 저를 단둘이 있게 하려고 하시는 것 같은데, 그럴수록 당신에게는 더 잔인한 일이 되지 않을까요."

"약속을 취소하지 않으신 걸 보면, 당신이 그러길 원했던 건 아닌가요. 제가 떠나야 하는 게 맞지요?"

"그러지 마세요. 그냥 계세요. 당신을 견디는 데 익숙하니까요."

테레즈에게 인사한 후, 미국인은 지갑을 열어 테레즈에게 전해달라고 부탁받은 편지를 찾았다. 테레즈는 조금도 지체하지 않고 담담한 표정으로 편지를 읽어 내려갔다. 파머가 말했다.

"답신을 전해달라고 제게 부탁해도 됩니다. 아바나에 갈 일이 있거든요."

손 아래 조그만 가구의 서랍을 열면서 테레즈가 대답했다.

"고마워요. 하지만 저는 답장하지 않을 거예요."

그녀의 모든 움직임을 두 눈으로 좇던 로랑은 그녀가 그 편지를 다른 편지들과 함께 넣어두는 것을 보았고, 편지들 가운데 한 통이 겉에 쓰인 주소와 함께 로랑의 눈에 말 그대로 확연하게 들어왔다. 전전날 그가 테레즈에게 썼던 편지였다. 파머 씨에게 건네받은 편지와 이 편지를 함께 두는 것을 보고 로랑이 왜 속으로 충격을 받았는지 나는 알지 못한다.

로랑이 속으로 중얼거렸다.

'퇴짜 맞은 애인들 틈바구니에 나를 남겨놓는구나. 하지만 나는 그렇게 될 영광조차 가질 자격이 없어. 나는 사랑에 대해 그녀에게 한 번도 말한 적이 없잖아.'

테레즈는 파머 씨의 초상화에 관해 이야기하기 시작했다. 대화를 나누는 두 사람이 서로 주고받는 최소한의 눈길과 아주 작은 목소리의 변화를 엿보면서, 그리고 로랑이 초상화를 포기하지 않을까 하는 감추어진 두려움을 그들에게서 발견하게 되지는 않을까 매 순간 상상하면서, 로랑은 쉽게 부탁을 들어주지 않았다. 그러나 그들의 요청은 로랑의 마음을 진정시키고 로랑이 자신이 의심한 것을 나무랄 정도로 너무나도 진심을 담고 있었다. 자유롭게 홀로 살아오며 어떤 것에도, 누구에게도 빚진 바 없고, 누군가 자신에 대해 말하는 따위에는 전혀 개의치 않아왔던 테레즈가 만약 이 이방인과 관계를 맺은 것이라면, 자신의 사랑이나 환상의 대상을 오랫동안 간직하려고 과연 초상화라는 변명거리를 마련할 필요가 있었을까?

진정되었다고 생각되자 로랑은 호기심을 드러내는 것에 더 이상 부끄러움을 느끼지 않았다.

잘 이해하지 못했던 대목을 이따금 파머 씨에게 영어로 통역해주던 테레즈에게 로랑이 말했다.

"그러니까 당신은 미국인인가요?"

테레즈가 대답했다.

"저요? 영광스럽게도 당신의 동포라고 말하지 않았던가요?"

"영어를 너무 잘하셔서요!"

"영어를 이해하지 못하시니 제가 영어를 잘하는지 당신은 알 수 없지요. 하지만 저는 당신이 호기심이 많다는 걸 알기에 당신이 질문하는 걸 이해해요. 제가 딕 파머를 알게 된 게 어제인지 오래전부터인지 그게 궁금하신 거죠. 글쎄요! 그에게 직접 물어보세요."

파머는 해야 할지 말아야 할지 자발적으로 결정하지 않은 로랑의 질문 따위는 기다려주지 않았다. 그는 자신이 프랑스에 온 것은 처음이 아니며, 테레즈가 아주 어렸을 때 부모님의 집에서 그녀를 알게 되었다고 대답했다. 어느 쪽 부모인지는 말하지 않았다. 평소에 테레즈는 자기 아버지나 어머니를 알았던 적이 단 한 번도 없었다고 말하곤 했었다.

자크 양의 과거는 그녀에게 초상화를 그려달라고 부탁했던 사람들에게도, 그녀가 사적인 친분을 맺고 있던 소수의 예술가들에게도 뚫고 들어갈 수 없는 신비로 남아 있었다. 그녀가 어디에 있다가 파리로 왔는지, 누구와 함께 왔는지, 언제 왔는지 아무도 알지 못했다. 그녀의 존재가 알려진 것은 고작해야 2~3년 전으로, 그녀가 그린 초상화 한 점이 전문가의 눈에 띄었고 갑자기 대가의 작품처럼 알려지기 시작했다. 이렇게 그녀는 빈약하고 모호한 지지층을 갖고 있던 존재에서 갑작스레 일류라는 평판을 지닌 여유로운 존재가 되었다. 하지만 그녀의 조용한 취향과 독립에 대한 사랑, 그리고 자신의 방식을 경쾌하게 지켜나가는 엄격함은 조금도 바뀌지 않았다. 그녀는 대단히 솔직하고 용기 있게 자신의 의견과 감정을 말할 때를 제외하고는 어떤 주장도 하지 않았고, 그녀 자신에 대해서도 절대로 말하는 법이 없었다. 그녀의 삶에 관한 자잘한 사실들에 관해서라면, 질문을 회피하거나 대답하지 않고 옆으로 비켜 가는 방법을 잘 알고 있었다. 사람들이 끈질기게 대답을 요구하기라도 하면, 그녀는 몇 마디 모호한 말을 던진

다음, 습관적으로 이렇게 말하곤 했다.

"저에 관한 문제가 아니네요. 저에게는 여러분에게 들려줄 만큼 흥미로운 거라고는 아무것도 없어요. 저에게도 슬픔의 순간들이 있었겠지만, 기억이 나지 않을 뿐만 아니라 그걸 생각할 시간도 없습니다. 저에게는 일이 있고, 무엇보다 이 일을 좋아하기 때문에 저는 지금 아주 행복하답니다."

로랑이 자크 양과 알게 된 것은 우연에 의해서, 그리고 같은 분야의 예술가에서 예술가로 이어지는 어떤 관계에 의해서였다. 신사로서, 그리고 저명한 예술가로서 두 세계에서 이름을 알린 드 포벨 씨는 스물네 살의 나이●에 이미 우리가 마흔 살이 되어서도 좀처럼 가질 수 없는 다양한 경험이 있었다. 이에 대해 그는 자부심을 느끼고 있었으나 차츰 상심했다. 그러나 마음에 대해서는 그 어떤 경험도 없었는데, 마음은 무질서 속에서 얻어지는 게 아니기 때문이었다. 자신이 주장해왔던 회의론에 힘입어, 친구로 대해왔던 모든 사람을 테레즈가 연인으로 삼았던 게 분명하다고 여기기 시작하고, 열정이 있으나 환심으로 거래를 하지는 않을 사람으로 그녀를 간주하기까지 그는 모든 사람의 이야기를 들어야만 했고, 그들과 그녀가 맺고 있는 관계의 순수성을 조금씩 확신하면서 증명해내야만 했다.

그때부터 그는 젊고 아름답고 똑똑하며 완전히 자유롭고

● 뮈세가 상드를 실제로 만났을 때의 나이와 같다.

또한 자발적으로 고립된 한 여인에 대해, 그리고 이런 이상한 면모의 원인에 대해 알고자 하는 맹렬한 호기심을 느꼈다. 그는 더 자주 그녀를 만났고, 차츰 거의 매일같이 그랬는데, 처음에는 그녀를 만나기 위해 온갖 구실을 댔고, 그다음에는 진지한 여자를 속이는 건 아닐까 걱정하기에는 지나치게 활기차면서도, 애정을 필요로 하지 않거나 사심 없는 우정의 대가를 의식하지 않기에는 지나치게 이상주의적인, 단순한 친구임을 자처했다.

여하튼 이 원칙에서 진실은 바로 이것이었다. 그러나 사랑은 한 젊은이의 마음속으로 스며들었고, 자신의 인생에서 처음 느낀 것이었던 만큼, 테레즈는 물론 자신에게조차 아직 드러내고 싶지 않은 어떤 감정의 침략에 맞서 격렬히 저항하는 로랑의 모습을 사람들은 보게 되었다.

초상화를 그려보겠노라고 파머 씨에게 약속하면서 로랑이 말했다.

"그런데 대관절 당신은 잘 마무리되지 않을 수도 있는 일에 왜 이렇게 집착하시는 겁니까? 당신이 자크 양을 알게 되었을 때, 분명 그녀는 당신에게 훌륭한 초상화를 그려줄 것을 거절하지 않았을 텐데요?"

매우 천진난만하게 파머가 대답했다.

"이유는 잘 모르겠지만, 거절하셨어요. 제가 아주 잘생겼다고 믿는 게 약점인 어머니에게 대가가 그린 초상화를 가져다드리겠다고 약속했는데, 초상화가 지나치게 사실적이면, 어머니께서는 거기서 제 모습을 절대로 찾지 못하시겠지요. 그래서 어느 이상주의자 대가에게 부탁하듯이, 당신에게 제 초상화를 그려달라고 부탁드린 겁니다. 당신이 거절하신다면, 애석하게도 저는 어머니를 기쁘게 해드릴 수 없게 되거나 또 다른 사람을 찾아야 하는 지루한 일을 반복해야겠지요.”

“그리 오래 걸리지 않을 겁니다. 저보다 능력 있는 사람들이 아주 많으니까요!”

“그렇게 생각하지 않아요. 하지만 그럴 수 있다고 가정한다 하더라도, 그들이 곧바로 시간을 낼 수 있다고 말하기는 어려우며, 더구나 저는 초상화를 서둘러서 보내야만 합니다. 넉달 후면 제 생일인데, 운반에만 얼추 두 달이 걸릴 거라서요.”

테레즈가 덧붙였다.

“그러니까 로랑, 당신이 파머 씨의 초상화를 늦어도 한 달 반 만에 완성해야 한다는 말이고, 제가 이해한 바에 따라 작업하는 데 필요한 시간을 헤아려보면 내일 바로 시작해야 한다는 거지요. 자, 이해하셨죠? 약속한 일이잖아요, 맞지요?”

파머 씨가 로랑에게 악수를 청하며 말했다.

“자, 계약이 성립되었군요. 보수에 대해서는 제가 따로 말씀드리지 않겠습니다. 조건은 자크 양이 정하실 테고 저는 관여하지 않겠습니다. 내일 시간이 어떻게 되십니까?”

약속한 시간이 되자 파머는 모자를 집어 들었고, 로랑은 테레즈를 존중한다는 의미에서라도 자신이 그렇게 해야만 한다고 생각했다. 하지만 파머는 그런 것 따위는 신경도 쓰지 않았고, 자크 양과 포옹을 하는 대신 악수를 나눈 다음 밖으로 나갔다.

로랑이 말했다.

"저 사람을 따라 저도 가야 할까요?"

그녀가 대답했다.

"그러실 필요 없어요. 저녁 무렵에 맞이하는 사람들은 모두 제가 잘 아는 분들이에요. 단지 오늘은 10시에는 돌아가셔야 할 듯해요. 얼마 전까지도 거의 자정까지 당신과 나누는 이야기에 몰두했고, 또 새벽 5시가 지나면 제가 잠들지 못하기도 해서 지금 아주 피곤한 상태거든요."

"그러면 저를 쫓아내지 않는 겁니까?"

"그럼요. 그런 건 생각도 해보지 않았어요."

"제가 잘난 체하는 사람이었다면, 당신의 이 말을 아주 자랑스러워했을 겁니다!"

"다행히도 당신은 그런 사람이 아니죠. 당신은 바보 같은 사람들에게 그런 걸 양보하지요. 자, 로랑 거장님, 이렇게 칭찬해드렸지만 당신에게 한 소리 해야겠네요. 요즘 당신이 일하지 않는다고 하던데요."

"저를 강제로 일하게 하려고, 목에 권총을 들이대듯 파머의 머리를 제게 들이밀었던 건가요?"

"그랬던가요? 아닐 게 뭐겠어요?"

"테레즈, 당신은 선한 사람입니다. 저는 잘 알아요. 제 뜻이 어떻든 간에 당신은 저 스스로 삶을 꾸려나가길 바라죠."

"저는 당신의 생활 방식에 관여하지 않아요. 그럴 권리도 없고요. 다행인지…… 아니면 불행인지 모르겠지만 저는 당신의 어머니가 아니니까요. 그러나 우리의 고전적인 친구 베르나르가 말했듯이, 저는…… **아폴론●** 옷을 입은 당신의 누이이고, 그래서 당신의 지나친 게으름에 상심하지 않을 수가 없군요."

로랑이 큰 소리로 말했다.

"하지만 그게 도대체 당신과 무슨 상관인가요?"

로랑의 말에 기쁨과 분함이 섞여 있다고 느낀 테레즈는 그에게 솔직하게 대답해야 한다고 생각했다. 그녀가 그에게 말했다.

"들어봐요, 친애하는 로랑, 우리 서로를 이해할 필요가 있어요. 친구로서 저는 당신을 정말로 좋아합니다."

"저도 그게 몹시 자랑스러워요. 하지만 제가 그 이유를 잘 아느냐 하면…… 테레즈! 저는 친구가 되기에 그리 좋은 사람도 아니에요. 저는 여자와 남자 사이에 사랑보다 우정을 더 믿지 않아요."

"그거라면 당신이 벌써 저에게 말씀하셨지요. 당신이 믿지 않는다고 해도 제게는 별 상관 없어요. 저는 제가 느끼는 것을 믿으며, 또 당신에게 호감을 갖고 있고 우정을 느끼지요. 저는 이런 사람이에요. 가령 누가 되었건, 제가 애착을 갖지

● 그리스 신화에서 예언과 의술, 음악과 시를 주관하는 신.

않거나 행복하기를 바라지 않은 어떤 존재가 제 곁에 있다는 걸 저는 견디지 못해요. 제게 고마움을 표하지 않는다고 하더라도, 최선을 다하는 데 익숙해져 있어요. 게다가 당신은 아무나가 아니지요. 당신은 천재이고, 거기에 더해, 제가 바라기도 하는 거지만, 마음이 따뜻한 사람입니다."

"마음이 따뜻한 사람이라고요, 제가! 세상이 이해하는 것처럼 당신이 그 뜻을 이해하고 있는 거라면 그럴지도 모르죠. 저는 결투할 줄도 알고, 빚을 갚을 줄도, 제가 손을 내민 여성을 보호할 줄도 알지요. 누가 되었든 간에 말입니다! 하지만 제 마음이 부드럽고, 상냥하고, 순진하다고 당신이 믿으신다면……."

"당신이 구닥다리인 척, 고루한 척, 타락한 척하시는 거 저는 알고 있어요. 저는 당신이 부리는 이런 호기 따위는 하나도 신경 쓰지 않아요. 요즘 들어 때를 만난 유행이기도 하고요. 당신에게는 그것이 실제로 존재하거나, 아니면 고통스러운 병일 테지만, 당신이 원하면 언제고 사라져버릴 겁니다. 당신은 마음이 따뜻한 사람인데, 마음속 공허로 고통받고 있기 때문이죠. 공허에 귀를 기울이고 또 당신이 허락하기만 한다면, 당신의 그 공허를 채워줄 여인이 나타날 겁니다. 하지만 이는 제 관심사에서 벗어난 일이에요. 저는 예술가에게 말하고 있는 거예요. 당신 안의 남성이 불행한 단 하나의 이유는 예술가가 자기 자신에게 만족하지 않기 때문입니다."

로랑이 활기차게 대답했다.

"이것 참! 테레즈, 당신이 틀렸습니다. 당신이 말하고 있는 것과 정반대입니다! 예술가의 내면에서 고통받고 예술가를 질식시키는 것이 바로 남성입니다. 저를 어떻게 해야 할지 저도 잘 모르겠어요. 아시는지. 권태가 저를 죽입니다. 무엇에 대한 권태? 당신은 이렇게 물어보겠지요. 모든 것에 대한 권태입니다! 저는 당신처럼 여섯 시간 동안 주의 깊고 차분하게 작업할 줄도, 참새들에게 빵 조각을 던져주면서 정원을 한 바퀴 돌 줄도 모르고, 다시 작업을 시작해도 네 시간을 넘길 줄도, 그리고 또 저 같은 방해꾼 두세 명에게, 가령 잠잘 시간을 기다리며 웃어줄 줄도 모릅니다. 저의 잠은 형편없고, 저의 산책은 기복이 심하며, 저의 일은 열에 들뜹니다. 새롭게 무언가를 만들어내려는 고안이 저를 불안에 빠뜨리고 떨게 합니다. 실행은 제 생각보다 늘 아주 느려서, 제 심장박동을 고통스레 날뛰게 만들고, 저를 도취시키는 어떤 아이디어를 울면서, 그리고 비명을 참아가며 힘들게 낳고 나면, 다음 날 아침, 이 아이디어는 저를 죽을 만큼 부끄럽고 역겹게 만들어버리고 맙니다. 이 아이디어를 조금 바꿔볼까 하면 더 나빠지고, 마침내 아이디어는 저를 떠나가고 말지요. 결국에는 그걸 잊어버리고 또 다른 아이디어를 기다리는 게 더 낫습니다. 하지만 또 다른 아이디어는 너무나도 혼란스럽고 또 너무나도 거창하게 느껴지기에 저라는 불쌍한 존재는 그걸 온전히 담아낼 수 없습니다. 실현 가능한 크기가 될 때까지 저를 짓누르고 고문하며, 거기에 제작이라는 또 다른 고통,

무어라 제가 정의할 수 없는 진정한 육체적 고통이 다시 저를 찾아옵니다. 이것이 바로 제 안에 있는 위대한 예술가가 저를 지배하게 냐둘 때, 제 삶에서 벌어지는 일이며, 바로 당신에게 지금 말하고 있는 불쌍한 이 남자가 자신의 의지라는 겸자(鉗子)를 들어, 비쩍 말라 반쯤 죽은 생쥐들을 하나하나 벗겨내고 있는 삶이란 것이지요. 그러니 테레즈, 제가 상상했던 대로 그렇게 살고, 온갖 종류의 무절제를 저지르고, 또한 저와 비슷한 부류의 사람들이 겸허하게 영감이라고 부르지만, 제가 아주 솔직하게 제 결함이라고 부르는 이 양심의 가책을 스스로 죽여버리는 것이 오히려 제게는 더 나을지도 모릅니다."

테레즈가 웃으며 말한다.

"그래서, 결심하신 건가요? 그만두실 건가요? 지능에 자살을 선고하는 데만 당신은 몰두하고 있나요? 글쎄요! 저는 한마디도 믿지 않아요. 내일 누군가가 당신에게 돈을 많이 줄 테니 D 왕자가 되라거나 아름다운 말 여러 필을 줄 테니 S 백작이 되겠냐고 제안한다면, 오랫동안 방치된 당신의 불쌍한 팔레트에 관해 이런저런 말을 늘어놓으면서 당신은 오히려 '**내 빵을 돌려줘!**'라고 외치시겠죠!"

"방치된 팔레트라니, 테레즈, 당신은 저를 이해하지 못하시는군요! 그건 영광의 도구입니다. 제가 잘 알죠. 그리고 우리가 영광이라 부르는 것, 그것은 사람들이 작위나 재산에 부여하는 그것보다 더 순수하고 정교한, 재능에 부여하는 평가입니다. 따라서 저 자신에게 이렇게 말하는 것 자체가 저에게는 아주 커다란 특권이자 즐거움이란 말입니다. 저는 가진 것 없는 평범한 신사일 뿐이며, 폄하하길 싫어하는 제 동료들은 삼림 보호나 하면서 살아가거나, 운이 좋아봤자 그들에게 다발로 값을 쳐서 받아 가는 죽은 나무를 주워 모으는 여자들을 만날 뿐이라고 말입니다. 저는 말이지요, 저를 폄하했고, 저와는 어울리지 않는 상태에 있었습니다. 고작 스물네 살의 나이에 만 프랑이나 하는 말 위에 올라탄 파리의 가장 부유한 사람들과 가장 아름다운 사람들 사이를 승마 연습장의 쪼그만 말을 타고 제가 지나간다고, 샹젤리제 대로에 앉아 있는 얼빠진 사람들 가운데 만약 취향을 갖춘 남자나 지적인 여자가 있으면 그들이 쳐다보고 이름을 부르는 건 다른 사람이 아니라 바로 저라고 저에게 말합니다. 제 말을 들으시니 웃음이 나오나요? 제가 아주 경박하다고 여기시나요?”

“아니요, 하지만 정말 아이 같기는 하네요. 다행이네요! 당신 자신을 해치는 일은 없겠군요!”

“저는요, 절대 저 자신을 해치지 않아요! 저는 타인을 좋아하는 만큼 저를 좋아합니다. 맹세컨대 저는 온 마음을 다해 저 자신을 좋아합니다! 제 팔레트, 제 영광의 도구가 저에게 고통의 도구라고 말한 이유는 제가 고통 없이 일하는 법을 알지 못하기 때문입니다. 그래서 저는 무질서 속에서, 제 몸이나 마음의 죽음이 아니라 제 신경이 소진된 후 안정되기를 기다리고 있는 겁니다. 이게 답니다, 테레즈. 제 말 어디에 합리적이지 않은 부분이 있던가요? 저는 오로지 피곤에 빠졌을 때만 제대로 작업합니다."

테레즈가 말했다.

"사실이에요. 저도 주목했던 점인데, 모순적이어서 놀랐어요. 이런 제작 방식이 당신을 해치지 않을까 꽤 걱정했었는데, 그렇다고 다른 식일 수 있다고는 상상하지 못하겠네요. 잠깐만요, 하나만 물어볼게요. 당신은 일과 절제로 인생을 시작했나요? 당신은 휴식을 취하려고 마음을 딴 데 돌릴 필요를 느낀 적이 있나요?"

"그렇지 않아요. 사실은 그 반대입니다. 중학교를 졸업할 무렵, 그림을 좋아했지만 그림을 그려서 먹고살게 되리라고는 한 번도 생각해보지 않았어요. 전 제가 부자인 줄 알았거든요. 부친께서 돌아가시면서 3만 프랑 남짓한 돈을 남겨주셨는데, 적어도 1년은 삶을 풍요롭게 보낼 목적으로 짧은 기간에 이 돈을 탕진하기 바빴지요. 빈털터리가 되자 저는 붓을 들었고 기진맥진할 정도로 작업을 했는데, 그게 오늘날 이룰 수 있는 가장 큰 성공을 제게 가져다주었고, 저는 지금 돈이 다 떨어질 때까지 몇 달 또는 몇 주 동안 사치와 쾌락의 시간을 보내는 중이지요. 더는 아무것도 없게 될 때가 최고인데, 그쯤 되면 제 힘과 욕망 역시 거의 다 소진됐을 테니까요. 그러면 저는 분노와 고통, 열정에 빠져 작업을 다시 할 것이고, 작업이 완성된 후에는 여유와 낭비가 다시 시작되는 거죠."

"그렇게 생활해온 지 오래되었나요?"

"제 나이를 생각하면 그럴 리가 없죠! 3년 전부터입니다."

"그렇군요! 당신 나이에는 당연히 그것도 길죠! 더구나 당신은 시작을 잘못했네요. 창조적인 당신의 영혼이 날아오르기 전에 당신은 그 영혼에 불을 질러버렸군요. 성장하는 걸막으려고 식초를 마셨던 겁니다. 그랬는데도 머리는 굵어졌고, 천재적 재능이 어쨌든 거기서 자라났어요. 그러나 아마도 마음은 줄어들었을 거고, 어쩌면 당신은 절대로 남자도, 완벽한 예술가도 될 수 없을 겁니다."

조용히 슬픔을 내뿜으며 이어진 테레즈의 말에 로랑은 그만 짜증이 났다. 몸을 일으키면서 그가 그녀의 말을 받았다.

"이런 식으로 저를 무시하는 겁니까?"

그에게 손을 내밀며 그녀가 답했다.

"아니에요. 저는 당신을 동정하는 겁니다!"

로랑은 굵은 눈물 두 줄기가 테레즈의 뺨 위로 천천히 흐르는 것을 보았다.

이 눈물은 로랑의 마음속에서 격렬한 반응을 불러일으켰다. 사랑을 선언하는 애인과 같은 모습이 아니라 고백하는 아이처럼 테레즈의 무릎에 몸을 던진 그의 얼굴에는 눈물이 홍수처럼 넘쳐흘렀다. 그는 테레즈의 손을 붙잡고 소리쳤다.

"오, 가엾고 소중한 내 친구! 당신이 저를 동정하는 건 옳아요. 왜냐하면 제게 필요한 거니까요! 당신도 아시다시피 저는 불행합니다. 이런 사실을 제 입으로 말하는 것조차 부끄러울 정도로 저는 정말로 불행해요! 제가 심장을 대신해서 가슴에 품고 있는 저도 모르는 무언가가 계속해서 소리를 지르고, 그런 다음이면 저는 뭐라 말할 수 없는 이 무언가를 고작해야 진정시킬 줄만 알았어요. 저는 신을 사랑합니다. 그리고 저는 신을 믿지 않아요. 저는 모든 여성을 좋아합니다. 그리고 저는 이 모든 여성을 무시합니다! 저는 이런 걸 말할 수 있어요. 나의 동지이자 친구인 당신에게라면 말이죠! 저는 천사를 옆에 두고도 어쩌면 대리석보다 더 차가워질 수 있고, 반면에 화류계 여성을 우상처럼 숭배할 준비가 되어 있다는 것을 간혹가다 문득 깨닫곤 합니다. 저의 관념 속에서 모든 것은 흐트러지고, 저의 본능 속에서 모든 것은 어쩌면 틀어지고 있는지도 모르겠어요. 제가 포도주를 마시면서 우스운 아이디어들을 더 많이 발견한다고 당신에게 말한다면요! 맞아요, 듣자하니 저는 취하면 슬퍼한다고 하더군요. 또 누군가 제게 말하길, 그저께 몽모랑시에서 폭음했을 때, 제가 끔찍하고도 우스꽝스러운 허풍을 떨며 비극적인 일들을 과장했었다고 하더군요. 테레즈, 만약 당신이 저에게 연민을 느끼지 않는다면, 당신은 제가 무엇이 되길 바라시나요?"

자신의 손수건을 들어 로랑의 눈물을 닦아주면서 테레즈가 말했다.

"가여운 아이, 분명 저는 당신에게 연민을 느낍니다. 하지만 그게 무슨 소용이 있을까요?"

"당신이 저를 좋아한다면, 오, 테레즈! 제게서 당신의 손을 거두어가지 말아주세요! 제가 친구 같은 사람이 되는 걸 허락한 거 아니었나요?"

"당신을 좋아해왔다고 제가 당신에게 말했고, 당신은 제게 여자와의 우정은 믿을 수 없다고 대답했었죠."

"당신과의 우정은 어쩌면 믿을 수 있을 것 같습니다. 당신에게는 힘과 재능이 있으며, 따라서 당신은 남자의 심장을 가졌음이 틀림없으니까요. 당신의 우정을 제게 돌려주세요."

그녀가 대답했다.

"당신에게서 제 우정을 가져온 적 없습니다. 그리고 당신을 위해 남자가 될 수 있게끔 노력해볼게요. 하지만 저는 거기에 너무 매달릴 수는 없을 것 같네요. 남자의 우정은 제가 가질 수 있다고 믿는 것보다 더 거칠고 권위적인 게 분명하니까요. 의도와 다르게 저는 당신에게 질책보다는 불평을 더 많이 할 것 같네요. 당신이 이미 잘 보고 있듯이 말이죠! 저는 오늘 당신에게 굴욕을 주자고, 당신이 저와 당신 자신에게 화를 내게 만들자고 저 자신에게 약속했었습니다. 그러나 그러기는커녕 당신과 함께 눈물을 흘리고 있네요. 이래서는 아무 진전도 없는데 말이죠."

로랑이 소리쳤다.

"아니에요! 그렇지 않아요! 당신의 눈물은 훌륭합니다. 이 눈물은 마른땅에 물을 줍니다. 어쩌면 거기서 제 마음이 다시 자라날 겁니다! 아! 테레즈, 일전에 당신은 얼굴을 붉혀야 할 일을 당신 앞에서 자랑한다고, 제가 감옥의 벽이라고 말했던 적이 있었지요. 당신이 잊고 있었던 한 가지는 그 벽 뒤에 죄

수 한 명이 있다는 것입니다! 제가 문을 열 수만 있다면 당신은 그 죄수를 똑똑히 볼 수 있을 겁니다. 하지만 문은 닫혀 있어요. 벽은 견고하고요. 그래서 저의 본심, 저의 믿음, 저의 토로, 심지어 제 말조차 이 벽을 통과할 수 없습니다. 그렇다면 제가 이렇게 살아야만 하고 또 죽어야만 할까요? 당신에게 묻습니다. 만약 **사랑하다**라는 단어가 어디에도 적혀 있지 않다면 제 감옥의 벽들에 환상적인 그림들을 서툴게 그려 넣는 게 도대체 무슨 소용이 있을까요?"

생각에 잠긴 테레즈가 말했다.

"제가 당신을 온전히 이해했다면, 당신은 감정에 의해 당신의 작품이 뜨거워질 필요가 있다고 생각하는군요."

"당신도 그렇게 생각하지 않나요? 당신의 모든 비판이 제게 말하고 있는 게 바로 그거 아니었나요?"

여전히 꿈꾸는 듯, 자기 생각의 장막을 뚫어내려 애쓰는 듯, 그녀가 덧붙여 말했다.

"정확히 말하자면 그렇지는 않아요. 당신의 작품에는 지나치게 불이 많아요. 비평가들은 그 점을 들어 당신을 비판합니다. 저는 항상 존경심을 갖고 위대한 예술가를 만들어내는 젊음의 활기를 다뤄왔어요. 그리고 이 활기가 갖는 아름다움은 누구건 열의를 가지고 결점을 찾아내려 할 때 그들을 방해하지요. 저는 당신의 작업이 차갑다거나 과장되었다고 생각하기는커녕 뜨겁고 또 열정적이라고 생각합니다. 한편으로 저는 당신의 어디에 이런 열정이 자리 잡고 있는지 궁금해하고 있었어요. 이제는 그걸 알 것 같은데, 바로 당신 영혼의 욕망 속이군요. 그래요, 확실하네요. 욕망은 열정이 될 수 있어요."

열중한 그녀의 시선을 따라가면서 로랑이 말했다.

"글쎄요! 당신은 무얼 상상하고 있나요?"

"당신 속에 있는 그 힘과 제가 전쟁을 해야 하는지, 또 행복해지고 차분해지라고 당신을 설득하면서 사람들이 당신에게서 신성한 불을 없애버리는 것은 아닌지 생각하고 있었어요. 그러나…… 열망은 정신에 대한 지속적인 조건이 될 수 없으며, 열망이 제 열에 들뜨면서 생생하게 표현되었을 때, 열망은 저절로 쓰러지거나 우리를 부수고야 말 거라고 생각합니다. 이 점에 대해 어떻게 생각하세요? 모든 연령대가 각각의 특별한 힘과 징후를 가지고 있지 않나요? 우리가 소위 대가들의 다양한 **방식들**이라고 부르는 것, 그것은 그들 존재의 연속적인 변화가 만들어낸 표현이 아니었던가요? 서른 살에 아무것도 하지 않고 모든 걸 갈망하는 게 과연 가능할까요? 무엇이건 어떤 관점에 관한 확신을 당신은 받아들여야 하지 않을까요? 당신은 환상의 나이에 있습니다. 그러나 조만간 빛의 시기가 올 겁니다. 당신은 진보하기를 바라지 않나요?"

"제가 진보하는 게 저에게 달려 있다고요?"

"네, 당신 능력의 균형을 당신이 깨려고 애쓰지만 않는다면요. 소진해버리는 그대로가 열의 치료제라는 걸 당신은 제게 설득하지 못했어요. 그러면 치명적인 결과만 남겨질 뿐이죠."

"그렇다면 당신은 제게 어떤 해열제를 제안하시겠습니까?"

"모르겠어요. 어쩌면 결혼일 수도 있겠죠."

웃음을 터뜨리며 로랑이 소리쳤다.

"끔찍합니다!"

그러고는 여전히 웃으면서, 또 이 치료제가 왜 자신에게 당도했는지 잘 알지 못한 채 그가 덧붙여 말했다.

"적어도 당신과 하는 게 아니라면, 오! 테레즈, 그거 좋은 생각인데요!"

그녀가 대답했다.

"매력적이네요. 그러나 완전히 불가능한 생각이지요."

테레즈의 대답으로 로랑은 돌이킬 수 없는 침묵에 빠졌고, 그가 방금 재치 있게 했던 말은 그의 마음속에서 일어나기라도 했던 것처럼 갑자기 그에게는 매장된 꿈처럼 보였다. 이 강력하고도 불행한 정신은 무언가를 욕망하기 위해 **불가능**이라는 단어, 그러니까 테레즈가 방금 말한 바로 그 단어만으로 충분해진 상태에 놓이게 되었다.

얼마 지나지 않아 의심과 질투와 분노와 함께, 실현하지 못한 그녀를 향한 사랑의 욕망이 그를 다시 찾아왔다. 이때까지만 해도 매력적인 우정이 그를 흠뻑 취한 것처럼 잠재웠었다. 그러다가 그는 갑자기 신랄해졌고 차갑게 얼어붙고 말았다.

떠나려고 모자를 집으면서 그가 말했다.

"아! 맞아요. 아주 진지한 무언가의 마지막처럼, 어느 농담의 끝자락에 이르러 결국에는 모든 것과 관련되어 저에게 되돌아오고야 마는 제 인생의 단어가 바로 여기 있네요. **불가**

능! 테레즈, 당신은 이 불가능이라는 적을 알지 못합니다. 당신은 아주 평온한 것을 좋아하지요. 질투하지 않는 어떤 **애인** 혹은 **친구**가 당신에게 있다면, 그건 그들이 당신을 차갑거나 이성적이라고 알고 있기 때문일 겁니다! 이게 저로 하여금 시간이 지나 제가 나오기를 기다리고 있는 당신의 **친구 서른 일곱 명**이 밖에 있다고 생각하게 만드는군요."

몹시 놀란 테레즈가 그에게 물었다.

"도대체 무슨 말을 하고 있는 거죠? 도대체 무슨 생각에 **빠** 진 거예요? 광증이 발작한 거 아니에요?"

떠나면서 그가 대답했다.

"가끔은 그러기도 합니다. 이런 저를 부디 용서해주시길."

제2장

다음 날, 테레즈는 로랑으로부터 다음과 같은 편지를 받았다.

친애하는 나의 다정한 친구, 어제 제가 당신 집을 어떻게 떠나왔는지요? 당신에게 제가 무언가 막말을 했다면 잊어주세요. 어제는 정신이 하나도 없었습니다. 밖으로 해소되지 않는 현기증이 제게 있었어요. 마차를 타고 문 앞에 있긴 했는데 어떻게 올라탔는지 기억이 나지 않습니다.

친구여, 머리로 말한 것을 입으로는 다르게 말하는 경우가 너무나도 자주 저에게 일어나곤 합니다. 이런 저를 부디 불쌍히 여기시고, 또 이런 저를 용서해주시길. 저는 병들었습니다. 그리고 당신이 옳았습니다. 제가 이끌고 있는 삶은 혐오스럽습니다.

저에게 무슨 권리가 있어 제가 당신에게 물어보겠어요? 저를 바르게 평가해주세요. 당신이 저를 가까이 받아주신 지 이제 석 달이 되었군요. 제가 당신에게 이런 말을 건네는 건 아마 처음일 겁니다……. 당신이 약혼을 했건 결혼을 했건 아니면 남편과 사별을 했건…… 제게는 전혀 중요하지 않습니다. 그 누구도 알지 않았으면 하고 당신이 바라고 있는데, 제가 그걸 알아내려고 애쓴 걸까요? 당신에게 제가 물어보았습니다……. 아! 보세요, 테레즈, 오늘 아침도 여전히 제 머릿속은 혼란으로 가득합니다. 저는 제가 거짓말을 하고 있다고 느낍니다. 그러나 당신에게는 거짓말을 하고 싶지 않습니다. 제가 호기심을 가지고 당신에게 처음 접근한 것은 금요일 저녁이었습니다. 어제는 두 번째 접근이었던 셈입니다. 하지만 어제가 마지막이 될 겁니다. 맹세하건대 다시는 그런 것을 물어보지 않기 위해 저는 이제 모든 걸 고백하려고 합니다. 요전 날 저는 당신의 집 문 앞, 다시 말해 당신의 집 정원의 철문 앞에 있었어요. 안을 들여다봤지만 아무것도 보지 못했습니다. 다만 말하는 소리가 들려왔고 무언가를 들었을 뿐입니다! 이것 참! 하지만 당신은 상관하지 않으시겠지요? 저는 그 남자의 이름을 모릅니다. 그자의 얼굴도 보지 못했습니다. 그러나 저는 알고 있습니다. 당신이 나의 누이라는 사실을, 제가 믿는 사람이자 위안으로 삼는 사람이며 또한 저의 지지자라는 사실을 말입니다. 저는 알고 있습니다. 어제 제가 당신의 발치에서 눈물을 흘렸다는 사실을. 그리고 당신이 친히 손수건을 들어 제 눈물을 닦아주면서 "가엾은 친구, 어쩌면 좋을까, 어쩌면 좋을까?" 하고 말했다는 사실을 말입니다. 저는 알고 있습니다. 당신이 자유로우므로, 현명하고, 부지런하고, 평온하고, 존경받으며, 또 당신이 행복하므로, 사랑받는 당신이 저를 위해 시간을 내준다는 사실을, 그리고 저를 위해 눈물을 흘리고, 제가 존재한다는 사실을 알아주고, 또한 제가 더 나은 삶을 살아가기를 바라면서 자비를 베풀어준다는 사실을 말입니다. 선한 테레즈, 당신을 축복하지 않는 자는 배은망덕한 사람일 것입니다. 아주 불쌍한 인간이긴 하지만, 저는 이런 배은망덕을 알지 못합니다. 테레즈, 저를 언제 받아주실 건가요? 제가 당신을 모욕했던 것 같습니다. 그랬다면 그것보다 더한 꼴불견이 없을 겁니다! 오늘 저녁 당신 집에 가도 될까요? 당신이 안 된다고 하시면, 아! 정말이지 저는 아주 멀리 떠나버릴 겁니다!

자신의 거처로 돌아온 로랑은 테레즈의 답장을 받았다. 편지는 짧았다. **"오늘 저녁에 오세요."** 이렇게 한 문장만 쓰여 있었다. 로랑은 교활하거나 어리석은 것처럼 보이려고 궁리하거나 또 그렇게 되려 자주 시도했으나 그럼에도 교활하지도 또한 어리석지도 않았다. 그를 본 사람들에 따르면, 그는 모순으로 가득 찬 존재였으며, 설명 없이 묘사해야 하는 존재였다. 예컨대 설명이 가능하지 않은 존재였는데, 그의 어떤 성격들은 논리적 분석에서 벗어난다.

테레즈의 답신을 읽고 그는 아이처럼 몸을 떨었다. 그녀가 이런 어조로 그에게 편지를 쓴 적은 단 한 번도 없었다. 그녀를 보러 오라고 지시하듯이 말한 것은 작정하고 작별을 고하려 하기 때문이었을까? 그녀가 그를 부른 것은 데이트 약속이었던 것일까? **"오늘 저녁에 오세요"**라는 지나치게 건조하거나 활활 타오르는 이 세 마디는 분노의 결과일까, 아니면 망상의 결과일까?

파머 씨가 왔다. 그리고 몹시 불안해하고 걱정스러워하는 마음을 품은 로랑은 그의 초상화를 그리는 일에 착수해야만 했다. 로랑은 완벽하고도 능숙하게 파머에게 질문을 해서 테레즈의 비밀을 모조리 *끄*집어내고야 말겠다고 자신에게 다짐했다. 그러나 로랑은 이와 관련된 주제로 들어가볼 말이라고는 한마디도 찾지 못했고, 이 미국인이 거리낌 없이 자세를 취하며 조각처럼 움직이지 않고 입을 다물자, 화가도 모델도 입을 거의 열지 않았고, 그렇게 시간이 흘러갔다.

그러자 로랑은 이 외국인의 온화하고도 순수한 모습을 찬찬히 살펴볼 수 있을 만큼 비로소 마음을 진정시킬 수 있었다. 그는 완성된 아름다움 자체였고, 이 때문인지 그의 첫인상은 선이 바르고 아주 또렷한 얼굴에서나 볼 수 있는 것처럼 생명이 없는 느낌을 주었다. 그를 좀 더 잘 살펴보면, 미소에서는 섬세함을, 시선에서는 불꽃을 발견할 수 있었다. 이렇게 관찰하는 동시에 로랑은 모델의 나이를 가늠해보고 있었다.

로랑이 갑자기 파머에게 말했다.

"이런 말씀 드려서 죄송합니다만, 저는 당신이 다소 피곤을 느끼는 젊은이인지, 아니면 특별히 젊어 보이는 중년 남성인지 알고 싶고 또 알아야만 할 것 같습니다. 지금 계속 보고 있지만, 제가 보고 있는 모습이 잘 이해가 되지 않아서요."

파머 씨가 솔직하게 대답했다.

"저는 마흔입니다."

로랑이 말을 받았다.

"와우! 그러면 대단히 건강한 편이시로군요?"

파머가 말했다.

"아주 좋은 편입니다!"

그러곤 그는 다시 편안한 자세를 취하고 평온한 미소를 지었다. 예술가는 속으로 중얼거렸다.

'이게 바로 행복한 애인의 모습이야. 아니면 로스트비프 빼고는 아무것도 좋아해본 적이 없던 남자의 모습이라고.'

로랑은 그에게 다시 말을 걸고 싶은 욕망을 이겨낼 수 없었다.

"그러니까 선생님께서는 자크 양이 아주 어릴 때 만나신 건가요?"

"그녀를 처음 보았을 때, 그녀는 열다섯 살이었습니다."

로랑에게는 그때가 몇 년도였는지 물어볼 용기가 없었다. 로랑은 테레즈에 대해 말하면서 화끈거리는 느낌이 얼굴에 차오르는 것 같았다. 사실 테레즈의 나이가 그에게 그리 중요했던가? 그가 알고 싶어 했던 것은 그녀에 관한 이야기가 아니었던가. 테레즈는 서른 살도 되지 않은 것처럼 보였다. 그녀에게 파머는 단지 과거의 친구였을 뿐일 수도 있다. 또한 파머의 목소리는 강했고 발음에는 울림이 있었다. 일전에 테레즈가 **"당신 말고는 누구도 사랑하지 않는다"**라고 말한 대상이 만약 파머였더라면, 파머는 무엇이건 대답을 했을 것이고, 그랬더라면 로랑도 그 말을 들었을 것이다.

마침내 저녁이 되었고, 시간을 정확히 지키지 않곤 했던 예술가는 평소 테레즈가 그를 맞이하곤 했던 시간이 채 되기도 전에 그녀의 집에 도착했다. 그는 평소와는 달리 정원에서 아무 일도 하지 않고 부산스럽게 걸어 다니는 테레즈를 발견했다. 테레즈는 로랑을 보자마자 그에게 다가갔고, 애정이라기보다는 허락의 의미가 더 담긴 몸짓으로 그의 손을 붙잡았다.

그녀가 그에게 말했다.

"당신이 명예를 아는 남자라면, 이 덤불 너머로 일전에 당신이 들었다는 것을 모두 제게 말해주면 좋겠어요. 자, 어서 말해보세요. 저는 들을 준비가 되었어요."

그녀는 벤치에 앉았고 로랑은 이 낯선 환대에 화가 나 대답을 얼버무려 그녀를 불안하게 만들려고 시도했다. 그러나 그녀는 로랑이 지금까지 그녀에게서 본 적 없는 불만족스러운 태도와 표정으로 이런 그의 시도를 무산시켰다. 그녀와의 사이가 되돌릴 수 없이 틀어질까 하는 두려움에 로랑은 그녀에게 아주 단순하게 진실만을 말하게 되었다.

그녀가 로랑의 말을 받아 말했다.

"그러니까 당신이 들었다는 말, 이게 다라고요? 누구인지조차 당신이 알 수 없었던 어떤 사람에게 제가 '이제부터 당신만이 이 세상에서 제가 사랑하는 유일한 사람입니다'라고 했다고요?"

"테레즈, 그러면 제가 꿈을 꾼 걸까요? 당신이 제게 그러라고 명령하신다면 저는 기꺼이 제가 꿈꾸었던 거라고 믿겠습니다."

"아니에요, 당신은 꿈을 꾼 게 아니에요. 제가 그렇게 말했었을 수도 있고, 그렇게 말해야만 했었을 수도 있겠지요. 상대편은 제게 뭐라고 대답했던가요?"

테레즈의 대답에 찬물을 뒤집어쓴 로랑이 말했다.

"어떤 대답도 듣지 못했습니다. 그 사람의 목소리조차 저는 듣지 못했어요. 이제 안심이 됩니까?"

"아니요! 당신에게 다시 물어보겠습니다. 제가 그런 말을 누구에게 했다고 생각하시나요?"

"짐작이 가는 사람은 없습니다. 제가 알고 있는 사람은 당신과의 관계를 아직 알지 못하는 파머 씨뿐이니까요."

만족스러운 표정을 야릇하게 지으며 테레즈가 큰 소리로 말했다.

"아하! 당신은 그 사람이 파머 씨였다고 생각하시는군요?"

"그러지 않을 이유도 없지 않나요? 과거에 맺었던 인연이 갑작스레 다시 연결되었다고 가정하는 것이 당신에게는 그렇게 모욕적인가요? 지난 석 달 동안 제가 당신 집에서 본 사람들은 모두 당신에게 사심이 없었고, 당신 역시 그들에게 무관심했다는 걸 저는 압니다. 저와의 관계도 마찬가지였고요. 파머 씨는 아주 잘생겼고 또 예의도 바른 신사지요. 그는 제게도 아주 친절합니다. 당신의 특별한 감정을 당신더러 해명해보라고 주제넘게 요구할 권리도 그럴 근거도 제게는 없어요. 단지…… 제가 당신을 염탐했다고 당신은 말할 테지요……."

조금도 부정할 생각이 없어 보이는 테레즈가 말했다.

"그래요, 그런데 왜 절 염탐했지요? 잘 이해가 되지 않지만, 그건 잘못된 것 같아요. 그런 일시적인 욕망에 대해 저에게 무어라 설명을 해보세요."

남겨진 고통에서 벗어나기로 결심한 젊은이가 격한 목소리로 대답했다.

"테레즈! 당신에게 연인이 있다고, 그 연인이 파머라고 제게 말해주세요. 그러면 저는 당신을 진심으로 사랑하겠습니다. 단 하나의 거짓도 없이 당신에게 말하겠습니다. 저의 미친 짓에 대해 당신에게 용서를 구하겠습니다. 그리고 앞으로 절대 저를 비난할 일이 없을 것입니다. 말씀해보세요. 제가 당신의 친구이길 바라시나요? 제가 허세를 좀 부리기는 하지만, 저는 당신의 친구가 될 필요가 있으며 또한 그럴 수 있다고 느낍니다. 제게 솔직해지세요. 당신께 드리는 부탁은 이게 전부입니다!"

테레즈가 대답했다.

"어린애 같은 로랑, 당신은 마치 당신을 곁에 붙잡아두려고 애쓰면서 고백해야 할 잘못을 저지른, 아양을 떠는 여자에게 말하듯이 제게 말하는군요. 저는 이 상황을 받아들일 수 없어요. 이런 상황은 어디를 보나 제게 불편하기 짝이 없습니다. 제게 파머 씨는 아주 오랫동안 보지 못했던 친구, 친밀한 관계까지 가지조차 않을, 아주 소중한 친구일 뿐이고, 앞으로도 그럴 겁니다. 제가 당신께 해줄 수 있는 말은 이게 다며, 그 이상은 아무것도 없어요. 저의 비밀들은, 만약 그런 걸 제가 가지고 있다 해도 새어 나올 필요가 없겠지요. 제가 바라는 것보다 더 많은 관심을 제게 갖지 말아달라고 부탁드립니다. 그러니 당신은 제게 질문할 게 아니라 대답해주셔야 합니다. 여기서 당신은 무얼 하고 있었던 거지요? 나흘 전에 말입니다. 왜 당신은 저를 염탐했나요? 제가 알아야 하고 판단해야 할 그 **미친 짓**이라는 게 뭔가요?"

"당신의 말투가 저에게서 용기를 앗아 가버리는군요. 당신이 저를 좋은 동료로 여기지 않고 또 저를 신뢰하지 않는데 제가 왜 당신에게 고백하려 할까요?"

몸을 일으키며 테레즈가 말을 받았다.

"그러면 고백하지 마세요. 그러면 당신이 그동안 제가 보였던 호의를 받을 만한 사람이 아니었으며, 저의 비밀이나 알려고 들면서 제 호의를 저에게 조금도 돌려주지 않았다는 사실이 드러나겠지요."

로랑이 다시 말을 받았다.

"이렇게 당신은 저를 쫓아버리시는군요. 그러면 우리 사이는 끝난 건가요?"

테레즈가 딱딱한 목소리로 대답했다.

"끝났어요, 아듀."

한마디도 할 수 없을 정도로 화가 치밀어 올라 로랑은 테레즈의 집에서 나왔다. 그러나 집 밖에서 서른 발자국도 채 내딛지 못한 채 되돌아와서 집주인에게 전달할 용건을 잊었다고 카트린에게 말했다. 로랑은 아담한 정원에 앉아 있는 테레즈를 발견했다. 정원으로 통하는 문은 열려 있었고, 괴로워하고 낙심한 테레즈는 깊은 생각에 잠겨 있는 듯했다. 그녀는 로랑을 냉정하게 맞았다.

그녀가 말했다.

"다시 오셨네요. 뭔가 잊어버린 게 있나보죠?"

"당신에게 진실을 말하는 걸 잊어버렸습니다."

"저는 더 이상 그 진실이라는 걸 듣고 싶지 않아요."

"하지만 당신이 제게 요구하지 않았습니까!"

"당신이 자발적으로 진실을 말할 수 있을 거라고 믿었지요."

"그럴 수 있었습니다. 그래야만 했고요. 그렇게 하지 않은 건 제 실수였습니다. 테레즈, 보세요, 제 나이의 남자가 당신을 보고도 사랑하지 않는 게 가능하다고 생각하십니까?"

눈썹을 찡그리며 테레즈가 말했다.

"사랑이라고요? 어떤 여자에게도 사랑에 빠질 수 없다고 제게 말한 건 뭔가요. 그러니까 당신은 저를 조롱하고 있는 거지요?"

"그렇지 않습니다. 물론 아닙니다. 저는 그저 제가 생각하고 있었던 것을 말했을 뿐입니다."

"그러니까 당신이 착각했던 것이고, 이제 당신은 사랑에 빠졌다, 이거죠?"

"오! 제발 화내지 말아주세요! 그게 그렇게 확실한 건 아니에요. 굳이 말씀드리면, 사랑에 관한 생각들이 머리로, 감각으로 저를 스쳐 지나갔다고 하겠습니다. 당신에게는 경험을 거의 해보지 못해서 가능하지 않다고 판단했던 적이 한 번도 없었습니까?"

테레즈가 대답했다.

"충분한 경험을 할 만한 나이이지만 저는 오랫동안 혼자 살았지요. 그래서 어떤 상황들에 대해서는 경험이 없습니다. 이게 당신에게는 놀랄 만한 일인가요? 어쨌든 그렇다는 거예요. 저는 아주 단순한 사람입니다. 비록 제가 모든 사람들처럼…… 속아왔다고 해도 말입니다! 당신은 아주 무례한 방식으로만 여자들을 사랑해왔다는 이유를 들면서, 저를 너무나 존경해 제 안에서 여자를 볼 수 없다고 제게 수도 없이 말했었죠. 그래서 저는 침입해오는 당신의 욕망으로부터 안전하다고 믿었습니다. 바로 이래서 제가 당신을 평가했던 모든 것 중에서 솔직함을 가장 높이 평가한 겁니다. 당신도 기억하고 있듯이, 우리가 서로 웃으며 이야기를 나눠왔기 때문에 한결 더 포기하는 마음으로 저는 당신의 운명에 집착했습니다. 하지만 진심으로 말하자면 결국, 한 명은 이상주의자이고 다른 사람은 물질주의자인 두 존재 사이, 거기에는 **발트해**가 있습니다."•

"저는 솔직하게 그렇게 말했었죠. 그리고 확신을 갖고 제 쪽의 해안을 따라 걸어가기 시작했었습니다. 다른 쪽은 건너갈 생각도 하지 않은 채 말입니다. 하지만 제가 있는 쪽은 얼음과는 어울리지 않는다는 걸 알게 되었어요. 제가 스물네 살이고 당신이 아름다운 게 과연 저의 잘못인가요?"

"제가 아직 아름다운가요? 저는 그렇지 않기를 바랐는데요!"

"저는 아무것도 모르겠습니다. 처음에는 그렇게 생각하지 않았습니다. 화창한 어느 날, 당신이 제 눈에 아름답게 보이기 시작했어요. 당신이 의도한 것은 아니었겠지요. 저도 잘 알아요. 그러나 제가 당신에게 이성으로서의 매력을 느꼈던 것 역시 의도하지 않은 일이었으며, 이로부터 저 자신을 방어하고 또 벗어난 것도 정말로 의도하지 않은 일이었습니다. 악마에게 속했던 것, 다시 말해 저의 불쌍한 영혼을 저는 악마에게 돌려주었고, 여기 카이사르 앞에 카이사르에게 되돌아올 것들, 그러니까 존중과 침묵을 가지고 왔습니다. 이 나쁜 감정이 꿈으로 제게 되돌아오기까지 어쨌든 일주일에서 열

● 뮈세는 상드에게 보내는 1833년 7월 24일자 편지에서 "당신과 저 사이, 이 관계 아래에 발트해가 있습니다. 당신은 도덕적인 사랑만을 줄 수 있을 뿐입니다. 나는 그런 건 누구에게도 돌려줄 수 없습니다"라고 썼다.

흘 정도 걸렸습니다. 당신 곁에 있게 되자 이 나쁜 감정이 곧 사라져버렸습니다. 테레즈, 제 명예를 걸고서 약속합니다. 앞으로 당신을 만날 때, 당신이 제게 말할 때, 저는 침착해지겠습니다. 저 자신에 대해 그 무엇도 이해하지 못한 착란의 순간에 당신을 향해 소리 질렀던 것을 저는 더 이상 기억하지 못합니다. 제가 당신에 대해 얘기할 때, 저는 당신이 젊지 않다거나 당신의 머리 색깔을 좋아하지 않는다고 말하곤 하지요. 당신이 저의 위대한 동료, 다시 말해 저의 형제라고 저는 선언합니다. 저는 이렇게 말하면서 충실해지는 걸 느끼고 있어요. 그러고 나니 어떤 봄바람이 어리석은 제 마음의 겨울에 불어오는지 모르겠네요. 저에게 이 바람을 불어주는 게 당신이라고 저는 상상합니다. 당신이 진정한 사랑이라고 부르는 것, 그걸 숭배하는 것은 사실 테레즈 바로 당신입니다! 이것이 생각을 하게 만듭니다. 우리가 그걸 가지고 있는데도 말이지요!"

"저는 당신이 틀렸다고 생각해요. 저는 절대 사랑에 관해 말하지 않아요."

"네, 저도 알아요. 당신은 사랑에 대해 단호한 입장이지요. 당신은 어디선가 사랑에 대해 말하는 걸 읽은 적이 있을 테고, 사랑을 이미 받았거나 가졌던 적이 있을 테지요. 그러나 당신의 침묵은 위대한 웅변이요, 당신의 묵설(黙說)은 열을 오르게 하고, 당신의 지나친 조심성은 악마 같은 매력을 가지고 있습니다!"

테레즈가 말했다.

"그렇다면, 우리 이제 만나지 말아요."

"왜 그래야 하나요? 제가 잠들지 못하고 며칠 밤을 보냈다는 사실이 당신에게 무슨 영향이라도 주었습니까? 예전에 그랬던 것처럼 제가 평온해지는 게 오로지 당신에게 달려 있어서?"

"당신이 그렇게 되려면 무얼 해야 하나요?"

"제가 당신에게 부탁했던 것은 당신에게 누군가가 있다고 제게 말해주는 거였습니다. 그러면 저는 당연하다고 생각할 것이며, 매우 자랑스러워할 테니, 아마 요정의 지팡이에 맞은 것처럼 치유될 겁니다."

"그 누구도 더는 사랑하지 않기 때문에, 제게 아무도 없다고 당신에게 말하면 그걸로 충분하지 않을까요?"

"그렇지 않아요. 당신이 생각을 바꿀 수 있다고 믿으면서 저는 좀 거만해지고 싶습니다."

테레즈는 로랑이 보이는 호의에 웃음을 참을 수 없었다.

테레즈가 그에게 말했다.

"이것 참! 어서 나으세요. 그리고 제가 자랑스러워했던 그 우정을 제게 돌려주세요. 얼굴을 붉히게 만드는 사랑 대신에요. 저는 누군가를 사랑하고 있어요."

"테레즈, 그걸로 충분하지 않아요. 그 사람이 당신을 소유하고 있다고 말해야 해요!"

"그렇게 하지 않으면 당신은 이 누군가가 당신일 거라고 믿으실 테지요? 이것 참! 좋아요, 제게는 애인이 있어요. 이제 만족하세요?"

"그렇고말고요. 당신이 보시다시피, 저는 당신의 솔직함에 감사하려고 당신의 손에 입 맞추고 있습니다. 좀 더 솔직해지시지요. 그 사람이 파머라고 제게 말해주세요!"

"그건 불가능해요. 그러면 저는 거짓말을 하게 됩니다."

"그래서요……. 뭐가 뭔지 하나도 모르겠네!"

"당신이 아는 사람이 아니에요. 그는 없는 사람입니다……."

"그런데 누군가 가끔 오지 않나요?"

"물론 그렇지요. 당신이 나타나면 깜짝 놀라곤 하니까……."

"테레즈, 감사합니다, 감사합니다! 제가 여기에 두 발로 서 있어요. 당신이 누구인지, 그리고 내가 누구인지 저는 알아요. 그리고 모든 걸 말하자면, 저는 이렇게 해서 당신을 더 좋아하게 되었다고 생각해요. 당신은 여자이지 더는 스핑크스 같은 수수께끼의 인물이 아닙니다. 아! 조금 전에 뭐라고 말씀하셨지요?"

테레즈가 빈정거리며 말했다.

"그래서 이런 열정이 당신을 벌써 망가뜨렸나요?"

"아! 그게, 아마도! 테레즈, 그건 제가 10년 후에 당신에게 말해줄게요. 그리고 우리 함께 웃도록 해요."

"이제 이건 합의된 겁니다. 좋은 저녁 보내세요."

로랑은 아주 평온하고 또한 완전히 실망한 상태로 잠자리에 들었다. 그는 테레즈 때문에 정말로 고통받았다. 그는 자신의 욕망을 그녀가 감지하지 않도록 노력하면서 열정적으로 그녀를 욕망했다. 그것은 확실히 그녀만큼 선한 열정은 아니었다. 그 안에는 호기심만큼이나 허영심도 섞여 있었다. 모든 남자 친구들이 "그녀는 누구를 사랑하고 있지? 그게 나였으면 좋겠어. 하지만 그녀가 사랑하는 사람은 아무도 없지"라고 말하곤 했던 이 여인은 그에게 붙잡아야 할 이상적인 존재로 떠올랐다. 그의 상상력은 불타올랐고, 두려움과 어쨌든 실패하고 말 거라는 확신으로 그의 오만함은 피를 흘리고 있었다.

그러나 이 젊은이가 편협하게 자만심에만 사로잡혀 있는 것은 아니었다. 그는 때때로 선함이나 좋음, 그리고 진실에 대해서도 당당하고 명석한 개념을 가지고 있었다.

그는 천사였다. 그게 아니라면 대다수의 사람처럼 타락한, 적어도 벼락 맞아 아픈 천사였다. 사랑해야 할 필요성이 그의 마음을 삼켜버렸으며, 그는 하루에도 백번 자신이 너무나 지나칠 정도로 삶을 이미 낭비해온 것은 아닌지, 그리고 행복해질 힘이 남아 있는지 두려움에 떨면서 자신에게 물어보곤 했다.

그는 슬픔에 잠겨 조용히 잠에서 깨어났다. 그의 운명에 대해서는 아무것도 알려주지 않은 채 애정이나 헌신, 아니 어쩌면 관능의 보물들을 예감하게 내버려두면서 그의 마음을 관대한 배려로 읽어주었던, 그를 찬양했으며, 그를 꾸짖었고, 그를 격려했으며, 차츰 그를 불쌍히 여겼던, 자신의 몽상, 자신의 아름답고 수수께끼 같은 스핑크스를 그는 벌써 그리워하고 있었다. 어쨌든 로랑은 테레즈의 침묵을, 그리고 그가 그녀 앞에서 모욕적인 말을 늘어놓곤 할 때, 그녀가 입술 위와 눈가에 지어 보였던, 모나리자의 그것처럼 신비롭고 기묘한 웃음을 자신을 위해서 이런 식으로 해석하는 걸 좋아했다. 로랑이 모욕적인 말을 늘어놓을 때면, 그녀는 '저는 이 나쁜 지옥과 비교해서 천국을 잘 묘사할 수도 있어요. 그러나 이 불쌍한 미치광이들은 저를 이해하지 못할 겁니다'라고 말하는 듯한 표정을 짓고 있었다.

마음속에 품고 있던 의혹이 일단 드러나자, 로랑의 눈에 테레즈는 무엇보다도 우선 매혹을 상실한 것처럼 보였다. 그녀는 더 이상 남들과 같은 여자가 아니었다. 그는 심지어 그녀가 가진 평판을 끌어내리거나, 그녀가 질문하게 절대로 내버려두지 않았음에도 불구하고, 위선적이며 새침을 떤다고 그녀를 비난하고 싶은 유혹을 느끼곤 했다. 하지만 그녀에게 누군가가 있다는 사실을 알게 된 그 순간부터 그녀를 존경했던 것을 더는 후회하지 않았고, 그녀를, 심지어 그녀의 우정조차 더 이상 욕망하지 않았으며, 다른 곳을 찾는 걸 이제 불편해하지 않아도 괜찮겠다고 생각했다.

이러한 상황이 이틀에서 사흘 남짓 지속되었으며, 그동안 로랑은 그녀의 집에 오지 않고 보낸 이 시간에 대해 테레즈가 해명해보라고 할 것에 대비해 사과로 꺼내 들 수 있는 여러 변명거리를 마련해놓았다. 나흘째 되는 날, 로랑은 말로 표현할 수 없는 **우울**의 먹잇감이 되고 있다고 느끼고 있었다. 기쁨에 들뜬 젊은 여자들과 환심을 사려는 여자들에게 그는 구역질을 내고 있었다. 그는 자신의 친구 중 누구에게서도 자신의 권태를 알아차리고, 권태를 달래려 애쓰고, 그와 함께 그 원인과 치유할 방법을 찾아볼, 한마디로 그를 돌봐줄 테레즈의 참을성 있고 섬세한 호의를 발견하지 못했다. 오로지 그녀만이 그에게 무슨 말을 해야 할지 알고 있었고, 예술가의 이러한 운명은 그녀에게는 그다지 중요하지 않은 것은 아니라는 사실을 그녀는 이해하고 있으며, 또한 만약 예술가가 불행했더라면, 그 예술가에게 유감스러운 일이라고 알려줄 권리를 숭고한 영혼이라면 가지고 있다고 이해하고 있는 것만 같았다.

몹시 서둘러서 그녀의 집으로 달려가느라 그는 그녀에게 사과하려 했다는 사실조차 잊어버렸다. 그러나 테레즈는 그가 사과하는 걸 잊어버린 것에 대해 불만을 표하지도 놀람을 나타내지도 않았으며, 또한 아무것도 물어보지 않음으로써 그가 거짓말하지 않을 수 있게 해주었다. 그는 이러한 사실에 화가 났으며 자신이 이전보다 더 그녀를 질투하고 있다는 사실을 깨달았다. 그는 속으로 '그녀는 자기 애인을 만났을 거야. 그녀는 나를 잊어버렸을 거야' 하고 생각했다. 그러나 그는 자신의 분함을 전혀 드러내지 않았고, 테레즈가 속을 만큼 아주 세심하게 주의를 기울여 자신을 살폈다.

로랑은 분노와 냉담, 그리고 애정이 교차하는 몇 주를 흘려보냈다. 이 여인의 우정만큼이나 그에게 정말로 필요하거나 효력이 있는 것은 이 세상 어디에도 없었다. 사랑을 열망하지 못하는 것보다 쓰라리고 상처받는 것은 아무것도 없었다. 그녀에게 요구했었던 고백은 그가 은근히 기대했던 것처럼 그를 치유해주는 것과는 거리가 멀었고, 오로지 그의 고통을 돋울 뿐이었다. 그녀에게 명백하고도 확실한 원인이 있었으므로, 그가 더 이상 감출 수 없었던 것은 바로 질투심이었다. 그런데 어떻게 그는 알려진 원인을 부숴버리려 싸우고자 하는 마음을 자신이 무시할 수 있으리라고 생각했던 것일까?

한편으로 그는 보이지 않는 이 행복한 경쟁자를 밀어내려 그 어떤 노력도 하지 않았다. 테레즈에 대한 그의 지나친 자신감이 그렇게 하는 걸 허락하지 않았다. 홀로 이 경쟁자를 증오했을 뿐이고, 속으로 그를 깔보고 비방할 뿐이며, 온갖 조롱거리를 이 유령에게 가져다 붙이면서 하루에 열 번도 넘게 그를 모욕하고 또 도발할 뿐이었다.

그런 다음, 고통받는 걸 지독히 혐오한 그는 방탕한 생활로 되돌아갔으며, 자신조차 잠시 잊었고, 얼마 가지 않아 깊은 슬픔에 다시 빠져들었으며, 두 시간을 보내려 테레즈의 집에 갔고, 그녀를 보면서, 그녀가 숨 쉬는 공기를 들이마시면서, 투덜거리면서도 상냥한 목소리를 듣는 기쁨을 누리기 위해 그녀에게 반박하면서 행복해했다.

마침내 그는 자신에게 고통을 주는 그 사람을 추측하지 않으려고 그녀를 증오했다. 고작해야 보잘것없는 남자일 게 분명한 이 애인에게 충실하다는 이유로 그는 그녀를 경멸했는데, 그건 그녀가 이 남자에 대해 말할 필요성을 느끼지 못했기 때문이기도 했다. 오랫동안 그녀를 보지 않고 지내겠노라 맹세하면서 그는 그녀를 떠났고, 자신을 받아주기를 희망했더라면 어쩌면 한 시간 후에 다시 그곳으로 되돌아갔을 것이다.

잠시나마 그의 사랑을 깨닫게 된 테레즈는, 로랑이 자신의 역할을 잘하고 있었던 만큼 그의 사랑을 더는 의심하지 않았다. 그녀는 진심으로 이 불행한 아이를 사랑하고 있었다. 차분하고 사려 깊은 표정 속에 감추어진 열정적인 예술가, 그녀가 말하길, **그가 될 수도 있었을 무엇**에 일종의 숭배하는 마음을 바쳤으며, 애지중지하는 마음이 가득 담긴 연민이 남아 있었고, 거기에는 고통스러워하며 길을 잃은 천재에게 드리워진 진정한 존경심이 여전히 섞여 있었다. 만약 그녀가 어떤 나쁜 욕망도 그에게서 불러일으킬 수 없을 거라고 확신했더라면, 그녀는 그를 아들처럼 어루만져주었을 것이다. 그리고 그녀에게는 고쳐 말하곤 했던 순간들이 있었는데, 그것은 로랑에게 반말을 해야 하는 경우가 자주 생겼기 때문이었다.

이런 모성적인 감정 속에 사랑이 있었던 것일까? 확실히 있었으나 테레즈는 그 사실을 몰랐다. 그러나 정말로 정숙한 여인, 열정보다는 일과 함께 더 오래 살아온 여인이라면, 자신과 관련되어 지키기로 결심한 사랑의 비밀을 오래도록 간직할 수 있다. 테레즈는 그녀가 도맡아 모든 희생을 치러왔던 이 애정에서 자신의 만족 같은 건 절대로 생각하지 않을 게 확실하다고 믿었다. 로랑이 그녀 곁에서 안정과 행복을 찾은 이후로, 그녀는 이런 안정과 행복을 그에게 준 게 바로 자신이었다고 생각했다. 그녀가 뜻한 바대로 그가 사랑할 수 없다는 것을 그녀는 잘 알고 있었다. 마찬가지로 그가 고백했던 환상의 순간에 그녀는 상처를 받았었으며 두려워했었다. 이 위기가 지나가자 그녀는 무고한 거짓말에서 재발을 방지할 방법을 찾아낸 것에 만족해했으며, 지금까지의 모든 경우와 마찬가지로, 감명받았다고 느끼자마자 로랑은 주저하지 않고 **발트해**의 저 넘을 수 없는 얼음 장벽을 선언했고, 그녀는 더 이상 두려워하지 않으며 불길 한복판에서 화상 하나 입지 않고 사는 데 차츰 익숙해져갔다.

두 친구의 이 모든 고통과 위험은, 프랑스 예술가들의 지울 수 없는 도장과도 같은 조롱하면서 유쾌해하는 버릇, 그렇게 존재하는 방식 속에 숨어 있거나 그런 방식에 의해 가려져 있었다. 그것은 북부의 이방인들이 우리를 엄청나게 비난하는, 특히 근엄한 영국인들이 꽤나 경멸하곤 하는 우리의 습성이다. 그러나 미묘한 관계들에서 매력거리를 만들어내고, 상당한 광기나 어리석은 짓으로부터 우리를 빈번하게 보호해주는 것도 바로 이것이다. 사물들의 우스꽝스러운 측면을 찾아내는 것, 그것은 사물들에서 약하고 비논리적인 면모를 발견하는 것이다. 영혼이 결부된 것으로 판단된 위험을 비웃는 것, 그것은 웃으면서 또 노래를 부르면서 전쟁터로 나아가는 우리의 병사들처럼 위험에 용감해지도록 연습하는 것이다. 어떤 친구를 조롱하는 것, 그것은 종종 연민이 만족을 찾으라고 권고하는 연약한 영혼으로부터 그 친구를 구출해주는 무엇이다. 마지막으로 자기 자신을 조롱하는 것, 그것은 과장된 자기애의 어리석은 취기로부터 자신을 보호해주는 무엇이다. 나는 농담을 절대 하지 않아왔던 사람들이 유치하고도 참아주기 어려운 어떤 허영심에는 남달리 타고난 재능이 있다는 것을 눈여겨본 적이 있다.

로랑의 쾌활함은, 그의 재능과 마찬가지로 개성과 재치로 눈부시게 빛났으며, 독창적이었던 것만큼 자연스러웠다. 테레즈는 그보다 재치가 덜했으나, 그건 그녀가 말하는 데 선천적으로 몽환적이고 게을렀다는 의미에서 그런 것일 뿐이었다. 그러나 그녀는 정확히 말해 다른 사람들의 명랑함을 필요로 하고 있었다. 그런 까닭에 로랑의 명랑함이 점점 더 자리를 차지하기 시작했고, 은근하게 터져 나오는 그의 쾌활함은 매력이 그리 없는 것은 아니었다.

서로를 지탱해주었던 흐뭇한 기분은 바로 이런 익숙함에서 비롯되었고, 사랑이라는, 그러니까 테레즈가 절대 농담하지 않았고, 누군가 그녀 앞에서 농담하는 것도 좋아하지 않았던 주제가 교묘하게 스며들거나 들려올 낌새조차 찾지 못하는 결과를 낳았다.

어느 날 아침, 파머 씨의 초상화가 완성되었고, 테레즈는 친구 편으로 로랑에게 상당한 금액의 돈을 건넸고, 이 젊은이는 질병이나 예상치 못한 의무적인 지출이 발생할 경우, 따로 이 돈을 보관하겠노라고 그녀에게 약속했다.

로랑은 파머의 초상화를 그리면서 그와 친분을 맺었다. 로랑은 그가 어떤 사람인지 발견하게 되었다. 그는 곧고 공정하며, 관대하고 똑똑하며, 교육을 잘 받은 사람이었다. 파머는 부유한 부르주아였고, 그가 가진 거액의 재산은 무역에서 비롯했다. 직접 무역을 했던 그는 젊었을 적 장거리 여행을 하곤 했다. 서른 살이 되었을 때, 그는 자신이 충분히 부유하다는 것을 깨달았고, 이후 자신을 위해 살고 싶다는 사실을 크게 절감했다. 그래서 그는 자신의 즐거움을 위해서만 여행을 떠났으며, 신기한 것들과 놀라운 나라들을 꽤 많이 보고 난 다음, 아름다운 것들을 보는 것, 그리고 진정으로 흥미로운 나라를 그 문명을 통해 연구하는 것에서 즐거움을 느껴왔다고 말했다.

파머는 예술에 대해 탁월한 식견이 있지는 않았지만, 꽤나 믿을 만한 감각이 있었으며, 모든 면에서 자신의 직관만큼이나 순수한 개념들을 갖고 있었다. 그가 구사하는 프랑스어는 수줍음을 느끼게 해주었고, 대화가 시작되면 대부분 이해할 수 없어 웃음을 유발할 정도로 정확하지 않았다. 그러나 그가 편안해할 때면, 그가 언어를 알고 있으며, 유창하게 말을 구사하는 데 부족한 것은 오랜 연습과 자신감뿐이라는 사실을 알 수 있었다.

처음에 로랑은 적잖은 혼란과 호기심을 가지고 이 남자를 관찰했었다. 그가 자크 양의 연인이 아니라는 사실이 명백하게 드러나자, 로랑은 이 남자를 좋게 보기 시작했고, 테레즈에게 느꼈었던 것과 매우 흡사한 일종의 우정을 그에게서도 막연하게 느끼게 되었다. 파머는 관대하지만 자기 자신에게는 꽤 엄격하며, 다른 사람들에게는 매우 자비로운 철학자였다. 생각이나 성격에 있어서 그는 테레즈와 닮았으며, 모든 면에서 그녀의 의견에 거의 매번 동의했다. 로랑은 이런 두 사람을 두고서 자신이 음악적으로 이름을 붙인 이 둘의 **동조**(同調)에 모종의 질투심을 느꼈으나 또한 그것이 단지 지적인 질투일 뿐이었기 때문에, 두 사람의 동조를 두고 테레즈에게 감히 불평하거나 하지 않았다.

그녀가 말했다.

"당신의 이 정의는 아무런 가치가 없어요. 파머는 저에게 지나치게 냉정하고 완벽해요. 저는 그보다 조금 더 불같고, 조금 더 높이 노래하죠. 저는 장3도의 윗소리랍니다."

로랑이 말을 되받았다.

"그럼, 저는, 저는 엉뚱한 음이겠군요."

테레즈가 말했다.

"그렇지 않아요. 당신과 함께 저를 바꾸어서 단3도를 만들려고 내려가지요."

"그러니까 저와 함께 당신은 반음 내릴 수 있다는 건가요?"

"저는 파머보다 당신과 반음정 정도 더 가까이 있게 되었답니다."●

● 상드는 뛰어난 음악가이기도 했다. 이 구절의 음악적 메타포는 이렇다. 첫째, 음과 음 사이의 거리는 음정이라고 부르며 단위로 '도'를 사용한다. 둘째, 두 개의 음이 동시에 울리는 경우, 세 개의 음을 지나가는 두 음의 거리, 즉 도~미, 레~파 등이 3도다. 셋째, 여기에 음정의 성질을 부여하게 되는데, 장3도는 반음이 없는 경우, 단3도는 반음이 한 개 있는 경우로, 음과 음 사이의 거리와 성격을 조합해 장3도, 단3도 등의 음정을 결정한다. 넷째, 장3도를 단3도로 만드는 가장 일반적인 방법은(두 음이 도와 미라고 상정할 때) 3음, 즉 미를 반음 내려(내림표를 붙여) 음 사이의 거리를 좁히는 것이다.

제3장

어느 날 로랑은 파머의 요청에 따라 자신이 그려준 초상화가 액자에 잘 끼워져 제대로 포장되었는지 확인하려고 파머가 머무는 뫼리스 호텔•로 향했다. 로랑과 파머 앞에 초상화를 포장한 상자가 놓이자, 파머는 손수 펜을 들어 덮개에 자신의 어머니의 이름과 주소를 적었다. 그런 다음, 물건을 보내려고 배달 대행업자들이 상자를 들자, 로랑의 손을 잡고 이렇게 말했다.

"당신 덕분에 제 어머니께서 커다란 기쁨을 느끼시게 될 겁니다. 다시 한번 감사드립니다. 혹시 저와 잠시 얘기 나누셔도 괜찮으실까요? 드릴 말씀이 있습니다."

● 샤를 오귀스탱 뫼리스(1738~1820)는 프랑스 혁명 이전 영국군이 도버 해협을 건너 프랑스의 칼레 지방에 도착하자 호텔을 지었고, 이후 1817년 파리에 도착하자마자 두 번째 호텔을 지었다. 이 호텔에는 영국 손님들이 대거 투숙했기 때문에 '시티 오브 런던'이라는 별명이 붙었으며 모든 직원이 영어로 말했다.

로랑과 파머는 대형 여행 가방들이 놓인 거실로 자리를 옮겼다.

　본인은 담배를 피우지 않음에도 로랑에게 질 좋은 시가를 권하고 불을 건네주면서 미국인이 말했다.

　"저는 내일 이탈리아로 떠납니다. 그런데 한 가지 미묘한 일을 말하지 않은 채 당신을 떠나고 싶지는 않더군요. 얼마나 미묘하냐면, 당신이 제 말을 중간에 막는다면 프랑스어로 그걸 설명할 적절한 낱말들을 찾지 못할지도 모를 정도입니다."

　파머가 시작한 이 말에 놀라는 한편, 적잖이 걱정하는 마음이 든 로랑이 웃으며 말했다.

　"무덤 속에 있는 것처럼 침묵을 지키겠다고 당신께 맹세하죠."

　파머가 말을 받았다.

　"당신은 자크 양을 사랑합니다. 그리고 제 생각에 그녀도 당신을 사랑합니다. 어쩌면 당신은 그녀의 애인일 수도 있겠지요. 당신이 그녀의 애인이 아니라면 조만간 그렇게 될 거라고 확신합니다. 잠시만요! 어떤 말도 하지 않겠다고 제게 약속하셨지요. 그러니 아무 말씀도 하지 마세요. 저도 당신에게 아무것도 묻지 않겠습니다. 제가 당신에게 부여한 명예에 당신이 합당한 사람일 거라고 저는 믿습니다. 그러나 제가 걱정하는 것은 당신이 테레즈에 관해 충분히 알지 못한다는 것과 당신의 사랑이 그녀에게 영광이라면, 그녀의 사랑도 마찬가지로 당신에게 그러할 거라는 사실을 당신이 전혀 알지 못하고 있다는 것입니다. 제가 이런 걱정을 하는 건, 당신이 그녀에 대해 제게 던졌던 질문들과 우리 두 사람 앞에서 사람들이 나누었던 몇몇 이야기들 때문에, 그녀에 관해 저보다 더 동요하는 당신의 모습을 보았기 때문입니다. 이게 바로 당신이 아무것도 모르고 있다는 증거입니다. 모든 것을 알고 있는 저는, 자크 양을 향한 당신의 애정이 그녀가 당연히 받아야 할 평판과 존중을 바탕으로 생겨날 수 있도록 당신에게 모든 걸 말하려고 합니다."

파머의 말을 들으며 어쩔 줄 몰라 했던 로랑이 한편으로 인간적인 거리낌을 느껴 이렇게 소리쳤다.

"파머, 잠시만요! 지금 당신이 자크 양의 삶에 관해서 하려는 이야기, 그녀의 허락을 받고 하는 겁니까, 아니면 그녀의 부탁에 따른 것입니까?"

파머가 대답했다.

"어느 쪽도 아닙니다. 테레즈는 자신의 인생에 대해 당신에게 절대로 이야기하지 않을 겁니다."

"그렇다면 아무 말씀도 하지 말아주십시오! 그녀가 생각하기에 제가 알아도 좋다고 여기는 것만을 알고 싶을 뿐입니다."

로랑에게 악수를 청하며 파머가 대답했다.

"알겠습니다. 잘 알겠습니다! 그런데 당신에게 제가 말씀드리려고 한 것만이 의심에서 그녀의 결백을 증명해줄 거라면요?"

"그렇다면 그녀가 왜 그걸 숨길까요?"

"타인에 대한 배려 때문이지요."

더 이상 거부할 수 없는 로랑이 말했다.

"아, 그렇군요! 그럼 말씀해보시지요."

파머가 말을 받았다.

"지금부터 저는 누구의 이름도 거론하지 않겠습니다. 제가 당신께 말할 수 있는 한 가지 분명한 사실은, 프랑스 어느 대도시에 부유한 은행가가 있었는데, 그자가 딸의 가정교사였던 어느 매력적인 여인을 유혹했다는 것입니다. 28년 전, 생자크의 날●에 둘 사이에서 사생아가 태어났으며, 이 여자아이는 부모가 확인되지 않은 것으로 시청에 출생신고를 했으며, 자크라는 성(姓)을 가족의 성으로 물려받았습니다. 이 아이가 바로 테레즈입니다.

은행가에게 지참금을 받은 이 가정교사는 5년이 지나 은행가가 고용한 사람 중 아무런 의심도 하지 않았던 정직한 사람과 결혼했고, 당시의 일은 이렇게 일체 비밀에 부쳐졌습니다. 아이는 시골에서 자랐습니다. 아이의 아버지가 양육을 책임졌지요. 얼마 후 아이는 어느 수녀원에 맡겨졌고, 그곳에서 아주 훌륭한 교육을 받았으며, 세심한 보살핌과 사랑을 듬뿍 받으며 지냈습니다. 아이의 어머니는 초반 몇 년간은 꾸준히 아이를 만났습니다. 그러나 결혼 후 남편이 의심을 했고, 남

● 7월 25일이다.

편은 은행에 사직서를 제출하고는 아내를 벨기에로 데려갔으며, 거기서 여러 가지 일을 하며 재산을 모았습니다. 아이의 불쌍한 어머니는 눈물을 삼키며 남편을 따라야 했습니다.

이 여인은 아직도 자기 딸과 아주 멀리 떨어져 살고 있습니다. 그녀에게 또 다른 자식들이 생겼고, 결혼 이후 그녀는 나무랄 데 없는 행실을 보여왔습니다. 그러나 그녀는 단 한순간도 행복한 적이 없었습니다. 남편은 사랑한다는 이유로 그녀를 불법으로 감금했고, 끊임없이 질투했는데, 그런데도 이 여인은 자신의 잘못과 거짓말에 대한 벌이라고 생각하며 이 모든 것을 받아들였습니다.

세월이 흐르면서 한 사람은 고백을 했고 다른 사람은 용서를 했을 수도 있었을 것입니다. 어느 소설에서였더라면 그렇게 되었을 수도 있었겠지요. 그러나 현실의 삶처럼 논리적이지 않은 것도 없습니다. 이 가정은 첫날과 마찬가지로 흔들렸고, 사랑에 빠진 남편은 불안에 사로잡혀 거칠어졌으며, 아내는 뉘우쳤으나 말을 잃었고 억압을 받았습니다.

어려운 상황에 놓였던 테레즈는 자기 어머니에게서 지원도, 조언도, 구원도, 아니 위로조차도 받지 못했습니다. 그러나 테레즈의 어머니는 그녀를 사랑해서, 그녀를 몰래 만나려고 무리를 합니다. 그렇게 하루나 이틀 정도 파리에 혼자 머무는 데 성공합니다. 지난번에 그녀에게 일어난 일도 이런 경우였습니다. 테레즈의 어머니가 저는 짐작도 하지 못할 구실을 만들어내거나 아주 드물게 허락을 받을 수 있게 된 것은 고작 몇 년 전부터입니다. 테레즈는 어머니를 너무 사랑해서, 어머니를 위태롭게 하는 거라면 무엇이건 간에 절대로 인정하려 하지 않을 것입니다. 테레즈가 다른 여인들의 행실을 비난하는 걸 당신이 절대 들을 수 없는 이유가 바로 여기에 있습니다. 당신은 어쩌면 이런 방식으로 그녀가 은연중 그녀 자신에게 면죄부를 주고 있다고 생각할 수도 있을 것입니다. 그것은 사실이 아닙니다. 테레즈는 용서받아야 할 어떤 일도 하지 않았으니까요. 그러나 테레즈는 자기 어머니의 모든 것을 용서합니다. 이들의 관계에 관한 이야기입니다.

이제부터 저는 ×× 모(某) 백작부인 이야기를 하려고 합니다. 제 생각에, 누군가의 실명을 밝히고 싶지 않을 때, 당신들은 프랑스어로 이런 식으로 말하지요. 자신의 작위도, 남편의 이름도 밝히지 않은 이 백작부인은 여전히 테레즈입니다."

"그러니까 그녀는 결혼한 거군요? 그녀는 과부가 아닌가요?"

"기다려보세요. 그녀는 결혼했습니다. 또한 결혼하지 않은 것이기도 합니다. 이제 그 이유를 알게 될 겁니다!"

"테레즈가 열다섯 살이 되었을 때, 그녀의 은행가 아버지는 부인과 사별하고 자유로워졌습니다. 법률상의 아이들이 모두 성장하여 정착한 이후였기 때문이었습니다. 그는 훌륭한 사람이었습니다. 제가 당신에게 말했던, 그리고 제가 옹호할 생각이 전혀 없는 실수에도 불구하고, 그는 기지가 넘치고 관대했기에 좋아하지 않을 수 없었습니다. 저는 그와 아주 가까운 사이였습니다. 그는 제게 테레즈의 출생에 관한 이야기를 털어놓았고, 테레즈를 맡겨놓았던 수녀원을 방문할 때 몇 번인가 저와 동행한 적도 있었습니다. 그녀는 아름다웠으며 교양이 있었고, 친절했으며 감수성이 풍부했습니다. 제 생각입니다만, 그 사람은 제가 그녀와 결혼하겠다고 결심하고 결혼을 허락해달라고 그에게 요구하기를 바랐던 것 같습니다. 그러나 당시의 저는 그럴 만한 마음의 여유가 없었습니다. 그렇지 않았더라면……. 여하튼 저는 결혼은 생각조차 할 수 없었죠.

그러자 그는 아바나에 재산을 꽤 소유하고 있고 자기 집에 왔었던, 아주 잘생긴 어느 젊은 포르투갈 귀족에 대해 물어보았습니다. 저는 이 포르투갈 귀족을 파리에서 만난 적이 있었지만 실제로 잘 아는 것은 아니어서, 그에 관해 아무런 의견도 표명하지 않았습니다. 그는 아주 매력적인 사람이었지만, 저라면 이런 겉모습을 절대로 믿지 않았을 것입니다. 테레즈는 결국 1년 후에 이 ×× 귀족과 결혼하게 되었습니다.

저는 러시아에 가야 했습니다. 제가 돌아왔을 때, 은행가는 급성 뇌졸중으로 사망했고, 테레즈는 이 정체불명의 인간, 이 미치광이와 결혼한 상태였습니다. 이 비열한 인간에 대해서라면 말하고 싶지 않습니다. 테레즈가 그의 범죄를 발견한 이후에조차 이 작자는 그녀의 사랑을 받을 수 있었으니까요. 이 남자가 여간해서는 믿을 수 없을 정도로 뻔뻔하게 테레즈에게 청혼하고 또 그녀와 결혼했을 때, 이 작자는 외지에서 이미 결혼한 상태였던 겁니다.

테레즈의 아버지, 기지 있고 경험 많은 그 사람이 어떻게 속을 수 있었는지 저에게 물어보지 말아주세요. 저는 단지 개인적인 경험이 제게 지나칠 정도로 자주 가르쳐준 것만을 당신에게 말하려고 합니다. 가령 이 세상에서 일어나는 모든 일은 시간의 절반이요, 반드시 일어날 것처럼 보이는 것의 반쪽이라는 그런 가르침 말입니다.

이 은행가가 자기 인생의 막바지에도 여전히 여러 실수를 한 것으로 보아, 이미 명석함을 잃어버리지 않았나 싶습니다. 테레즈에게 직접 지참금을 주는 대신, 은행가는 그녀 앞으로 유산을 남겼습니다. 그러나 이 유산은 은행가의 법정상속인들 앞에서 무효로 판정되었고, 아버지를 사랑했던 테레즈는 이길 가능성이 있었음에도 유산에 대한 소송을 제기하려고 하지 않았습니다. 그래서 테레즈는, 정확히 어머니가 되었을 때 빈털터리가 되었고, 격노한 한 여자가 그녀의 집을 방문했던 것도 바로 그즈음이었으며, 자신의 권리를 주장하며 소란을 일으키길 바랐던 이 여자는 테레즈 남편의 첫 번째이자 법률상의 유일한 아내였습니다.

테레즈는 평범하다고 할 수 없는 용기를 갖고 있었습니다. 그녀는 불행한 이 여자를 진정시켰고, 어떤 소송도 제기하지 않겠다는 약속을 받아냈습니다. 그리고 백작에게서는, 자신의 아내를 다시 데리고 함께 아바나로 떠날 거라는 약속을 받아냈습니다. 테레즈가 지닌 출생의 비밀 때문에, 그리고 그녀의 아버지가 자기 애정의 증거들을 감추기를 바랐기 때문에 테레즈의 결혼식은 비공개로 외국에서 치러졌으며, 결혼식 이후 젊은 부부가 살았던 곳 역시 외국이었습니다. 그곳에서의 삶 또한 전적으로 비밀에 싸여 있었습니다. 백작은 사교계에 다시 나타나면 자신의 과거가 폭로될까 두려워서, 그녀와 함께하는 고독의 열정에 빠졌다고 테레즈가 믿게 만들었고, 남편을 신뢰한 이 사랑에 빠진 낭만적인 젊은 여인은 함께 여행할 때 남편이 무관한 사람들을 만나지 않으려 거짓 이름을 사용하는 걸 아주 당연하다고 생각했습니다.

따라서 테레즈가 상황의 끔찍함을 발견하게 되었을 때, 모든 것이 침묵 속으로 묻혀버리는 것이 가능했던 것입니다. 그녀는 신중한 법률가와 상담했고, 결혼이 무효라는 확신을 얻었지만, 그럼에도 결혼을 파기하려면 재판이 필요하다는 사실도 알게 되었지요. 그녀가 언제든 자신의 자유를 얻길 원한다면 말이죠. 그녀는 즉시 돌이킬 수 없는 선택을 했습니다. 자기 아이의 아버지에게 추문과 불명예의 비난을 뒤집어쓰게 하기보다 오히려 그녀는 자신이 자유롭지도 않고 결혼도 하지 않았다는 쪽을 택했습니다. 어찌 되었든 아이는 사생아가 될 테지만, 아이 아버지의 명예를 훼손하면서까지 흠 있는 이름을 물려받게 하는 것보다 아이가 성(姓)을 갖지 않고 자신의 출생에 대해 절대로 알지 못하게 하는 편이 더 나을 테니까요.

테레즈는 여전히 이 불행한 남자를 사랑했습니다! 그녀는 제게 그렇다고 고백했고, 그자도 악마 같은 열정으로 그녀를 사랑했습니다. 요란한 다툼과 무어라 이름 붙일 수 없는 사건들이 있었고, 테레즈는 나이를 넘어서는 에너지로 그것들을 헤쳐나갔습니다. 그녀의 성별에 대해 말하고 싶지 않네요. 어떤 여인이 영웅적인 모습을 보일 때, 이 여인의 절반쯤은 여자가 아니기 때문이죠.

마침내 테레즈는 원하는 바를 이루어냈습니다. 그녀는 아이를 지켜냈고, 잘못을 저지른 사람을 자신의 품에서 쫓아냈으며, 자신의 경쟁자와 떠나가는 그를 보았습니다. 이 여인은 질투심에 사로잡혔었지만, 결국 테레즈의 관대한 아량에 감복해 떠나는 순간에는 테레즈에게 고마움을 표하기까지 했습니다.

테레즈는 다른 나라로 가서 이름을 바꾸었고, 과부처럼 행세했으며, 그녀를 알고 있던 아주 적은 사람들에게서 잊히기로 결심했고, 고통스러운 열망을 지닌 채 아이와 함께 살아가기 시작했습니다. 아이가 너무도 소중해서 아이와 함께라면 모든 것을 잊을 수 있으리라 그녀는 생각했으나, 이 최소한의 행복도 오래 지속되지 않았던 게 분명합니다.

백작에게는 재산이 있었고 또 첫 번째 아내와의 사이에서 아이가 없었기 때문에 테레즈는 이 첫 번째 아내의 부탁으로 아들을 제대로 기르는 데 필요한 양육비를 받아들여야만 했습니다. 그러나 백작은 아내와 아바나에 가자마자 아내를 버리고서 도망쳐 나와 유럽으로 돌아왔고, 테레즈의 발아래 엎드려서는 자신과 아이와 함께 세상 반대편으로 도망가자고 간청했습니다.

테레즈는 인정에 휘둘리지 않았습니다. 그녀는 곰곰이 생각했고 또 기도했습니다. 그녀의 영혼은 단단해졌으며, 그녀는 더 이상 백작을 사랑하지도 않았습니다. 특히 자기 아들 때문에라도 이런 남자가 자기 삶의 주인이 되는 걸 원하지 않았습니다. 그녀는 행복해질 권리를 잃어버렸지만, 스스로 자존감을 지킬 권리는 잃지 않았습니다. 그녀는 백작을 비난하지 않았으나 약한 모습을 보이지 않고 백작을 떨쳐냈습니다. 그러자 백작은 경제적 지원을 끊어버리겠다고 테레즈를 협박했습니다. 그녀는 생존을 위해 일하는 것이 두렵지 않다고 대답했습니다.

그러자 이 파렴치한 미치광이는, 테레즈를 자기 맘대로 하기 위해, 아니면 그녀의 저항에 복수하기 위해 끔찍한 방법을 생각해냈습니다. 아이를 납치해서 사라져버린 것입니다. 테레즈는 그를 쫓아갔습니다. 그러나 그자가 너무나 교묘하게 조치해두었기 때문에 잘못된 길로 접어들었고, 결국 그를 따라잡을 수 없었습니다. 영국의 어느 여인숙에서 제가 그녀를 만났던 게 바로 이즈음이었는데, 절망과 피곤으로 거의 죽을 지경인 데다가 미치기 일보 직전이었던 그녀는 불행으로 너무나도 황폐해진 모습을 하고 있어, 선뜻 그녀를 알아보지 못할 정도였습니다.

그녀에게 휴식을 권하며 제가 대신 그들을 찾아보겠다고 약속했습니다. 조사한 결과, 백작은 미국으로 돌아갔으며, 도착하자마자 아이는 과로로 사망했다는 비통한 소식을 듣게 되었습니다.

이 끔찍한 소식을 불행한 테레즈에게 전해야만 했을 때, 제 말을 들은 후에도 오히려 침착한 그녀의 모습에 저는 공포를 느낄 정도였습니다. 일주일 동안 죽은 여자가 걸어 다녔다고 사람들은 말했을 겁니다. 마침내 그녀는 울음을 터뜨렸고, 저는 그녀가 살아났다는 것을 알게 되었지요. 저는 그녀를 떠나야만 했습니다. 그녀는 자신이 지금 있는 곳에서 정착하고 싶다고 말했습니다. 궁핍하게 살 그녀를 걱정하고 있던 제게 그녀는 자기 어머니가 아무것도 부족함 없이 살게 해줄 거라며 거짓말을 했습니다. 나중에서야 저는 불쌍한 그녀의 어머니가 테레즈를 도와줄 형편이 되지 않았다는 사실을 알게 되었지요. 어머니에게는 보고하지 않고 집 안에서 쓸 수 있는 돈이 1센트도 없었다는 사실을 말이죠. 더군다나 그녀의 어머니는 딸이 겪었던 불행에 대해서는 아무것도 알지 못했습니다. 어머니에게 몰래 편지를 써왔던 테레즈는 어머니를 절망에 빠뜨리지 않으려고 자신에게 일어났던 일들을 모두 숨겨왔던 것입니다.

다방면에 재능이 있었으며, 누구에게서도 동정받지 않고자 자신의 재능을 활용할 용기를 낸 테레즈는 프랑스어와 그림, 음악을 가르치며 영국에서 살았습니다.

1년이 지나 프랑스로 돌아온 그녀는 한 번도 와본 적이 없으며 그녀를 아는 사람이 아무도 없는 파리에 정착했습니다. 당시 그녀의 나이는 고작 스무 살이었는데, 결혼했을 때 그녀는 열여섯 살이었습니다. 그녀는 더 이상 예쁘다고 할 수 있는 상태가 아니었으며, 예전의 건강과 활기를 되찾기까지 8년이라는 휴식과 체념의 세월이 필요했습니다.

이 기간에 제가 그녀를 다시 만난 것은 손에 꼽을 정도였는데, 그건 제가 항상 돌아다녔기 때문입니다. 그러나 제가 발견한 그녀는 품위 있고 당당한 모습이었으며, 불굴의 용기를 갖고 일했고, 놀랄 만큼 깔끔한 정돈과 청결로 자신의 궁핍을 가렸으며, 신에게도, 그 누구에게도 불평 따위는 하지 않았고, 과거에 대해 말하려 하지도 않았으며, 간혹 아이들을 몰래 쓰다듬다가도 누군가 그녀를 쳐다보기라도 하면 감동한 자신의 모습을 들킬까봐 얼른 자리를 피하곤 했습니다.

제가 그녀를 보지 못한 지 3년쯤 되었을 때, 그리고 제가 당신에게 저의 초상화를 그려달라고 부탁했을 때, 저는 마침 그녀의 주소지를 찾던 중이었습니다. 당신이 그녀에 대해 말했을 때, 제가 당신에게 물어보려 했던 그 주소 말입니다. 당신을 만나기 전날 도착한 저는 그녀가 마침내 성공을 거두어 물질적 여유를 얻었다거나 유명해졌다거나 하는 사실을 미처 알지 못한 상태였습니다. 그녀를 다시 만나서 저는 비로소, 그렇게 오랫동안 부서졌던 그녀의 영혼도 여전히 살아가고 사랑하고…… 고통받고 혹은 행복해질 수 있었다는 걸 이해하게 되었지요. 친애하는 로랑, 테레즈가 테레즈일 수 있도록 애써주세요. 그녀가 쟁취해낸 것은 그녀 자신이니까 말입니다! 당신에게 그녀가 고통스러워하지 않을 거라는 확신이 조금도 들지 않는다면, 그녀의 집으로 되돌아가지 말고 오늘 밤 당신의 뇌가 타오를 정도로 고민해보십시오! 제가 당신께 해야 했던 이야기는 이게 전부입니다."

매우 감동한 로랑이 말했다.

"잠깐만요! 그 ×× 백작은 아직 살아 있나요?"

"불행히도 그렇습니다. 다른 사람들에게 불행을 안겨주는 사람들은 항상 잘 지내고 또 모든 위험을 비껴가지요. 심지어 이런 자들은 절대로 포기하는 법도 없습니다. 이 백작은 주제 넘게도 테레즈에게 전해달라며 최근에 제게 편지를 보내왔습니다. 일전에 당신이 보는 앞에서 제가 테레즈에게 건넸던 편지가 바로 그것인데 읽을 가치가 있는지는 테레즈가 판단하겠지요."

로랑은 파머 씨의 이야기를 들으며 테레즈와 결혼하리라 생각했다. 파머의 이야기는 로랑의 마음을 뒤흔들어놓았다. 우리가 굳이 반복할 필요가 없다고 판단했던 파머의 단조로운 말투와 도드라진 억양, 몇 가지 기괴한 반전은, 그의 말을 듣고 있던 로랑의 생생한 상상 속에다, 테레즈의 운명처럼 뭐라 말하기 어려운 이상하고 끔찍한 무언가를 심어주었다. 부모가 없는 소녀, 아이가 없는 어머니, 남편이 없는 아내, 이 정도면 그녀는 아주 예외적이라고 할 어떤 불운을 겪은 것이 아닐까? 그녀가 사랑과 인생에서 간직하고 있지 않을 서글픈 경험들이 과연 무엇이 있을까! 매혹된 로랑의 눈앞에 신비한 스핑크스가 다시 나타났다. 베일을 벗은 테레즈는 로랑에게 어느 때보다도 더욱 신비로워 보였다. 그녀는 단 한 번도 위로받은 적이 없거나, 그게 아니라면, 단 한순간도 그럴 수 없었던 것은 아니었을까?

로랑은 감동하며 파머를 안았고, 자신이 테레즈를 사랑하고 있으며, 언젠가 그녀에게 사랑받게 된다면, 흘러 지나가버린 시간과 방금 들은 이야기를 자기 인생의 매 순간 기억하겠노라고 파머에게 맹세했다. 그러고 나서 자크 양의 이야기를 알은체하지 않겠노라고 파머에게 약속한 다음, 집으로 돌아와 편지를 썼다.

테레즈, 지난 두 달 동안 제가 당신에게 한 말 중에서 단 한마디도 믿지 말아주세요. 당신에게 사랑에 빠진 저를 보며 당신이 두려움을 느꼈을 때, 제가 당신께 했던 말 또한 믿지 말아주세요. 저는 사랑에 빠진 것이 아닙니다. 그렇지 않아요. 그게 아니라, 저는 당신을 미친 듯이 사랑합니다. 터무니없고, 말도 안 되며, 파렴치한 일입니다. 어떤 여자에게 **'당신을 사랑합니다!'**라고 말하거나 편지에 쓸 수 없다고, 또한 그래서는 안 된다고 믿어왔던 저이지만, 저에게서 나와 당신에게로 향하고 있는 오늘의 이 말이 아직도 너무 차갑고 지나치게 절제되었다고 여겨집니다. 저를 숨 막히게 하는, 당신이 추측하고 싶어 하지 않는 이러한 사실을 비밀로 한 채 저는 앞으로 더 이상 살아갈 수 없습니다. 백 번도 넘게 저는 당신을 떠나려 했고, 그렇게 세상 끝으로 가버려 당신을 잊어버리려고 했습니다. 그런데 한 시간도 채 지나지 않아 저는 당신 집 앞에 서 있게 되었고, 정말로 자주, 밤마다 질투에 잡아먹힌 채, 또 저 자신에게 화가 나다시피 하여, 지금 당신을 생각하는 저를 혐오하려고 당신이 꾸며냈던 미지의 연인을, 제가 그 존재를 믿지 않는 이 미지의 연인을 어서 당신에게 데려다주어 저를 이 고통에서 벗어나게 해달라고 하느님에게 간청하고 있습니다. 테레즈, 당신의 품에 안긴 그 남자를 제게 보여주시거나 저를 사랑해주세요! 이 방법이 쓸모가 없다면, 제게는 세 번째 길밖에 남아 있지 않은데, 이 모든 걸 끝내기 위해서 제가 죽어버리는 것입니다…… 절망에 빠진 모든 연인이 되풀이해왔던 이런 진부한 위협은 물론 비겁하고 어리석습니다. 하지만 절망에 고통받는 사람들 모두가 바로 이 절망 때문에 똑같은 비명을 지르고 있다면 그것이 과연 제 잘못일까요? 그리고 제가 그들과 같은 사람이 된다면, 제가 과연 미친 걸까요?

저를 보호하고자, 그리고 저라는 불쌍한 개인이 자유롭기를 바라는 만큼 위험하지 않게 하고자 제가 꾸며냈던 모든 것이 제게 무슨 소용이 있었겠습니까?

테레즈, 당신과 관련되어 저를 책망할 무언가를 갖고 있으신가요? 우정으로 당신에게 신뢰를 주려 오로지 우둔해질 뿐이었음을 자부해왔던 저는 교활하거나 어리석은 사람인가요? 그런데 왜 당신은 제가 사랑하지 않은 채 죽어가기를 바라는 겁니까? 제게 사랑을 알게 해줄 유일한 여인이자 이런 사실을 잘 알고 있는 당신이 말입니다. 당신은 영혼 속에 보물을 품고 있고, 허기와 갈증으로 죽어가는 불행한 사람 곁에서 미소 짓고 있습니다. 당신은 가끔 이 사람에게 보잘것없는 동전을 던져줍니다. 당신은 그것을 우정이라 부를 테지만, 그것은 사실 동정조차 되지 못합니다. 방울방울 떨어지는 물이 갈증을 더 보챈다는 것을 당신은 분명 알고 있기 때문입니다.

왜 저를 사랑하지 않나요? 어쩌면 당신이 이미 저와는 비교할 수 없는 누군가를 사랑했을 수도 있겠지요. 저는 별로 가치가 없는 사람이며, 그건 사실입니다. 하지만 저는 사랑합니다. 이게 전부가 아닐까요?

당신은 제 말을 믿지 않으시겠지요. 그리고 제가 착각하는 거라고 다시 말씀하시겠지요. 언제나처럼! 그렇지 않습니다. 하느님과 당신 자신에게 거짓말하는 것이 아니라면, 당신은 그렇게 말할 수 없을 겁니다. 고통이 저를 지배하고 있다는 걸, 마침내 제가 우스꽝스러운 고백을 했다는 걸 당신도 이제 잘 알게 되셨을 겁니다. 당신에게 조롱받는 것도, 이 세상에서 무엇 하나 두려워하지 않는 제가 말입니다!

테레즈, 제가 타락했다고 생각하지 말아주세요. 당신은 잘 알고 있습니다. 제 영혼의 본질이 결코 더럽혀진 적 없다는 것을, 저 자신을 던져 넣었던 깊은 심연 속에서, 본의는 아니었다고 하더라도 제가 항상 하늘을 향해 소리쳤다는 것을 말입니다. 당신은 잘 알고 있습니다. 당신 곁에서는 제가 아이처럼 순수하다는 것을 말입니다. 당신은 이따금 제 이마에 입을 맞추려고 하는 것처럼 두 손으로 제 머리를 잡는 것도 두려워하지 않았죠. 당신은 또 이렇게 말하곤 했지요. "고약한 머리! 부서질 만도 하지." 이렇게 말했으면서도, 당신은 제 머리를 뱀의 머리처럼 부숴버리는 대신, 거기에 당신 영혼의 뜨겁고 순수한 숨결을 불어넣으려고 노력했어요. 그래요! 당신은 너무 성공한 것밖에 없어요. 당신이 제단 위에 불을 지핀 지금 이 순간, 당신은 돌아서서 제게 이렇게 말하고 있군요. "이 불을 다른 여인에게 맡겨 잘 간직해달라고 하세요! 결혼하세요. 아주 착하고 헌신적이며 아름다운 젊은 여인을 사랑하세요. 아이들을 가지세요. 아이들을 위해 야망을, 안정을, 가정의 행복을, 제가 뭘 알겠습니까만, 저를 제외한 모든 걸 가지세요!"라고 말입니다.

테레즈, 저는 말입니다, 열정적으로 사랑하는 건 당신이지 저 자신이 아닙니다. 제가 당신을 알게 된 이후, 당신은 제가 행복을 믿고 행복의 맛을 느껴보게 하려고 노력해왔습니다. 제가 버릇없는 아이 같은 이기주의자가 되지 않은 게 당신 잘못은 아닙니다. 그렇지요! 저는 이보다는 나은 사람이지요. 저는 당신의 사랑이 제게 행복이 될 것인지를 지금 묻고 있는 게 아닙니다. 저는 오로지 사랑이 삶이 될 거라는 것, 그리고 좋건 나쁘건, 제게 필요한 게 바로 이런 삶 아니면 죽음이라는 것만 알 뿐입니다.

제4장

로랑의 편지를 읽고 테레즈는 마음이 몹시 아팠다. 그녀는
벼락이라도 맞은 듯 충격을 받았다. 그녀의 사랑은 로랑의 그
것과 닮은 점이 거의 없었다. 그래서 그녀는 그를 진정으로
사랑하는 것은 아니라고 생각했으며, 이런 생각은 편지에서
그가 사용했던 표현을 다시 읽으면서 더욱 확실해졌다. 테레
즈의 마음에는 취기라는 것이 없었고, 설령 있었다 하더라도,
한 방울씩, 그녀가 눈치채지 못할 만큼 너무 천천히 들어왔으
며, 첫날 그녀 자신이 취기를 지배할 수 있다고 생각할 정도
였다. 열정이라는 단어에 그녀는 분노했다.

그녀가 속으로 말했다.

'열정을 말하다니, 나한테! 그러니까 열정이 뭔지 내가 알
지 못한다고, 또 독이 든 이 음료를 다시 맛보길 내가 바라고
있을 거라 생각하고 있단 말이지! 그를 따뜻하게 대하며 정
성껏 배려했는데, 감사의 탈을 쓰고 절망과 열광과 죽음을 내

게 권하다니, 도대체 그에게 내가 무슨 짓을 한 거지? 어찌 되었건 그건 그의 잘못이 아니야, 이 불행한 영혼의 잘못이 아니야! 자신이 뭘 원하는지도, 뭘 요구하고 있는지도 그는 알지 못한다고. 잡을 수 없다는 것을 알기에 더욱더 그 존재를 믿으려 애쓰는 현자의 돌●처럼 사랑을 찾아다니는 거야. 그는 내가 그걸 갖고 있다고, 그런데 그걸 그에게 주는 걸 거절하면서 즐기고 있다고 믿고 있어! 그가 생각하는 모든 것에는 언제나 망상이 섞여 있곤 했지. 어떻게 진정시켜서, 그를 불행하게 만들어버리고야 말 환상에서 떼어내야 할까!

　내 잘못이야. 그가 내게 이런 말을 하는 데에는 항상 이유가 있었어. 방탕한 생활을 멀리하기를 바라는 마음에 정직한 애정에만 익숙해지도록 했었는데, 그게 너무 과했던 거야. 그는 남자니까, 그래서 우리의 애정이 충분하지 않다고 생각한 거지. 그가 왜 나를 속였을까? 왜 나로 하여금 그가 내 곁에서 평온해진다고 믿게 했을까? 내 미숙함으로 인해 빚어진 어리석음을 되돌리려면 이제부터 나는 무얼 해야 하는 걸까? 막연히 짐작만 했지 내가 여자라는 걸 나는 충분히 고려하지 못했던 거야. 살아가는 데 아주 미온적이고 피로해 보이는 여자가 어떤 남자의 머리를 언제고 어지럽힐 수 있다는 사실을 나는 알지 못했어. 일전에 그가 한 차례 내게 말했던 것처럼 내가 매력적이고 위험하다는 걸, 그가 오로지 나를 달래려고

● 값싼 금속을 금으로 바꾸는 능력을 가졌다고 전해지는 연금술의 돌.

이런 내 모습을 부정해왔다는 걸 알아차렸어야만 했어. 따라서 그건 악이야. 애교를 부리는 본능을 갖고 있지 않을 뿐인 게 잘못이 될 수 있을까?'

그리고 나서 테레즈는 추억들을 뒤적거렸고, 마음에 들지 않았던 다른 남자들의 욕망으로부터 자신을 보호하려고 조심과 불신이라는 본능을 가지고 있었다는 사실을 기억해냈다. 그러나 그녀는 로랑과 있을 때는 이러한 본능을 가지고 있지 않았는데, 그건 로랑이 그녀에게 우정을 가지고 있다고 판단했기 때문이었고, 또한 로랑이 그녀를 속이려 애써왔다는 사실을 믿을 수 없었기 때문이었으며, 솔직히 말해, 그녀가 다른 누구보다도 더 그를 좋아하고 있었기 때문이었다. 홀로, 자신의 아틀리에에서 왔다 갔다 하면서, 그녀는 고통스러워하고 또 거북해하며, 다시 열어볼지 없애버릴지 결정하지 못한 채, 어찌해야 할 바를 몰라 탁자 위에 올려놓았던 그 운명의 편지를 물끄러미 바라보거나 작업대 위에 중단된 채 놓여 있는 자신의 그림을 쳐다보곤 했다. 그녀가 이 편지, 그러니까 이 의혹 덩어리, 이 불안거리, 놀라우면서도 두려움 가득한 이 종이를 받았을 그때, 그녀는 한창 열의와 기쁨 가득한 마음으로 작업에 임하고 있었다. 그것은 마치 아무것도 없는 저 평화로운 지평선 위로 오래된 불행의 망령들을 한꺼번에 되돌아오게 하는 신기루와 같았다. 그 종이에 적힌 낱말 하나하나는 과거에 들었던 어떤 장송곡과도 같았고, 새로운 불행에 대한 예언과도 같았다.

다시 그림 작업에 착수하면서 그녀는 마음을 진정시키려고 노력했다. 그녀에게 그림은 삶의 바깥에서 찾아오는 온갖 자질구레한 혼란과 동요를 치료해주는 훌륭한 약이었다. 그러나 이날, 이 치료제는 그다지 힘을 쓰지 못했다. 그의 열정이 그녀에게 불어넣은 두려움이 현재 그녀 삶의 가장 내밀하고도 순수한 성역에다가 그녀를 붙잡아두었다.

"흔들리고 부서진 두 개의 행복, 일과 우정이려나."

그녀는 아무것도 해결하지 못한 채 하루의 나머지 시간을 보냈다. 그녀의 마음속에는 오로지 선명한 점 하나만 보였는데, 그건 바로 아니라고 말하는 해결책이었다. 아니라고 말하며 거절하려 마음먹었지만, 그녀는 서둘러 바리케이드를 치지 않으면 견뎌내지 못할까 두려워하는 여자들이 내보이곤 하는 의심에 젖은 거친 태도로 로랑에게 거절을 통고하길 원하지는 않았다. 이 '**아니요**'를 말하는 최후의 방식은 어떠한 희망도 남겨서는 안 되었고, 한편으로 우정이라는 따뜻한 추억에 낙인을 찍어서도 곤란했기에, 그녀에게는 아주 난감하고도 씁쓸한 문제가 되었다. 이런 추억, 그것은 그녀만의 고유한 사랑이었다. 사랑하는 누군가가 죽어 그 사람을 매장해야 할 때, 우리는 고통 없이 망자의 얼굴에 흰 천을 덮어 공동으로 매장하는 구덩이에 밀어 넣을 결심을 하지 않는다. 이따금 찾아가 묻힌 자의 영혼을 위해 기도할 무덤을 하나쯤 선택한 다음 거기에 망자를 묻어두길 원한다.

테레즈는 지나치게 고통을 주지 않고 거절할 적절한 방법을 찾지 못한 채 밤이 돼서야 도착했다. 그녀가 저녁 식사를 잘 하지 못했다는 사실을 알아챈 카트린은 걱정하면서 어디 아픈 건 아닌지 물었다.

그녀가 대답했다.

"아니에요. 좀 바빴어요."

늙은 하녀가 말을 받았다.

"아! 일이 너무 많았군요. 살 생각은 하지 않으시는군요."

테레즈는 손가락을 하나 들어 올렸다. 카트린은 이 제스처가 무엇이건 더 이상 묻지 말라는 뜻임을 알고 있었다.

테레즈가 몇몇 친구들을 초대하곤 했던 시간을 얼마 전부터 오로지 로랑만 이용하고 있었다. 오고 싶은 사람 누구에게나 문을 열어놓았음에도 로랑 혼자만 오곤 했는데, 다른 사람들이 불참하기도 했고(여행을 떠나거나 시골에 머무는 계절이었다), 사람들이 테레즈의 집에서 모종의 편애 같은 것, 즉 포벨 씨와만 주로 이야기를 나누려는, 의도치 않았으며 숨기는 데 실패한 욕망을 느꼈기 때문이기도 했다.

로랑이 테레즈의 집에 도착하던 시간은 대개 저녁 8시 무렵이었다.

테레즈는 시계를 보며 혼잣말했다.

"내가 아직 대답한 건 아니야. 오늘 그는 오지 않을 거야."

이렇게 덧붙였을 때, 그녀의 마음속에서는 끔찍한 공허가 피어올랐다.

"그가 다시 오는 일은 절대로 없어야 해."

로랑이 소파 방석에 한가하게 누워 담배를 피우는 동안, 간단한 스케치를 하거나 여자들의 일●을 하면서 이 젊은 친구와 이야기를 나누며 보내곤 했던 기나긴 저녁을 그녀는 어떻게 보내야 할까? 그녀는 포부르 생제르맹●●에서 만나 가끔함께 공연을 보러 갔던 여자 친구를 찾아가 이 지루함을 달래볼까 생각했다. 그러나 이 친구는 이른 시간에 잠자리에 들곤 했고, 테레즈가 도착할 때쯤이면 아주 늦은 시각이 될 게 분명했다. 길은 아주 멀고, 또한 이 시간에 삯마차는 너무 느리게 갈 게 뻔했다! 게다가 옷도 차려입어야 했는데, 열정적으로 일하면서 자신들을 갑갑하게 만드는 것이라면 그 무엇도 견디지 못하는 예술가들처럼, 실내화를 신고 편안한 차림으로 생활해왔던 테레즈는 외출복을 차려입는 것에 사실 굼떴다. 숄을 걸치고 또 베일을 쓰고, 마부가 딸린 마차를 찾으려 사람을 보내고, 마차를 타고 불로뉴 숲의 황량한 길을 천천히 걷듯 산책한다고? 숨 막히는 저녁 무렵, 나무 아래서 약간의 기분 전환이 필요할 때, 가끔 테레즈는 로랑과 함께 이런 식으로 산책을 하곤 했다. 아무렇게 연관 지어 그녀의 평판을 해칠 수도 있었을 그런 산책이었다. 그러나 로랑은 비밀

● 상드는 뜨개질하거나 융단을 짜는 등 자수를 매우 좋아했다. 수고본에는 '자수나 융단 짜는 뜨개질'로 적었다가 이후 '여자들의 일'로 수정했다.

●● 생제르맹데프레 사원 너머의 지역으로, 성 밖에 있는 파리의 변두리였으나 17~18세기에 도시화되면서 파리 제7구로 편입되었고, 19세기에는 파리에서 가장 번창한 구역으로 성장했다.

을 지켜 그녀의 신뢰에 성실히 보답했다. 그들은 신비한 것들로 가득한 이 둘만의 기벽을 좋아했으나 한편으로 둘 사이에는 어떤 비밀도 감추는 법이 없었다. 테레즈는 이미 멀리 달아나버리기라도 한 것처럼 이와 같은 신비로운 일들을 추억했고, 이 신비로운 것들이 다시는 되돌아오지 못할 거라는 생각에 한숨을 내쉬며 혼잣말을 했다.

"그때가 좋았어! 고통받고 있는 그에게도, 그 사실을 이제 모르지 않는 내게도, 이런 것들은 다시 시작되지 못할 거야."

9시가 되어 테레즈가 결국 로랑에게 답장을 하려 애쓰고 있었을 때, 초인종 소리가 울렸고 그녀는 소스라치며 놀랐다. 그 사람이었다! 외출했다고 대답하라고 카트린에게 말하려 그녀는 몸을 일으켰다. 카트린이 들어왔다. 그에게서 온 것은 한 통의 편지일 뿐이었다. 테레즈는 저도 모르게 그가 아니라는 사실을 애석해하고 있었다. 편지에는 고작 몇 마디만 적혀 있었다.

아듀, 테레즈. 당신은 저를 사랑하지 않습니다. 그리고 저는 아이처럼 당신을 사랑합니다!

이 두 줄을 읽은 테레즈는 머리끝부터 발끝까지 전율을 느꼈다. 그녀가 마음속에서 단 한 번도 꺼뜨리려 애썼던 적이 없는 유일한 열정, 그것은 바로 모성애였다. 이 모성애의 상처는, 비록 겉으로 보기에 아문 듯했으나, 충족되지 않은 사랑처럼 늘 피를 흘리고 있었다.

알 수 없는 전율을 느끼며 흔들리는 두 손으로 편지를 움켜쥐고 그녀가 되뇌었다.

"아이처럼이라니! 아이가 사랑하는 것처럼 그가 나를 사랑한다고! 맙소사, 도대체 뭐라고 하는 거야! 내게 어떤 고통을 주고 있는지 알고나 있는 걸까? **아듀**!라니. 내 아들도 **아듀**!라고 말할 줄은 진작에 알고 있었어. 그런데도 사람들이 그를 데려갔을 때, 내게 소리쳐 **아듀**라고 말하지 않았어. 그 소리를 내가 들었을 수도 있겠지! 다시는 그 소리를 듣지 않을 거야."

테레즈는 지나치게 흥분한 상태였으며, 감정적으로 가장 고통스러운 상태에 사로잡히자 눈물을 흘렸다.

카트린이 들어오면서 그녀에게 말했다.

"부르셨어요? 아이고, 이런! 대체 무슨 일이세요? 예전 그때처럼 울고 계시잖아요!"

테레즈가 대답했다.

"아무것도 아니야, 아무것도 아니에요, 그냥 놔두세요. 누가 나를 찾아오면 공연 보러 나갔다고 말해줘요. 혼자 있고 싶어. 몸이 좋질 않아요."

카트린은 방문이 아니라 정원을 통해서 밖으로 나갔다. 그녀는 울타리를 따라 발소리를 죽여가며 걷고 있는 로랑을 보았다.

그녀가 로랑에게 말했다.

"그렇게 쭈뼛거리지 마세요. 아씨께서 왜 울고 계시는지 잘 모르겠지만, 당신 잘못 때문인 게 틀림없어요. 당신이 고통을 준 겁니다. 아씨는 당신을 보고 싶어 하지 않아요. 이리 와서 어서 아씨께 용서를 구하세요!"

테레즈를 존중했고 또한 그녀에게 헌신했던 카트린은 로랑이 테레즈의 연인이라고 확신하고 있었다.

로랑이 소리쳐 말했다.

"테레즈가 울고 있다고요? 하느님 맙소사, 왜 우는 거지?"

그러고 나서 로랑은 단숨에 아담한 정원을 가로질렀고, 두 손에 머리를 묻고 거실에서 흐느껴 울고 있는 테레즈의 발치로 달려들었다.

이따금 자신이 그렇게 비치길 원했던 것처럼 로랑이 진짜로 교활한 사람이었다면, 그녀의 이런 모습을 보고는 기뻐서 어쩔 줄 몰라 했을지도 모른다. 그러나 로랑의 성정은 놀라울 정도로 선했고, 테레즈는 로랑이 이러한 본성을 되찾게 할 만큼 로랑에게 은밀한 영향력을 끼치고 있었다. 눈물에 잠긴 그녀의 모습은 그래서 로랑에게 실제로 깊은 고통을 주었다. 로랑은 자신이 보인 광기를 잊어달라고, 부드러움과 이성으로 슬픔을 가라앉혀달라고 무릎을 꿇고서 그녀에게 간청했다.

그가 말했다.

"저는 오로지 당신이 원하는 것만을 원합니다. 우리의 죽어버린 우정 때문에 눈물을 흘리시니, 당신에게 슬픔을 새로 주느니 차라리 이 우정을 되살려보겠다고 맹세하겠습니다. 자, 힘을 내세요. 상냥하고 착한 나의 테레즈여, 친애하는 나의 누이여, 내 더 이상 당신을 속일 힘도 없으니, 우리 솔직하게 행동합시다! 테레즈, 용기를 내어 저의 사랑을 당신이 슬픈 발견을 한 것처럼 받아주고, 인내와 자비로 당신이 제게서 치유하길 바라는 고통처럼 받아주세요. 제가 최선을 다해 노력하겠습니다. 그러겠다고 맹세합니다! 당신에게 입맞춤조차 해달라고 하지 않을 겁니다. 그리고 이런 건 당신이 걱정할 만큼 제게 고통을 주지는 않을 거라고 생각해요. 제 욕망이 이런 것들에 달려 있는지 아직 잘 모르기 때문입니다. 아닙니다. 사실을 말하자면, 저는 그렇다고 생각하지 않아요. 제가 이끌어온 삶과 여전히 자유롭게 이끌어가고 있는 삶을 생각했을 때 어떻게 그럴 수 있겠습니까? 제가 느끼고 있는 건 영혼의 목마름입니다. 이게 왜 당신을 불안하게 만들겠습니까? 제게 당신의 마음을 조금만 주세요. 그리고 제 마음을 모두 가지세요. 제가 당신을 사랑한다는 걸 받아주세요. 그리고 그게 당신에게 모욕이라고 이제 더는 말하지 말아주세요. 왜냐하면 저의 절망은 바로 당신이 저를 너무 경멸해서, 제가 꿈속에서조차 당신을 갈망하는 걸 허락하지 못하는 그런 제 모습을 보는 것입니다……. 그것은 저 자신을 비하하는 것이고, 당신에게 도덕적으로 혐오감을 불러일으키는 이 불쌍한 작자를 죽여버릴 생각이 들게 합니다. 옳지 못한 삶에 대해 속죄하라고, 당신에게 어울리는 사람이 되라고 제게 말해주면서, 차라리 제가 빠졌던 진창에서 저를 일으켜 세워주세요. 그래요, 아주 희미할지언정, 제게 희망을 주세요! 이 희망이 저를 다른 사람으로 만들어줄 겁니다. 테레즈, 지켜보세요. 꼭 그렇게 될 겁니다! 당신에게 나은 모습을 보이기 위해 노력한다는 생각만으로도 저는 벌써 힘이 납니다. 저는 그걸 느끼고 있습니다. 제게서 그걸 걷어가지 마세요! 당신이 저를 밀어낸다면 저는 과연 어떻게 될까요? 당신을 알고 난 다음부터 제가 올라왔던 모든 계단을 저는 도로 내려가게 될 겁니다. 우리의 고결한 우정이 낳은 모든 결실을 잃게 되겠지요. 당신은 어느 병자를 낫게 하려고 애쓰면서 죽음 놀이나 하고 있을 테지요! 너무나 위대하고 선량한 당신은 당신의 이런 성과를 보면서 만족해할 수 있을까요? 이 병자를 최상의 결론으로 전혀 이끌지 못했다고 후회하지 않을 수 있을까요? 부상당한 자에게 붕대를 감아주는 것에 그치지 않고 용서로 그자의 영혼을 하늘과 화해시키려 노력하는 자비로운 자매가 되어주세요. 테레즈, 자, 어서, 당신의 경건한 손길을 제게서 떼어내지 말아주세요. 고통 속에서도 그토록 아름다운 당신의 얼굴을 제게서 돌리지 말아주세요. 당신을 사랑하는 저를 용서하거나 허락하기 전에는 당신 곁을 떠나지 않겠습니다!"

로랑이 진실해 보였기에 테레즈는 로랑의 토로를 진지하게 받아들였을 것이다. 의심스러워하며 그를 밀어내는 것은 그녀가 로랑에게 품었던 지나치게 강렬한 연민을 고백하는 것이나 마찬가지일지도 몰랐다. 두려움을 드러내는 여인은 이미 패배한 것이다. 그래서 그녀는 용감한 모습을 보였고, 아마도 진실로 그랬을 것인데, 그것은 아직 충분히 강하다고 그녀 스스로 믿고 있었기 때문이었다. 게다가 그녀는 자신의 약점에서조차도 나쁜 영향을 받지 않았다. 이 순간, 관계를 끊는 것은, 능숙하고 신중하게 그 관계를 부드럽게 완화하지 않는 한 진정시키는 게 더 나은, 끔찍한 감정을 불러일으키는 것이나 마찬가지였을 것이다. 그것은 며칠을 소모해야 할 일이 될 수도 있었다. 로랑은 아주 불안정했고, 아주 갑작스레 극에서 극으로 옮겨 다녔다!

따라서 그들은 폭풍우 같았던 지난 일을 잊으려고 서로서로 도우면서, 또 앞날에 대해 서로 안심하기 위해, 심지어 그 일에 대해서 웃으려고 노력하면서 마음을 진정시켰다. 그러나 무엇을 했건 간에, 그들의 상황은 근본적으로 달라져 있었고, 친밀감에 상당한 진척을 보였다. 서로를 잃을까 하는 두려움이 둘 사이를 더 가까워지게 만들었고, 둘 사이의 우정에 관해서는 아무것도 바뀐 것이 없다고 서로 장담하면서도, 둘의 모든 말과 생각 속에서는 무기력한 영혼, 이미 포기한 사랑에서 찾아든 누그러든 피로 같은 것이 자리하고 있었다!

차를 가져온 카트린은 순진하고도 어머니 같은 염려의 말로 두 사람을 다시 같이 있게 하는 데 성공했다.

그녀가 테레즈에게 말했다.

"두 분, 이 차로 속을 괴롭히는 것보다 어서 닭 날개라도 드시는 게 나을 텐데요!"

자기 주인을 가리켜 보이며 카트린이 로랑에게 말했다.

"아씨께서 저녁 식사에 손도 안 대신 걸 알기나 하시나요?"

로랑이 큰 소리로 말했다.

"저런! 어서 저녁을 드시지요! 테레즈, 괜찮다고 말하지 말아요. 식사하셔야 합니다! 당신이 아프면 제가 뭐가 되겠습니까?"

정말로 배고프지 않아 테레즈가 식사를 거절하자, 식사를 권하라고 계속 압박하던 카트린의 신호에 로랑은 자기가 배가 고프다고 주장했는데, 로랑도 저녁 식사 하는 걸 잊어버렸기에 이 말은 한편으로 사실이었다. 그러자 테레즈는 기꺼이 그에게 식사를 대접했고, 그렇게 두 사람은 처음으로 함께 식사를 하게 되었다. 테레즈의 외롭고 겸허한 삶에서 이 식사는 의미가 없지 않았다. 마주 보고 식사를 한다는 것은 친밀함의 커다란 원천이다. 물질적 존재가 필요로 하는 공통적인 만족이며, 한층 고결한 의미를 찾자면, 이 '공통'이라는 낱말이 지시하듯, 그것은 성찬(聖餐)●이기도 하다.

농담하는 와중에도 시적인 문장들로 번쩍이는 기지를 뽐냈던 로랑은 웃으면서 자신을 탕아에 비유했고, 카트린은 이 탕아를 위해 서둘러 맛있는 저녁을 차렸다. 얇게 저민 닭고기가

● '공통-공동'을 뜻하며 형용사는 'communis(공통적-공동적)'로 '공통적(commun)'이다. 코뮈니옹(communion)은 같은 신앙을 가진 여러 사람의 결합, 혹은 사상이나 감정의 완벽한 일치를 뜻한다. 또한 (기독교) 최후의 만찬 때 그리스도가 자신의 죽음을 기념하여 빵과 포도주를 나누라고 했다는 복음서의 말을 따르는 성찬식을 의미한다.

제공된 이 저녁 식사는 당연히 두 친구의 기쁨을 끌어냈다. 테레즈는 젊은 남자의 식욕을 만족시키기에는 양이 너무 적었다는 점을 걱정했다. 테레즈의 동네에는 재료가 없었고, 로랑은 나이 든 카트린이 수고하는 것을 원하지 않았다. 구아버 젤리를 담은 커다란 단지가 찬장 깊숙한 곳에서 나와 식탁에 올랐다. 그것은 테레즈가 손댈 생각을 하지 않았던 파머의 선물이었는데, 어리석게도 질투했지만 이제는 진심으로 좋아하게 된 이 훌륭한 덕을 열을 올리며 언급하면서, 로랑은 깊숙이 첫 숟가락을 퍼 올렸다.

로랑이 말했다.

"테레즈, 이제 아시겠지요. 슬픔이 사람을 얼마나 부당하게 만드는지! 제 말을 믿으세요. 아이들을 애지중지 대해야만 해요. 선한 사람은 단맛으로 대접받은 사람밖에 없습니다. 그러니 제게 항상 구아버를 주셔야 해요. 그것도 많이 주세요! 엄격함은 그저 쓴 담즙일 뿐만이 아닙니다. 치명적인 독입니다!"

차가 나오고, 로랑은 자신이 이기적으로 먹어치울 동안, 테레즈는 먹는 척하면서 아무것도 먹지 않았다는 사실을 알아차렸다. 그는 자책하면서 자신의 부주의를 털어놓았다. 그러고 나서 카트린을 되돌려 보냈고, 직접 차를 만들어 테레즈에게 대접하기를 원했다. 그가 누군가의 시중을 드는 걸 자처한 것은 그의 인생에서 이번이 처음이었고, 거기에서 그는 미묘한 기쁨을 발견하고는 순수하게 이 놀라움을 표현했다.

무릎을 굽혀 테레즈에게 찻잔을 건네면서 로랑이 말한다.

"이제 저는 알게 되었습니다. 하인도 될 수 있고 또 그런 상태를 사랑할 수 있다는 것을요. 주인을 사랑하는 문제일 뿐입니다."

어떤 사람들에게는 최소한의 주의를 기울이는 것이 극단적인 대가를 치르기도 한다. 태도에서, 그리고 심지어 몸의 자세에서조차 로랑은, 사교계 여인들과 어울릴 때조차도 쉽게 버릴 수 없었던 어색함 같은 것을 가지고 있었다. 예의 면에서도 그는 지나치게 격식을 차려 그녀들을 차갑게 대하곤 했다. 로랑의 내면에 훌륭한 여성과 유쾌한 예술가로 명예롭게 자리하고 있던 테레즈는 자신이 로랑에게 준 것과 똑같은 무언가를 로랑이 자신에게 주지 않았음에도 항상 그를 배려하고 소중하게 여겨왔었다. 로랑에게는 가정적인 남자가 되는 데 필요한 취향도 비법도 없었다. 그런데 갑자기 서로 눈물을 흘리고 격양된 감정을 토로한 후, 자신도 깨닫지 못한 채, 로랑은 자신이 가지고 있지 않았으나 불현듯 영감으로 낚아챈 듯 어떤 권리를 부여받은 자신을 발견하게 되었고, 놀라고 또 감동한 테레즈는 그의 권리에 반대할 수 없었다. 그는 자기 집에 있는 것처럼 행동했고, 마치 선량한 형제나 오래된 친구가 집의 안주인을 돌보곤 하던 식의 특권을 얻기라도 한 것처럼 보였다. 이와 같은 점유의 위험에 대해 생각해보지 않은 테레즈는, 따뜻하고 헌신적인 이 아이를 그간 거만하고 음침한 남자로 여기며 지금까지 자신이 근본적으로 잘못 생각하고 있었던 것은 아니었는지 자문하면서 놀란 눈을 크게 뜨고서 그가 하는 것을 지켜보고 있었다.

테레즈는 밤사이 곰곰이 생각해보았다. 그러나 그다음 날 아침, 그녀가 한숨을 돌리게 내버려두고 싶지 않았던 로랑은 아무것도 숙고해보지 않은 채 아름다운 꽃다발과 외국의 당과(糖菓) 세트, 그리고 너무나 따뜻하고 상냥하며 정중해서 감동할 길을 막을 수 없는 짤막한 편지를 그녀에게 보냈다. 로랑은 남자들 중에서 자신이 가장 행복한 사람이며, 그녀의 용서 외에 아무것도 바라지 않으며, 용서받는 순간 이 세상의 왕이 될 거라고 생각했다. 자신의 친구 테레즈를 보지 못하게 되거나 목소리를 듣지 못하게 되는 것만 아니라면, 그는 어떠한 박탈도, 어떠한 가혹함도 받아들였다. 그녀를 보고 그녀의 목소리를 듣는 것만이 유일하게 그의 능력을 벗어나는 것이었다. 나머지 모든 것은 아무것도 아니었다. 테레즈가 그를 사랑할 수 없다는 사실을 그는 잘 알고 있었지만, 그것이 편지의 열 줄 아래에 이렇게 적는 걸 막지는 못했다.

"우리의 거룩한 사랑은 녹을 수 없는 거 아닐까요?"

분명 자기 자신도 속아 넘어간 순진한 마음으로 하루에도 백 번씩 이렇게 긍정과 부정, 사실과 거짓을 반복하며 세심한 주의를 기울여 테레즈를 보살피고, 그들 관계의 순결함을 그녀가 신뢰할 수 있도록 온 마음을 다해 노력하면서, 그녀를 향한 숭배를 매 순간 열정적으로 그녀에게 토로하면서, 또 그녀가 걱정하는 모습을 보일 때면 기분을 풀어주려고, 그녀가 슬퍼하는 모습을 보일 때면 그녀를 즐겁게 해주려고, 그녀가 심각해하는 모습을 보일 때면 그녀가 자신을 불쌍히 여기도록 애쓰면서, 로랑은 그녀가 알아채지 못하는 사이, 그의 뜻과 그라는 존재 이외에 그녀가 다른 것을 가질 수 없게 만들었다.

두 사람 중 한 사람이 다른 이에게 육체적 반감을 불러일으키지 않을 때, 공격하지 않겠다고 서로 약속한 친밀한 관계처럼 위태로운 것은 아무것도 없다. 독립적인 삶과 직업의 특성으로 인해 종종 사회적 합의를 포기하도록 강제되곤 하는 예술가들은, 규범과 현실 속에서 사는 사람들보다 이러한 위험에 훨씬 더 노출되어 있다. 따라서 우리는 우리보다 더 느닷없는 충동과 더 열광적인 반응을 보이는 이들을 너그럽게 받아들여야 한다. 여론은 그래야 한다고 느끼는데, 이는 여론이 고요한 바다에 누워 평온하게 흔들거리고 있는 사람들보다는 폭풍우 속에서 마지못해 헤매고 있는 자들에게 대개 더 관대하기 때문이다. 그래서 세상은 예술가들에게 영감의 불꽃을 요구한다. 그리고 대중의 열광과 쾌락을 위해 타올라야 하는 이 불꽃은 종국에 가서 예술가 자신을 태워버려야 한다. 이쯤이 되어서야 사람들은 예술가를 동정하고, 예술가의 재앙과 파국을 알게 된 후 저녁 무렵 가족의 품으로 돌아간 행복한 시민은 선량하고 온화한 자신의 동반자에게 이렇게 말할 것이다.

"노래를 아주 잘했던 그 불쌍한 젊은 여자 기억나? 슬퍼하며 죽었다네. 그리고 아주 아름다운 것들을 읊었던 그 유명한 시인 있잖아, 자살을 했다고 하네. 여보, 정말 유감이야……. 이런 사람들은 모두 끝이 좋지 않군. 행복한 사람들은 바로 우리들, 평범한 사람들이라고……." 이 행복한 시민의 말은 옳다.

그러나 테레즈는 오래 살았다. 행복한 시민으로 살 수도 있었지만, 그러려면 가족이 필요한데, 신은 그녀에게 가족을 허락하지 않았기에 최소한 그녀는 아침부터 일하며 하루가 끝나갈 무렵 즐거움이나 지루함에 도취되지는 않는 근면한 노동자로 살았다. 테레즈는 가정적이고 규칙적인 생활에 대한 열망을 끊임없이 가졌다. 그녀는 질서를 사랑했으며, 저속한 족속이라고 불렸던 사람들에게 당시의 몇몇 예술가들이 퍼붓곤 했던 유치한 멸시를 드러내기는커녕, 재능과 명성 대신 애정과 안전을 발견했을 수도 있었을 이 소박하고도 확실한 사회에서 결혼하지 않은 걸 씁쓸하게 후회했다. 그러나 우리는 자신의 운명을 선택하지 않는다. 단지 미친 사람들이나 야망에 가득 찬 사람들만이 운명의 벼락을 맞는 경솔한 자들은 아니기 때문이다.

제5장

　사랑이라는 말에 우리가 부여하는 놀린다거나 방탕하다는 의미에서 그녀는 로랑에게 약해지지 않았다. 고통스러운 생각들로 며칠 밤을 보낸 후, 테레즈가 로랑에게 이렇게 말한 것은 자신의 의지에서 비롯된 행동이었다.

　"네가 원하는 걸 나도 원해. 왜 그러냐면, 우리가 저지른 일련의 실수 때문에 불가피하게 앞으로 저지를 실수를 바로잡을 수 없을 지경까지 이르렀기 때문이야. 너에게서 이기적으로 도망치는 신중함이 나에게 없었기에, 나도 너에게 책임이 있다고 할 수 있어. 휴식과 자존심을 맞바꿔 너의 동반자, 너를 위로하는 사람으로 남았기에, 나 역시 네게 책임이 있다고 하는 게 더 옳을 테지……. 잘 들어."

　그녀는 그의 두 손에 잡힌 자신의 손을 힘이 닿는 한 유지하면서 덧붙였다.

　"절대로 내 이 손을 놓지 마. 그리고 무슨 일이 일어나더라도, 너의 연인이기 이전에 내가 **너의 친구**였다는 사실을 잊지 않을 만큼 충분한 긍지와 용기를 가져. 네가 열정을 보여주었던 첫날부터 나는 나에게 말했어. 서로 고통스럽게 사랑하지 않을 방법이 달리 없어서 우리는 이렇게 지나칠 정도로 서로를 사랑해왔던 거라고. 하지만 내게 이 행복은 지속될 수 없었는데, 그건 네가 이 행복을 더 이상 나와 함께하지 않았기 때문에, 그리고 아픔과 기쁨이 뒤섞인 우리 관계에서 네게는 고통이 더 우위를 차지했기 때문이야. 너한테 이것만 부탁할게. 나의 우정에 지금 네가 싫증을 느끼고 있듯 나의 사랑에도 싫증을 느끼고 있다면, 네 품에 나를 던졌던 것은 착란의 한순간이 아니라, 관능의 취기보다 더 부드럽고 지속적인 내 마음의 격정과 어떤 감정이었다는 걸 기억해주었으면 해. 나는 다른 여자들보다 우월하지 않지만 내가 상처를 입지 않을 거라고 믿을 권리를 부당하게 얻은 것도 아니야. 그러나 나는 너를 너무 열렬하고 거룩하게 사랑해서, 만약 내 힘으로 너를 구해냈어야 했더라면, 네가 망가지는 일은 결코 일어나지 않았을 거야. 이 힘이 네게 유용했다는 것을, 이 힘이 너로 하여금 네 힘을 발견하게 하고, 고약한 과거를 바로잡을 수 있게 너를 도와주었다는 것을 내가 믿게 된 후에 너는 정반대의 무언가에 설득되었지. 오늘 일어나고 있는 일이 실은 그것과는 정반대인데 말이야. 그래서 너는 점점 신랄해지고, 또 내가 저항할 경우 기꺼이 나를 증오하는 거고, 심지어 딱한 우리 우정을 모독하면서까지 기어이 방탕한 시절로 돌아가려는 것 같다. 그래! 너를 위해 나는 내 인생을 희생해서 신에게 바쳤어. 너의 성격이나 과거 때문에 내가 고통받아야 한다면, 차라리 그러라고 해. 내가 너를 알게 되었을 때 네가 저지르려 했었던 자살을 네게서 막아낼 수 있다면 나는 어떤 대가든 충분히 지불할 거야. 성공하지 못한다 해도 적어도 나는 그러려고 할 거고, 그러면 신께서도 쓸모없는 나의 이 헌신을 용서해주실 테지. 이 헌신이 얼마나 진지했는지를 알고 있는 신은!"

처음 며칠 동안 로랑은 이 결합에 대해 놀랄 만한 믿음과 열정을 보였고, 감사의 마음을 가졌다. 그는 자신을 넘어설 정도로 고양되어 있었고, 종교적으로 도약하고 있었으며, 그토록 꿈꿨지만 자신의 잘못으로 영원히 박탈당했다고 믿어왔던 성스럽고 고귀하며 진정한 사랑을 마침내 알게 해준 사랑스러운 연인을 찬양했다. 그의 말에 따르자면, 그녀는 세례의 물속에 그를 다시 담갔고, 나쁜 날들에 대한 기억까지도 그에게서 지워버렸다. 그것은 일종의 흠모이자 경탄이었으며 숭배였다.

순진하게도 테레즈는 이런 그를 믿었다. 그녀는 빼어난 한 영혼에게 행복을 모두 주었으며 위대함을 모두 돌려주었다는 기쁨에 빠져들었다. 그녀는 모든 근심을 잊어버렸으며, 그럴 까닭이 있다고 여겨서 품게 된 헛된 꿈이라도 된다는 듯, 근심에 미소를 지어 보이기도 했다. 그들은 이런 자신들을 서로 놀리기도 했다. 서로를 이해하고, 소중히 여기고, 서로 사랑하는 것이 당연한 일이었음에도, 처음부터 서로를 오해하고, 열렬히 끌어안지 않았다는 걸 자책하기도 했다. 신중함이나 훈계 따위는 더는 문제가 되지 않았다. 테레즈는 10년은 젊어졌다. 그녀는 로랑보다도 더 아이 같은 아이가 되어갔는데, 로랑을 위해 장미 꽃잎의 주름을 느끼지 못할 존재가 되기 위해서라면 무엇을 더 상상해야 할지 모를 정도였다.

가엾은 테레즈! 그녀의 도취는 채 일주일을 넘기지 못했다.

젊은 시절의 힘을 남용한 자들에게 가해진 끔찍한 형벌, 조화롭고 정상적인 삶의 달콤함을 맛볼 수 없게 만들어버리는 이 끔찍한 형벌은 어디서 오는가? 커다란 갈망을 가지고 세상 속으로 거리낌 없이 뛰어들고야 만 젊은이, 지나가는 모든 유령과 자신을 부르는 온갖 도취를 끌어안을 수 있다고 믿고 있는 이 젊은이, 그는 과연 죄지은 자인가? 그에게 죄가 있다면 그것은 차라리 무지가 아니었을까? 이 젊은이는 인생이 자신과 맞서 싸우는 일련의 끊임없는 투쟁이라는 사실을 요람에서라면 배울 수 있었을까? 가엾게 여겨야 하는 자들이 진짜로 있으며, 어쩌면 인도해줄 사람, 현명한 어머니, 착실한 친구 혹은 진지한 첫 연인을 가지지 못했을 자들에게 유죄판결을 내리는 게 정말로 어려운 것도 사실이다. 첫걸음부터 그들은 도취에 사로잡혀 있었다. 타락이 그들 위로 먹잇감처럼 던져져, 영혼보다 욕망에 더 사로잡혀 있던 이들을 야만적인 사람으로 만들었고, 로랑처럼 현실의 진창과 꿈의 이상 사이에서 고군분투해왔던 이들을 무분별한 사람으로 만들었다.

이것이 바로 고통스러운 이 영혼을 계속 사랑하려고 테레즈가 자신에게 해왔던 말이었으며, 우리가 앞으로 이야기하게 될 상처를 그녀가 견뎌냈던 이유였다.

이 둘에게 행복의 일곱 번째 날은 돌이킬 수 없는 마지막 날이 되고 말았다. 이 불길한 숫자[•]는 테레즈의 기억에서 단 한 번도 빠져나온 적이 없었다. 뜻밖의 상황이 일주일 내내 영원한 기쁨을 지속시키는 데 기여했다. 친한 사람들 중에서 그 누구도 테레즈를 찾아오지 않았으며, 그녀에게는 서둘러 마무리해야 할 작업도 없었다. 아틀리에는 보수 작업을 맡겨놓은 인부들로 가득했고, 로랑은 자신의 아틀리에를 다시 사용할 수 있게 되면 곧바로 작품을 시작하겠다고 약속했다. 더위가 파리를 짓누르고 있었다. 로랑은 테레즈에게 시골 숲에 가서 마흔여덟 시간을 보내자고 제안했다. 일곱 번째 날이었다.

그들은 배를 타고 떠나 저녁에 호텔[••]에 도착해 그곳에서 저녁 식사를 마친 다음, 아름다운 달빛에 의지해 숲속을 달려보려고 밖으로 나왔다. 두 사람은 말을 빌리고 안내인을 고용했는데, 얼마 가지 않아 알아들을 수 없는 말을 지껄이며 잘

[•] 〈레위기〉 23장 27~28절. "일곱째 달 열흘날은 속죄일이니 너희는 성회를 열고 스스로 괴롭게 하며 여호와께 화제를 드리고 이날에는 어떤 일도 하지 말 것은 너희를 위하여 너희 하나님 여호와 앞에 속죄할 속죄일이 됨이니라" 참조.

[••] 상드와 뮈세는 배를 타고 퐁텐블로 숲으로 가서 브리타니크 호텔에 함께 머물렀다.

난 척하는 이 안내인이 지루해지기 시작했다. 그들은 2리외● 이동해서 로랑이 알고 있던 어느 커다란 바위 아래에 도착했다. 로랑은 말과 안내인을 돌려보내자고, 조금 늦어지더라도 걸어서 호텔로 돌아가자고 제안했다.

테레즈가 그에게 말했다.

"숲에서 밤을 보내지 않을 이유를 모르겠네. 늑대도 없고 도둑도 없잖아. 네가 원하는 만큼 여기 머물자. 그리고 너만 좋다면 다시 오지 말자."

둘만이 남았다. 그리고 바로 그때, 기이하고도 환상적이라 할 만한 장면이 하나 펼쳐졌는데, 이 장면에 대해서라면 발생한 그대로 이야기해둘 필요가 있겠다. 두 사람은 바위 꼭대기에 올라가 여름이라 바짝 말라 제법 두꺼워진 이끼 위에 앉았다. 로랑은 별이 쏟아내는 빛을 달이 지워내고 있는 장엄한 하늘을 바라보고 있었다. 가장 큰 별 가운데 서너 개가 저 홀로 지평선 위에서 빛나고 있었다. 바닥에 등을 대고 누워 로랑은 이 별들을 바라보고 있었다.

그가 말했다.

"정말로 알고 싶은 게 하나 있어. 머리 바로 위에 있는 것만 같은 저 별의 이름 말이야. 저 별이 나를 바라보고 있는 것 같아."

테레즈가 대답했다.

● 옛 거리 단위. 1리외는 약 4킬로미터다.

"저건 직녀성이야."

"그러니까 학자 양반, 별의 이름을 죄다 알고 있는 거야?"

"아마 거의 그럴걸. 별로 어렵지 않아. 네가 편할 때 십오 분만 들이면, 나만큼 알게 될 거야."

"아니, 난 됐어. 알지 않는 편을 더 좋아하는 게 확실해. 내 환상에서 생긴 이름을 저 별에 붙이는 게 더 좋으니까."

"네 말이 맞아."

"다른 이들의 변덕에 맞춰 걷는 것보다 저 위에 그어진 선들을 밟으며 하늘에서 우연에 내맡긴 산책을 하고, 내 생각에 따라 이리저리 별들의 그룹을 만들어보는 게 나는 더 좋으니까. 테레즈, 어쩌면 내가 틀렸을지도 모르겠어! 너는 길이 트인 오솔길을 좋아하잖아, 그렇지 않아?"

"그런 길이 연약한 발에는 더 좋지. 너와 달리 내게는 한 번에 7리외를 갈 수 있는 장화•가 없으니까!"

"이제 날 놀리는구나! 네가 나보다 더 강하고 더 잘 걷는다는 걸 너도 알잖아!"

"아주 간단한 문제야. 하늘을 날 수 있는 날개가 내겐 없잖아."

"여기에다가 나를 버려둘 겸 하나 마련하는 걸 한번 고려해보시지! 아니다. 서로 헤어진다는 말은 하지 말자. 그 말이 비

● 샤를 페로(1628~1703)의 〈엄지 동자〉에 등장하는 거인의 장화. 이 장화를 신으면 한달음에 멀리 뛸 수 있다.

를 몰고 올지도 모르니까!"

"어라! 누가 그런 생각을 한다는 거지? 네가 한 말, 이제 다시는 꺼내지 마!"

갑자기 몸을 일으키며 로랑이 소리쳤다.

"안 해, 안 해! 우리 그런 말 이제 더는 생각하지 말자, 생각하지 말자고!"

그녀가 그에게 말했다.

"무슨 일이야? 어디 가는데?"

그가 대답했다.

"나도 몰라. 그래, 맞다! 그러고 보니…… 저쪽에서 근사한 메아리가 울렸었어. 지난번에 귀여운 여자 ××와 함께 왔을 때……. 그녀 이름까지 알고 싶진 않을 거야, 그렇지? 어쨌든 지금 우리 앞에 보이는 저 조그마한 언덕 위에서 그녀가 노래를 불렀을 때, 여기서 그 노래를 들으며 굉장히 즐거운 경험을 했거든."

테레즈는 아무 대답도 하지 않았다. 로랑은 지난날 잘못 어울리며 만났던 여자들 중 한 명에 대한 시의적절하지 못한 추억을 마음속의 여왕과 함께 지새우는 이 낭만적인 밤에 갑자기 꺼내는 게 그다지 즐거운 일이 아니라는 사실을 깨달았다. 이 추억이 왜 로랑을 다시 찾아온 것일까? 바람기 있는 여자의 보잘것없는 이름이 어떻게 그의 입술 끝에 대롱거렸던 것일까? 그는 이 실수로 괴로워했다. 그러나 단순히 사과하지 않았으며 열정에 고취되었을 때 영혼에서 그가 꺼낼 줄 알았던 다정한 말들을 한 움큼 쏟아내어 그녀로 하여금 잊게 하는 대신 그는 이 추억을 부인하려 하지 않았고, 그래서 그는 테레즈에게 자신을 위해 노래를 불러달라고 부탁했다.

그녀가 부드럽게 대답했다.

"부를 수 없을 것 같아. 말을 타본 지 오래돼서 그런지 숨이 조금 가쁘네."

"조금 가쁠 뿐이라면, 테레즈, 조금 더 힘을 내봐. 그러면 나는 정말 기쁠 텐데!"

분한 마음을 갖기에는 너무나 자존심이 강했던 테레즈는 오로지 침울할 뿐이었다. 그녀는 고개를 돌려서 기침하는 척했다.

그가 웃으면서 말했다.

"아니, 저런, 그대는 그저 연약한 여성일 뿐이었군요! 더구나 내 메아리 얘기를 믿지도 않고, 내겐 다 보여요. 당신에게 메아리를 들려주고 싶어요. 당신은 여기 있어요. 내가 저 위로 올라갈 테니. 오 분 정도 혼자 있다고 설마 무서워하는 건 아니겠지요?"

테레즈가 슬픈 목소리로 대답했다.

"아니, 하나도 무섭지 않아."

맞은편 바위에 오르려면, 그들이 있던 바위와 맞은편 바위 사이를 가르는 작은 협곡까지 내려가야만 했다. 그런데 이 협곡은 보기보다 깊었다. 협곡을 절반 정도 내려간 다음, 남은 거리를 가늠해본 로랑은 너무 오랫동안 테레즈를 혼자 남겨두었나 하는 두려움에 잠시 걸음을 멈추었고, 그녀를 향해 소리쳐 그사이 혹시 자신을 부르지는 않았는지 물어보았다. 로랑의 환상을 망치는 걸 원하지 않았던 그녀도 소리쳐 그에게 대답했다.

"아니, 전혀!"

로랑의 머릿속에서 무슨 일이 일어났는지 설명하는 건 불가능하다. 그는 그녀의 **전혀**라는 이 대답이 다소 거칠다고 생각했고, 조금 전보다는 속도를 늦춰 협곡을 도로 내려가면서 이런 몽상을 품었다.

'내가 그녀에게 상처를 주었어. 그래서 내게 토라졌구나. 우리가 형제자매처럼 지냈던 그 시절처럼 말이야. 내 연인이 된 지금도 그녀는 왜 그때의 기분에 젖으려는 걸까? 나는 왜 그녀에게 상처를 주었을까? 내가 잘못 생각했던 게 확실해. 하지만 그럴 의도는 아니었잖아. 몇몇 과거의 편린들이 기억에서 떠오른 건 정말로 어쩔 수 없는 일이잖아. 그럴 때마다 그녀에게는 모욕이 되고 내게는 시련이 되겠지? 그녀가 있는 그대로 나를 받아줬는데, 내 과거가 그녀에게 무슨 상관이 있겠어? 그래도 내가 잘못 생각했어! 맞아, 내가 잘못 생각한 거야. 하지만 그녀가 사랑했던, 그리고 남편이라고 믿었던 그 건달에 대해 그녀가 내게 말하는 일이 앞으로 절대 일어나지 않을까? 의지와는 상관없이 테레즈는 나 없이 보낸 나날들을 내 곁에서 회상할 거고, 그러면 나는 그걸로 그녀를 심하게 책망하게 될까?'

곧바로 로랑은 자신에게 이렇게 답했다.

'오! 아무렴 그렇겠지. 견딜 수 없을 거야! 그러니 내가 엄청난 잘못을 저지른 거지. 그녀에게 즉각 용서를 구했어야만 했어.'

그러나 벌써 그는 이 순간, 정신적 피로에 사로잡히고 말았다. 이 순간은 영혼이 열정으로 포화를 이루는 순간, 우리 모두 다소 그렇기도 한, 거칠고 약한 존재가 제정신을 차릴 필요가 있는 순간이기도 했다.

그는 자신에게 말했다.

'또다시 자책한다고? 또다시 약속한다고? 또다시 설득한다고? 또다시 불쌍히 여긴다고? 도대체! 일주일만이라도 행복해하거나 그냥 믿어줄 수 없는 거야? 내 잘못이야, 나도 그랬으면 좋겠어. 하지만 그녀 잘못이 더 커. 아주 사소한 걸 정말 큰일로 만들어버리고, 세상에서 가장 아름다운 곳에서 함께 보내려고 준비한 아름다운 이 시적인 밤을 망쳐버렸잖아. 내가 자유분방한 사람과 여자들을 데리고 여기에 이미 왔던 건 사실이라고. 도대체 파리 근처 어느 구석으로 그녀를 데려가야 이런 거북한 기억을 다시 떠올리지 않을 수 있을까? 이런 기억이 나를 들뜨게 만드는 건 정말 아니라고. 그러니 이런 기억을 떠올렸다고 나무라는 건 잔인한 거나 다름없다고…….'

테레즈가 마음속으로 그에게 했을지도 모를 비난에 로랑은 속으로 이렇게 대답하면서 계곡 아래에 도착했고, 거기서 어떤 다툼이 있고 난 다음처럼 혼란스러워하며 피곤해하는 자신을 느끼곤 짜증스럽고 화가 난 듯 아무렇게나 수풀 위에 주저앉았다. 그가 자유롭게 지내지 못한 지 꼬박 일주일이 지났다. 로랑은 자신을 되찾고 스스로를 외롭고 길들여지지 않는 존재로 여길 필요를 느끼고 있었다.

테레즈 쪽을 보자면, 그녀는 애석해하는 동시에 겁을 내고 있었다. 둘이 함께 고요한 분위기를 만끽하던 중 왜 갑자기 **'서로 헤어지다'**라는, 날카로운 외침 같은 말이 그의 입에서 튀어나온 것일까? 무엇 때문에? 그녀의 무엇이 그를 자극했던 것일까? 이유를 찾아보았으나 허사였다. 이에 관해서라면 로랑은 사실 그녀에게 설명할 수 없었다. 벌어진 일련의 일들은 죄다 거칠고 잔혹했다. 대체 얼마나 화가 났기에 세련된 교육을 받은 남자가 이렇게 말한 것인가! 도대체 어디서 이런 분노가 생겨난 것일까? 내면에 품고 있는 독사 한 마리가 심장을 물기라도 해서 그가 이런 혐오와 저주의 말들을 내뱉게 하는 걸까?

로랑이 협곡의 안쪽 깊고 어두운 곳으로 들어갈 때까지, 그녀는 바위 경사면을 따라 눈길로 그를 쫓고 있었다. 로랑의 모습이 더 보이지 않자, 또 다른 언덕의 비탈 위로 다시 그가 모습을 드러내기까지 걸릴 시간을 가늠해보고는 놀라기 시작했다. 그녀는 두려움에 사로잡혔다. 어느 벼랑에서 그가 떨어졌을 수도 있었다. 수풀이 무성하고, 크고 어두운 바위들이 비죽비죽 늘어선 깊은 곳까지 눈길로 샅샅이 훑어봤지만 소용없었다. 그를 불러보려고 몸을 일으켰을 때, 무어라 표현할 수 없는 비탄에 가득 젖은 외침이 그녀가 있는 곳까지 솟아 올라왔고, 거칠고, 소름 끼치고, 절망적인 이 외침에 그녀의 머리카락이 곤두섰다.

그녀는 목소리가 들려온 방향으로 화살처럼 튀어 갔다. 만약 거기에 깊은 구렁이 있었다 하더라도, 망설이지 않고 뛰어들었을 것이다. 그러나 그곳은 그저 가파른 비탈일 뿐이었고, 이 비탈 위에서 그녀는 이끼를 밟고 여러 번 미끄러졌으며 덤불에 제 옷을 찢겼다. 그러나 그녀를 멈추게 할 수 있는 건 아무것도 없었으며, 그녀는 어떻게 그랬는지 알지 못한 채 로랑 곁에 도착했고, 거기서 얼이 빠져 선 채로 경련을 일으키고 있는 그를 발견했다.

그녀의 팔을 잡으면서 로랑이 말했다.

"아! 당신이구나. 정말 잘 왔어! 아마 난 여기서 죽었을 거야!"

석상(石像)의 대답을 들은 후의 동 쥐앙처럼, 그는 신랄하고 거친 목소리로 이어 말했다.

"어서 여길 나가자!" •

그녀를 길가로 데려가서는, 자신에게 무슨 일이 일어났는지 알지 못한 채 그는 발길 닿는 대로 걸어갔다.

십오 분 정도 지나서야 로랑의 마음은 마침내 가라앉았고, 그는 빈터를 찾아 그녀와 함께 앉았다. 두 사람은 자기들이 어디 있는지 알지 못했다. 무덤을 닮은 평평한 바위 여럿이 바닥에 박혀 있었고, 바위들 사이로 애도하러 온 사람들이 밤에 들고 갈 수도 있도록 노간주나무들이 아무렇게나 자라 있었다.

갑자기 로랑이 말했다.

"맙소사! 우리 지금 묘지에 있는 거야? 왜 여기로 나를 데려왔어?"

테레즈가 대답했다.

"여기는 단지 황폐한 곳일 뿐이야. 오늘 저녁만 해도 비슷한 곳을 수도 없이 지나왔잖아. 네 마음에 들지 않으면 우리 여기 서 있지 말고 큰 나무 아래로 들어가자."

로랑이 말을 받았다.

"아니야. 여기 있자. 우연이나 운명이 나를 죽음에 관한 생각 속으로 밀어 넣고 있어. 차라리 이런 생각에 용감하게 맞서고 이로 인한 공포를 없애버리는 게 낫겠어. 이런 게 또 아주 색다른 매력을 갖고 있거든. 테레즈, 그렇지 않아? 상상력을 강하게 자극하는 것들은 모두 적게든 많게든 맹렬하게 불어닥치는 쾌락이잖아. 단두대 위에서 머리가 떨어져야 할 때,

---

● 몰리에르의 〈동 쥐앙 혹은 석상의 잔치〉 제3막 5장에 등장하는 구절의 패러디. 동 쥐앙의 손에 죽은 기사들의 묘지에 도착한 동 쥐앙과 하인 스가나렐이 대화를 나누던 중, 동 쥐앙의 지시로 스가나렐이 이 기사들의 석상에게 아는 체하며 고개를 끄덕이자 그들이 대답했고 두 사람은 서둘러 묘지를 빠져나오려 한다. 동 쥐앙이 이때 하인에게 "자, 여기서 나가자"라고 말한다(몰리에르, 《타르튀프》, 신은영 옮김, 열린책들, 2012, 213~222쪽).

군중은 그걸 보게 될 거고, 그건 아주 자연스러운 일이지. 온화한 감정들만이 우리를 살아가게 해주는 건 아니야. 인생의 강도를 느끼려면, 강렬하고 끔찍한 것들도 우리에게 필요하다는 거지."

얼마간 그는 생각나는 대로 계속 말했다. 테레즈는 그에게 물어볼 엄두를 내지 못한 채, 그의 주의를 돌리려 애썼다. 그가 방금 착란에 빠졌다는 사실을 그녀는 잘 알고 있었다. 결국 로랑은 앞서 벌어진 일을 이야기하려 할 만큼 또 이야기할 수 있을 만큼 기운을 차렸다.

그는 환각에 사로잡혀 있었다. 협곡에서 수풀 위로 눕자 머리가 혼란스러워졌다고 했다. 메아리가 홀로 노래하는 소리를 듣고 있었는데, 이 노래가 기분 나쁜 후렴구 같았다고 했다. 잠시 후, 이런 현상을 이해하려고 바닥에 손을 짚고 몸을 일으켰을 때, 그는 우거진 히스 수풀 위로 한 남자가 자기 앞을 지나가는 것을 보았으며, 이 남자는 창백한 안색에 찢어진 옷을 입고 머리를 바람에 날리며 달려가고 있었다고 했다.

그가 말했다.

"아주 똑똑히 봤어. 그 남자가 무리에서 뒤처져 배회하던 사람이거나 도둑한테 습격받아 쫓기고 있는 사람이라는 걸. 그게 맞고 또 그렇다고 납득할 만큼 충분한 시간을 가지고서 말이야. 심지어 나는 그를 도와주려고 지팡이를 찾기까지 했어. 그런데 수풀에서 그만 지팡이를 잃어버렸고, 그 남자는 여전히 나를 향해 다가오고 있었어. 그가 아주 가까이 왔을 때, 나는 그가 쫓기고 있던 게 아니라 취한 상태였다는 걸 알았어. 그 남자는 증오와 경멸이 가득한 얼굴을 내게 흉측하게 찡그리면서, 또 추하고 멍한 눈길을 내게 던지면서 나를 지나쳐갔어. 그러자 나는 덜컥 겁이 났고, 땅에 얼굴을 박고 말았는데, 그건 그 사람이…… 바로 나였기 때문이었어!

맞아, 테레즈, 그건 바로 내 환영이었어! 겁먹지 마. 내가 미쳤다고 생각하지도 마. 그건 환각이었다고. 어둠 속에 다시 혼자 있게 되면서 나는 그랬다는 걸 곧바로 깨달았어. 단지 상상 속에서만 이 환영을 보았으니까, 어쩌면 얼굴의 특징을 내가 구별해낼 수 없었는지도 모를 테지. 하지만 환상은 선명했고 소름 끼쳤고 무서웠어! 방탕한 생활로 병들어 푹 팬 얼굴, 겁을 집어먹은 두 눈, 멍청하게 벌리고 있는 입, 그건 바로 20년 후의 나였는데, 지금의 모습이 완전히 사라졌음에도 이 유령에는 현재 내 존재를 모욕하고 나에게 도전하려는 기운이 잔재처럼 남아 있었어. 그래서 나는 나에게 이렇게 말했어. 오, 신이시여! 나이가 들면 제가 바로 이렇게 되는 겁니까! 오늘 저녁 저는 어쩔 수 없이 제가 내뱉고야 말았던 나쁜 기억을 갖고 있었습니다. 벗어났다고 믿어왔던 저 늙은이를 여전히 제 안에 간직하고 있어서 제가 그랬던 것일까요? 방탕한 자의 환영은 자기 먹잇감을 놓치려 하지 않을 테고, 만약 제가 테레즈의 품속에 있었더라도, 저를 찾아와 비웃으며, 저에게 '너무 늦었다!'라고 소리칠 겁니다.

가엾은 나의 테레즈, 그러고 나서 너와 합류하려고 나는 몸을 일으켰어. 내 불행에 당신이 은총을 내려주길 부탁하고, 나를 지켜달라고 네게 간청하려 했어. 때마침 네가 오지 않았더라면, 몇 분 동안, 아니 몇 세기 동안 나는 한 걸음도 앞으로 나아가지 못한 채 꼼짝없이 제자리에서 빙빙 돌고 있었을지도 몰라. 테레즈, 나는 너를 바로 알아보았어. 나는 너를 두려워하지 않았어. 그리고 나 자신이 해방되었다고 느꼈어."

로랑이 이렇게 말하고 있을 때, 실제로 경험했던 무언가를 그가 들려주고 있는 것인지, 아니면 자신의 씁쓸한 생각에서 파생한 이야기와 절반쯤 잠든 상태에서 언뜻 보았던 이미지를 함께 섞어놓은 것인지, 정확히 알기란 어려웠다. 그러나 그는 자신이 수풀에서 잠들었던 게 아니며, 자신이 어디 있었는지를, 그리고 시간이 흘러가는 것을 계속 깨닫고 있었다고 테레즈에게 맹세했다. 그러나 이는 확인하기조차 어려운 일이었다. 테레즈는 시야에서 그를 놓쳤고, 그런 그녀에 관해 말하자면, 그녀에게는 시간이 아주 끔찍하게 길어 보였다.

그녀는 이런 환각을 그가 또 겪어봤는지 물었다.

그가 말했다.

"응, 술에 취했을 때. 하지만 네가 나의 것이 된 보름 전부터 나는 사랑에만 흠뻑 취해 있을 뿐이지."

테레즈가 놀라서 말했다.

"보름이라고!"

그가 말을 받았다.

"아니, 그보다 짧아. 날짜를 가지고 제발 트집 좀 잡지 마.

내가 아직 정신이 없다는 걸 너도 잘 알잖아. 좀 걷자. 그러면 내 정신이 온전히 되돌아올 거야."

"어쨌든 너에겐 휴식이 필요해. 숙소로 돌아갈 생각을 해야 할 것 같아."

"이것 참! 우리 이제 뭘 해야 하지?"

"우리는 방향을 잘못 잡았어. 뒤로 돌아 출발했던 지점으로 되돌아가야 해."

"나보고 저 빌어먹을 바위를 다시 올라가라는 거야?"

"아니야, 대신 오른쪽으로 가자."

"완전히 반대 방향이잖아!"

테레즈는 끈질기게 주장했으며 그녀의 이런 주장은 틀리지 않았다. 로랑은 자신의 의견을 굽히려 하지 않았고, 심지어 화를 냈으며, 마치 여기에 논쟁거리가 있기라도 한 듯이 성난 목소리로 말했다. 테레즈는 포기하고는 그가 가고자 하는 곳으로 그를 따라갔다. 그녀는 마음의 동요와 슬픔으로 몹시 피로를 느끼고 있었다. 방금 전 로랑은, 카트린이 화나게 할 때조차 그 착한 노파에게 절대로 내지 않았던 그런 목소리로 그녀에게 말한 것이었다. 그녀는 그런 그를 용서했는데, 그가 아프다고 느꼈기 때문이었다. 그러나 그녀가 지켜보았던 로랑의 고통스러운 흥분 상태는 그녀를 더욱 두렵게 만들었다.

로랑의 고집 탓에 두 사람은 숲에서 길을 잃었고, 네 시간을 걷다가 동틀 무렵이 되어서야 가까스로 돌아올 수 있었다. 숲의 잘고 갑갑한 모래 속을 걷는 것은 아주 힘들다. 발을 질질

끌던 테레즈는 더 이상 걸어갈 수 없었고, 모래 속 과격한 움직임으로 활기를 되찾은 로랑은, 이런 그녀를 위해 발걸음을 늦추어주는 것에는 조금도 생각이 미치지 않았다. 옳은 길을 찾고 말겠다고 계속 고집을 부리면서, 또 이따금 그녀가 지쳤는지 물어보면서, 그리고 그녀가 '아니'라고 대답하며 그가 이 봉변의 원인이라는 자책감을 갖지 않기를 바랐다는 사실을 짐작조차 하지 못한 채, 그는 앞장서서 걸어가고 있었다.

다음 날, 로랑은 전날 일에 대해 더는 생각하지 않았다. 그는 이상한 위기로 인해 심하게 동요하고 있었다. 하지만 마법을 부린 것처럼 회복하는 것은 기질이 과도하게 예민한 사람들의 고유한 특성이기도 하다. 이 끔찍한 시련을 겪은 다음날 피곤한 상태였던 것은 그녀였으며, 그녀는 반대로 로랑이 새로운 힘을 얻은 것 같다는 사실을 깨달을 기회마저 갖게되었다.

심각한 병에 걸린 로랑을 보게 될까 걱정하면서 그녀는 잠을 자지 못했었다. 그러나 로랑은 목욕을 했고, 다시 산책할 수 있을 정도로 거뜬하다고 느끼고 있었다. 밀월여행이 무색할 정도로 전날 밤이 얼마나 힘들었는지 그는 까마득히 잊어버린 것처럼 보였다. 서글픈 느낌은 테레즈에게서 빠르게 지워져갔다. 파리로 돌아온 그녀는 둘 사이에 바뀐 것은 아무것도 없다고 여기고 있었다. 그러나 그날 저녁 로랑은, 자신은 놀라 얼빠진 얼굴을 하고, 테레즈는 옷이 찢어지고 온몸이 피곤으로 부서진 채 숲속 저 달빛 아래 헤매고 다녔다며 테레즈와 자신을 풍자했다. 예술가들은 서로를 풍자하는 데 너무도 익숙한 사람들이었고, 테레즈 역시 자신을 풍자하는 걸 재미있어하기도 했었다. 그러나 쉽사리, 마음먹은 대로 펜 끝을 놀릴 수 있었음에도 테레즈는 절대로 로랑을 풍자하려 하지 않았으며, 그녀를 지독하게 괴롭혔던 그날 밤의 장면을 우스꽝스러운 모습으로 스케치하고 있는 로랑을 보면서 슬픔에 잠겼다. 영혼의 어떤 고통은 그녀에게는 절대로 우스꽝스러운 모습을 가질 수 없는 것으로 비쳤다.

로랑은 이런 테레즈를 이해하기는커녕 더욱더 빈정거리며 사태를 악화시켰다. 그는 자신의 얼굴 밑에는 "숲속에서, 그리고 제 연인의 영혼 속에서 길을 잃은 자"라고, 테레즈의 얼굴 밑에는 "옷과 매한가지로 찢어진 마음"이라고 적었다. 그리고 작품에는 '묘지에서 보낸 밀월여행'이라고 제목을 붙였다. 테레즈는 미소를 지어보려 애쓰고 있었다. 그녀는 우스꽝스러웠음에도 대가의 손길이 느껴지는 이 데생을 칭찬했고, 슬픔이라는 주제가 선택되었다는 사실에 대해서는 한 번도 생각해보지 않았다. 그녀가 잘못 생각했다. 그의 유쾌함을 잘못된 방향으로 내달리게 놔두지 말아야 한다고 처음부터 로랑에게 요구하는 것이 그녀에게는 더 나았을 것이었다. 그가 다시 아프지는 않을까, 그가 우울한 농담을 하는 와중에 혹여 착란에 사로잡히지는 않을까 겁이 나서, 그녀는 자신을 짓밟고 가도록 로랑을 그냥 놔두고 말았다.

비슷한 종류의 작품들이 두세 점 더 만들어지고서야 경각심을 갖게 된 그녀는, 그녀가 자신의 친구에게 주고 싶어 했던 온화하고도 규율 있는 삶이, 이 특별한 사람에게 실제로 적합한 처방인지 의문을 갖기 시작했다.

그녀가 로랑에게 말했다.

"이따금 권태롭겠지만, 권태는 현혹에서 비롯되는 것이니, 정신이 다시 안정을 되찾게 될 때 재미를 조금 덜 느끼게 될 거야. 그러면서 차츰 진짜 유쾌함이 무언지 알게 될 거야."

그러나 상황은 반대로 흘러갔다. 로랑은 자신의 권태를 인정하지 않았으나, 권태를 참을 수 없을 지경에 이르렀고, 이 상하고 신랄한 방식으로 권태를 발산했다. 그의 삶은 끝없이 위아래로 널을 뛰었다. 공상이 흥분으로, 완벽한 무기력이 소란스러운 무절제로 급격히 전환되었고, 이제 이런 것은 더 이상 그가 제어할 수 없는 일반적인 상황이 되어갔다. 며칠 동안 감미롭게 음미한 행복은 고요한 바다를 바라보는 것처럼 그를 자극하기에 이르렀다.

로랑이 테레즈에게 말했다.

"너는 행복하지. 매일 아침 똑같은 자리에서 뛰고 있는 심장을 느끼며 잠에서 깨어나니 말이야. 내 심장은 잠이 들면 사라져. 그건 마치 내가 아이였을 때, 하녀가 씌워주었던 수면 모자 같아. 그녀는 이 모자를 어떨 때는 내 발치에서 또 어떨 때는 침실 바닥에서 발견하곤 했지."

흔들리는 이 영혼에게 단박에 평온이 찾아올 수는 없을 거라고, 또 그가 평온에 단계적으로 익숙해질 수밖에 없으리라고 테레즈는 자신에게 말했다. 그러려면 예전의 활발한 삶으로 가끔씩 되돌아가는 그를 막아서는 안 되었다. 그러나 그의 활동이 얼룩이 되지 않게 하고 또 그들의 이상에 가해지는 치명적인 타격이 되지 않게 하려면, 과연 어떻게 해야 하는 것일까? 테레즈는 로랑이 만나왔던 애인들을 질투할 수는 없었지만, 로랑이 난잡한 파티를 보내고 돌아온 다음 날, 어떻게 자신이 그의 이마에 입을 맞출 수 있는지 알 수 없었다. 그러나 열정적으로 다시 시작한 작업이 로랑을 진정시키는 대신 자극했으므로, 테레즈는 그와 함께 이 힘을 분출할 출구를 찾아야만 했다. 자연스러운 출구는 사랑의 환희였다. 그러나 쾌락의 절정을 맛보려고 로랑이 하늘로 올라가려 한 이후에도, 여전히 그에게는 흥분이 남아 있었다. 하늘에 도달할 힘이 없었기에 로랑은 지옥 근처를 바라보고 있었고, 그의 머릿속은 물론 얼굴마저도 지옥에서 이따금 악마의 모습을 받아들이고 있었다.

테레즈는 그의 취향과 환상을 자세히 헤아려보았다. 그러고는 아주 쉽게 그를 만족시킬 만한 취향과 환상을 발견하고는 다소 놀랐다. 로랑은 기분 전환과 예기치 못한 일에 목말라 있는 상태였다. 따라서 실현할 수 없는 매혹의 세계로 그를 데려갈 필요가 없었으며, 대신 아무 데나 그를 데려가서 그가 예상하지 못했던 재미를 찾아주는 것만으로 충분했다. 만약 테레즈가 그녀의 집에서 함께 저녁 식사를 하자고 권하는 대신 어느 레스토랑에 가서 식사하자고 모자를 쓰면서 로랑에게 말했더라면, 또한 자신을 데려가달라고 조르곤 했던 이런저런 극장 대신 전혀 다른 종류의 공연에 데려가달라고 그에게 갑작스레 요구했더라면, 로랑은 예상치 못한 이 기분 전환용 제안을 몹시 반겼을 것이며, 거기서 아주 커다란 기쁨을 맛보았을 것이다. 그러나 이와 반대로, 그것이 무엇이건, 미리 세워진 계획을 마주할 때면 로랑은 억누를 수 없는 불편함과 모든 것을 폄하하고자 하는 욕망을 느꼈다. 그래서 테레즈는 로랑을 어떤 것을 요구해도 거부당하지 않는, 회복 중인 어린아이처럼 대했고, 이로 인해 그녀에게 야기될 불편에 대해서는 어떤 관심도 기울이려 하지 않았다.

첫 번째로 가장 심각한 것은 그녀의 명성이 훼손된다는 점이었다. 사람들은 그녀가 현명하다고 알고 있었고 또 그렇다고 말하곤 했다. 그녀에게 로랑 이외에 다른 애인이 없을 거라는 데 모든 사람이 설득당한 것은 아니었다. 게다가 미국에서 결혼했던 ×× 백작과 테레즈가 이탈리아에서 함께 있는 것을 예전에 누군가가 본 적이 있었다고 소문을 퍼뜨리자, 실제로 결혼한 이 남자에게서 그녀가 그간 부양을 받아온 것처럼 여겨졌으며, 테레즈는 자신이 사랑했던 불행한 남자를 상대로 추잡한 싸움을 벌이기보다 이 오점을 견뎌내는 걸 선호하는 것처럼 보였다. 그러나 사람들은 결국 그녀가 신중하고 합리적인 사람이라는 데 동의하기에 이르렀다.

사람들은 말했다.

"그녀는 체통을 잃는 법이 없지. 주변에 그녀를 적대시하는 사람도 없었고, 추문이 있었던 적도 없었지. 그녀의 친구들은 그녀의 좋은 점만 말하면서 모두 그녀를 존경한다고. 분별력 있는 여자야. 눈에 띄지 않고 지나가려고 애쓸 뿐인데, 그게 그녀가 갖고 있는 장점에 하나를 더 보탠다고."

그녀가 로랑과 팔짱을 끼고 집 밖에서 모습을 드러냈을 때, 사람들은 놀라기 시작했고, 그녀에게 가해진 비난은 그녀가 아주 오랫동안 벗어나 있었던 만큼 더욱더 가혹했다. 예술가들 사이에서 매우 높이 평가받아왔지만, 그들 중에서 로랑이 친구로 간주할 수 있는 사람은 극히 드물었다. 사람들은 그가 다른 계층의 품위 있는 자들에게 신사인 척하는 것에 불만을 품고 있었고, 반면 로랑이 이 다른 계층의 세계에서 사귀게 된 친구들은 로랑의 전향을 전혀 이해하지 못했으며 또한 믿지도 않았다. 따라서 테레즈의 다정하고도 헌신적인 사랑은 광적인 변덕처럼 여겨졌다. 정숙한 여인이, 자기 주변에 널려 있는 진지한 남자들 중에서 하필 파리에서 가장 방탕한 여성들과 문란한 삶을 살아온 자를 애인으로 선택했다고? 또한 테레즈를 비난하고 싶어 하지 않았던 사람들에게 로랑의 격렬한 열정은 고작해야 성공적으로 마무리된 술책, 그러니까 싫증을 느낄 때면 **아주 능숙하게 빠져나올** 술책으로만 보일 뿐이었다.

이렇게 되자, 그녀가 최근에 했던, 그리고 그녀가 드러내기를 원했던 것처럼 보였던 모종의 선택으로 인해, 자크 양의 평판은 모든 면에서 나빠지고 말았다.

이런 결과는 당연히 테레즈의 의도가 아니었다. 그러나 로랑이 그녀를 전적으로 존중하기로 결심했다 하더라도, 로랑과 함께라면 자신의 삶을 숨길 방법은 사실상 그녀에게 없는 것이나 마찬가지였다. 그는 바깥 세계를 포기할 수 없었고, 그녀는 그곳에서 파멸하도록 그 세계로 되돌아가게 그를 내버려두거나, 아니면 그 세계로부터 지켜내기 위해 함께 그 세계로 가야만 했다. 그는 군중을 보거나 군중들에게 자신이 보이는 것에 익숙해진 상태였다. 조용히 숨어 살고 있던 어느 날, 지하실에서 넘어졌다고 착각한 그는 큰 소리로 횃불이나 햇빛을 달라고 하기도 했었다.

평판이 나빠진 지 오래지 않아 테레즈가 희생해야 할 또 다른 일이 하나 생겼는데, 이번에는 가정의 안전과 관련된 것이었다. 그때까지 테레즈는 작품 활동을 통해 안락한 생활을 영위하는 데 크게 부족하지 않은 돈을 벌고 있었다. 그러나 그것은 규칙적인 습관, 계획적인 지출과 이에 따른 활동이라는 조건을 지켜야만 가능했다. 로랑을 매혹했던 예기치 못한 일들에서 곤란이 빚어졌다. 예술가의 자산이라 할 소중한 시간을 그에게 희생하는 걸 저버리기를 바라지 않았기에 테레즈는 이런 사실을 로랑에게 숨겼다.

그러나 이 모든 것은 테레즈가 아주 두꺼운 천을 덮어버리는 바람에 누구도 그녀의 불행을 눈치채지 못했던, 보다 더 암울한 그림의 틀일 뿐이었다. 그녀의 상황에 몹시 놀라거나 마음 아파했던 친구들은 이렇게 말하면서 그녀에게서 멀어

저갔다.

"정신이 나간 거라고. 다시 크게 눈뜰 때까지 한번 기다려 보자고. 그리 오래 걸리지 않을 테니!"

결국 이렇게 되었다. 로랑이 더 이상 그녀를 사랑하지 않는 다고, 그게 아니라면 그녀를 아주 고통스럽게 사랑한다고, 그에게도 그녀에게도 그들의 결합에는 행복의 희망이 존재하지 않는다고 테레즈는 매일 서글픈 확신을 갖게 되었다. 이러한 사실을 두 사람이 완전히 확신하게 된 것은 이탈리아에서 다. 이제부터 할 이야기는 두 사람의 이탈리아 여행이다.

제6장

로랑은 오래전부터 이탈리아에 가고 싶어 했다. 그것은 그가 어릴 때부터 바랐던 꿈이었는데, 예상치 못한 방식으로 작품 몇 점을 팔게 된 덕분에 마침내 이 꿈을 실현할 수 있게 되었다. 우쭐대며 푼돈을 보여주면서 로랑은 테레즈에게 이탈리아 여행에 그녀를 데려가겠다고 제안했고, 그녀가 함께 가지 않으면 여행을 포기하겠다고 단언했다. 테레즈는 로랑이 미련 없이 이 여행을 포기하지 못하리라는 것을 잘 알고 있었다. 그래서 그녀 역시 자기 몫의 여행 경비를 마련하려고 애썼다. 차후에 작업해서 갚겠다고 약속하면서 테레즈는 마침내 경비를 마련했고, 가을 끝 무렵, 두 사람은 이탈리아로 떠났다.

로랑은 이탈리아에 대해 커다란 환상을 품고 있었다. 그는 지중해를 보면 12월에도 봄을 발견할 수 있다고 믿는 사람이었다. 그러나 이런 환상을 접어야만 했다. 그들은 마르세유에서 제노바로 건너가는 동안, 매우 혹독한 추위로 고통을 겪었다.• 제노바는 대단히 그의 마음에 들었고, 그곳에는 봐야 할 미술 작품이 너무도 많았으며, 또한 그에게는 그것이 여행의 주요 목적이었기에, 가구가 딸린 아파트를 임대해서 그곳에서 한두 달 정도 머무르는 것에 흔쾌히 동의했다.

한 주가 지나자 로랑은 모든 그림을 보았으며, 한편 테레즈는 그림을 그리기 위해 겨우 정착하기 시작했을 뿐이었는데, 그것은 그녀가 그렇게 할 수밖에 없었기 때문이었다고 말해야겠다. 1000프랑짜리 지폐 몇 장을 벌고자 그녀는 미발표 초상화들의 복제화 몇 점을 그리겠다고 화상(畵商)에게 약속해야 했고, 화상은 이 복제화들로 판화를 만들 예정이었다. 불쾌한 일은 아니었다. 취향이 고상했던 이 사업가는 반다이크••의 다양한 초상화들을 복제하도록 지정했는데 어떤 작품은 제노바에, 또 어떤 작품은 피렌체에, 또 다른 작품은 또 다른 도시에 있었다. 이 대가의 작품을 복제하는 데는 전문성이 필요했으며, 이 전문성 덕분에 테레즈는 자기 자신의 재능을 발전시킬 수 있었고, 자신의 이름을 걸고 초상화를 그리기

• 상드와 뮈세는 1833년 12월 12일 리옹으로 떠났고, 리옹에서 마르세유까지 론 강을 따라 증기선을 타고 갔으며, 12월 20일 마르세유에서 제노바로 가는 배에 올랐다.

•• 안토니 반다이크(1599~1641). 플랑드르의 화가, 조각가. 특히 초상화가로 유명하며 이탈리아와 네덜란드의 플랑드르 지방에서 성공을 거둔 후 영국의 궁정화가가 되었다.

전에 생활할 수 있는 돈도 벌 수 있었다. 하지만 먼저 이 걸작들의 소유자들에게 복제화 제작에 대한 허락을 받아야 했고, 그녀가 부지런히 움직였음에도 일주일이 지나서야 그녀는 제노바에서 지정된 작품의 복제화를 그릴 수 있게 되었다.

로랑은 그것이 어떤 작품이건, 복제화를 그릴 마음이라고는 조금도 없었다. 이런 종류의 학습을 하기에 그는 개성이 지나치게 도드라지고 지나치게 격렬했다. 그는 이 위대한 작품들을 보는 걸 다른 방식으로 이용했다. 그것은 그의 권리였다. 그러나 그는 완벽한 기회를 제공받았을 때 이런 기회를 충분히 활용할 그런 거장은 아니었다. 로랑은 아직 스물다섯이 되지 않았고, 여전히 배울 수 있었다. 테레즈의 생각이 실로 그랬는데, 그녀는 로랑이 금전적인 방편을 늘릴 기회를 여기서 보았다. 자신이 가장 좋아하는 대가 티치아노•의 작품을 로랑이 복제했더라면, 테레즈에게 일을 주었던 사업가가 그의 작품을 인수했거나 애호가를 통해 인수를 부탁했을 거라는 사실은 의심할 여지가 없었다. 그러나 로랑은 이런 생각을 터무니없다고 여겼다. 수중에 조금이라도 돈이 있는 한, 그는 이윤을 생각할 정도까지 예술의 높이를 끌어내리는 걸 상상조차 하지 않을 것이다. 로랑은 그녀가 작업하려는 반다이크를 심지어 미리 조롱하면서, 그녀가 착수하려고 마

• 베첼리오 티치아노(1488?~1576). 이탈리아의 화가, 조각가. 능숙한 솜씨로 인물의 특성을 부각시킨 그는 당대 최고의 초상화가로 평가받았다.

음먹은 일이 소름 끼친다며 그녀를 낙담하게 할 궁리를 하면서 복제화의 원본에 푹 빠지도록 테레즈를 내버려두었다. 그런 다음, 테레즈가 작품을 무사히 끝내기 위해 그에게 요구했던 육 주라는 시간을 어떻게 보낼지 걱정하며 도시를 싸돌아다니기 시작했다.

물론 테레즈에게는 허비할 시간이란 존재하지 않았다. 12월의 하루는 짧고도 음침했고, 작업 도구는 모든 편의를 제공했던 파리의 아틀리에와는 비교할 수 없이 열악했으며, 날씨도 고약한 데다, 커다란 작업실에는 난방이 거의 가동되지 않거나 아예 작동되지 않았고, 여행객 무리가 대작을 감상한다는 핑계로 그녀 앞에 몰려들거나 다소 엉뚱한 감상을 늘어놓으며 그녀를 방해하곤 했다. 감기에 걸려 고통스러워하며, 서글퍼진, 특히 움푹 파인 로랑의 두 눈에서 보았던 권태에 두려움을 느낀 테레즈는 기분이 상해서 혹은 배고픔에 돌아오게 될 때까지 그를 기다리려고 집으로 돌아갔다. 피곤한 일을 받아들인 그녀를 비난하지 않거나 그녀에게 일을 그만두라고 하지 않은 채 지나간 이틀이란 존재하지 않았다. 두 사람을 위한 돈을 그가 가지고 있지 않았던가? 어째서 그의 애인은 이 돈을 그와 함께 쓰는 걸 거절한 것일까?

테레즈는 잘 견뎠다. 그녀는 로랑의 손에서 돈이 남아나지 않을 거라는 것도, 어쩌면 더 이상 돈을 구할 수 없어 그가 이탈리아에 싫증을 내게 될 날을 다시는 맞이하지 못하게 될 거라는 것도 알고 있었다. 테레즈는 일할 수 있게 자신을 내버려두라고, 또한 로랑 자신이 인정한 것처럼 쟁취해야 할 미래를 가지게 될 때 어떤 예술가도 일을 할 수 있고 또 해야만 하듯, 그도 일하라고 간청했다.

로랑은 그녀가 옳았다는 사실을 인정했고, 일을 시작하기로 결심했다. 그는 화구 가방을 열었고, 자리를 잡은 다음 스케치를 여러 장 그렸다. 그러나 환경과 습관이 달라져서인지, 아니면 그에게 강렬한 감동을 주었으며 소화하는 데 시간을 필요로 했던 수많은 대작들을 얼마 전까지 너무 많이 보아서인지, 일시적인 무기력에 사로잡혔다고 느꼈고, 혼자서는 어떻게 대응해야 할지 모르던 여러 **우울** 중 하나에 그만 빠져버렸다. 외부에서 오는 감동이 그에게 필요한 것인지도 몰랐다. 가령 천장에서 흘러나오는 환상적인 음악이나 자물쇠 구멍으로 들어가는 아라비아 말(馬), 손에 쥐고 있는 알려지지 않은 문학 걸작, 아니 이보다 좋은 것은, 제노바 항구에서 벌어지는 해전이나 거기서 일어나는 지진처럼 그를 현재의 자신으로부터 끌어내고, 자신이 자극을 받아 열광하며 되살아나는 걸 느낄 수 있는, 달콤하거나 끔찍하거나, 아무튼 그런 사건들 말이다.

갑자기, 희미하게 요동하는 영감을 떠올리던 와중에 어떤 고약한 생각이 의도치 않게 그의 머릿속에 떠올랐다.

그가 말했다.

"내 생각에, **예전에**(자신이 테레즈를 사랑하지 않았던 시기를 그는 이렇게 불렀다) 나는 말이야, 다시 회복하는 데 최소한의 광기로 충분했다고! 오늘날 내겐 여섯 달의 휴가와 자유를 누릴 수 있는 돈이라거나, 발밑에 놓인 이탈리아나 문 앞에 펼쳐진 바다라거나, 그간 내가 꿈꿔왔던 수많은 것들이 있고, 또 내 곁에는 어머니처럼 다정한 애인이 있으며, 또한 이 여인은 지적이고 진지한 친구이기도 하지. 내 영혼을 되살려내는 데 이 모든 것으로도 충분하지 않다니! 대체 누구의 잘못인 거지? 확실히 말해두지만 내 잘못은 아냐. 나는 내 멋대로 하지도 않았고, 예전처럼 자주 취할 필요가 있었던 것도 아냐. 최소한의 싸구려 포도주만으로도 가장 질 좋은 포도주를 마신 것처럼 취기가 머리 꼭대기까지 올랐고, 자극적인 눈길과 야릇한 치장에, 최소한만 지어 보이는 표정만으로도 유쾌해졌고 또 이런 식의 매혹이 나를 섭정 시대의 영웅으로 만들어줄 거라고 나를 납득시키는 데 충분했다고 생각한다고! 테레즈처럼 내게도 어떤 이상(理想)이 필요한 걸까? 그러니 말이야, 사랑하는 데 정신적이고 육체적인 아름다움이 나에게 필요했었다고 어떻게 내가 나 자신을 설득할 수 있었지? 나는 **약간의 무엇**에 만족할 줄 알았고, 따라서 **더 많은 무엇**이 나를 짓누르고 있었을 게 분명했을 텐데 말이야. 그건 말이야, '더 좋은 것'은 '좋은 것'의 적이기 때문이지. 게다가 욕망에 진정한 아름다움이라는 게 존재하기는 하나? 진정한 아름다움은 쾌락을 주는 것이지. 사람들을 충족시키는 그것은 단한 번도 존재하지 않았던 것과도 같아. 그다음으로는 변화의 기쁨도 있지. 그리고 아마도 거기에 인생의 모든 비밀이 있을 거야. 변화하는 것, 그것은 스스로 새로워지는 거야. 변화할 수 있다는 것, 그것은 자유로워지는 거야. 예술가가 속박되려고 태어났나? 충성심을 간직하는 것, 아니면 신뢰만을 약속하는 것, 그런 게 바로 노예 상태가 아닌가?"

로랑은 표류하는 영혼들에는 항상 새로운 이 낡은 궤변들이 자신을 장악하게 내버려두었다. 오래지 않아 그는 이 궤변을 누군가에게 토로할 욕구를 느꼈으며, 그 누군가는 바로 테레즈였다. 그녀에게는 안타까운 일이었지만, 로랑이 만나는 사람은 테레즈가 유일했다!

저녁 시간의 잡담은 대부분 비슷한 말로 시작되었다.

"이 도시처럼 지루한 도시가 또 있을까!"

어느 날 저녁, 그는 이렇게 덧붙였다.

"이 도시 사람들은 그림이라면 지긋지긋해하는 게 분명해. 나라면 네가 베끼려는 모델이 되고 싶어 하지 않을 것 같아. 200년 전부터 여기 걸려 있는, 검은 황금빛 드레스를 입은 저 아름답고 불쌍한 백작부인은 부드러운 눈에 분노를 담고 있지는 않지만 침울한 이 나라에 갇혀 있는 자신의 모습을 보면서 분명 하늘에서 화를 내고 있을 거라고."

테레즈가 대답했다.

"그렇다 하더라도 저 여인은 그림 속에서 계속해서 아름다움의 특권과 죽음 이후에도 이어지는 성공을 누리고 있지. 대가의 손길이 영원성을 부여한 덕분에 말이야. 무덤 저 깊은 곳에서 완전히 백골이 되어버렸지만 여전히 그녀를 사랑하는 사람들이 있는 거지. 젊은 데다가 회화의 장점에 무관심한 젊은이들도 평온을 당당하게 뿜어내며 숨 쉬고 웃고 있는 듯한 이 아름다운 여인 앞에서 황홀해하며 머무르는 걸 나는 매일 본다고."

"이 여인은 당신을 닮았어, 테레즈, 당신도 알지 않아? 신비로운 스핑크스 같아. 이 여인의 신비한 미소에 열정을 보이는 당신이 그리 놀랍지 않네. 예술가들은 늘 자신의 본성 안에서 창조한다고들 말하지. 그건 아주 간단해. 당신이 실습용으로 반다이크의 초상화를 선택했다는 게 그걸 증명해. 그는 지금 네 모습처럼, 키가 크고 마르고 우아하고 자존심이 강했지."

"칭찬을 다 하네! 그만해. 좀 이따 비웃으려고 그런 거 다 알아."

"아니야, 비웃는 게 아니라니까. 내가 이제 비웃거나 하지 않는다는 걸 당신은 잘 알잖아. 당신과 함께라면 모든 걸 진지하게 여겨야만 하니. 나는 처방을 잘 따르고 있다고. 슬픈 사실 하나만 말할게. 죽은 네 백작부인은 언제나 똑같이 아름다운 모습으로 있는 것에 아주 지쳐 있을 게 분명해. 테레즈, 내게 생각이 떠올랐어! 네 말을 들으면서 꿈처럼 아주 환상적인 생각이 하나 방금 떠올랐어. 한번 들어봐.

조각에 대한 기초 지식을 가지고 있는 어떤 젊은이가 묘지에 누워 있는 대리석 석상을 사랑하게 되었어. 이 석상에 미쳐버린, 이 불쌍한 미치광이가 어느 날 석관에 묻혀 있는 이 아름다운 여인에게 무엇이 남아 있는지 보려고 돌을 들어 올렸어. 거기서 그가 찾은 것은…… 이 바보 같은 인간이 거기서 응당 발견할 수 있었던 것일 뿐이었어! 미라였다고! 그때가 되어서야 온전히 정신이 돌아온 그는 묘지의 해골을 끌어안으면서 '이렇게 나는 당신을 더 사랑해. 적어도 당신은 살아 있었던 사람이었던 반면, 나는 절대로 의식을 가질 수 없는 돌덩이에만 사로잡혀 있었던 거야',● 이렇게 말해."

테레즈가 말했다.

"이해하지 못하겠어."

로랑이 대답했다.

"이해가 안 가는 건 나도 마찬가지야. 그러나 사랑이라는 점에서 볼 때, 어쩌면 조각상은 머릿속에 만드는 것이고, 미라는 마음속에 모아두는 것이 아닐까 해."

또 다른 어느 날, 그는 꿈꾸는 듯하고 슬퍼하는 테레즈의 얼굴과 몸을 자신의 화집에 스케치했고, 테레즈는 곧장 로랑의 이 화집을 넘겨보았으며, 거기서 여성의 모습을 담은 열두 점가량의 크로키를 발견했는데, 과감한 포즈와 부끄러워할 줄 모르는 자세들에 그만 얼굴을 붉혔다. 그것은 로랑의 기억을 관통했던, 그리고 어쩌면 자신들의 의사와는 무관하게 하얀 도화지에 달라붙게 된 과거의 유령들이었다. 테레즈는 아무 말도 하지 않은 채 이 고약한 무리에 자리를 차지하고 있

● 테오필 고티에(1811~1872)의 소설 《미라의 소설》(1858)을 암시한다.

던 자신의 그림을 찢어서는 불에 던져버렸고, 화집을 도로 닫아 테이블 위에 올려두었다. 그런 다음 불 가까이 앉아 벽난로의 장작 받침쇠에 두 발을 뻗으며 다른 주제로 이야기를 나누기를 바랐다.

반응을 보이진 않았지만 로랑은 그녀에게 이렇게 말했다.

"사랑하는 그대, 그대는 너무 오만하군요! 당신 마음에 들지 않는 스케치를 전부 태워버려 화집에 당신 그림만 남아 있었더라면, 나는 당신의 행동을 이해하고는 당신에게 '잘했어'라고 말했을지도 모르지요. 그러나 다른 사람들의 그림을 남겨둔 채 화집에서 당신의 그림만 떼어낸다는 건, 제가 뺏기지 않으려고 그 누구와도 다툴 그런 영광을 주지 않겠다는 걸 의미합니다."

테레즈가 대답했다.

"저와 방탕한 생활이 당신을 두고 다퉜었지요. 저는 방탕한 생활에서 만난 그대의 순결한 처녀들 중 그 누구와도 당신을 두고 절대 다투지 않을 거예요."

"바로 그거예요! 다시 말하지만, 그런 게 바로 오만이라고요. 사랑에서 비롯된 게 아니라는 거지요. 저와 지혜가 당신을 두고 다툴 것이고, 누가 되었건 지혜의 수도사들과 저는 당신을 두고 다툴 겁니다."

"당신이 왜 저와 다투겠어요? 조각상을 사랑하는 것에 지치지도 않나요? 당신의 마음속에 미라가 있는 건 아닐까요?"

"아! 당신은 말을 다 기억하고 있군요! 세상에! 말이란 무엇일까? 우리는 우리가 원하는 대로 낱말을 해석하지요. 말한마디에 죄 없는 사람이 교수형에 처하기도 합니다. 당신에 대해 사람들이 말한 걸 조심할 필요가 있다는 걸 이제야 알겠네요. 가장 신중한 것은 어쩌면 절대로 함께 이야기를 나누지 않는 것일 테지요."

테레즈가 눈물을 쏟으며 말했다.

"맙소사, 어쩌다가 우리가 이 지경까지 와버린 거지?"

두 사람의 관계는 이 정도로 악화되어 있었다. 그녀의 눈물을 보고 상심한 로랑이 눈물을 흘리게 한 걸 사과했으나 소용없었다. 불행은 그다음 날 시작되었다.

로랑이 테레즈에게 말했다.

"도대체 너는 이 고약한 도시에서 내가 뭐가 되기를 바라는 거야? 너는 내가 일하기를 바라지. 나도 그러길 원해. 하지만 할 수 없다고! 머릿속에 작은 강철 용수철이 있는 나는 너처럼 태어나지 않았어. 내 의지가 작동하려면 이 용수철의 버튼을 눌러야만 해. 나는 창조자야, 창조자라고! 크건 작건, 약하든 강하든, 무엇에도 굴복하지 않는, 신의 숨결이나 지나가는 바람이 내킬 때만 움직이게 하는 그런 용수철이라고. 권태롭거나 뭔가 내 마음에 들지 않을 때, 그것이 무엇이 되었건 나는 아무것도 할 수 없다고."

테레즈가 말했다.

"지적인 사람이 어떻게 권태로울 수 있지? 지하 독방 저 구석, 공기도 희박하고 볕도 들지 않는 경우가 아니라면 말이야. 그러니까 첫날 너를 매료시켰던 이 도시에는, 봐야 할 아름다운 것들도, 주변을 돌아볼 흥미로운 산책도, 참조할 좋은 책들도, 교류할 지적인 사람들도 없다는 거야?"

"여기의 아름다운 것들이라면 나는 질리도록 봤어. 혼자 산책하는 것도 나는 좋아하지 않아. 내가 믿지 않은 것들을 내게 말하는 그 훌륭하다는 서적들은 나를 짜증 나게 해. 사람들과 맺어야 할 관계라면…… 아마 너도 알다시피, 내가 사용할 순 없지만 소개장이 몇 장 있기는 하지."

"아니, 나는 그런 사실을 몰라. 왜 내가 알지 못하는 거지?"

"왜냐하면 그건 내가 어울리는 사교계의 친구들이 자연스레 다른 무리의 사교계 사람들에게 나를 소개했기 때문이지. 그런데 이자들은 스스로 즐길 생각도 없이 사방 벽에 갇혀서만 살지는 않는다고. 테레즈, 너는 사교계에 속한 것도 아니고, 또 그래서 나와 동행할 수도 없으니, 너를 내가 혼자 내버려둘 수밖에!"

"낮에? 낮에는 이 궁전 어느 귀퉁이에 처박혀 작업을 해야 하잖아!"

"사람들은 낮에 서로를 방문하고 저녁을 위한 계획을 짜지. 어느 나라를 보더라도 즐거운 시간을 보내는 것은 저녁이라고. 너, 그거 몰랐어?"

"좋아! 꼭 필요하다니까, 저녁에 가끔 외출해. 무도회에도 가고, **콘베르사치오네**●에도 가. 하지만 도박만 절대 하지 마. 내가 네게 요구하는 건 이게 다야."

"약속할 수 없는 걸 나더러 약속하라고 하는군. 사교계에서는 도박이나 여자들에게 자신을 맡길 필요가 있거든."

"그러니까 사교계의 모든 남자가 죄다 도박으로 파산하거나 여자들에게 환심을 사는 일에 뛰어든다는 거야?"

"둘 중 어느 것도 하지 않는 사람들은 사교계에서 지루해할 테고, 그게 아니라면 거기서 지루한 사람들이 되겠지. 나는 살롱의 달변가가 되지 못해. 그렇다고 아무 말 없이 남의 말을 듣고 있을 정도로 한가한 편도 아니지. 테레즈, 어디 한번 보자고. 그러니까 너는 내가 어떠한 위험을 무릅쓰고라도 사교계에 뛰어들기를 바라는 거야?"

테레즈가 말했다.

"아직은 아니야. 조금만 기다려. 아아! 이렇게나 빨리 너를 잃게 될 거라고는 예상하지 못했어!"

테레즈의 고통스러운 목소리와 비통한 시선은 평소보다 더 로랑의 신경을 자극했다.

그가 그녀에게 말했다.

"너 그거 알아? 언제나 너는 아주 적은 탄식만으로 네가 목표한 곳으로 나를 데려갔다는 거 말이야. 가엾은 테레즈, 너는 네 힘을 남용하고 있어. 어느 날, 병들고 정신이 나간 나를

● 사교 클럽을 뜻하는 이탈리아어. 상드는 뮈세에게 보낸 편지에서 베네치아에 있는 자신을 발견한 부인들에 대해 "그녀들은 나를 만나고 싶어 했고 그들의 **콘베르사치오네**에 초대하기를 원했다"라고 쓴 바 있다.

보고 후회하게 되지 않을까?"

테레즈가 대답했다.

"후회라면 벌써 하고 있지. 네가 지긋지긋하니까. 그러니 네가 원하는 걸 어서 하라고!"

"이렇게 너는 나를 내 운명에 맡겨버리는 거야? 벌써 싸움에 지친 거야? 이것 봐, 내 사랑, 나를 더 이상 사랑하지 않는 건 바로 너네!"

"그런 목소리로 말하는 걸 보니, 그렇게 되기를 바라는 건 너인 거 같은데!"

로랑은 **그렇지 않다**고 대답했다. 하지만 얼마 지나지 않아, 모든 면에서 그것이 **그렇다**는 대답이었다는 사실이 드러났다. 테레즈는 지나치게 진지했고, 지나치게 자존심이 강했고, 지나치게 정숙했다. 그녀는 천상의 저 높은 곳에서 그와 함께 내려오고 싶지 않았다. 경솔한 한마디는 그녀에게 모욕으로 여겨졌고, 그리 중요하지 않은 어떤 추억은 그녀의 비난을 자초하기도 했다. 그녀는 모든 면에서 검소했고, 변덕스러운 욕구나 무절제한 환상 같은 것은 전혀 이해하지 못했다. 확실히 두 사람 중 그녀가 더 훌륭했다. 그녀에게 칭찬을 해야만 했더라면, 그는 기꺼이 그렇게 할 준비가 되어 있었다. 하지만 이런 것이 둘 사이의 진짜 문제였을까? 문제는 둘이 함께 살아갈 방법을 찾는 것 아니었을까? 예전의 그녀는 더 쾌활했고, 그에게 **애교**를 부렸으나, 이제는 그렇게 하려 하지 않았다. 이제 그녀는, 깃털은 헝클어지고 푹 꺼진 눈으로 날개

속에 머리를 묻은 채 그의 지휘봉 위에 앉아 시름시름 앓고 있는 한 마리의 새 같았다. 창백하고 침울한 그녀의 모습은 이따금 공포를 불러일으킬 정도였다. 오래된 사치품에 둘러싸인 음울하고 어두운 이 커다란 방에서 그에게 그녀는 유령 같은 인상을 풍겼다. 간혹 그는 그녀를 두려워하기도 했다. 그녀는 이 음산한 실내를 야릇한 노래와 행복에서 터져 나오는 웃음소리로 가득 채울 수 있지 않았을까? 어디 한번 보자. 두 어깨가 얼어붙은 이 죽은 여인을 움직이게 하려면 무엇을 해야 할까? 피아노에 앉아. 그리고 내게 왈츠를 연주해줘, 나 혼자 왈츠를 출 테니. 너는 왈츠를 출 줄 알아? 당연히 아니겠지. 내기를 해도 좋아. 너는 슬픔 말고는 아는 게 아무것도 없으니까.

자리에서 일어나며 테레즈가 말했다.

"자, 내일 떠나자. 될 대로 되겠지! 여기서 너는 미치고 말 거야. 다른 곳이 더 나쁠 수도 있겠지만, 나는 내 임무를 다해야겠어."

이 말에 로랑은 화가 났다. 그러니까 그녀가 그녀 자신에게 일종의 임무를 부여했단 말인가? 그렇게 그녀는 냉정하게 과제 하나를 완수한 것인가? 그녀는 애인에게 자신을 희생하겠노라 성모 마리아에게 맹세라도 했을 것이다. 독실한 믿음만 있다면 그녀에게 더 이상 부족한 게 없었다!

로랑은 특유의 **아주 요령 있는** 절교와 최대한의 무시를 머금은 표정으로 모자를 집어 들었다. 그는 어디로 갈지 말하지 않고 밖으로 나갔다. 밤 10시였다. 테레즈는 엄청난 불안 속에서 밤을 보냈다. 다음 날 낮에 집으로 돌아온 그는 떠들썩하게 여러 개의 문을 닫곤 자기 방에 틀어박혔다. 그를 자극할 수도 있다는 두려움에 감히 모습을 보이지 않았던 그녀는 소리 없이 자신의 처소로 물러났다. 두 사람이 서로에게 애정 표현이나 사과의 말을 하지 않고 잠이 든 것은 이번이 처음이었다.

다음 날, 그녀는 일하는 대신 짐을 꾸렸고, 떠나는 데 필요한 준비를 모두 마쳤다. 오후 3시가 되어 잠에서 깨어난 그는 무얼 할 작정인지 웃으면서 그녀에게 물어보았다. 그는 자신의 상황을 받아들였고 평소의 상태를 되찾았다. 그는 밤에 혼자 바닷가를 산책했었다. 거듭해서 생각해본 그는 마음이 진정되었다.

그가 유쾌한 목소리로 말했다.

"시끄럽게 같은 말을 늘어놓는 거친 바다가 나를 짜증 나게 하더라고. 우선 나는 시를 지어봤어. 나를 바다에 비유했지. 초록빛이 감도는 저 아름다운 바다의 가슴에 몸을 던져버리고 싶었거든! 그런 다음, 모래사장 위에 바위가 있다고 매사 불평이나 늘어놓는 파도가 단조롭고 또 우스꽝스럽다고 생각했어. 바위를 부숴버릴 힘이 없으면 입이나 닥칠 것이지! 더 이상 불평하려 하지 않는 나처럼 할 것이지! 이 아침, 매력적인 내가 여기 있잖아. 나 일하기로 결심했어. 여기 머무를 거야. 정성 들여 수염도 깎았어. 키스해줘, 테레즈, 그리고 어리석었던 어제저녁 얘기는 더 이상 하지 말자. 특히 저 짐 좀 다시 풀고, 여행 가방들 좀 치워버려. 자, 어서. 내가 저것들을 볼 수 없게 말이야! 여행 가방이 나를 나무라는 것 같은 표정을 하고 있잖아. 이제 나를 나무랄 필요는 없다고.”

이것은 테레즈의 걱정스러운 눈빛만으로 그의 두 무릎을 꿇리는 데 충분했던 시기, 그러나 석 달도 채 지나지 않은 그 시기에 서로 화해하곤 했던 신속한 방법과는 거리가 멀었다.

두 사람의 주의를 다른 데로 돌릴 만큼 놀라운 일이 벌어졌다. 아침에 제노바에 도착한 파머 씨가 저녁 식사를 하자며 두 사람을 찾아온 것이었다. 로랑은 주의를 다른 데로 돌릴 만한 이 기회를 반겼다. 다른 남자들에게는 항상 냉담하게 대하던 로랑은 이 미국인을 열렬히 포옹하면서 하늘에서 그가 내려왔다고 말했다. 이러한 로랑의 열렬한 환대에 파머는 기뻐하기보다는 오히려 놀라는 눈치였다. 행복의 표출이 아니었다는 것을 파머가 알아차리는 데는 테레즈를 한 번 쳐다보는 것만으로 충분했다. 그런데도 로랑은 자신의 권태를 파머에게 말하지 않았고, 테레즈는 이 도시와 이 나라에 대한 찬사를 늘어놓는 로랑을 보며 놀랐다. 그는 심지어 이곳의 여자들이 매력적이라고 선언하기까지 했다. 로랑은 도대체 어디에서 여자들을 알게 되었을까?

8시가 되자 로랑은 외투를 달라며 외출하려 했고, 파머 역시 자리를 뜨려 하고 있었다.

로랑이 파머에게 말했다.

"테레즈와 더 오래 있지 그래요? 그러면 테레즈도 기뻐할 텐데요. 이곳에 우리가 아는 사람이라고는 아무도 없거든요. 저도 한 시간 후면 돌아올 겁니다. 기다렸다가 그때 같이 차를 마십시다."

11시가 되어도 로랑은 돌아오지 않았다. 테레즈는 정말로 낙심했다. 절망감을 감추려고 노력해보았으나 허사였다. 더이상 불안해하지 않았던 그녀는 오히려 자신이 길을 잃었다고 느끼고 있었다. 파머는 이 모든 것을 지켜보았으나 아무것도 보지 못한 척했다. 그녀의 기분을 풀어줄 요량으로 그는 계속해서 그녀와 이야기를 나눴다. 그러나 로랑은 돌아오지 않았고, 자정이 지나서까지 그를 계속 기다리는 것은 다소 불편한 일이었기에 파머는 테레즈와 악수를 나누고는 자리에서 일어났다. 파머는 악수하면서 의도하지 않았으나 기운찬 그녀의 모습이 겉으로만 그럴 뿐이며, 그녀의 마음에 참담함이 넓게 번져 있다고 느낀다는 사실을 알게 되었다.

바로 그 순간에 로랑이 집에 도착했다. 그는 동요하고 있는 테레즈의 모습을 보았다. 로랑은 그녀와 단둘이 있게 되자마자 질투까지는 아닌 척하는 말투로 방금 전 그녀의 태도를 빈정댔다.

그녀가 로랑에게 말했다.

"이봐요, 로랑. 쓸데없이 저를 힘들게 하지 말아요. 설마 지금 파머가 제게 구애를 했다고 생각하고 있는 건가요? 떠나자고요, 내가 제안했던 것처럼."

"그러지 말아요, 내 사랑, 그 정도로 제가 터무니없는 사람은 아닙니다. 당신이 손님을 맞이한 후, 또 저를 생각해 잠시 제가 밖에 나갈 수 있게 허락해준 이후 모든 것이 너무 좋기만 하네요. 저는 지금 일을 하고 있는 것 같은 기분이 듭니다."

테레즈가 말했다.

"부디 그렇게 되시길! 저는, 그러니까 당신이 원하는 걸 할게요. 제게 찾아온 손님을 당신이 반긴다면, 좀 전에 했던 것 같은 그런 말을 하지 않도록 분별력을 좀 가지시는 게 어때요? 저는 그 사람을 힘들게 하고 싶지 않거든요."

"도대체 무엇 때문에 이렇게 화를 내는 겁니까? 제가 그렇게 상처받을 말을 했던가요? 이봐요, 친애하는 친구, 지금 당신은 지나치게 불안해하면서 신경과민 증상을 보이고 있는 거라고요! 저 착한 파머가 당신과 사랑에 빠졌을지도 모른다는 거, 거기에 어떤 악의가 있을 수 있겠어?"

"그와 나를 단둘이 남겨놓은 당신에게 악의가 있었을 테지. 당신이 했던 말을 한번 생각해보시지요."

"아! 악의가 있을 거라고…… 당신을 위험에 방치한 거다? 당신도 위험이 존재한다는 걸 잘 알고 있는 거네요, 당신 말에 따르자면 말이지. 그러니 제가 틀리지 않았다는 것도 물론 잘 알고 있겠네요!"

"좋아요! 그러면 함께 저녁 시간을 보냅시다. 그리고 아무도 초대하지 맙시다. 나는 그러고 싶어요. 동의하나요?"

"사랑하는 테레즈, 당신은 좋은 사람입니다. 저를 용서하세요. 저는 당신과 함께 있을 거예요. 당신이 원하는 사람을 초대하도록 해요. 이것이 최상이자 가장 무난한 해결책이 될 것 같아요."

실제로 로랑은 자기 자신으로 되돌아온 것처럼 보였다. 그는 자신의 아틀리에에서 제대로 습작에 임하기 시작했고, 작품을 보러 오라고 테레즈를 초대했다. 폭풍우 없이 며칠이 지나갔다. 파머는 다시 나타나지 않았다. 하지만 얼마 가지 않아 로랑은 이런 규칙적인 생활에 싫증을 냈고, 파머를 찾아가서는 친구들을 내버려두었다고 비난을 퍼부었다. 파머가 두 사람과 저녁 시간을 보내려고 도착하자마자 로랑은 외출할 핑계를 찾아냈고, 나가서는 자정까지 밖에서 머물렀다.

이렇게 일주일이, 그리고 또다시 일주일이 지나갔다. 로랑은 사흘이나 나흘에 한 번꼴로 테레즈와 저녁 시간을 보냈다. 저녁 시간이라! 차라리 그녀 혼자 있는 게 더 나을 지경이었다.

그는 어디에 갔던 것일까? 그녀는 아무것도 알지 못했다. 그는 사교계에 나타나지도 않았다. 습하고 추운 날씨를 생각하면, 즐기기 위해 그가 바닷가를 산책했노라고 생각할 수도 없었다. 하지만 종종 그는 배에 올라탔다고 말했고, 실제로 그의 옷에서는 타르 냄새가 났다. 그는 노 젓는 연습을 했으며 해안가에 어부를 찾아가 낚시를 배웠다. 다음 날 작업하려면 흥분한 신경을 가라앉혀주는 피곤이 자신에게 좋을 거라 생각했다고 그는 주장했다. 테레즈는 그를 만나러 아틀리에에 갈 엄두도 내지 못했다. 그녀가 그의 작업을 보자고 할 때마다 그는 화를 냈다. 자신의 생각을 표출할 때 그는 그녀의 의견을 들으려 하지 않았고, 마찬가지로 자신을 비난하는 듯한 인상을 풍기는 그녀의 침묵 또한 원하지 않았다. 그녀는 그가 자신의 작품이 공개될 만하다고 판단했을 때만 그의 작품을 볼 수 있었다. 예전에는 자신의 생각을 그녀에게 말하지 않고서는 아무것도 시작하지 않았던 그였지만, 이제 그는 그녀를 **관객**처럼 대하고 있었다.

두 차례 혹은 세 차례, 그는 밖에서 밤을 보냈다. 테레즈는 이러한 외유가 늘어나면서 야기된 불안에는 도통 익숙해지지 않았다. 그녀는 모른 척하면서 로랑을 자극할 수도 있었다. 그러나 그를 감시하면서 진실을 알려고 애썼을 거라고 생각된다. 온갖 국적의 선원들이며 건달들로 가득한 이 도시에서 한밤에 그녀가 그를 따라나선다는 것은 가능하지 않았다. 그러나 어떤 경우라도, 그녀는 다른 누군가에게 그를 미행하라고 시킬 정도로 비굴해지지 않았을 것이다. 그녀는 조용히 로랑의 거처로 들어가 잠든 그를 바라보았다. 그는 피곤함에 짓눌린 것처럼 보였다. 몸을 혹사하면서 넘쳐흐르는 착상을 진정시키고자 그가 착수했던 것은 어쩌면 자신과의 절망적인 싸움이었을 것이다.

어느 날 밤이었다. 그녀는 몸싸움을 치렀거나 어디 나자빠지기라도 한 듯 옷이 흙투성이인 데다 여기저기 찢어져 있는 그를 보았다. 겁에 질려 그에게 다가가자 베개에 피가 묻어 있는 것이 보였다. 그의 이마에는 상처가 약간 나 있었다. 깊이 잠든 그를 깨우지 않으려 조심하면서 그녀는 혹시 또 다른 상처가 있는지 보려고 그의 가슴을 살짝 들춰보았다. 그러나 그는 잠에서 깨어나 화를 냈고, 이것이 그녀에게 마지막 방아쇠를 당겼다. 그녀는 재빨리 자리에서 벗어나려 했으나 그는 억지로 그녀를 붙잡았고, 실내 가운을 걸치고 일어나 문을 닫은 다음, 조그마한 야간 등불이 희미하게 빛을 뿌리고 있는 방을 부산스레 걸어 다니면서 자신의 영혼에 쌓여 있는 고통을 결국 모두 뿜어내고 말았다.

그가 그녀에게 말했다.

"이제 정말 지긋지긋합니다. 우리 서로에게 솔직해집시다. 우리는 더 이상 서로 사랑하지 않아요. 서로 사랑한 적이 한 번도 없다고요! 서로를 속여왔던 겁니다. 당신은 그저 연인이 있었으면 했던 거고, 아마 당신에게 저는 첫 번째도, 두 번째도, 아무것도 아니었을 테지요! 당신에게 필요했던 건 하인이나 노예였다고요. 불행한 저의 성격, 제가 진 빚, 저의 권태, 무분별한 생활에서 느끼는 저의 무기력함, 진정한 사랑에 대한 저의 환상이 저를 당신의 재량에 맡기게 될 거라고, 제가 다시는 정신을 차릴 일이 없을 거라고 믿게 만든 겁니다. 이렇게 위험한 계획을 성공적으로 마무리하려면 조금 더 행복한 성격, 더 큰 인내심, 더 많은 융통성, 그리고 무엇보다도 더 많은 재능이 당신에게 필요했을 겁니다. 테레즈, 당신을 모욕하려는 건 아니지만, 당신은 재능 같은 건 전혀 갖고 있지 않아요. 당신은 하나의 조각으로 이루어진 전체처럼 융통성이라고는 눈곱만큼도 없고, 단조로우며, 고집이 세고, 당신이 그렇게나 주장해온 절제를 남용하면서 자만에 빠지는 사람입니다. 근시안에다가 우둔한 능력을 자랑하는 사람들의 철학에 지나지 않는 그런 절제 말입니다. 저에 대해 말해 볼까요? 그래요, 저는 미쳤고, 불안정하며, 배은망덕한 놈, 그러니까 당신이 원한다면 어떻게 불러도 될 그런 사람입니다. 하지만 저는 솔직합니다. 계산하지 않습니다. 뒷생각 없이 저를 그냥 맡깁니다. 이런 까닭에 저는 똑같은 방식으로 다시 정신을 차립니다. 저의 정신적인 자유는 신성한 것이고, 그래서 제 허락 없이 누구도 제게서 그것을 빼앗아 갈 수 없습니다. 저는 이 자유를 당신에게 맡긴 것이지, 드린 게 아닙니다. 이 자유를 잘 사용해서 저를 행복하게 할 방법을 찾아내어야 했던 건 바로 당신이었습니다. 오! 당신이 저를 원하지 않았었다고 제게 말하려 하지 마세요! 저는 여자들의 이런 변화와 겸손 뒤에 숨어 있는 속셈이 뭔지 알고 있습니다. 당신이 제게 몸을 맡겼던 날, 당신이 저를 정복했다고 생각하고 있었다는 걸 저는 알았습니다. 그리고 거짓된 그 모든 저항, 비탄해하며 흘린 그 모든 눈물, 그리고 저의 요구에 맞춰 잘 조율해왔던 그 모든 용서가 그저 낚싯줄이나 하나 쳐놓고, 미끼로 만든 파리 한 마리에 현혹된 불쌍한 물고기가 그 줄을 물게 하려는 저속한 기술일 뿐이라는 것도 알게 되었지요. 테레즈, 이 파리에게 속은 척하면서 저는 당신을 속였어요. 그건 제 권리였습니다. 당신은 당신에게 줄 숭배를 원했지요. 저는 그걸 아무런 저항도 하지 않고 위선도 없이 당신에게 아낌없이 주었습니다. 당신은 아름답지요. 그리고 전 당신을 욕망했어요! 그러나 여자는 단지 여자일 뿐입니다. 모든 여자 중 최후의 여자는 가장 위대한 여왕만큼의 관능을 우리에게 줍니다. 당신은 그걸 무시할 만큼 단순했습니다. 이제 당신 자신을 되돌아봐야 합니다. 단조로움이 제게는 어울리지 않는다는 것을 이제 아셔야 합니다. 제 본능은 저에게 맡겨야 해요. 항상 숭고한 것은 아니지만 저 자신을 파괴하지 않고서는 제가 파괴할 수 없는 본능 말입니다……. 그 어디에 고통이 있습니까? 우리는 왜 머리카락을 쥐어뜯었던 걸까요? 우린 서로 사귀었습니다. 그리고 우리는 지금 헤어지고 있습니다. 이게 전부입니다. 이것 때문에 우리가 서로를 증오하고 비난할 필요는 없습니다. 당신을 애타게 갈망하게 만든 저 불쌍한 파머의 소원을 들어주어, 어서 복수하십시오. 그가 기뻐하면 저도 좋겠습니다. 우리 셋은 세상에서 제일 친한 친구로 남게 될 겁니다. 당신은 과거의 잃어버린 매력을 되찾게 될 거고, 제 행동을 감시하느라 닳아빠지고 흐리멍덩해진 아름다웠던 두 눈은 다시 총기를 갖게 될 겁니다. 그러면 저는 예전에 그랬던 것처럼 좋은 동료로 돌아올 거고, 우리가 지금 함께 겪고 있는 이 악몽 같은 건 잊어버리게 될 것입니다. 그렇게 하면 어떻겠습니까? 대답을 안 하는 겁니까? 당신이 원하는 게 그럼 증오입니까? 조심하세요! 단 한 번도 증오한 적이 없음에도 저는 모든 걸 배울 수 있지요. 당신도 알다시피 저는 모든 걸 아주 수월하게 해내잖아요! 자, 한번 봐요. 오늘 저녁에도 저보다 키가 두 배나 크고 힘이 센 어느 술 취한 선원과 싸웠어요. 그자를 흠씬 두들겨 팼는데도 저는 고작해야 살짝 긁혔을 뿐이지요. 제가 육체적으로나 정신적으로나 아주 강하며, 또한 증오와 복수의 투쟁에서 머리카락 한 올이라도 발톱 사이에 남기지 않은 채 악마의 화신을 쓰러뜨리는 법은 없다는 사실을 기억하세요."

창백해지고 씁쓸해하던 로랑이 머리카락은 엉망이 되고, 셔츠는 찢기고, 이마는 벌겋게 달아올라 점점 더 빈정대며 화를 내자, 테레즈는 그를 보는 것도 그의 말을 듣는 것도 너무 소름 끼쳤고, 그녀의 사랑이 모조리 혐오로 변해가고 있는 것을 느꼈다. 그 순간, 삶에 너무나 절망한 그녀는 단지 두려움만을 느끼고 있다고는 생각하지 않았다. 그녀가 앉곤 했던 안락의자에서 말문이 막혀 꼼짝하지 못한 채, 그녀는 이 모욕의 격류가 흘러가게 내버려두었고, 이 정신 나간 인간이 그녀를 죽일 수 있다고 되뇌면서, 얼음장 같은 무시와 완벽한 무관심으로 그의 발작이 어서 절정에 오르기만을 기다리고 있었다.

더 이상 말할 힘이 없어지자 그는 입을 다물었다. 그러자 그녀는 자리에서 일어나서 단 한마디도 대꾸하지 않은 채, 또 단 한 번의 눈길도 던지지 않은 채 밖으로 나갔다.

제7장

  로랑은 그의 말보다는 더 나았다. 그는 그 끔찍한 밤에 테레즈에게 퍼부었던 온갖 잔혹한 말 중 단 한마디도 생각하고 있지 않았다. 당시에 그는 그 말들을 그 자리에서 생각해냈거나 오히려 의식하지 못한 채 뱉어냈던 것이다. 잠들었을 때는 아무것도 기억하지 못했으며, 만약 그에게 그 밤을 상기시켰다면, 그는 아마 모든 걸 부인했을 것이다.

  하지만 사실이었던 게 하나 있다면, 당시 고결한 사랑에 그가 싫증을 내고 있었으며, 과거에 빠져들었던 해로운 도취를 진심으로 열망하고 있었다는 것이다. 그것은 삶에 들어서면서 그가 택했던 잘못된 길에 대한 벌, 그것도 아주 잔혹한 벌, 원할 때면 언제고 벗어날 수 있다고 믿으면서 웃으며 구렁 속으로 자신의 몸을 던졌던, 아무것도 숙고하지 않았던 그에게 내려진 형벌이었다. 그러나 사랑은 사회적 법규처럼 **'누구도 법에 무지할 수는 없다!'**•는 가혹한 정식(定式)에 근거한 것으로 보이는 법규의 지배를 받는다. 이런 사실에 실제로 무지한 자들에게는 유감이라고 말할 수밖에! 아이는 쓰다듬을 수 있다고 믿고서 표범의 발톱으로 몸을 던진다. 그러면 표범은 아이의 순수함 따위는 참작하지 않을 것이다. 표범은 아이를 잡아먹고 말 텐데, 아이의 목숨을 살리고 말고 하는 건 표범이 결정하는 게 아니기 때문이다. 독약 같은 것, 벼락 같은 것, 악행 같은 것은 남자가 **알고 있어야 하며 따라야만 하는** 치명적인 법칙을 눈멀게 하는 대리인들이다.

위기가 있던 다음 날 로랑에게는 오로지 테레즈에게 단호하게 무언가를 설명했으며, 낙담하는 그녀를 보았다는 희미한 기억만이 남아 있었다. 일전에 그녀가 그를 떠나갔을 때처럼 침착한 그녀의 모습을 다시 보면서, 그는 어쩌면 모든 게 잘된 일일 수 있다고 생각했다. 그러나 핏기없는 그녀의 모습에 그는 덜컥 겁이 났다.

그녀가 침착하게 그에게 말했다.

"아무것도 아니야. 감기 때문에 정말 피곤하네. 하지만 감기는 감기일 뿐이야. 시간이 좀 걸리겠지."

로랑이 그녀에게 말했다.

"저기, 테레즈, 이제 우리 관계는 어떻게 되나요? 생각해봤어요? 결정은 당신이 하세요. 서로 원한이 맺혀 헤어져야 하나

● '용서받을 수 없는 법에 대한 무지'를 설명하는 대목. 형법에 저촉되는 행위를 저지른 자가 법에 대한 무지를 사유로 주장할 수 없다는 것을 의미한다.

요? 아니면 **예전**처럼 우정의 발치 앞에 함께 있어야 하나요?"

그녀가 대답했다.

"원한 같은 거 저는 품고 있지 않아요. 친구로 지내지요. 괜찮으시면 여기 머무르세요. 저는 일을 마치고, 보름 후 프랑스로 돌아갈 겁니다."

"그럼 지금부터 보름이 될 때까지 저는 다른 집에 머물러야 할까요? 사람들이 수군덕거릴 게 분명한데, 걱정되지 않아요?"

"당신이 판단한 대로 하세요. 거실만 함께 사용할 뿐, 이 집에서 우리는 각자 독립된 방을 갖고 있잖아요. 거실은 제게 전혀 필요 없으니 당신에게 양보할게요."

"아닙니다. 거실은 당신이 사용하세요. 부탁이에요. 제가 오가는 소리를 당신은 듣지 못할 겁니다. 당신이 하지 말라면, 거실에 발도 들여놓지 않을 겁니다."

테레즈가 대답했다.

"당신을 용서할 수 있는 단 한순간이 당신의 애인에게 있다고 믿으라는 것 외에는 저는 아무것도 당신에게 하지 말라고 하지 않아요. 당신의 여자 친구는 어느 정도 환멸이라면 초탈했을 거예요. 그녀는 여전히 당신에게 도움이 되기를 바랄 것이며, 애정이 필요할 때면 당신은 항상 그녀를 찾을 겁니다."

그녀는 그에게 손을 내밀었다. 그러고는 일을 하러 갔다.

로랑은 이런 그녀를 이해하지 못했다. 소극적인 용기나 말 없는 결단력 같은 것을 알지 못하는 그에게 그녀를 지배하고 있는 세계는 설명할 수 없는 무엇이었다. 그녀가 자신에 대한 영향력을 되찾을 심산이며, 우정을 통해 자신을 사랑으로 다시 데려가려 하고 있다고 그는 생각했다. 그는 그 어떤 약함에도 흔들리지 않겠다고, 이런 자신을 보다 분명히 하기 위해 이 완벽한 이별의 증인으로 누군가를 삼아야겠다고 다짐했다. 그는 파머를 만나러 갔고, 그에게 불행한 자신의 사랑 이야기를 털어놓으면서 이렇게 덧붙였다.

"친애하는 친구, 제가 생각하고 있는 것처럼 만약 당신이 테레즈를 사랑하고 있다면, 테레즈가 당신을 사랑하게 만드세요. 테레즈가 그런다 해도, 저는 질투할 수가 없어요. 그 반대입니다. 제가 그녀를 충분히 불행하게 했고, 또 확신컨대 당신이 그녀에게 아주 좋은 사람이니, 제게서 회한을 좀 걷어가주세요. 간직하고 싶지 않으니."

파머의 침묵에 로랑은 놀랐다.

그가 파머에게 말했다.

"이렇게 말씀드려서 기분이 상하셨습니까? 제 의도는 그게 아니었습니다. 저는 당신에게 우정을 느끼고, 당신에게 경의를 표하며, 이렇게 말해도 괜찮다면, 심지어 존경심까지 가지고 있습니다. 저의 이 모든 처신을 비난하실 거라면 저에게 말해주세요. 그게 지금 당신이 짓고 있는 무관심하고 무시하는 표정보다 더 나을 겁니다."

파머가 대답했다.

"저는 테레즈의 슬픔에도, 당신들의 슬픔에도 무관심하지 않습니다. 다만, 때늦은 충고나 비난은 자제하겠습니다. 저는 당신 두 사람이 서로를 위해 만들어졌다고 믿고 있었습니다. 그런데 이제 저는, 두 사람이 서로에게 줄 수 있는 유일하고 또 가장 커다란 행복이 서로를 떠나는 거라는 데 설득되었습니다. 테레즈에 대한 제 개인적인 감정에 대해, 저를 심문할 권리가 당신에게 있는지 저는 잘 모르겠고, 당신 말에 따를 때 제가 그녀에게 불러일으킬 수 있다는 그 감정들에 관해 말하자면, 당신이 방금 저에게 말한 바에 따라, 그것은 당신이 제 앞에서, 아니 그녀 앞에서라면 더욱더 발설할 권리를 갖고 있지 않은 가정일 뿐입니다."

시원하다는 표정을 지으며 로랑이 말을 받았다.

"지금 말씀하신 그대로입니다, 무슨 말씀을 하시려는지 아주 잘 알았습니다. 제가 여기에 있으면 방해가 될 것 같군요. 아무도 곤란하게 하지 않으려면 저는 이만 가는 게 좋겠습니다."

그는 테레즈에게 차가운 작별 인사를 한 후, 실제로 그녀를 떠났고, 마음 내키는 대로 사교계에 뛰어들거나 일에 전념하리라는 생각을 품고서 곧장 피렌체로 향했다. 그는 자신에게 이렇게 말하면서 극단적인 달콤함을 느꼈다.

"누구도 나로 인해 고통을 겪게 하지 않으리라. 누구도 나로 인해 불안하게 만들지 않으리라. 이제 내 머릿속에서 일어날 일을 하리라. 누군가가 나보다 더 악독하지 않을 때, 최악의 형벌은 희생자를 보는 데 치명적으로 이끌리게 된다는 거지. 자, 드디어 나는 자유로워졌어. 그리고 내가 야기할 고통은 나에게만 되돌아올 거야!"

로랑이 그녀에게 입힌 상처가 얼마나 깊었는지 로랑 자신이 알 수 없게 한 것은 테레즈의 명백한 실수였다. 그녀는 지나치게 용기와 자부심을 갖고 있었다. 절망적인 환자를 치료하는 일에 착수했으므로 치료에 필요한 조치와 잔인한 수술을 앞에 두고 그녀는 물러나지 말았어야만 했다. 망상으로 가득한 심장을 피를 철철 흘리게 하고 꾸짖어 짓눌러버렸어야 했으며, 욕설에는 욕설을, 고통에는 고통을 돌려주었어야만 했다. 자신이 저질렀던 악행을 보면서도 로랑은 어쩌면 자신을 정당하다고 평가했는지도 모른다. 어쩌면 수치심과 후회가 사랑을 차가운 피로 살해하는 죄악으로부터 그의 영혼을 구해냈을지도 모른다.

그러나 석 달간의 무의미한 노력 끝에 테레즈는 물러나고 말았다. 그녀는 결코 통제하려 욕망한 적이 없었던 어떤 남자에게, 자신의 고통과 서글픈 예감에도 불구하고 그녀에게 떠맡겨졌던 어떤 남자, 버림받은 아이처럼 그녀에게 "나한테 좀 와봐, 날 떠나지 마, 떠나버리면 나는 여기, 길가에서 그냥 죽어버릴 거야……"라고 울부짖고자 그녀의 발치에 찰싹 달라붙어 있던 어떤 남자에게 수없이 헌신해야만 했던 것이다.

그리고 이 아이는 자신의 비명과 울음에 굴복하고 만 그녀를 저주했다. 이 아이는 자신의 약점을 이용해 자기한테서 자유의 즐거움을 빼앗았다고 그녀를 비난했다. 그는 그녀에게서 멀어졌고, 가슴 깊숙이 숨을 들이마시고는 "드디어, 드디어!"라고 말했다.

그녀는 생각했다.

'그가 치유될 수 없다면 그를 고통스럽게 하는 것이 무슨 소용이 있을까? 아무것도 할 수 없다는 걸 내가 직접 보지 않았던가? 내가 그의 열병을 없애려고 그의 천재성을 질식시킨 게 증명된 거나 마찬가지라고 그는 내게 말하지 않았던가? 그의 무절제를 역겨워하며 내가 한계에 도달했다고 생각하고 있었을 때, 그가 무절제를 더 갈구하는 모습을 내가 보지 않았던가? 내가 그에게 '사교계로 돌아가라'라고 말했을 때, 그는 나의 질투를 염려했고, 그러면서 수수께끼 같고 조잡하고 방탕한 삶으로 뛰어들었지. 그러고는 술에 취해, 옷은 찢기고 얼굴에는 피를 흘리며 돌아왔잖나!'

로랑이 떠나가던 날, 파머가 테레즈에게 말했다.

"친구, 결국 이렇게 되었군요. 뭘 하면 좋을까요? 그를 쫓아가야 할까요?"

그녀가 대답했다.

"그러지 마세요. 그건 아니에요!"

"어쩌면 내가 저 사람을 다시 데려올지도 몰라요!"

"그렇게 되면 정말 유감일 겁니다."

"이제 그를 사랑하지 않나요?"

"사랑하지 않아요. 조금도."

침묵이 흘렀다. 잠시 후, 생각에 잠긴 파머가 다시 말했다.

"테레즈, 당신에게 말씀드려야 할 아주 좋지 않은 소식이 있어요. 당신이 동요하게 될까 걱정되고, 또 당신이 준비되어 있지 않은 것 같아…… 망설이게 됩니다."

"친구에게 제가 참 미안합니다. 지독하게 슬프긴 하나 저는 아주 침착한 상태이며, 모든 것에 준비가 되어 있어요."

"그러시다면! 테레즈, 당신이 자유로워졌다는 사실을 알려 드립니다. ×× 백작은 이제 존재하지 않습니다."

테레즈가 대답했다.

"저도 알고 있었어요. 일주일 전에 알았어요."

"이 사실을 로랑에게 말하지 않았나요?"

"하지 않았어요."

"왜죠?"

"왜냐하면 그런 순간조차 그는 하찮은 반응만 보일 게 뻔했기 때문입니다. 예상하지 못한 일이 그를 뒤흔들고 열정에 빠지게 한다는 걸 당신이 알고 있는 것처럼 말입니다. 그랬더라면 둘 중 한 가지 반응을 보였을 겁니다. 우선, 제가 그에게 저의 이 새로운 상황을 말함으로써 그가 자신과 결혼하려고 한다고 상상했을 수도 있다는 것, 그리고 이렇게 저와의 관계에 대한 두려움이 그의 반감을 악화시킬 수 있었을 거라는 것이고, 그다음으로는 그를 사로잡은 다음, 깊은 절망이나 터무니없는 분노에게 길을 터주려고 기껏해야 십오 분 정도…… 지속될 헌신하겠다는 생각이 절정에 오른 어느 한순간, 그가 결혼에 관한 생각으로 뜬금없이 눈을 돌릴 수도 있었을 거라는 것입니다. 이 불행한 사람은 저에게 얼마간의 죄책감을 느끼고 있어요. 그의 환상에 새로운 미끼를 던질 필요도, 더구나 그의 배반에 어떤 동기를 부여할 필요도 없었습니다."

"이제 더는 그를 아끼지 않나보군요?"

"친애하는 파머, 저는 그렇게 말하지 않았어요. 그를 불쌍하다고 생각하는 거지 비난하는 게 아니에요. 어쩌면 다른 여자라면 그를 행복하게 해줄 수도 있으며 그가 좋은 사람이 되게 해줄지도 모르겠습니다. 저는 이 둘 다 할 수 없었어요. 거기에는 그의 잘못만큼이나 제 잘못도 있어요. 어쨌거나 우리 두 사람은 서로 사랑하려고 애써서는 안 되었던 것이고, 더 이상 안 된다는 사실이 분명히 드러났어요."

"테레즈, 그럼 이제부터 당신이 돌려받은 자유의 이점을 맘껏 누려볼 생각은 해보지 않았나요?"

"거기 어떤 이점이 있어서 제가 맘껏 누릴 수 있을까요?"

"당신은 다시 결혼할 수 있습니다. 그리고 가족의 기쁨을 알 수 있습니다."

"친애하는 딕, 저는 인생에서 두 번 사랑을 했고, 또 당신은 제가 어떤 상태인지 잘 알고 있지요. 행복해진다는 건 제 삶에는 없는 말이에요. 저에게서 달아나버린 것을 다시 찾기에는 너무 늦었어요. 저는 서른 살입니다."

"서른 살이기에 당신은 사랑 없이 지낼 수는 없습니다.● 당신은 이제 막 열정에 이끌리는 순간을 겪었을 뿐입니다. 정확하게 말해 서른 살은 여자들이 사랑을 피해 갈 수 없는 나이

● 오노레 드 발자크(1799~1850)의 소설 《서른 살의 여인》(1842)을 암시한다.

입니다. 왜냐하면 당신은 고통받았기 때문입니다. 행복에 대한 끝없는 갈증이 당신 안에서 깨어나 어쩌면 실망에서 실망으로 이어지면서, 당신이 이제 막 벗어난 것보다 더 깊은 구렁으로 당신을 몰고 갔기 때문입니다."

"아니기를 바랍니다."

"아닙니다. 당신은 분명 바라고 있습니다. 테레즈, 당신이 틀렸어요. 당신의 나이, 당신의 끓어오르는 감수성, 당신을 의기소침하고 싫증 나는 순간으로 빠뜨리는 기만적인 침착함 등 이제 모든 것을 걱정해야만 합니다. 사랑이 당신을 찾아갈 것입니다. 더는 그걸 의심하지 마세요. 자유를 되찾자마자 당신은 쫓기고 집착하게 될 겁니다. 그러나 로랑이 어쩌면 당신 친구들에게서 당신의 평판을 끌어내렸을지도 모르는 지금, 당신의 친구라고 자처해왔던 모든 남자가 당신의 연인이 되고 싶어 할 겁니다. 당신은 격렬한 열정을 불러일으킬 것이며, 당신을 설득하려 덤벼들 제법 능숙한 자들이 나타날 겁니다. 결국에는……."

"결국에는, 파머, 당신은 제가 망가졌다고 판단하고 있군요. 제가 불행하기 때문에 말이에요! 정말 잔인하네요. 제가 얼마나 망가졌는지 절실하게 느끼게 해주시는군요!"

테레즈는 손으로 얼굴을 감싸고는 쓸쓸하게 울었다.

파머는 그녀가 울게 놔두었다. 그는 그녀에게 눈물이 필요하다는 것을 깨닫고는 일부러 이런 고통을 유발했다. 그녀가 진정되는 것을 보자, 그는 그녀 앞에 무릎을 꿇었다.

그가 그녀에게 말했다.

"테레즈, 제가 당신을 너무 고통스럽게 했습니다. 그러나 당신은 제 의도를 용서해주셔야만 합니다. 테레즈, 저는 당신을 사랑합니다. 항상 당신을 사랑해왔습니다. 맹목적인 열정이 아니라 제가 할 수 있는 모든 믿음과 애정으로 그래왔습니다. 저는 그 어느 때보다도 더, 당신에게서 다른 사람들의 잘못으로 망가지고 꺾인 고귀한 존재를 보고 있습니다. 사교계의 눈에 당신은 과연 타락했을지 모르지만, 제 눈에는 그렇지 않습니다. 반대입니다. 로랑을 향한 당신의 애정은 당신이 여자라는 걸 증명해주었습니다. 저는 당신을 더욱더 사랑하고 있습니다. 온갖 인간적인 약점에 맞서 머리부터 발끝까지 무장한 것처럼, 예전부터 확신해왔던 것처럼 말입니다. 테레즈, 제 말을 들어주세요. 저는 철학자입니다. 다시 말해, 저는 세상의 선입견이나 비현실적인 섬세한 감정보다 이성과 관용을 추구합니다. 당신은 아주 불길한 탈선의 먹이가 되어야 했던 겁니다. 저는 당신을 사랑하고 존경하는 걸 멈추지 않을 겁니다. 왜냐하면 당신은 오로지 마음으로만 방황할 수 있는 그런 여자이기 때문입니다. 그러나 당신이 왜 그런 재난에 빠져들어야 합니까? 만약 당신이 오늘부터, 간혹가다 위대한 예술가가 되기도 하지만 대부분이 나쁜 배우자, 아버지, 형제, 친구, 결국에는 남편이 되고 말 어느 병든 영혼에서 벗어난, 헌신적이고, 차분하고, 충실한 마음을 가진 남자를 만나게 된다면, 앞날의 위험과 불행에서 영원히 벗어나게 될 거라고 저는 확신합니다. 물론입니다! 테레즈, 제가 바로 이런 남자라고 저는 감히 말할 수 있습니다. 당신의 눈을 부시게 할 만큼 빛나는 거라고는 아무것도 가지고 있지 못한 저이지만, 제게는 당신을 사랑하기 위한 굳건한 마음이 있습니다. 저는 당신에게 절대적인 믿음을 갖고 있습니다. 당신이 행복해지는 순간, 당신은 아마도 감사해할 것입니다. 그리고 감사해할 때, 당신은 충실해지고 영원히 회복될 것입니다. 테레즈, 제게 그러겠다고 말해주세요. 저와의 결혼을 승낙해주세요. 두려워하지 말고, 불안해하지 말고, 거짓으로 꾸미지도 말고, 자신을 불신하지도 말고 지금 바로 승낙해주세요. 당신에게 제 목숨을 바칩니다. 그리고 오로지 저를 믿어달라고 부탁드릴 뿐입니다. 다른 사람의 배은망덕이 당신에게 흘리게 할 눈물로 고통받지 않을 정도로 저는 강하다고 생각합니다. 당신의 과거에 대해 비난하는 일은 절대로 없을 겁니다. 폭풍우가 제 가슴에서 당신을 앗아 가려 불어닥치지 않게 아주 평온하고 신뢰할 수 있는 미래를 책임지고 당신에게 보여드리겠습니다.”

파머는 테레즈가 알지 못했던 아주 진솔한 마음으로 이렇게 오랫동안 말했다. 그녀는 그를 신뢰하려는 마음으로부터 자신을 지켜내려 애썼지만, 파머에 따르면, 이러한 저항은 그녀 스스로 물리쳐야 할 도덕적 질병의 잔재였다. 그녀는 파머가 진실을 말하고 있다고, 그러나 마찬가지로 그가 무서운 임무를 짊어지려 하고 있다고 느꼈다.

그녀가 그에게 말했다.

"아니에요. 제가 두려워하는 건 저 자신이 아니에요. 저는 이제 더는 로랑을 사랑할 수 없으며, 더 이상 그를 사랑하지도 않아요. 그러나 사교계는요. 당신의 어머니는요. 당신의 조국은요. 당신의 평판은요. 당신 이름의 명예는요! 당신이 말한 것처럼 저는 타락했어요. 저도 그걸 느껴요. 아! 파머, 저를 이렇게 재촉하지 마세요! 당신이 저를 위해 맞서려는 것들이 저는 너무나 두려워요!"

다음 날도, 그리고 이어지는 다른 날들도, 파머는 힘을 다해 간청했다. 그는 숨을 쉴 수 있게 테레즈를 내버려두지 않았다. 그는 아침부터 저녁까지 그녀와 단둘이 있으면서 그녀를 설득하려고 두 배로 힘을 내서 의지를 돋우었다. 파머는 진솔하면서도 즉각적인 반응을 보이는 사람이었다. 나중에 우리는 테레즈가 망설였던 것이 왜 옳았는지 알게 될 것이다. 그녀를 불안하게 만들었던 것은 파머가 행동에서 보인, 그리고 약속으로 행동하라고 그녀에게 강요하려 했던 성급함이었다.

그녀가 그에게 말했다.

"당신은 제가 어떻게 생각할지 두려워하고 있군요. 당신이 자부하는 그런 믿음을 저에게는 갖고 있지 않군요."

그가 대답했다.

"저는 당신의 말을 믿어요. 당신의 말을 당신에게 요구하고 있는 게 바로 그 증거입니다. 그러나 제가 무리해서 당신이 저를 사랑한다고 믿는 건 아닙니다. 왜냐하면 이에 대해 당신이 대답하지 않고 있기 때문이지요. 당신이 옳아요. 당신은 아직 당신의 우정에 어떤 이름을 부여해야 할지 알지 못해요. 저는 제가 느끼고 있는 게 사랑이라는 걸 알고 있고, 저 자신이 명료해지는 모습을 보는 걸 주저할 사람이 아니라는 것도 알고 있습니다. 사랑은 저에게는 아주 논리적인 무엇입니다. 사랑은 단호하게 원합니다. 사랑은 불운과는 반대입니다. 불운은 성찰이나 몽상에 몸을 던지며 사랑을 위험에 처하게 합니다. 지금처럼 아프면 당신은 사랑에서 성찰이나 몽상의 진정한 이점을 제대로 볼 수 없을 테지요."

파머가 그녀의 이점을 그녀에게 말하는 동안, 테레즈는 자신이 상처를 받고 있다고 느꼈다. 그녀는 파머에게서 지나친 헌신을 보았고, 그가 대답을 듣지 않고서도 자신을 받아들일 수 있을 거라는 사실에 고통받을 수밖에 없었다. 갑자기 그녀는 이 관대함의 싸움에서, 파머가 자신의 이름, 재산, 자신의 보호와 평생의 애정을 받아달라는 것 외에 다른 것을 요구하지 않은 채 전적으로 헌신하는 걸 보고는 부끄러움을 느꼈다. 그는 그녀에게 모든 것을 주었고, 모든 보상을 대신하여 그녀 자신을 생각할 것만을 부탁했다.

테레즈의 마음에 이렇게 희망이 다시 찾아왔다. 그녀가 항상 긍정적이라고 믿어왔던, 지금도 순진하게 긍정적으로 보이려 애쓰는 이 남자는, 너무나 예상하지 못한 모습으로 그녀 앞에 나타났고, 이로 인해 사경을 헤매던 중 갑자기 되살아난 것처럼 그녀의 정신은 커다란 충격을 받았다. 그것은 마치 영원히 계속될 거라고 그녀가 상상해왔던 한밤중에 비친 한 줄기 햇살과도 같았다. 억울해하고 절망적이었던 그녀가 사랑을 저주하려 했던 순간, 그는 그녀에게 사랑을 믿으라고, 그녀의 재앙을 하늘이 그녀에게 보상하려는 우연한 사고처럼 바라보라고 강요했다. 차갑고 반듯한 미모의 파머는 사랑받은 여자의 놀라고, 불확실하며 흔들리는 눈빛 아래서 매 순간 모습을 바꾸었다. 처음 보는 사람들에게 다소 거칠다는 느낌을 주었던 그의 수줍음은 차츰 사라지고 있었으며, 로랑보다 더 적은 시(詩)로 자신을 표현했지만 오로지 설득력만으로도 그는 자신의 생각을 훨씬 잘 표현하곤 했다.

테레즈는 완고하여 다소 우툴두툴한 이 껍질 속에 숨어 있는 열정을 발견했고, 그녀를 구하려는 목적을 **냉정하게** 추구한다고 주장하는 그의 열정을 보면서 감동해 미소를 짓지 않을 수 없었다. 감동받은 그녀는 그만 그가 그녀에게 요구했던 약속을 해버리고 말았다.

그녀는 갑작스레 편지 한 통을 받았는데, 너무 손상되어 글씨체를 알아볼 수 없었다. 서명조차 알아보기 힘들 정도였다. 하지만 그녀는 파머의 도움으로 이런 글을 읽게 되었다.

저는 도박을 했고 다 잃었습니다. 애인이 있었는데, 그녀가 저를 속였고, 저는 그녀를 죽였습니다. 저는 독약을 마셨습니다. 저는 죽어가고 있어요. 아듀, 테레즈.

로랑

파머가 말했다.

"어서 갑시다!"

테레즈가 그의 품에 안기며 대답했다.

"오, 내 친구여, 당신을 사랑해요! 지금 저는 당신이 얼마나 사랑받을 자격이 있는 사람인지 느껴요."

두 사람은 곧바로 출발했다. 하룻밤 사이 바다를 건너 리보르노에 도착했고, 저녁 무렵에는 피렌체에 있었다. 그들은 어느 여인숙에서 로랑을 발견했는데, 그는 죽어가는 것이 아니라, 네 명의 남자가 붙어도 일으켜 세울 수 없을 정도로 심하게 뇌막염에 시달리고 있었다. 테레즈를 쳐다보자 로랑은 그녀를 알아보았고, 자기를 산 채로 땅에 묻으려 한다고 고래고래 소리를 지르면서 그녀에게 매달렸다. 그는 그녀를 아주 세게 붙잡았고, 그녀는 그만 질식해 바닥에 쓰러졌다. 파머는 기절한 그녀를 방으로 데려가야만 했다. 그러나 그녀는 잠시 후 로랑이 있는 방으로 돌아왔고, 기적과도 같은 인내와 끈기를 가지고 자신이 더 이상 사랑하지 않는 이 남자의 침상을 지키면서 스무 밤 스무 날을 보냈다. 그녀에게 저속한 욕설을 퍼부을 때를 제외하고 로랑은 그녀를 알아보지 못했고, 한순간이라도 그녀가 멀어지면 그녀가 없으면 죽을 거라고 말하면서 그녀를 다시 불렀다.

다행히 그는 어떤 여자도 죽이지 않았고, 어떤 독약도 먹지 않았으며, 어쩌면 도박으로 돈을 잃지도 않았을 것인 데다가, 망상과 병이 엄습하여 자신이 하겠노라고 테레즈에게 적었던 것은 아무것도 하지 않았다. 그녀가 그에게 말하는 걸 두려워했을지도 모를 그 편지에 대해 그는 아무것도 기억하지 못했다. 자신이 이성의 혼란을 겪었다는 사실을 알게 되었을 때, 그는 제법 겁을 먹기도 했었다. 고열이 지속되는 한, 그는 여전히 또 다른 불길한 꿈을 꾸었다. 그는 테레즈가 자신에게 독을 들이붓거나, 파머가 자신에게 쇠고랑을 채우는 모습을 상상했다. 그의 환각 중 가장 흔하고 또 잔인한 것은 테레즈가 머리에 꽂은 금빛 머리핀을 떼어내어 천천히 자신의 두개골에 찔러 넣는 모습을 보는 것이었다. 실제로 그녀는 이탈리아풍으로 머리를 고정하는 머리핀을 하고 있었다. 그녀가 머리핀을 제거한 다음에도, 로랑은 이 핀을 계속해서 보았다고 느끼고 있었다.

대개의 경우 자신의 존재가 로랑을 자극하는 것 같았기 때문에, 테레즈는 항시 둘 사이에 커튼을 두고 침대 뒤에 앉아 있곤 했다. 그러나 그에게 뭔가 마시게 하는 게 문제가 되자, 그는 테레즈의 손으로 주는 것 외에는 아무것도 마시지 않겠다고 항의하면서 버럭 화를 냈다.

그가 말했다.

"오직 이 여자만이 나를 죽일 권리가 있어. 나는 그녀를 너무 아프게 했다고! 그녀가 나를 증오하니 어서 내게 복수해! 침대 발치에 있는 그녀를 왜 늘 볼 수 없는 거야? 새 애인 품에라도 안긴 거야? 자, 테레즈, 여기로 와요. 목말라. 그러니 어서 내게 독을 부어달란 말이야."

테레즈는 그에게 안정과 졸음을 부어주었다. 그가 견뎌낼 수 있을 거라고 믿지 않았으며 의사들이 비정상적인 행동이라고 평가했던 광분이 며칠 동안 이어진 다음, 로랑은 갑자기 진정되었고, 힘없이 피로해하며 계속 졸곤 했으나 마침내 살아났다.

그는 너무 약해져서, 먹는다는 의식도 없는 상태에서 음식을 먹여야 했고, 위가 소화하지 못할 걸 염려하여 아주 적은 양을 주어야 했으며, 잠시라도 그를 떠나면 안 된다고 테레즈가 생각해야 할 정도였다. 파머는 그녀를 대신해 환자를 곁에서 돌봐주겠다고 약속해 그녀가 휴식을 취할 수 있도록 노력했다. 그러나 그녀는 파머의 이 제안을 거절했는데, 그것은 인간의 체력이 급습하는 수면의 욕망을 막지 못할지라도, 환자의 입술에 숟가락을 가져가야 하는 매 순간을 자신에게 알려주는 기적이 그녀에게 일어났고, 단 한 번도 그녀가 피로로 쓰러진 적이 없으며, 신이 이 취약한 생명을 살려내라는 임무를 다른 사람이 아니라 그녀에게 주었다고 느꼈기 때문이었다.

그녀는 실제로 그랬다. 그리고 그녀가 그를 살려냈다.

어느 정도 발전했다 하더라도 의학은 절망적인 경우에 종종 무능한데, 그것은 완벽하게 관찰하며 간호하는 게 사실상 불가능하기 때문이다. 부족한 일 분 혹은 충만한 일 분이 허약한 삶에 어떤 혼란을 가져올 수 있는지를 모두 알 수 없으며, 죽어가는 자를 구원하는 데 필요한 기적이 있다면, 그것은 환자를 돌보는 사람들의 침착함과 끈기, 그리고 시간을 엄수하는 성실성이다.

어느 날 아침, 마침내 로랑은 혼수상태에서 돌아온 듯 깨어났고, 자신의 오른쪽에는 테레즈가, 왼쪽에는 파머가 있는 것을 보고 놀란 듯했다. 그는 이 두 사람에게 각각 한 손씩 내밀었으며, 자신이 어디에 있었고 또 어디서 왔는지를 물어보았다.

너무 마르고 약해진 자신의 모습을 보고 그가 아주 고통스러워했기 때문에 두 사람은 그가 겪은 고통의 강도와 기간을 속여서 말했다. 자신의 모습을 거울로 본 순간, 그는 덜컥 겁에 사로잡혔다. 회복한 첫날 로랑은 테레즈를 찾았다. 그녀가 자고 있다고 누군가 대답했다. 그는 매우 놀랐다.

그가 말했다.

"낮에 잠을 자다니, 이제 이탈리아인이 다 되었군."

테레즈는 내리 스물네 시간을 잤다. 걱정이 사라진 순간, 본성이 다시 권리를 취한 것이다.

로랑은 차츰 그녀가 얼마나 헌신적이었는지 알게 되었고, 그녀의 얼굴에서 숱한 고통을 겪은 후에 남겨진 수많은 피로의 흔적들을 보았다. 자기 자신을 돌보기에는 그가 여전히 약했기 때문에, 테레즈는 그의 곁에 자리 잡고서 책을 읽어주기도 하고, 재미있게 해주려고 함께 카드놀이를 하기도 했으며, 마차를 타고 산책을 하려 밖으로 그를 데려가기도 했다. 이때마다 파머가 그들과 함께 있었다.

로랑은 그의 체질만큼이나 빠른 속도로 체력을 회복했다.

그러나 그의 정신이 항상 맑은 것은 아니었다. 어느 날, 테레즈와 단둘이 있게 되었을 때, 그는 테레즈에게 언짢아하며 말했다.

"이것 참! 착한 파머는 언제쯤 떠나서 우리를 기쁘게 해줄까?"

테레즈는 그의 기억력에 문제가 있다고 느꼈지만 대답하지 않았다. 그러자 그가 조금 고민해보더니 이렇게 덧붙였다.

"친구여, 당신만큼이나 저에게 헌신한 사람을 두고 이렇게 말하는 제가 배은망덕하다고 생각하겠지요. 몹시 불쾌한 환자의 방에서 그가 한 달 동안 갇혀 있었던 건 당신에게서 떠나지 않으려 했기 때문이라고 생각하지 못할 만큼 저는 아둔하거나 단순하지 않아요. 테레즈, 자, 어서 말해봐. 그가 나 때문에만 그랬다고 너는 맹세할 수 있어?"

테레즈는 이 마지막 질문에, 그녀가 둘 사이의 친밀한 관계에서 영원히 잘라내었다고 생각하고 있던 이 **너**라는 말에 깊은 상처를 받았다. 그녀는 고개를 저었고 다른 이야기를 하려 애썼다. 로랑도 슬퍼하며 물러났다. 하지만 다음 날 다시 돌아왔고, 그녀 없이 지낼 만큼 튼튼해진 그의 모습을 보면서 테레즈가 떠날 결심을 하자, 로랑은 정말로 놀라워하며 그녀에게 말했다.

"테레즈, 우리 어디로 가는 거예요? 여기서도 우리 잘 지내고 있지 않나요?"

그가 이렇게 고집을 부렸기 때문에 테레즈는 설명해야 했다.

테레즈가 그에게 말했다.

"내 아이, 당신은 이곳에 머무르세요. 재발의 위험 없이 어디건 여행하려면 일주일이나 이 주일 정도 더 필요할 거라고 의사들이 말합니다. 저는 제노바에서 제 일을 마쳤고, 지금으로서는 이탈리아 다른 곳을 더 볼 생각이 없기에 프랑스로 돌아갑니다."

"물론이고말고, 테레즈, 넌 자유롭지. 그런데 네가 프랑스로 돌아가길 원한다면, 나도 그러고 싶어. 나도 자유로워. 일주일 기다려줄 수 없어? 여행할 상태가 되는 데 그보다 더 많은 시간이 필요하지는 않을 거라고 확신해."

그는 너무나도 순진하게 자신의 잘못을 잊어버렸고, 당시 그는, 예전에 아주 다정하게 입양하듯 그를 맞았던 기억에 흘러나오려는 눈물을 참으며 테레즈가 단념할 수밖에 없을 만큼 너무나도 어린애 같았다.

그녀는 의식하지 못한 채 그에게 말을 놓기 시작했고, 가장 부드럽게, 그리고 가능한 한 그를 배려하면서 당분간 서로 헤어져야 한다고 말했다.

로랑이 소리쳤다.

"우리가 왜 헤어져야 해? 우리 이제 서로 사랑하지 않는 거야?"

그녀가 그의 말을 받았다.

"그런 일은 없을 거야. 우리는 서로에게 항상 우정을 가질 거야. 그러나 우리는 서로에게 너무나 많은 고통을 주었어.

그리고 지금 네 건강은 고통을 더 이상 견뎌내지 못할 거야. 모든 것이 잊힐 때까지 필요한 시간을 보내자."

로랑이 여전히 모르는 척하면서 눈물겨운 선의를 담아 소리쳤다.

"하지만 난 잊었다고, 나는! 네가 나에게 끼친 고통이라면 아무것도 기억나지 않는다고! 너는 항상 내게 천사였고, 또 네가 천사였기에 원한 따위를 가지고 있을 리 없어. 내 모든 걸 용서해야만 하고, 나를 데려가야만 해, 테레즈! 만약 네가 날 여기에 놔둔다면, 여기서 난 권태로 죽고 말 거야!"

그는 예상과 달리 굳건한 태도를 보이는 테레즈를 보면서 신경질을 냈고, 자신의 모든 행동을 거짓이라 부인하면서 엄한 척하는 그녀가 잘못되었다고 그녀에게 말했다.

"네가 무얼 원하는지 나는 잘 알아. 나보고 뉘우치라고, 내 잘못에 대가를 치르라고 요구하고 있는 거야. 이것 참! 지금 내가 내 잘못을 증오하고 있는 게 네 눈에는 보이지 않나? 일주일에서 열흘 동안 미친놈이 되었으면, 내 잘못에 대해 충분히 대가를 치른 게 아닌가? 네가 원하는 게 예전 같은 눈물과 맹세야? 그런들 무슨 소용 있어? 네가 더는 믿지 않을 텐데. 네가 판단해야 할 건 내가 앞으로 하게 될 행동이라고. 내가 너에게 집착하기에 미래 따위를 두려워하지 않는다는 걸 너는 알고 있어. 어디 한번 보자, 테레즈, 너도 아이야. 그리고 토라진 척하는 너를 볼 때마다, 내가 아이라고 자주 불렀던 거 너도 알잖아. 방금 전까지 여기 갇혀서 잠도 자지 않고 또 내 방에서 거의 나가지도 않은 채 스무 밤 스무 날을 보낸 너를 보면서, 나를 더 이상 사랑하지 않는다는 말에 어떻게 내가 설득될 거라고 생각할 수 있어? 검푸른 빛에 둘러싸인 네 아름다운 두 눈에서 힘들어 죽을 것 같은 모습을 내가 보지 못할 것 같아? 네가 수많은 고통의 시간을 보냈을 게 이토록 분명한데도? 더 이상 사랑하지 않는 남자에게 이렇게 할 수는 없는 거라고!"

테레즈는 치명적인 한마디를 감히 입에 올리지 못했다. 그녀는 파머가 와서 일대일로 마주하고 있는 이 상황을 멈춰주어 회복 중에 발생할 수 있는 위험한 장면을 어서 피할 수 있기를 바랐다. 그것은 불가능했다. 로랑이 그녀가 밖으로 나가지 못하게 하려고 비스듬히 문을 막아섰고, 그러다 그녀의 발치에 넘어져 바닥에서 절망적으로 뒹굴었다.

그녀가 그에게 말했다.

"하느님 맙소사! 내가 너에게 할 수 있는 말을 거절할 만큼 충분히 잔인하고 멋대로라고 네가 생각하는 게 가능할까? 나는 그럴 수 없어. 이 말은 더 이상 진실이 아닐지도 몰라. 그러나 우리 사이 사랑은 끝났어."

로랑은 분노하며 자리에서 일어났다. 믿지 않는다고 주장했던 이 사랑을 그가 죽일 수 있을지 그는 알 수 없었다.

허브차를 기계적으로 붓고 있었던 찻잔을 깨뜨리면서 그가 소리를 질렀다.

"그러니까 파머야? 그 사람이지? 어서 말해봐. 나는 들어야겠어. 진실을 알아야겠어. 진실을 알게 되면 나는 죽어버릴 거야. 나도 그걸 알아. 그러나 속는 건 원하지 않아!"

손톱으로 손을 쥐어뜯는 걸 막으려고 그의 두 손을 붙잡으며 테레즈가 말했다.

"속았다고! 속았다고? 당신 지금 무슨 말을 하고 있나요? 내가 당신 소유인가요? 당신이 밖에서 보내고 온 제노바에서의 첫날 밤 이후, 내가 당신에게 고통을 주었고, 당신을 괴롭혀왔다고 나에게 말한 바로 그다음부터, 우린 서로에게 낯선 사람이었던 거 아닌가요? 넉 달하고도 그 이상의 시간에 어디 그것만 있었나요? 당신이 돌아오지 않고 흘러간 그 시간, 나를 내 애인으로 만들기에 충분한 시간이었다고는 생각하지 않나요?"

그녀의 솔직함에 화를 내는 대신 차분한 상태에서 호기심에 굶주려 그녀의 말을 듣고 있는 로랑의 모습을 보면서 그녀는 계속해서 말을 이어갔다.

"만약 당신이, 고통스러운 당신의 침대로 나를 데려간 그 감정, 그리고 어머니 같은 보살핌으로 당신이 회복할 수 있도록 당신 곁에 나 자신을 붙잡아두게 했던 그 감정을 이해하지 못한다면, 그건 당신이 제 마음을 전혀 이해하지 못했기 때문이지요. 로랑, 이 마음은."

그녀가 자신의 가슴을 치면서 말한다.

"어쩌면 당신의 가슴만큼 자부심에 차 있지도 뜨겁지도 않을 테지요. 그러나 예전에 당신이 종종 말했던 것처럼, 이 마음은 항상 같은 자리에 있어요. 이 마음은 자신이 사랑했던 것을 계속 사랑하는 걸 멈출 수 없어요. 그러나 오해는 하지 말아요. 그것은 당신이 이해하고 있는 것 같은, 당신이 저에게 고취되었던 것과 같은, 당신이 아직도 광기를 가지고 기다리고 있는 그런 사랑이 아닙니다. 제 감정도 제 머리도 이제 당신 것이 아니에요. 저는 저 자신과 제 의지를 되찾았어요. 저의 신뢰와 열정은 이제 더는 당신에게로 돌아갈 수 없습니다. 그럴 만한 가치가 있는 사람, 아주 선량해 보이는 파머라면 줄 수 있겠지요. 당신은 그것에 반대하지는 않을 겁니다. 어느 날 아침, 그를 발견하고는 그에게 달려가 테레즈를 위로해달라고, 당신을 좀 도와달라고 그 사람에게 부탁했던 당신이니까."

로랑은 떨리는 자신의 두 손을 맞잡으며 말했다.

"맞아……. 맞다고! 내가 그렇게 말했어! 그 사실을 내가 잊고 있었어. 이제 기억나!"

그가 진정된 걸 보면서 테레즈가 부드럽게 말하기 시작했다.

"그러니까 다시는 잊지 마, 내 가엾은 아이, 사랑은 발로 밟은 다음 다시 피어나기에는 너무나도 민감한 꽃이라는 걸 알아야지. 더 이상 나와의 사랑을 꿈꾸지 말고, 네가 겪었던 이 슬픈 경험이 네 눈을 뜨게 해주고 네 성격을 바꿔주면, 다른 곳에서 사랑을 찾아봐. 네가 그럴 자격을 갖출 날, 너는 사랑을 발견하게 될 거야. 나는 더 이상 애정이 담긴 너의 욕망을 감당할 수 없을 테고, 아마 네 욕망으로 비루해지고 말 거야.

그러나 네가 반대한다고 해도, 또 어떤 일이 있어도, 너를 향한 누이로서 또 어머니로서의 애정은 여전히 남아 있을 거야. 이건 다른 거야. 이건 연민이야. 나는 너에게 이걸 숨기지 않아. 그리고 내가 정확히 연민이라고 말하는 건, 나만큼이나 네게도 모욕이 될 사랑을 네가 되찾겠다고 이제 더는 생각하지 않게 하기 위해서야. 지금 너를 괴롭히고 있는 이 우정이 다시 온화해지길 바란다면 너는 그걸 받아들여야만 해. 지금까지 넌 그럴 기회가 없었어. 이제 우정이 여기에 있으니, 이 우정에 어서 올라타. 약한 모습 보이지 말고, 분통해하지도 말고 나를 떠나가라고. 왜냐고 묻지 말고 울고 있는 아이의 얼굴 대신 인자한 남자가 짓는 온화하고 부드러운 얼굴을 내게 보여줘."

로랑이 무릎을 꿇고 말했다.

"테레즈, 그냥 나를 울게 내버려둬. 내 잘못을 눈물로 씻어내게 해줘. 사랑이 무너진 이후에도 네 안에 살아남은 저 거룩한 연민을 내가 숭배하게 해줘. 네가 생각하는 것처럼 이 연민이 내게 모욕이 되는 건 아니야. 이 연민에 걸맞은 사람이 될 거라고 나는 느끼고 있어. 온화하고 부드러워지라고 나한테 요구하지 마. 절대로 내가 그렇게 될 수 없다는 걸 잘 알잖아. 그러나 내가 선한 사람이 될 수 있다는 걸 믿어줘. 아! 테레즈, 내가 너를 너무나 뒤늦게 알았구나! 왜 나한테 더 일찍 말해주지 않았어? 네가 방금 했던 것처럼 말이야! 내게 이제 더 이상 행복을 돌려줄 수 없는 자비롭고 가엾은 누이야,

너는 왜 내게 와서 호의와 헌신으로 나를 압박하는 거지? 그러나 테레즈, 네가 옳아. 내게 무슨 일이 일어나고 있는지 나는 알 필요가 있었고, 네가 마침내 그걸 이해하게 해줬어. 이 교훈이 내게 도움이 될 거라고 대답할게. 그리고 언젠가 내가 다른 여자를 사랑할 수 있게 된다면, 어떻게 사랑해야 할지 알게 될 거야. 누이, 다 네 덕분이야, 과거와 미래, 이 모든 게!"

파머가 돌아왔을 때, 로랑은 아직 열렬하게 말하는 중이었다. 로랑은 그를 형제라고, 또 구세주라고 부르면서 그의 목을 끌어안았고, 테레즈를 가리켜 보이면서 소리쳤다.

"아! 친구여! 우리가 파리에서 마지막으로 만났을 때 뫼리스 호텔에서 당신이 제게 했던 말을 기억하시나요? **'당신이 그녀를 행복하게 해줄 수 없으리라 생각한다면, 그녀의 집으로 되돌아가지 말고 오늘 밤 당신의 뇌가 타오를 정도로 고민해보십시오!'**라고요. 곧장 그렇게 했어야만 했는데, 저는 그러지 않았습니다! 지금 이 여자를 한번 보세요. 이 여자는 저보다 더 많이 변했습니다. 불쌍한 테레즈! 이 여자는 상처 입고 부서졌지만, 제게서 죽음을 쫓아내려 여기에 왔습니다. 저를 증오할 수도 있었고 포기할 수도 있었을 바로 그 순간 말입니다!"

로랑의 후회는 사실이었다. 파머는 여기서 몹시 감동받았다. 예술가는 설득력 있는 말솜씨로 자신의 후회를 고백했고, 파머는 테레즈와 단둘이 있게 되었을 때 그녀에게 말했다.

"친구여, 그를 위한 당신의 배려에 제가 고통받았다고 생각하지 말아주세요. 저는 충분히 이해했습니다! 당신은 몸과 영혼을 치유하고 싶어 했던 거지요. 당신이 승리했습니다. 당신의 불쌍한 아이는 살아났습니다! 이제 당신은 무얼 하시고 싶습니까?"

테레즈가 대답했다.

"그를 영원히 떠나려고요. 아니면 적어도 몇 년이 지난 후에 다시 보려고요. 그가 프랑스로 돌아간다면 저는 이탈리아에 머물 것이고, 그가 이탈리아에 머문다면 저는 프랑스로 돌아갈 겁니다. 제 결심이 이렇다고 제가 말씀드리지 않았던가요? 제가 작별 인사를 늦추었던 건 이런 결심이 잠시 멈춰졌기 때문입니다. 피할 수 없는 발작이 그에게 찾아올 걸 저는 알고 있었고, 심할 경우, 그를 발작 상태에 그냥 내버려두고 싶지 않았어요."

생각에 잠긴 파머가 말했다.

"테레즈, 충분히 생각해보신 거지요? 정말로 마지막 순간에 약해지지 않을 수 있어요? 확신해요?"

"확신해요."

"제 생각에 이 남자는 고통을 견디지 못할 것 같아요. 그는 바위에서조차 연민을 끌어낼 겁니다. 그러나 테레즈, 만약 당신이 그에게 굴복한다면, 그와 함께 길을 잃게 될 겁니다. 아직도 그를 사랑한다면, 당신이 그를 구하는 길은 오로지 그를 떠나는 길밖에 없다는 걸 생각해보세요."

"저도 알아요. 그런데 친구, 당신 제게 지금 무슨 말을 하고 있나요. 당신도 어디 아픈가요? 제가 당신에게 언약했다는 걸 잊었습니까?"

파머는 그녀의 손에 입을 맞추었고 미소를 지어 보였다. 평화가 그의 영혼에 스며들었다.

다음 날 로랑은 스위스로 가서 마저 회복하고 싶다고 두 사람에게 말했다. 이탈리아의 기후는 그에게 맞지 않았으며 그것은 사실이었다. 의사들은 그에게 무더위가 올 때까지 기다리지 말라고 충고했다.

어쨌든 두 사람은 피렌체에서 헤어지기로 결정했다. 테레즈는 로랑이 가지 않는 곳으로 가는 것 외에는 별다른 계획을 세우지 않았다. 그러나 전날의 발작으로 몹시 지친 그를 보고서는, 그가 필요한 체력을 보충하지 않은 채 떠날 것을 막기 위해, 테레즈는 피렌체에서 일주일 정도 더 보내겠다고 그에게 약속해야만 했다.

이 일주일은 아마도 로랑의 인생에서 최고의 나날이었을 것이다. 너그러워지고, 다정해지고, 한껏 자신감에 차오르고 진지해진 로랑은 과거에 테레즈와 자신이 함께했었던 처음 일주일 동안에조차 한 번도 느껴보지 못했던 영혼의 상태에 있었다. 부드러움이 그를 정복했고, 그를 뚫고 들어갔으며, 그를 장악했다고도 말할 수 있다. 그는 자신의 이 두 친구를 떠나지 않았다. 그들과 함께 군중들이 찾지 않는 시간에 마차를 타고 **카시네** 공원•에서 산책을 했고, 식사를 했으며, 테레즈와 파머의 팔짱을 번갈아 끼고서는 시골로 저녁을 먹으러 가게 되어 아이처럼 기뻐했고, 파머와 함께 체조를 조금 하면서 힘을 써보려 애썼으며, 테레즈와 함께 극장에 동행했고, 《위대한 여행가 딕》을 읽으며 스위스 여행의 경로를 그려 보았다. 그가 밀라노를 경유할 것인지 제노바를 경유할 것인지 결정하는 것은 커다란 문제였다. 그는 제노바로 가기 위해 우선 피사와 루카로 가기로 했고, 여행 초입에 괜찮은지 힘든지 느끼게 되는 정도에 따라, 육지나 바다를 통해 연안 지대를 따라 이동하기로 마침내 결정했다.

출발의 날이 왔다. 로랑은 우수에 젖은 명랑한 기분으로 모든 준비를 마쳤다. 그의 정장, 그의 가방, 파머가 그보고 받으라고 강요했던 신상품 방수 외투●●를 받아 들었을 때 그가 지은 기묘한 표정, 파머가 그에게 골라준, 비할 바 없이 호인이었던 이탈리아 하인의 알아들을 수 없는 프랑스어 등에 관한 농담들이 반짝거리며 흘러나왔다. 테레즈의 준비물과 선물을 감사와 순종의 마음으로 받아 들이면서 활짝 웃는 그의 두 눈에는 눈물이 가득 고여 있었다.

마지막 날 전날 밤, 그는 약간 열이 났다. 그는 이 열을 대수롭지 않다고 여겼다. 한나절 만에 그를 데려다주어야 했던 마차꾼이 호텔의 문 앞에 있었다. 상쾌한 아침이었다. 테레즈

● 18세기 피렌체의 가장 큰 공원으로, 상드와 뮈세가 피렌체에 머물 때 자주 산책했다.

●● 1824년 찰스 매킨토시(1766~1843)가 발명한 방수 원단으로 만든 것으로, 1930년대 영국에서 널리 팔렸다.

는 걱정하고 있었다.

파머가 그녀에게 말했다.

"라스페치아까지 그를 바래다주세요. 그가 마차를 견디지 못한다면, 거기서 배를 타야만 합니다. 그가 떠나면 그다음 날, 제가 당신과 그곳에서 합류하겠습니다. 불가피한 사업이 있었던 게 방금 머릿속에 떠올랐어요. 스물네 시간 동안 여기에 꼼짝없이 붙잡혀 있어야 할 것 같습니다."

이런 결심과 제안에 놀란 테레즈는 로랑과 함께 떠나는 걸 거부했다.

다소 성급하게 파머가 그녀에게 말했다.

"부탁입니다. 제가 당신과 함께 갈 수 없어서 그래요!"

"잘 알겠어요, 친구, 그렇다고 해도 제가 그와 함께 갈 필요는 없지요."

파머가 말을 받았다.

"아니에요. 그렇게 해주셔야 합니다."

이러한 시험이 파머에게는 필요했다고, 그렇게 자신이 이해했다고 테레즈는 믿고 있었다. 그녀는 파머에게 놀랐고, 한편으로 파머를 걱정했다.

그녀가 그에게 말했다.

"여기에 정말로 중요한 사업이 있다는 걸 당신의 명예를 걸고 장담할 수 있나요?"

그가 대답했다.

"물론입니다. 명예를 걸고 약속할게요."

"그렇다면, 전 여기 있겠습니다."

"아니에요. 당신은 떠나야 해요."

"이해가 안 돼요."

"친구, 나중에 제가 설명할게요. 저는 신을 믿는 것처럼 당신을 믿어요. 당신도 그걸 잘 알 테지요. 저를 믿어주세요. 어서 출발하세요!"

테레즈는 서둘러 가벼운 짐을 꾸린 후 마차꾼에게 던졌고, 로랑 곁에 올라타 파머를 향해 이렇게 소리쳤다.

"스물네 시간 안에 합류하겠다고 당신은 명예를 걸고 제게 약속했습니다."

제8장

실제로 피렌체에 머물러야 했고, 테레즈에게게서 멀어져야만
했던 파머는 그녀가 떠나는 걸 보고서는 치명타를 입었다. 그
러나 그가 두려워하던 위험은 실제로는 존재하지 않았다. 끊
어진 사슬이 다시 연결될 수는 없었다. 로랑은 테레즈의 욕망
을 흔들어볼 생각조차 하지 않았다. 그러나 그녀의 마음을 잃
어버린 게 아니라고 확신한 그는 자신의 평판을 되찾기로 결
심했다. 과연 우리는 그가 그럴 결심을 했다고 말할 수 있을
까? 그렇지 않다. 그는 어떤 계산도 하지 않았고, 자신의 영혼
속에서 무럭무럭 자라난 이 여인의 눈에 들 필요만을 아주
자연스럽게 느끼고 있을 뿐이었다. 만약 그가 그 순간 그녀에
게 애원했더라면, 그녀는 아무 거리낌 없이 그에게 저항했을
것이며, 어쩌면 이런 그를 경멸하게 되었을지도 모른다. 그는
그녀를 아주 잘 경계하고 있었다. 아니, 오히려 그는 그녀를
안중에 두지 않았다. 이런 실수를 저지르기에 그는 지나칠 정

도로 잘 판단하고 있었다. 그는 진심으로, 그리고 열정을 가지고 상심한 자의 역할, 복종하고 벌받은 아이의 역할을 해나갔고, 여행 막바지에 이르러 테레즈는 그가 혹시 치명적인 사랑의 희생자가 아니었는지 자신에게 되물어보고 있었다.

단둘이 보낸 이 사흘 동안, 테레즈는 로랑 곁에서 행복해하는 자신을 발견했다. 그녀는 세련된 욕망의 새로운 시기, 개척한 적 없는 길 하나가 자신에게서 열리는 것을 보았는데, 그건 그녀가 지금껏 혼자 이런 길을 걸어왔기 때문이었다. 그녀는 후회 없이, 불안 없이, 그리고 싸움 없이 어떤 영혼이라고 부를 수밖에 없는, 그리고 죽음 이후에 다시 만날 꿈을 꾸듯 순수한 본질만이 존재하는 천국에서 삶을 보낼 때에야 되찾을 거라고 상상해왔던, 창백하고 유약한 어떤 존재를 사랑하는 달콤함을 맛보고 있었다.

그러고 나서 그녀는 그에게 심하게 상처를 받았으며, 모욕을 당했고, 혼란스러워하면서 자신에게 화를 냈다. 엄청난 용기와 배포를 가지고 받아들였던 이 사랑은 그녀에게 순전히 환심을 사려는 충동이 만들어낸 것과도 같은 낙인만을 남겨놓았다. 아주 조잡하게 속게끔 자신을 방치했던 것을 대수롭지 않아 했던 순간이 그녀에게도 있었다. 그 순간 그녀는 자신이 다시 태어나는 것을 느꼈고, 심지어 가장 좋은 날에도, 열정의 무덤 위로 열정보다 더 아름다운 정열적인 우정의 꽃이 자라나는 것을 보면서 과거와 화해했다.

가장 아름다운 하늘처럼 꾸밈없고 푸르른 항구 저 깊숙한 곳, 반절은 제노바풍에 반절은 피렌체풍인, 저 그림 같은 아담한 도시 라스페치아에 그들이 도착한 것은 5월 10일이다. 아직 해수욕을 할 수 있는 계절은 아니었다. 마을은 매혹적인 고독 자체였고, 날씨는 상쾌하고 감미로웠다. 마차에서 조금 피곤해했던 로랑은 고요하고 아름다운 항구의 물을 바라보며 바다를 통해 여행하기로 결심했다. 두 사람은 교통수단을 알아보았다. 일주일에 두 번 제노바로 출발하는 작은 증기선이 있었다. 테레즈는 같은 날 저녁에 출발하지 않는다는 사실에 흡족해했다. 그녀의 환자는 스물네 시간 동안 휴식을 취했다. 그녀는 다음 날 저녁을 위해 배의 선실을 잡으라고 그에게 시켰다.

　로랑은 아직 몸이 쇠약하다고 느끼고 있었지만, 그가 그렇게 건강했던 적은 단 한 번도 없었다. 그는 졸음에 빠졌으며 아이 같은 입맛을 가지고 있었다. 완전히 회복된 초기 며칠간의 이 달콤한 나른함이 그의 영혼을 감미로운 불안에 빠뜨렸다. 마치 고약한 꿈을 꾼 것처럼 자신의 지난 삶에 대한 기억이 희미해졌다. 그는 자신이 영원히, 철저하게 변했다고 느꼈고 또 그렇다고 믿었다. 그의 인생이 이렇게 갱신되자, 그는 더 이상 고통을 느끼는 재능을 갖지 않게 되었다. 그는 눈물을 줄줄 흘리면서 의기양양한 기쁨에 차 테레즈를 떠났다. 그녀의 눈에 운명의 명령에 대한 이러한 복종은 그녀가 그에게서 고려해야 할 자발적인 속죄였다. 그는 속죄를 주도하지는 않았으나, 자신이 간과했던 것에 대한 대가를 치러야 한다고 느낀 순간 그것을 받아들였다. 그는 그녀가 파머를 사랑해야 하고 또 파머가 자신의 친구들 중 최고이며 철학자들 중 가장 위대한 철학자라고 그녀에게 말할 정도로 자신이 희생해야 할 필요성을 부추기고 있었다. 그러다가 갑자기 소리를 질렀다.

"사랑하는 테레즈, 내게 아무 말도 하지 마! 그 사람에 대해 나한테 말하지 마! 네가 그를 사랑한다는 말을 들을 만큼 나는 아직 강하지 않아. 안 돼, 입 다물라고! 나는 죽어버릴 거야⋯⋯. 하지만 나도 그를 사랑한다는 걸 알아줘! 내가 너에게 해줄 수 있는 더 나은 말이 뭐가 있을까?"

테레즈는 단 한 번도 파머라는 이름을 입 밖으로 내지 않았고, 조금 덜 비장해진 로랑이 그녀를 간접적으로 심문한 순간에 이렇게 대답했다.

"입 다물어. 비밀이 하나 있는데 나중에 말해줄게. 그건 네가 생각하는 것과는 달라. 너는 추측조차 할 수 없으니 알려고 애쓰지 마."

그들은 작은 배를 타고 라스페치아의 항구를 돌아다니며 마지막 나날을 보냈다. 그들은 해안에서 모래 속이나 맑고 완만한 물결이 역류하는 곳 근처에서 자라는 아름다운 해초를 따기 위해 가끔 배에서 내리곤 했다. 꽃이 핀 덤불들로 뒤덮인 산들이 여기저기 수직으로 솟아난 이 아름다운 해안가에는 그늘이 거의 없다시피 했다. 더위를 느낀 두 사람은 솔밭을 보곤 거기로 갔다. 먹을거리를 가져간 그들은 라벤더와 로즈메리 수풀 한복판에 앉아 저녁을 먹었다. 한나절이 꿈처럼 지나갔다. 다시 말해, 한순간처럼 짧았지만, 이 한나절은 두 존재의 가장 달콤한 감정을 압축적으로 담고 있었다.

해가 지고 있었고, 한편으로 로랑은 슬퍼졌다. 그는 멀리서, 라스페치아의 증기선 페루초가 출발을 준비하며 불을 지피면서 뿜어내는 연기를 보고 있었고, 이 검은 구름이 그의 영혼 위를 지나가고 있었다. 마지막 순간까지 그의 무료함을 달래주어야 한다는 것을 알고 있었던 테레즈는 항만에서 볼 만한 것이 있는지 선장에게 물어보았다.

선장이 대답했다.

"팔마리아 섬과 포르토르● 대리석 채석장이 있어요. 거기에 가시고 싶으면, 배를 탈 수 있어요. 증기선이 출항하면서 거길 지나가는데, 승객들이나 화물을 실으려고 맞은편 포르토베네레●●에 잠시 멈추기 때문이죠. 두 분은 언제고 그 배에 오를 수 있어요. 제가 대답할 수 있는 건 이게 답니다."

두 친구는 팔마리아 섬까지 안내를 받아 갔다.

섬은 바다 위로 깎아지르듯 솟아난, 항만 쪽의 완만하고 비옥한 비탈길을 따라 차츰 낮아지는 대리석 덩어리다. 항만 쪽에는 중턱에 주택 몇 채가 있고, 해안가에는 빌라 두 채가 있다. 이 섬은 자연적인 방어물처럼 항만의 입구에 우뚝 버티고

● 금빛 줄이 간 검은 대리석. 공기 중에서 색이 상당히 빠르게 변한다.

●● 이탈리아 리구리아주(州)에 있는 항구도시. 근처에 팔마리아 섬, 티노 섬, 티네토 섬이 있다.

있는데, 항만 입구에는 이 섬과 옛날 비너스에게 바쳐졌던 작은 항구 사이로 아주 좁은 통로 하나가 나 있다. 여기서 포르토베네레라는 이름이 붙여졌다.

이 끔찍한 촌락에는 이와 같은 시적 이름을 증명해주는 거라고는 아무것도 없다. 그러나 흔들리는 파도에 부딪치는 저 헐벗은 바위 위에 자리 잡은 이 촌락은 더할 나위 없이 한 폭의 그림 같다. 진짜 바다에서 밀려온 첫 파도가 통로 안으로 휩쓸려 들어가며 부딪치기 때문이다. 해적 소굴의 특징을 설명하는 데 이보다 더 충격적인 장면을 상상하긴 어렵다. 컴컴하고 초라한 집들이 소금기를 가득 머금은 공기에 파먹힌 채 고르지 않은 바위 위로 터무니없이 높이 늘어서 있다. 집의 조그마한 창문들에는 어느 유리 하나 깨지지 않은 것이 없었고, 그것은 마치 지평선 위에서 약탈할 먹잇감을 살피느라 바쁘고 초조해하는 눈들 같았다. 어느 벽 하나 시멘트가 벗겨지지 않은 것이 없었고, 폭풍우로 갈기갈기 찢긴 돛 같은 커다란 반점들이 벽에서 떨어져 나왔다. 어느 선(線) 하나 균형 잡힌 것이 없었고, 서로서로 지탱하고 있는 건물은 한꺼번에 모든 것이 무너져 내리기 직전이었다. 모든 것은 곶의 끝까지 이어지고, 곶 끝에 이르러 이 모든 것은 갑자기 중단되며, 낡고 일부가 유실된 요새와 무한한 바다를 마주 보고 망루로 세워진 어느 작은 종루 위에 솟아난 첨탑으로 끝난다. 바닷물 위로 떨어져 나와 첫 그림을 하나 만들어내는 전경 뒤로, 밑부분은 바다에 반사되어 무지갯빛으로 물들고, 공허의 색깔처럼 불확실하고 만질 수 없는 무언가에 빠져드는 듯한 커다란 납빛 바위들이 솟아 있다.

로랑과 테레즈가 이 그림 같은 풍경 일체를 바라본 것은 좁은 통로의 반대편, 팔마리아 섬의 대리석 채석장에서다. 저무는 태양이 첫 그림의 전경 위로, 바위들, 낡은 벽들, 폐허가 된 집들, 심지어 교회마저 같은 덩어리에서 빚어진 것처럼 보일 정도로 이 모두를 망라하여 고른 모습, 단 하나의 덩어리로 녹여내는 불그스름한 색채를 뿌리고 있었고, 반면 커다란 바위들은 마지막 그림을 이루며 푸르스름한 빛 속에 잠겨 있었다.

로랑은 이 광경에 충격받았고, 모든 것을 잊고서는 화가의 시선으로 그녀를 끌어안았고, 테레즈는 활활 타오른 하늘의 불꽃들이 거울에 비친 것처럼 빛을 뿜어내는 이 화가의 시선을 바라보았다.

그녀는 생각했다.

'하느님 감사합니다! 드디어 예술가가 깨어났어요!'

사실 로랑은 아팠던 이후로 자신의 예술에 대해서는 한 번도 생각한 적이 없었다.

채석장은 금빛 줄이 간 아름답고 커다란 검은 대리석 덩어리를 볼 수 있는 잠깐의 관심사였을 뿐이었다. 로랑은 높은 곳에서 바다 전체를 보고자 섬의 가파른 비탈길을 올라가고 싶어 했고, 지나가기 꽤 어려운 소나무 숲 아래, 이끼 긴 절벽 길가까지 나아갔으며, 거기서 갑자기 공간 감각을 잃어버렸다. 바위가 바다 위로 우뚝 솟아 있었는데, 지반을 갉아 먹힌 이 바위가 엄청난 소리와 함께 무너져 내렸다. 그쪽이 그렇게 가파르다고 생각하지 않았던 로랑은 순간 어지럼증에 사로잡혔고, 그를 뒤따라가며 혹여 미끄러져 나자빠질까봐 뒤에서 제지하고 있었던 테레즈가 없었더라면, 그는 구렁으로 굴러떨어지고 말았을 것이다.

그 순간 그녀는 ×× 숲에서 그랬던 것처럼 얼빠진 듯한 눈을 하고 공포에 사로잡힌 그를 보았다.

그녀가 그에게 말했다.

"대체 무슨 일이야? 가만있자, 또 꿈인 거야?"

그가 벌떡 일어서더니 변하지 않는 힘이 지탱하고 있으리라 믿기라도 한 것처럼 그녀에게 바짝 달라붙으면서 소리를 질렀다.

"아니야! 아니야! 이건 이제 꿈이 아니야. 이건 현실이라고! 방금 나를 끌고 간 건 바다, 소름 끼치는 바다야! 다시 쓰러뜨리고 말 내 삶의 모습이라고. 우리 둘 사이에 움푹 파이고 말 깊은 구렁이야. 단조롭고 지칠 줄 모르는, 가증스러운 제노바의 항구에서 밤마다 들었던, 내 귓가에 불길하게 웅얼거렸던 잠음이라고! 이건 내가 배에서 길들여보려 연습했던, 물보다 더 깊고 강렬한 구렁으로 나를 운명적으로 데려가곤 했던 난폭하고 거친 파도라고! 테레즈, 테레즈, 네 불쌍한 아이를 집어삼키려고 흉측한 아가리를 벌린 이 괴물에게 나를 먹이로 내던지려 하다니, 도대체 네가 무슨 짓을 하고 있는지 알기나 해?"

그녀가 그의 팔을 흔들면서 말한다.

"로랑! 로랑, 내 말 들려?"

그녀를 부를 때 자신이 혼자였다고 생각했기 때문에 그는 테레즈의 목소리라는 걸 알아차리곤 다른 세계에서 깨어났는데, 자신이 매달렸던 나무가 자기 친구의 떨리고 지친 팔 이외는 아무것도 아니었다는 것을 알고는 깜짝 놀라서 이전의 상태로 돌아왔다.

그가 그녀에게 말했다.

"미안해! 미안해! 마지막 발작일 거야, 아무것도 아니야. 떠나자!"

그러고는 그녀와 함께 올라왔던 비탈을 서둘러 내려갔다.

페루초가 항구 저 깊은 곳에서 전속력으로 당도했다.

그가 말했다.

"하느님 맙소사, 저기 있네! 저렇게 빨리 오다가는 여기 도착하기 전에 침몰할 수도 있겠어!"

테레즈가 심각한 어투로 말을 받았다.

"로랑!"

"알았어, 알았다고, 친구, 걱정하지 마. 나 얌전히 잘 있어. 내가 기꺼이 복종하는 데는 이제 네 눈길 하나면 충분하다는 거 알지 않아? 자, 배가 왔다! 자, 이제 다 끝났다! 나는 차분해. 나는 기뻐! 테레즈, 어서 네 손을 줘. 단둘이 지낸 사흘 동안 단 한 번도 네게 입맞춤해달라고 하지 않았잖아! 난 단지 이 장엄한 손만 달라고 부탁하는 거야. '내가 너의 애인이기 전에 너의 친구였다는 걸 절대 잊지 마!'라고 내게 말했던 날을 기억해봐. 그렇지! 네가 원했던 대로 됐으니까, 이제 더는 너를 따라다니지 않을 거지만, 나는 네 거라고, 평생!"

그는 테레즈가 섬의 해안에 그대로 있을 거라고 생각하면서 작은 배에 성급히 뛰어올랐다. 그가 페루초의 갑판에 오르고 나면, 이 작은 배가 그녀를 찾으러 다시 오리라 믿고 있었다. 그러나 그녀는 곧장 그의 곁으로 뛰어올랐다. 그녀는 로랑을 수행했던, 라스페치아에서 짐을 갖고 배에 올랐던 하인이 주인이 여행하는 데 필요한 것을 잊지 않았는지 확인하고 싶었다고 그에게 말했다.

따라서 그녀는 로랑과 함께 배에 타려고 이 작은 증기선이 포르토베네레에 정박하는 시간을 활용했다. 앞의 그 하인 비첸티노가 거기서 그들을 기다리고 있었다. 우리는 이 하인이 파머 씨가 선택한, 믿을 만한 사람이란 걸 기억하고 있다. 테레즈는 그를 잠시 옆으로 데려갔다.

"주인이 주신 돈을 가지고 있지요? 모든 여행 경비를 살피라고 당신에게 부탁했다고 알고 있습니다. 혹시 파머 씨가 당신에게 얼마를 맡겼나요?"

"시뇨라, 200 피렌체 리라입니다. 하지만 제 생각에 저분은 지갑을 따로 가지고 있는 것 같습니다."

로랑이 자는 동안 그녀는 로랑의 옷 주머니를 살폈다. 그녀는 지갑을 발견했고, 지갑이 거의 비어 있는 것을 알게 되었다. 로랑은 피렌체에서 돈을 많이 썼는데, 병으로 인해 비용이 아주 많이 들었다. 그는 파머에게 관리해달라고 부탁하면서 얼마 남지 않은 자기 재산의 나머지를 건넸고, 파머는 그가 건넨 돈을 쳐다보지도 않았다. 외국에서의 지출에서 로랑은 어떤 물건의 가격도, 심지어 여러 지방 화폐의 가치도 전혀 알지 못하는 진짜 어린애였다. 비첸티노에게 맡겼던 돈이 오래갈 거라고 그는 생각했으나 대비라는 개념이라고는 전혀 없었던 그에게는 국경을 넘을 만한 것이라고는 남아 있지 않았다.

테레즈는 며칠 동안 자신에게 필요했던 것조차 간직하지 않은 채, 이탈리아에서 자신이 가지고 있던 모든 것을 비첸티노에게 건네주었는데, 그것은 로랑이 가까이 다가오는 것을 보았을 때, 꾸러미 안에 금화 몇 닢을 도로 집어넣을 시간이 없었기 때문이었다. 그녀는 이 금화가 담긴 꾸러미를 하인에게 급하게 밀어 넣으며 부탁했다.

"저 사람 주머니에 있던 거예요. 이 사람은 주의가 아주 산만해요. 당신이 이걸 맡아주는 게 낫겠어요."

그리고 그녀는 마지막 악수를 건네기 위해 예술가를 향해 몸을 돌렸다. 이번에도 그녀는 후회 없이 그를 속였다. 예전에 그녀가 그의 빚을 갚아주려 했을 때 신경질을 내고 절망에 빠진 그를 보았던 적이 있었다. 이제 그에게 그녀는 단지 어머니일 뿐이었고, 그녀에게는 그녀가 해왔던 것처럼 행동할 권리가 있었다.

로랑은 아무것도 보지 못했다.

그가 그녀에게 울먹이는 목소리로 말했다.

"테레즈, 조금만 더 있어줘! 이제 곧 여행자들 외에는 모두 배에서 내려오라고 경고하는 종소리가 울리겠지."

그녀는 그의 팔짱을 끼고서 그가 머물 선실을 보러 갔다. 잠을 잘 수 있을 만큼 편했으나 아주 불쾌한 생선 냄새가 났다. 테레즈는 그에게 주려고 향수병을 찾았다. 그러나 그녀는 팔마리아 바위에서 이 향수병을 잃어버렸다.

그녀의 성의에 감동하며 그가 말했다.

"당신, 무엇을 걱정하고 있어요? 저 아래 모래밭에서 우리가 함께 따온 야생 라벤더 꽃잎 중 하나를 저에게 주세요."

테레즈는 이 꽃잎들을 블라우스의 가슴골에 꽂아놓았었다. 그것은 그녀에게 남겨진 사랑의 증표였다. 그녀는 이런 생각에는 뭔가 무례하거나 최소한 애매한 무언가가 있다는 사실을 발견했고, 여자로서의 본능으로 그걸 거부했다. 그녀가 증기선의 난간에 기대고 있을 때, 기항지에 묶여 대기하고 있는 배 가운데 한 척에서 승객들에게 커다란 제비꽃 다발을 내밀고 있는 아이를 보았다. 그녀는 주머니에 남은 동전이 있나 찾아보았다. 동전을 발견하고는 아주 기뻐하면서 그녀는 이 어린 상인에게 동전을 던졌고 아이는 갑판 위로 아름다운 꽃다발을 던졌다. 그녀는 꽃다발을 능숙하게 받았다. 그리고 로랑의 선실 여기저기에 꽃을 흩뿌려놓았다. 로랑은 자기 친구의 비할 바 없는 배려는 이해했으나 이 제비꽃을 뿌리기 위해서 테레즈가 마지막으로 남아 있던 동전을 썼다는 사실은 결코 알지 못했다.

여행용 옷차림과 귀족적인 분위기가 승객들과 대조되는 한 젊은 남자가 올리브유 상인이나 연안의 도매상인들과 함께 있었고, 이들 대부분이 로랑 곁을 지나가면서 그를 보고는 이렇게 말했다.

"어럽쇼! 당신이로구먼!"

그들은 차가운 몸짓과 표정으로 서로 악수를 나누었고, 이것은 이 선한 사람들 특유의 습관이기도 했다. 그러나 로랑을 부른 사람은, 권태의 시절 테레즈에게 이야기했던 제일 친한 친구들이자 유일한 친구들, 옛 쾌락의 동반자들 중 한 명이었다. 그 순간 로랑은 "내 수준에 맞는 사람들!"이라고 덧붙였는데, 그건 그가 자신이 신사였다는 걸 상기하지 않은 채 테레즈에게 화를 내는 법이 절대로 없었기 때문이었다.

그러나 로랑은 훌륭하게 개선되었고, 그와의 만남을 기뻐하는 대신 테레즈와의 마지막 작별에 끼어든 이 성가신 증인을 속으로 저주하고 있었다. 이 옛 친구 이름은 M. 드 베라크였는데, 파리에서 로랑의 소개를 받아 테레즈를 알고 있었다. 그는 그녀에게 정중히 인사를 건네면서 이 작고 형편없는 페루초에서 그녀와 로랑 같은 사람을 여행 동반자로 만나게 되는 좋은 기회가 자신에게 주어졌다고 말했다.

그녀가 대답했다.

"아니에요. 저는 두 분과 함께하지 않아요. 저는 이곳에 남아요."

"여기에요? 여기 어디에요? 포르토베네레에요?"

"이탈리아에요."

"설마요! 그렇다면 포벨이 당신 심부름으로 제노바에 갔다가 내일 다시 오는 건가요?"

조심성 없어 보이는 그의 호기심에 짜증을 내면서 로랑이 말했다.

"아닙니다! 저는 스위스로 가고, 자크 양은 가지 않아요. 놀라셨나요? 이런! 자크 양은 저를 떠나요. 그리고 그것 때문에 제가 아주 슬프다는 걸 알아두세요. 아시겠어요?"

베라크가 웃으면서 말했다.

"안 됩니다! 제가 그래야 할 이유가 있는지……."

로랑이 약간 도도하고 활발하게 말을 받았다.

"있지요. 상황을 이해하면 돼요. 저는 제게 일어난 일을 당연히 받아들였고 또 그걸 따릅니다. 왜냐하면 자크 양은, 제 잘못에도 불구하고, 제가 방금 죽을병을 앓았을 때 저를 위해 누이이자 어머니가 되려 했기 때문이에요. 그래서 저는 그녀에게 존경과 우정만큼이나 감사하는 마음을 가져야 합니다."

베라크는 이 말을 듣고는 매우 놀랐다. 그와는 전혀 어울리지 않는 이야기였다. 그러나 베라크는 아무것도 놀랄 만한 것이 없다고 테레즈에게 말한 다음, 조심스레 자리에서 물러났다. 그러고는 두 사람의 작별을 곁눈질로 바라보고 있었다. 기항지에 서 있던 테레즈는 출발을 알리는 종소리에 소란스

럽고 시끌벅적하게 포옹하는 원주민들에게 쫓기고 밀려나다
시피 하며 로랑의 이마에 모성의 입맞춤을 해주었다. 두 사람
모두 울었다. 그러고 나서 그녀는 배에서 내렸고, 포르토베네
레 마을 입구에 있는 납작한 바위로 만든, 형태가 없고 거무
칙칙한 계단으로 다가갔다.

　로랑은 라스페치아로 돌아가는 대신 그쪽 방향으로 가는
그녀를 보면서 놀랐다. 눈물을 흘리면서 그는 생각했다.

　"아! 분명 파머가 저기서 그녀를 기다리고 있을 거야."

　그러나 십여 분이 지나 힘들여 바다로 나간 페루초가 방향
을 돌려 곶의 맞은편으로 접어들자, 로랑은 이 슬픈 바위를
향해 마지막으로 눈을 돌렸고, 낡은 폐허가 된 요새의 플랫폼
위로 여전히 태양에 머리가 금빛으로 물들고 바람에 머리카
락을 흩날리고 있는 실루엣 하나를 보았다. 그것은 테레즈의
금발, 그가 좋아하는 그녀의 모습이었다. 그녀는 혼자 있었
다. 로랑은 그녀를 향해 힘차게 두 팔을 뻗었다. 그러고는 후
회의 표시로 자신의 두 손을 맞잡았다. 그리고 "미안해! 미안
해!"라는 두 마디의 말을 입술에서 중얼거렸고, 이 말은 산들
바람에 실려 갔다.

　베라크는 망연자실하여 이런 로랑을 바라보고 있었고, 방
탕한 생활을 함께한 이 옛 동료가 보기에, 이 세상을 통틀어
가장 민감한 사람이었던 로랑은 근심이라고는 찾아볼 수 없
는 사람이었다. 당시 로랑은 심지어 그를 무시하는 오만 같은
걸 내비치기도 했었다.

밤안개 속으로 해안이 사라지자, 로랑은 베라크 곁으로 가서 의자에 앉았다.

베라크가 그에게 말했다.

"아니, 이럴 수가! 이 기이한 모험 얘기 좀 해봐요! 내가 그냥 넘어가기에는 당신이 너무 많은 말을 했어요. 파리의 모든 친구들, 아니 당신이 유명한 사람이니 파리 전체라고 할 수 있는데, 아무튼 그들이 자크 양과 당신의 관계가 어떻게 전개되었는지 내게 물어볼 겁니다. 호기심을 불러일으키지 않기에는 너무나도 눈에 띄었던 자크 양 말입니다. 내가 뭐라고 대답할까요?"

"이렇게 대답하시오. 내가 아주 슬프고 또 아주 바보 같아 보였다고. 내가 당신에게 말한 것은 이 몇 마디로 요약할 수 있겠어요. 당신에게 다시 말해줘야 하나?"

"그러니까 먼저 포기한 사람은 당신이로군요? 당신에게는 그게 더 낫겠군!"

"맞아요, 나는 당신을 이해해요. 배신당하면 바로 조롱거리고, 다른 사람들을 앞지르면 바로 영광이지요. 그게 바로 내가 예전에 당신과 함께 생각했던 방식이고, 우리의 규칙이었지요. 하지만 내가 사랑한 이후 이 모든 것에 관한 생각이 완전히 바뀌었습니다. 나는 배신했고, 그래서 누군가가 나를 떠나갔고, 나는 이것에 절망했지요. 그러니까 우리의 오래된 이론들에는 상식이라는 게 빠져 있었던 거지요. 우리가 실제로 함께 지낸 이 삶이라는 학문에서 내 후회와 고통을 없애줄 수 있는 논리를 한번 찾아내보시오. 그렇게 한다면 당신이 옳다고 말하겠소."

"나는 논리 같은 건 찾지 않을 겁니다, 소중한 친구. 고통은 이성적으로 생각되는 게 아닙니다. 당신이 지금 불행하므로 나는 당신을 불쌍하게 여깁니다. 단지 내가 궁금한 건 그렇게 눈물을 흘릴 가치가 있는 여자가 과연 존재하는지, 그리고 자크 양이 지금의 당신처럼 당신을 가슴 아프게 하느니, 당신의 부정(不貞)을 용서해주는 게 차라리 나은 게 아닌가 하는 겁니다. 나는 그녀가 어머니라고 하기엔 너무 거칠고 또 원한에 서려 있다고 생각해요!"

"내가 얼마나 잘못을 저질렀고 또 터무니없는 짓을 했는지 당신이 모르기 때문에 그런 말을 하는 거지. 부정이라! 그녀는 나를 용서했을 겁니다. 확신해요. 욕설과 비난은…… 이제 더 하지 말아요, 베라크! 저는 그녀에게 자신을 존중하는 여자라면 절대 잊어버릴 수 없을 말을 했어요. '**당신은 나를 지루하게 한다**'고!"

"맞아요, 그런 말은, 특히 그게 사실일 때 더 견디기 힘들지요. 그런데 만약 사실이 아니라면? 고작해야 기분이 좀 상했던 한순간일 뿐이었다면?"

"아닙니다! 그건 정신적인 싫증이었어요. 난 더는 사랑하지 않았던 겁니다! 아니면 최악이었던 거지요. 그녀가 내 것이었을 때, 난 그녀를 결코 사랑할 수 없었습니다. 베라크, 이걸 기억해두시오. 당신 좋을 대로 비웃어도 상관없지만, 행동

방침으로 기억해두시오. 어느 화창한 아침, 어느 정숙한 여인에게 격렬하게 매료된 당신은 거짓 쾌락에 지쳐 잠에서 깨어날 가능성이 아주 큽니다. 내가 그랬던 것처럼 당신에게도 그런 일이 일어날 수 있는데, 그건 내가 그랬던 것보다 당신이 더 방탕했다고 생각해서는 아닙니다. 이것 참! 당신이 이 여인의 저항을 겪었을 때, 내게 일어났던 일이 당신에게도 일어나고 말 겁니다. 그건 바로 당신이 경멸하는 여자들과 잠자리에서 사랑을 나누는 불길한 습관을 갖게 되면서 고결한 사랑이라면 진저리를 치는, 길들지 않는 자유에 다시 빠져들기를 욕망하게 되는 형벌을 받을 것이기 때문입니다. 그러면 당신은 자신을 아이가 기른 야생동물처럼 느끼게 될 겁니다. 사슬을 끊으려 이 아이를 먹어치울 준비를 마친 어느 야생동물 말입니다. 그리고 당신이 이 힘없는 보호자를 죽인 어느 날, 당신은 기쁨으로 포효하면서 또 갈기를 흔들어대면서 홀로 도망치고 말 겁니다. 그러나 그때…… 바로 그때, 사막의 짐승들로 인해 당신은 공포에 떨게 될 것이며, 또한 새장을 알게 된 당신은 더 이상 자유를 좋아하지 않게 될 겁니다. 아주 조금, 그리고 아주 고약하게 당신의 마음은 관계를 받아들이게 될 것이고, 그러나 당신의 마음이 관계를 깨려는 순간, 또다시 관계를 그리워할 것이고, 그러면서 당신의 마음은 사랑과 방종 사이에서 아무런 선택의 여지도 없는 고독의 공포에 사로잡히게 될 겁니다. 당신이 아직 모르는 고통이 바로 이겁니다. 신이 당신을 보호하여 부디 당신이 이런 사실을 알게 되기를! 그럴 때까지 나를 맘껏 비웃으시오, 내가 그랬던 것처럼! 그런다고 당신에게 이런 날이 오는 걸 막을 수는 없을 겁니다. 방탕한 삶이 아직 당신을 시체로 만든 것이 아니라면 말이죠."

M. 드 베라크는 웃으면서 이 관념적인 격류가 흐르게 놔두었고 이탈리아 극단•이 자주 부르는 카바티나••처럼 그의 말을 듣고 있었다. 로랑은 분명 솔직했으나, 로랑의 절망에 너무 큰 비중을 두지 않았던 로랑의 청자가 어쩌면 옳았을지도 모르겠다.

● 이 극단은 파리의 여러 극장에서 주로 이탈리아 오페라를 공연했다.

●● 아리아보다 짧은 이탈리아 독창곡으로 2절 혹은 반복이 없는 짧은 노래.

제9장

테레즈의 시선에서 페루초가 사라지자 날이 차츰 어두워졌다. 그녀는 아침에 라스페치아에서 선불로 빌렸던 배를 돌려주었다. 선장이 증기선에 태워 포르토베네레로 그녀를 데려왔을 때, 그녀는 그가 술에 취해 있는 것을 알아차렸다. 그녀는 이 남자와 단둘이 돌아가게 될까봐 두려웠고, 이 해안에서 다른 배를 찾으리라 생각하며 그를 해고했다.

그러나 돌아갈 생각을 했을 때, 그녀는 자신이 완벽하게 궁핍한 상태에 있다는 사실을 알아차렸다. 전날 로랑과 함께 내렸던 라스페치아의 라 크루아 드 말트 호텔로 돌아가서 그녀를 데려다주었던 뱃삯을 지불하고, 파머가 도착할 때까지 거기서 기다리는 것보다 더 간단한 일은 없었다. 그러나 수중에 돈이 없으며, 파머와 함께 있게 되면 다음 날 아침 식사를 그에게 빚져야 한다는 생각이 어쩌면 유치할 수 있으나 견딜 수 없으며 내키지 않는 감정을 그녀에게 불러일으켰다. 그녀와 함께 있을 때 파머가 그와 같이 처신했던 이유에 대한 제법 강한 불안감이 이 내키지 않는 감정에 보태졌다. 피렌체를 떠나올 때 그녀는 파머의 눈빛에서 가슴을 찢는 듯한 슬픔을 발견했었다. 둘의 결혼에 갑자기 장애물이 생겼다고 생각하지 않을 수 없었고, 어디에서나 당도할 수 있는 장애물과 맞서 싸우려 애쓰지 말아야 한다고 여길 정도로 이 결혼에는 실제로 파머에게 불리한 측면이 많다고 그녀는 생각했다. 테레즈는 본능적인 해결책을 따랐다. 상황이 변할 때까지 포르토베네레에 머무르는 것이었다. 그녀가 정말이지 우연히 가지고 있게 된 작은 가방에는, 어디서든 나흘이나 닷새 정도를 지낼 수 있는 무언가가 있었다. 보석으로는 시계와 금줄이 있었는데, 그녀가 작품에 대한 보수를 받으면 넘겨주기로 한 담보물이었다. 작품에 대한 보수는 제노바의 어느 은행가 이름 앞으로 된 우편환 형태로 도착해 있어야 했다.• 그녀는 비첸치노에게 편지 한 통을 제노바에 있는 우체국으로 가져가서 라스페치아로 보내라고 지시했다.

어딘가에서 밤을 보내는 것이 문제였으며, 포르토베네레에는 그다지 마음이 끌리지 않았다. 바다의 항로 쪽에서 해안가까지 굽어보고 있는 도시 안쪽의 집들은 바위 꼭대기만큼이나 높았고, 길 한가운데까지 불쑥 튀어나온 지붕의 차양 밑을

• 상드는 《양세계 평론》지의 편집장이자 작가였던 프랑수아 뷜로즈(1803~1877)에게서 돈을 받았는데, 베네치아의 은행가 파파도폴리가 송금을 중개했다.

지나가려면 여러 곳을 내려가야 했다. 밤사이 빗물을 받고자 불규칙한 각도로 만들어진 지붕 아래로 펼쳐진, 좁고 가파르며 죄다 거친 타일로 포장된 이 길은 아이들, 암탉들, 커다란 구리 항아리들로 붐볐다. 항아리들은 이 지역의 온도계다. 민물이 너무 드물기 때문에 구름이 바람 방향으로 나타나면 집에 있는 여자들은 하늘이 주는 이 혜택을 남김없이 받으려고 가능한 한 모든 그릇을 서둘러 문 앞에 놓아두었다.

입 벌린 이 문들 앞을 지나면서 테레즈는 다른 곳보다 깨끗해 보이고 기름 냄새가 조금 덜 자극적으로 풍겨 나오는 어떤 집의 내부를 보았다. 집 문턱에는 가엾은 여인이 앉아 있었다. 그녀의 온화하고 정직한 모습이 테레즈에게 믿음을 주었는데 마침 이 여인도 이탈리아어인지 이탈리아어와 비슷한 말인지를 하면서 테레즈에게 다가갔다. 따라서 테레즈는 이 착한 여자와 소통할 수 있었으며 여인은 친절한 표정으로 누구를 찾고 있는지 물어보았다. 집으로 들어온 테레즈는 주위를 살펴보았고, 하룻밤을 묵을 수 있는 방이 있는지 물어보았다.

"네, 그럼요, 이게 가장 좋은 방이에요. 이 방이라면 밤새 선원들이 노래하는 소리를 들어야 하는 여관보다 편안할 겁니다. 그런데 여기는 여관이 아니에요. 제가 다투는 걸 보지 않으시려면 당신이 여기 오기 전부터 저를 알고 있었다고 내일 거리에서 큰 소리로 말해주세요."

테레즈가 말했다.

"좋아요, 방을 보여주세요."

그녀는 몇 계단을 올라가야 했고, 넓고 초라한 방에 있게 되었는데, 방에서는 바다와 항만의 거대한 파노라마가 한눈에 들어왔다. 그녀는 첫눈에 이 방을 우호적인 친구처럼 받아들였는데, 그 이유를 알기는 어려웠다. 강제로 받아들이고 싶지 않았던 관계들로부터 그녀를 보호해줄 도피처 같은 효과가 있었다는 점을 빼면 말이다. 다음 날 그녀는 바로 이 방에서 어머니께 편지를 썼다.

사랑하는 어머니, 제가 편안해진 지 열두 시간 정도 지났습니다. ××로부터 완전히 자기소유권●을 갖게 되었는데⋯⋯ 이게 며칠, 아니 몇 년 만인지 저도 모르겠어요! 저 자신에 대해 모든 걸 다시 검토하게 된 겁니다. 어머니께서 이 상황의 재판관이 되실 겁니다.

어머니를 그렇게나 놀라게 했던 치명적인 사랑은 다시 시작되지 않았고, 앞으로도 그러지 않을 겁니다. 이 점에 대해서는 염려하지 마세요. 저는 제 환자를 따라가 어제저녁 그를 배에 태웠어요. 만약 제가 불쌍한 영혼을 구제한 것이 아니라면, 감히 저를 칭찬하려는 건 아니지만, 적어도 그가 더 나아지게 만들었고, 그를 잠깐이나마 온화한 우정 안으로 들였

● 오직 자신만이 자신의 소유자로서, 자신의 신체와 인생을 독점적으로 결정할 권리.

습니다. 그가 실로 제가 바랐던 것처럼 되었더라면, 그는 분노에서 완전히 회복되었을 거예요. 그러나 저는 그의 모순에서, 그리고 제게 다시 돌아온 그에게서, 본성의 본질을 이루는 것과 그렇지 않은 것, 사랑이라고 부르면서도 제가 정의할 줄 모르는 무엇이 아직 남아 있다는 것을 똑똑히 보았습니다.

서글퍼요! 네, 이 아이는 밀로의 비너스 같은 사람을 애인으로 갖고 싶어 해요. 제 수호성인 성녀 테레즈의 숨결로 되살아난 비너스 말이에요. 아니, 오히려 이와 똑같은 여자는 오늘은 사포•여야 하고 내일은 잔 다르크여야 할 겁니다. 그가 자신의 상상 속에서 저를 **신성**의 모든 속성을 가진 것으로 미화한 다음 날 눈을 뜨지 않을 거라고 믿었던 제게 저주가 있을 겁니다! 숭배를 격려하는 임무를 아무런 의심도 없이 받아들이려면 저는 아주 경박해져야 할 테지요! 하지만, 아닙니다, 저는 그렇지 않았어요. 어머니에게 맹세해요! 저는 저 자신 따위는 생각하지 않았어요. 이 제단에 앉게 저를 내버려둔 날, 저는 그에게 "나를 숭배해. 나한테도 그게 더 나아. 나를 사랑하는 대신 너는 나를 절대적으로 숭배해야 하기 때문이지. 아아! 나를 부수지만 않으면 돼!" 이렇게 말하고 있었어요.

그는 저를 부숴버렸어요! 하지만 제가 무슨 불평을 할 수 있

• 고대 그리스의 시인. 최초의 여성 시인으로, 시의 열 번째 여신으로 불린다.

겠습니까? 저는 그럴 걸 예견했고, 미리 받아들였어요.

그러나 그 끔찍한 순간이 왔을 때, 저는 허약했고, 분노했으며, 불운했어요. 그러나 용기를 내서 기운을 회복했고, 하느님은 제가 기대했던 것보다 더 빨리 저를 치유할 수 있게 해주셨습니다.

이제 어머니께 파머에 관해 말씀드려야 할 것 같아요. 어머니는 제가 그와 결혼하길 바라시고, 그도 그러길 원합니다. 저 또한 그랬어요. 제가 그러길 원했단 말입니다! 그런데 지금도 여전히 제가 그러길 원할까요? 사랑하는 어머니, 어머니는 제게 뭐라고 말씀하시겠어요? 양심의 가책과 두려움이 여전히 저를 찾아와요. 아마도 그의 잘못이 있었던 것일지도 모르겠습니다. 그는 로랑과 제가 보낸 마지막 순간을 저와 함께 보낼 수 없었거나 저와 함께 보내길 원하지 않았어요. 그는 저를 사흘간 로랑과 단둘이 남겨두었고, 저는 위험하지 않을 걸 알고 있었고, 실제로 위험하지 않았습니다. 그러나 그 사람, 파머는 그럴 걸 알고 있었을까요? 위험하지 않다고 대답할 수 있었을까요? 아니면 더 나쁜 것은, 그가 저를 어디까지 믿어야 할지 알아봐야 하겠다고 생각했던 거 아닌가요? 거기에는 그가 의도한, 그러나 제가 알지 못하는 허황된 무관심이나 과장된 신중함이 있었던 것이고, 그런 남자에게 그것은 좋은 감정에서 시작된 것일 수도 있을 테지만, 저에게는 곰곰이 생각해볼 것을 종용했습니다.

저는 우리 사이에 일어난 일을 어머니에게 쓴 적이 있습니다. 그는 결혼을 통해 제가 이제 막 겪었던 모욕으로부터 저의 명예를 회복시켜주는 걸 자신의 신성한 의무로 삼고 있는 것처럼 보였어요. 저는 감사하며 기뻐했고, 감탄하며 감동했습니다. 저는 그렇게 하겠다고, 그의 아내가 되겠다고 약속했고, 오늘도 여전히 앞으로 제가 사랑할 수 있는 만큼 그를 사랑하고 있다고 느끼고 있어요.

그러나 오늘 저는, 그가 후회하고 있는 것처럼 보여서 망설이게 됩니다. 제가 꿈이라도 꾸고 있는 것일까요? 저는 아무것도 모릅니다. 하지만 왜 그는 저를 따라 여기에 오지 않았던 것일까요? 제가 불쌍한 로랑의 저 끔찍한 병을 알았을 때, 그는 제가 그에게 "저는 피렌체로 갑니다"라고 말하리라 기대하지 않았어요. 그는 "어서 갑시다!"라고 제게 말했어요. 제가 로랑의 침대 밑에서 보낸 이십 일 동안, 그는 옆방에서 똑같이 이십 일을 보냈어요. 그러나 그는 저에게 단 한 번도 "당신 이러다가 죽어요!"라고 말하지 않았고, 그 대신 "계속 돌보려면 좀 쉬어야 해요"라고 말할 뿐이었어요. 저는 단 한 번도 그에게서 질투의 그림자를 본 적이 없어요. 우리 둘이 입양한 것 같은 저 배은망덕한 아들을 구해내기 위해서라면 제가 무슨 일을 해도 그의 눈에는 지나치지 않아 보이는 것 같았어요. 이 고귀한 마음의 소유자는 자신의 믿음과 관대함으로 그에 대한 제 사랑이 배가되었다고 느꼈고, 그런 그를 이해한 저는 그에게 무한히 감사했어요. 그는 이렇게 제 눈으로 봐도 제가 더 좋은 사람이 될 수 있게 해주었고, 그의 것이 된 저를 자랑스럽게 해주었어요.

이것 참! 왜 마지막 순간에 이런 변덕이, 가능하지 않은 일이 일어난 걸까요? 예상치 못한 장애물인가요? 제가 타고났다고 알고 있는 의지 때문인지, 저는 장애물을 거의 믿지 않아요. 오히려 그가 저를 시험하고 싶어 했던 것 같아요. 어머니께 고백한 건데, 이게 저에게 모욕을 줍니다. 아아! 제가 타락한 이후로 저는 소름이 끼칠 정도로 예민해졌어요! 당연한 건가요? 모든 것을 이해한 그가 왜 이것은 이해하지 못했을까요?

그게 아니라면, 어쩌면 그가 자신을 되돌아보았거나, 저를 생각하는 자신을 막아보려고 그에게 제가 말했던 모든 것을 마침내 자기 자신에게 말하기 시작한 걸까요? 이런 생각에 놀랄 만한 게 있을까요? 저는 항상 파머를 신중하고 합리적인 사람으로 알고 있었습니다. 저는 열정과 믿음의 보물을 그에게서 발견하고는 아주 놀랐습니다. 고통받는 것을 보면 참지 못해 피해자들을 열정적으로 사랑하는 일에 착수하고 마는 그런 성격의 소유자 중 하나가 아닐까요? 강한 사람들의 자연스러운 본능이며, 행복하고 순수한 마음의 소유자들이 가진 숭고한 연민이겠지요! 제가 로랑을 사랑했을 때, 저 자신과 화해하기 위해 저에게 그렇게 말할 때도 있었는데, 그건 두말할 필요 없이, 그의 고통이 저를 그에게 묶어놓았었기 때문입니다!

사랑하는 어머니, 제가 지금 어머니에게 말씀드리는 모든 것을, 그러나 리처드 파머에게는 말하지는 못할 거예요. 그가 여기에 있었다면 말이죠. 저의 이런 의심이 그에게 끔찍한 슬픔을 안겨줄까 두려워요. 그리고 지금 저는 몹시 당황하고 있어요. 오늘이 아니라면 적어도 내일, 제 뜻과 상관없이 이런 의심들을 품게 될까봐 두려워요. 사랑하는 여자와 결혼하면서 그가 조롱으로 뒤덮이지 않을까요? 10년 동안 한마디도 하지 않다가, 다른 남자의 발밑에서 피 흘리고 피곤에 지친 여자를 발견한 날을 그가 비난하기로 마음먹었다고 어느 날 갑자기 말하지는 않을까요?

저는 여기 끔찍하고도 아름다운 아담한 항구에서 제 운명이 걸린 한마디를 그저 기다리고만 있어요. 아마 파머는 여기서 3리외 떨어진 라스페치아에 있을 겁니다. 우리가 약속했던 곳이지요. 저는 토라진 여자처럼, 혹은 겁먹은 여자처럼 그에게 "나 여기 있어!"라고 말하러 가겠다고 결심할 수가 없네요. 아니에요! 아니에요! 만약 그가 저를 의심한다면, 우리 사이에 더 이상 할 수 있는 것은 아무것도 없어요! 다른 남자●에게는 하루에도 다섯 번 또는 여섯 번 모욕을 용서한 저였어요. 그러나 이렇게 했던 사람에게서는 의혹의 그림자를 지워낼 수 없었을 겁니다. 부당하다고 생각했기 때문이었을까요? 아닙니다! 이제부터 제게는 숭고한 사랑이 아니면 아무것도 필요 없어요! 그래서 제가 그의 사랑을 찾았었을까요? **다른**

● 로랑을 의미한다.

남자는 저에게 "그건 천국일 거야"라고 말하면서 사랑을 강요했어요. 이 다른 남자는 자신이 제게 가져다준 것이 어쩌면 지옥이 될 수도 있다고 분명히 말했어요. 그는 저를 속이지는 않았어요. 이것 참! 자신을 속이면서까지 파머는 저를 속여서는 안 돼요. 왜냐하면, 또다시 실수한다면, 그 이후, 제게는 모든 것을 부인하는 것만이 남을 테니까요. 그리고 제 잘못으로 인해서 저를 믿을 권리를 영원히 잃었다고 마치 로랑처럼 말하는 것만이 제게 남을 테니까요. 이럴 거라 확신하는 제가 삶을 견딜 수 있을지 잘 모르겠어요!

사랑하는 어머니, 죄송합니다. 저의 혼란이 어머니를 아프게 했다고 확신해요. 당신에게는 그래도 된다고 말씀하신다 해도 말입니다! 그러나 적어도 제 건강은 걱정하지 마세요. 저는 놀라울 정도로 상태가 좋습니다. 제 눈 아래로는 상상할 수 있는 가장 아름다운 바다가 펼쳐져 있고, 제 머리 위로는 가장 아름다운 하늘이 있어요. 전 아무것도 부족하지 않아요. 저는 친절한 사람들의 집에 있어요. 그리고 어쩌면 내일 저의 불안이 모두 사라져서 어머니에게 편지를 쓸지도 몰라요. 어머니를 열렬히 사랑하는, 당신의 테레즈를 항상 사랑해주세요.

사실 전날 파머는 라스페치아에 있었다. 그는 일부러 페루초가 떠난 직후에 도착했다. 라 크루아 드 말트 호텔에서 테레즈를 찾지 못했고, 테레즈가 항만의 입구에서 로랑을 배에 태워야 했었다는 사실을 알게 된 그는 그녀가 돌아오기를 기다렸다. 그는 그녀가 아침에 탔던 배의 선장이 9시에 혼자 돌아온 것을 보았다. 선장은 호텔에 소속되어 있었다. 이 친절한 남자는 술에 쉽게 취하는 사람은 아니었다. 테레즈와 풀밭에서 저녁을 먹은 후, 로랑이 자신에게 키프로스산 포도주 한 병을 주었다는 사실과 두 사람이 팔마리아 섬에 머무를 때 자신이 술을 마셨으며, 시뇨레와 시뇨라를 페루초의 갑판까지 잘 데려다준 것을 똑똑히 기억하고 있었으나, 그 후 시뇨레를 포르토베네레에 데려다준 것은 전혀 기억하지 못했고, 이런 사실에 파머는 **놀랐다.**

만약 파머가 차분하게 물어보았더라면, 그는 곧바로 바르카롤●을 불렀던 생각이 갈수록 명확하지 않았다는 것을 깨달았을지도 모른다. 그러나 파머는 심각하고 무감각한 표정을 지었고, 아주 신경질적이었으며 흥분한 상태였다. 그는 테레즈가 얼굴을 붉히면서, 로랑에게 감히 진실을 털어놓지도 또 그러려고 하지도 않은 채 로랑과 함께 떠났다고 믿었다. 그는 그렇게 이해했고, 호텔로 돌아왔으며, 아주 끔찍한 밤을 보냈다.

우리가 쓰자고 제안했던 것은 리처드 파머의 이야기가 아니다. 우리는 이 이야기의 제목을 '**그녀와 그**', 다시 말해 테레즈와 로랑이라고 붙였다. 그러므로 파머에 대해서는 그가 관여했던 사건들을 이해하는 데 필요한 몇 마디만 할 것이고,

---

● 곤돌라 뱃사공이 부르는 뱃노래.

또 파머의 성격은 그의 행동으로도 충분히 설명될 거라고 믿는다. 우리는 리처드가 낭만적인 만큼 불같았고, 자부심, 그러니까 선함과 아름다움에 대해 상당한 자부심을 갖고 있었으나, 그렇다고 마음에 품었던 생각과 성격의 이 같은 강점이 항상 부합하는 것은 아니었으며, 관대했으나 끊임없이 인간의 본성을 초월하기를 바라면서, 사랑에서는 어쩌면 실현될 수 없는 꿈을 품고 있었다고, 빨리 요약하고 지나가자.

그는 일찍 일어났고, 자살에 관한 생각에 시달리면서 항만 부근을 따라 산책을 했으며, 테레즈에 대한 일종의 경멸로 인해 발길을 돌렸다. 혼란스러웠던 밤의 피로가 다시 권리를 행사하듯, 그에게 이성의 충고를 해주었다. 테레즈는 여자였다. 그리고 그는 그녀에게 위험한 시련을 겪게 하지 말았어야 했다. 그러나 웬걸! 아주 높이 평가하고 있었던 테레즈가 신성한 약속을 한 이후, 유감스럽게도 열정에 굴복했으며, 사정이 바로 그러했기에 그는 어떤 여자도 더 이상 믿을 수 없었고, 정중한 한 남자의 삶을 희생할 만한 가치가 있는 여자도 그에게는 존재하지 않았다. 이런 생각에 사로잡혀 있던 파머는 해군 장교가 우아한 검은색 보트를 타고 자신이 있는 곳으로 다가오는 것을 보았다. 길고 가느다란 배를 잔잔한 물결 위로 빠르게 몰던 여덟 명의 노를 젓는 남자들은 군인답게 절도 있는 행동으로 흰 노를 들어 올렸다. 땅에 발을 내린 장교는 저 멀리서 자신을 알아보았던 리처드를 향해 걸어갔다.

1년 동안 항만에 주둔하고 있던 미국 호위함, 유니언호의

함장 로슨 대위였다. 흔히 해양 강대국들이 세계 각지의 해역에 무역 통상을 보호하기 위해 몇 달 또는 몇 년간 함대를 파견하여 주둔하게 한다는 사실을 우리는 알고 있다.

로슨은 파머의 어린 시절 친구였으며, 파머는 항구를 돌아다니다가 테레즈가 선박을 방문하기를 원할 때를 대비해서 그녀에게 추천서를 준 적이 있었다.

파머는 로슨이 그녀에 관해 물어볼 거라고 생각했으나, 아무 일도 일어나지 않았다. 로슨은 어떤 편지도 받은 적이 없었고, 파머의 의뢰를 받고 온 사람을 본 적도 없었다. 점심을 먹자며 로슨은 그를 해안으로 데려갔고, 파머는 기꺼이 받아들였다. 유니언호는 대개 늦봄에 주둔지를 떠났다. 파머는 이 기회를 이용해 미국으로 돌아갈 생각을 품고 있었다. 테레즈와 그 사이의 모든 것이 끝난 것처럼 보였지만, 바다의 경치가 인생의 어려운 순간에 항상 용기를 주었고 또 영향을 끼쳤기 때문에 그는 라스페치아에 머물기로 결심했다.

그는 사흘 전부터 라스페치아에 있었다. 거기서 훨씬 더 많은 시간을 라 크루아 드 말트 호텔이 아닌 미국 함대에서 머무르며 인생의 대부분을 채웠던 항해에 관한 연구에 취미를 가져보려고 노력했고, 어느 날 젊은 해군 장교가 아침 식사 자리에서 절반은 웃으며 또 절반은 한숨을 내쉬며 전날부터 사랑에 빠졌다고, 열정의 대상이 고민거리라며 파머 씨와 같은 사교계 사람의 고견을 듣고 싶어 한다고 말했다.

스물다섯 살에서 서른 살 정도로 보이는 여자였다고 했다.

젊은 장교는 이 여인을 레이스를 짜면서 이 여인이 앉아 있던 창문을 통해서만 보았다고 했다. 커다란 면 레이스는 제노바 해안 전체에 걸쳐 민간 여성들이 제작하는 편물이다. 레이스 제조업은 한때 직업적으로 쇠퇴한 무역업이었으나 연안 지역 여성들과 소녀들에게는 여전히 일거리이자 소소한 수입원으로 작용하고 있었다. 따라서 젊은 장교가 반했던 여인은 수공업에 종사하는 계층에 속했는데, 그건 그녀가 하고 있는 일뿐만 아니라 그녀를 보았던 숙소의 궁핍함을 통해서도 알 수 있었다. 그러나 이 여인이 입은 검은 드레스의 맵시와 확연히 구별되는 여인의 기품이 장교에게 의심을 불러일으켰다. 여인은 갈색도 금발도 아닌 물결 모양의 머리에다가, 몽환적인 눈과 창백한 얼굴을 하고 있었다. 여인은 비를 피해 들어간 여관에서 젊은 장교가 호기심을 품고 자신을 주시하던 모습을 똑똑히 지켜보고 있었다. 여인은 그를 부추기지도 않았지만, 그의 시선을 피하지도 않았다. 여인은 그에게 전형적인 무관심에서 나온 절망한 모습을 보여주었다.

젊은 선원은 또 자신이 포르토베네레의 여관 여주인에게 물어보았다고 말했다. 이 여주인은 낯선 여인이 사흘 전부터 그곳에 있었다고, 조카처럼 보이게 하려고 아마도 거짓말을 했을 어느 노파의 집에 있었다고, 그리고 노파가 거짓말을 한 것은 이 노파가 형편없는 방을 빌려주는 바람에 허가를 받아 지정된 여인숙에 피해를 주었고, 겉으로는 여행객들을 끌어와 버젓이 음식을 제공하는 것처럼 보이지만, 아무것도 가진

게 없었으므로 형편없는 음식을 줄 게 확실한 늙은 사기꾼이었기 때문이며, 이로 인해 노파는 서로를 존중하는 현지인들과 여행객들로부터 멸시를 받을 만했다고 젊은 선원에게 대답했다.

이런 이야기를 들은 젊은 장교에게는 노파 집으로 가서 이 이야기를 빙자해 여인의 이야기를 한번 들어보고, 이 미지의 여인이 처한 사정에 대해 뭔가 알게 되기를 바라면서 자신이 기다리고 있던 친구 중 한 명을 숙박하게 해달라고 부탁하는 일 외에 급한 것은 아무것도 없었다. 그러나 노파는 뚫고 들어갈 수 없었을 만큼 완고했고, 심지어 아주 강직하기조차 했다.

선원이 묘사한 이 미지의 여인은 파머의 관심을 불러일으켰다. 테레즈일 수도 있었다. 그렇다면 그녀는 무엇을 하고 있는 것일까? 또 그녀는 왜 포르토베네레에 숨어 있는 것일까? 분명, 그녀는 거기에 혼자 있는 게 아닐 터였다. 로랑이 어느 구석엔가 숨어 있을 것이다. 파머는 불운을 목격하지 않으려면 중국으로 가버려야 하는 건지 어째야 하는지 의아해하면서 몹시 동요했다. 그러나 그는 가장 합리적인 선택을 했는데, 직접 사정을 알아보는 것이었다.

그는 즉시 포르토베네레로 갔고, 거기서 테레즈를 찾는 데 큰 어려움을 겪지 않았는데, 실제로 그녀는 그가 이야기를 들었던 곳에서 묵으며 시간을 보내고 있었다. 설명은 생생했고 또한 솔직했다. 서로 토라지기에는 두 사람 모두 너무나 솔직했다. 파머는 테레즈가 숨어 있는 곳을 알리지 않아서, 테레즈는 파머가 더 열심히 찾아보지 않고 일찍 발견하지 않아서, 서로가 서로에게 기분이 나빴다는 사실을 두 사람 모두 인정했다.

파머가 말했다.

"내 친구여, 위험에 처한 당신을 제가 포기하기라도 한 것처럼 저를 나무라시는군요. 저는 당신이 이런 위험에 처해 있으리라고 생각하지 못했어요!"

"당신이 옳았어요. 그리고 당신에게 감사해요. 그런데 당신은 떠나는 저를 보면서 왜 그렇게 슬프고도 절망한 것처럼 보였나요? 또, 어떻게 여기 도착했으면서 첫날부터 제가 어디에 있는지 찾으려 하지 않을 수 있나요? 당신은 그러니까 제가 떠났다고, 그래서 저를 찾는 것이 무의미하다고 생각했던 건가요?"

파머가 질문을 회피하면서 말했다.

"제 말을 들어보세요. 며칠 전부터 저는 정신을 잃을 만큼 쓰라린 고통을 느끼고 있었습니다. 아주 젊어서 제가 알았던 당신, 당신은 제가 당신과 결혼하겠다고 주장하면서도, 제가 행복을 붙잡지 못했던 이유를 이해하시게 될 겁니다. 후회와 꿈이 제게서 단 한 번도 떠나간 적이 없던 행복 말입니다. 그때 저는 수천 가지 방법으로 저를 조롱해왔던 어느 여자의 연인이었습니다. 저는 그녀를 일으켜 세우고 보호해야 할 의무가 저에게 있다고 10년 동안 생각했었고, 또 그렇게 생각해왔습니다. 마침내 그녀의 배은망덕과 배신이 절정에 올랐고, 저는 그녀를 포기할 수 있었고, 잊을 수 있었으며, 저 자신을 제 마음대로 할 수 있었습니다. 이것 참! 영국에 있다고 생각했던 이 여인을 저는 로랑이 떠나가던 순간, 피렌체에서 발견했습니다. 제 뒤를 이어 만난 새로운 연인에게 버림받은 이 여자는 저를 다시 찾고 싶어 했으며 또 그럴 작정이었습니다. 그녀는 이미 여러 번에 걸쳐 저를 관대하며 유약하다고 여기곤 했었지요! 그녀는 저에게 협박 편지를 썼고, 터무니없는 질투를 앞세워 제 앞에서 당신을 모욕하러 이곳으로 오겠다고 했습니다. 저는 이 여자가 어떤 추문에도 굴하지 않는 사람이라는 걸 알고 있었고, 무슨 수를 써서라도 당신이 이 여자의 분노를 목격하지 못하게 막아야만 했습니다. 그날 저는 이 여자에게 설명해주겠다고 약속했고, 그렇게 해서 당신 앞에 모습을 드러내지 않게끔 이 여자를 설득할 수 있었습니다. 이 여자는 우리의 환자 로랑과 함께 우리가 거주하고 있던 호텔에 머무르고 있었고, 로랑을 데려갈 마차꾼이 문 앞에 도착했을 때, 바로 그곳에서 소란을 피우기로 작정한 상태였습니다. 이 여자의 가증스럽고 우스꽝스러운 계획은 호텔과 거리의 모든 사람 앞에서, 제가 로랑 드 포벨과 새로운 애인을 공유하고 있다고 큰 소리로 외치는 것이었습니다. 이게 바로 제가 당신을 로랑과 함께 떠나게 했던 이유이며, 또한 당신을 연루시키지 않고, 더구나 당신이 보거나 듣게 하지 않고, 이 미친 여자와 끝장을 보고자 제가 이곳에 머무르고 있었던 이유입니다. 로랑과 함께 놔두어 당신을 시험했다고 이제 더는 제게 말씀하지 말아주세요. 저는 정말이지 이 일로 충분히 고통을 겪었습니다. 오! 맙소사, 저를 비난하지 말아주세요! 당신이 로랑과 함께 떠났다고 생각하자 모든 분노가 지옥에서 저를 찾아와 괴롭혔습니다."

테레즈가 말했다.

"제가 당신을 나무라는 게 바로 이런 겁니다."

파머가 큰 소리로 말했다.

"아! 당신은 뭘 원하십니까! 저는 제 인생 내내 정말 소름 끼치게 속아왔어요! 이 비참한 여자는 세상의 모든 고통과 경멸로 저를 마구 휘젓고 있었습니다."

"그러니까 그 경멸이 이제 저를 향해 다시 솟구쳐 나오나요?"

"오! 테레즈, 그렇게 말하지 마세요."

그녀가 말을 받았다.

"그건 저도 마찬가지예요. 저도 역시 완전히 속아왔어요. 저는 어쨌든 당신을 믿고 있었습니다."

"친구여, 그 얘기는 더 이상 하지 맙시다. 당신에게 제 과거를 털어놓으며 무리했던 걸 후회하고 있습니다. 당신은 저의 과거가 제 앞날에 영향을 끼칠 수도 있으며, 또한 제가 로랑처럼, 제가 맛보았던 배신감의 대가를 당신에게 치르게 할 거라고 생각할 겁니다. 자, 어서, 자, 어서, 사랑하는 테레즈, 이런 슬픈 생각일랑 쫓아냅시다. 당신은 여기, **우울**을 심어주는 곳에 있습니다. 배가 우리를 기다리고 있어요. 자리를 잡으러 라스페치아로 가시지요."

테레즈가 말했다.

"저는 가지 않아요. 여기 머물 겁니다, 저는."

"어째서요? 무슨 일입니까? 우리 사이에 원한이라도 생긴 건가요?"

그에게 손을 내밀면서 그녀가 말을 받았다.

"아니에요, 아닙니다. 사랑하는 나의 딕, 저는 당신에게 절대로 화내지 않아요. 오! 부탁해요, 우리의 애정이 진실의 이상적인 모습이 되게 해주세요. 독실한 한 영혼에게 할 수 있는 모든 것을 제가 하고 싶어서 그래요. 하지만 저는 당신이 질투하는 줄 몰랐습니다. 당신은 그랬었고, 당신도 그걸 인정했습니다. 이것 참! 이 질투로 가혹하게 고통받지 않을 힘 같은 건 제게 있지도 않았다는 걸 알아주세요. 당신이 약속했던 것과는 너무나 반대잖아요. 저는 우리가 지금 어디로 가고 있는지, 그리고 지옥에서 벗어나 휴식과 고독만을 갈망해왔던 제가 왜 연옥으로 들어가야 하는지 저에게 물어보고 있는 겁니다.

이제 막 생겨날 준비를 마친 새로운 고통, 제가 그것을 두려워하는 것은 저 혼자만을 위해서가 아닙니다. 사랑에 있어서 다른 사람이 고통받을 때, 둘 중 한 사람이 행복할 수 있다면, 헌신의 길은 모두 드러난 거나 마찬가지일 테고, 또 그 길은 따라가기가 쉬울 것입니다. 그러나 당신이 보다시피 그렇지 않습니다. 당신이 괴로워하지 않았던 어떤 고통의 순간도 저는 가질 수 없습니다. 그렇게 저는 당신의 인생을 망치면서 여기까지 왔고, 제 인생이 위험에 빠지기를 바라지 않는 저는 불행한 사람을 만들어내기 시작했습니다! 안 됩니다, 파머, 저를 믿어주세요. 우리는 서로를 알고 있다고 생각했을 뿐 서로를 알지 못했어요. 제가 당신에게 매료된 것은 당신이 이제 더는 가지고 있지 않은 당신의 마음 씀씀이, 즉 신뢰 때문이었습니다. 당신을 사랑하기 위해 제게 필요했던 것은, 제가 그랬던 것처럼 비천해지는 것, 그것 외에 다른 것이 아니었다는 걸 당신은 이해하지 못하십니까? 오점과 약점을 가지고 있는 제가 지금 의심과 분노를 참아가며 당신의 애정에 굴복하고 있는 거라면, 제가 당신과 결혼하며 계산하고 있기 때문이라고 말할 권리가 당신에게 있지 않을까요? 오! 이런 생각이 당신에게 생기지 않을 거라고 제게 말하지 마세요. 당신의 의지와 상관없이 이런 생각이 당신을 찾아올 겁니다. 저는 우리가 어떻게 한 가지 의혹에서 다른 의혹으로 번져나가는지, 그리고 첫 환멸에서 모욕적인 혐오로 우리를 데려가는 비탈길이 얼마나 가파른지 너무 잘 알고 있어요. 그러니, 자, 어서요, 이런 비난의 독배라면, 저는 충분히 마셨어요! 저는 더 이상 원하지 않아요. 저는 이제 더는 저를 속일 수 없어요. 제가 겪었던 걸 다시 겪을 힘이 저에게는 없어요. 첫날부터 저는 당신에게 말했어요. 당신은 잊었을지 모르지만, 저는 기억하고 있어요." 결혼에 관한 생각에서 벗어나 그녀가 덧붙였다. "우리 친구로 지내요. 제가 당신의 평판을 신뢰할 수 있을 때까지, 그걸 제가 가졌다고 느낄 때까지, 제가 했던 말을 잠깐만 반복할게요. 시련을 겪으려는 게 아니라면, 우리 지금 당장 헤어져요. 당신에게 맹세하건대 저는 아무것도, 또한 제가 처한 상황에서 아주 가벼운 도움도 당신에게 빚지고 싶지 않아요. 당신에게 이런 제 입장을 말하려는 건, 당신이 제 뜻을 반드시 이해해야 하기 때문입니다. 저는 이곳에 머무르며 나중에 지불하겠다고 약속한 다음 식사를 했는데, 가진 것이 아무것도 없었지요. 로랑의 여행 경비로 비첸티노에게 제 모든 걸 맡겼기 때문입니다. 그러나 저는 이 고장 여자들보다 더 빠르게, 더 잘 레이스를 짤 줄 알았고, 제게 지급되어야 할 돈을 제노바로부터 받을 때까지 기다리면서, 하루하루, 여기서 무언가를, 아니면 최소한 착한 여주인이 제게 주는 아주 검소한 음식값을 지불하기 위해 돈을 벌 수 있어요. 저는 이런 사태로 인해 굴욕이나 고통을 겪지 않습니다. 그리고 제 돈이 올 때까지 이러한 상태가 지속되겠지요. 그러면서 어떤 결심을 해야 할지를 저를 지켜보겠지요. 그때까지 라스페치아로 돌아가 계세요. 그리고 당신이 원할 때 언제든지 저를 보러 오세요. 그러면 저는 당신과 한가롭게 이야기를 나누면서 레이스를 짤 겁니다."

파머는 복종해야 했고, 또 기꺼이 복종했다. 그는 테레즈의 신뢰를 회복하기를 바랐고, 자신의 잘못으로 인해 그녀가 몹시 위태로웠다는 걸 느끼고 있었다.

제10장

  며칠 후, 테레즈는 제네바에서 온 편지 한 통을 받았다. 자신의 뉘우침의 증거를 남겨두기라도 하는 것처럼, 로랑은 자신이 말로 고백했던 모든 것을 서면으로 고백하고 있었다. 그가 말했다.

  아니었어. 나는 네게 어울릴 만한 방법을 알지 못했어. 나는 그토록 관대하고, 그토록 순수하고, 그토록 사심 없는 너의 사랑을 받을 자격이 없었던 거야. 오, 나의 누이여, 오, 나의 어머니여! 나는 너의 인내심에 싫증을 느낀 거야. 천사들조차도 내게 싫증을 내고 말았을 거야! 아! 테레즈, 건강을 되찾고 정상적인 생활을 하게 되면서, 나는 또렷이 기억해낼 수 있었고, 내가 알고 있었지만 이해할 길이 없던 어떤 남자의 망령을 비추고 있는 거울을 들여다보기라도 하는 것처럼 지금 나는 내 과거를 찬찬히 바라보고 있어. 확실히, 이 불행한 남자는 광란의 상태였어. 테레즈, 이런 생각 들지 않아? 네가 나를 기적적으로 구해주었던 저 끔찍한 육체적 질병을 향해 뚜벅뚜벅 걸어가던 중, 내가 어떤 정신적 질병으로부터 타격을 받았고, 그래서 석 달이나 넉 달 먼저 내 말과 행동에 대한 의식을 내게서 앗아 가버렸다고 말이야. 오! 만일 그랬던 거라면, 네가 나를 용서해줄 수도 있지 않을까? 하지만 내가 지금 하는 말은, 비통하게도 상식을 벗어난 것이겠지. 악이란 무엇일까? 아니면 정신적 질병이란 무엇일까? 자신의 아버지를 죽인 사람은 나와 똑같은 변명으로 간청할 수 있지 않을까? 선, 악, 이런 개념이 나를 힘들게 하는 건 이번이 처음이야. 가엾은 내 사랑, 너를 알기 전, 그러니까 너를 고통스럽게 하기 전에 나는 이런 개념 같은 건 결코 생각해본 적이 없어. 내게 악이란 저층의 괴물, 사회의 불결한 하층에서 인간들의 찌꺼기를 흉측하게 끌어안고 사는 더럽고 소름 끼치는 짐승이었어. 이런 악이라니! 우아한 삶을 영위하는, 파리의 **미남**, 뮤즈들의 고귀한 아들인 내게 이런 악이 다가올 수 있었다니! 아! 내가 얼마나 어리석었던지, 나는 이제야 깨달았어. 그건 내가 향내 나는 수염과 장갑을 잘 낀 두 손을 가지고 있었기에, 나의 애무로 사교계의 위대한 창녀들을, 난교 파티를 정화했고, 또한 도형장의 죄수들을 묶어놓은 사슬만큼이나 고귀한 사슬로 나를 묶고 있는 내 약혼녀를 정화했기 때문이었어! 그리고 나는, 가엾고 다정한 내 애인인 너를 난폭한 이기심에 제물로 바쳤지. 그런 다음 나는 고개를 들고 말했지. "이것은 나의 권리였다, 이 여자는 내 소유였다, 내가 그럴 권리를 가지고 있는 것으로부터 악이 된 것은 아무것도 없을 것이다"라고 말이야. 아! 불행하도다, 내가 얼마나 불행했던가! 나는 범죄자였고, 그 사실을 스스로 의심하지 않았어! 이걸 이해하려면 나는 너를 잃어야만 했어! 나의 유일한 행복인 너를, 나를 한 번도 사랑한 적이 없는, 나라는 배은망덕하고 무분별한 아이를 사랑할 수 있었던 유일한 존재인 너를 말이야! 나의 수호천사가 얼굴을 가리고 하늘로 다시 날아가버리는 것을 보고 난 후에서야 비로소 나는 내가 영영 홀로 지상에 버려졌다는 사실을 이해했어!

이 첫 편지의 상당 부분은 흥분조로 기술되었고, 이런 어조의 진지함은 사실에 대한 세부 사항, 그리고 로랑에게 특징적으로 나타나곤 하는 말투의 갑작스러운 변화로 더욱 도드라졌다.

네게 편지 쓸 생각을 하기 전, 제네바에 도착해서 내가 맨 처음 했던 일이 조끼를 사러 나가는 것이었다니, 너도 믿기지 않지? 그래, 아주 예쁘고 잘 재단된 여름 조끼를 말이야. 프랑스인 재단사에게서 조끼를 샀는데, 이 시계와 자연의 도시를 서둘러 떠나야 하는 여행자에게는 흡족하다 할 만한 만남이었어! 그런 다음, 새 조끼에 만족하며 제네바 거리를 돌아다니다가 어느 서점 앞에서 멈춰 섰는데, 유행에 맞춰 제본된

바이런의 어떤 책을 보고 나는 저항할 수 없는 유혹을 느꼈
어. 여행 중에는 무엇을 읽을까? 책 중에서, 정확히 말해 여행
책자들은 참아줄 수 없어. 내가 절대로 갈 수 없을 나라들에
대해 말하지 않는 한 말이야. 나는 차라리 자신들이 꿈꾸는
세계를 거닐게 하는 시인들이 더 좋아. 그래서 바이런의 그
책을 샀어. 그런 다음, 내 앞에 걸어가고 있던 짧은 옷을 입은
아주 예쁜 여자를 우연히 따라가게 됐는데, 그녀의 발목이 걸
작 조각처럼 보였어. 그녀를 따라가면서도 정작 그녀보다는
내 조끼에 관한 생각을 더 많이 했어. 그러다 갑자기 그녀가
오른쪽으로 꺾었고, 나는 나도 모르게 왼쪽으로 방향을 틀어
서, 그냥 머무는 호텔로 돌아왔지 뭐야. 호텔에 도착해서 새
로 산 책을 여행 가방에 넣으려고 할 때, 우리가 이별할 적에
네가 페루초의 선실에 뿌려놓았던 제비꽃이 이제 두 배 가까
이 자란 걸 보았어. 나는 꽃을 하나하나 정성스레 모아서 기
념물처럼 간직했어. 하지만 그 꽃들은 빗물받이라도 된 것처
럼 내게 눈물을 쏟아내게 했고, 아침의 주요 사건이었던 나의
새 조끼를 바라보면서 나는 이렇게 말했어. "그럼에도 불구하
고, 보라, 저 가엾은 여인이 사랑했던 아이가 여기 있다!"라고
말이야. (그는 덧붙여 그녀에게 말했다.)

너는 나에게 건강을 돌보겠다고 약속하라고 했지. 너는 나에
게 "네가 다시 건강해질 수 있었던 것은 내 덕분이니, 네 건강
에는 나의 지분도 좀 있고, 네가 건강을 잃지 않도록 너를 보
호할 권리도 나에게 있어"라고 말했지. 아아! 나의 테레즈, 너

는 새로운 포도주처럼 나를 취하게 만들기 시작한 이 저주받은 건강으로 내가 뭘 하기를 바라는 걸까? 꽃이 만발한 봄이야. 사랑의 계절이고, 나도 그랬으면 좋겠다. 하지만 사랑이 과연 내게 달렸을까? 너는 내게 진정한 사랑을 불러일으킬 수 없었나? 네가 행하지 않았던 기적을 행할 수 있는 여자를 내가 만날 거라고 생각하나? 마법을 부리는 이런 여자를 내가 과연 어디에서 찾을 수 있을까? 사교계에서? 분명히 말하지만, 거긴 아니야. 거기에는 아무런 위험도 무릅쓰지 않고 어떤 희생도 치르려 하지 않으려는 여자들만 있을 뿐이지. 물론 이 여자들이 틀린 건 아닐 테지. 가엾은 내 친구, 그녀들이 희생하려는 남자들은 그럴 만한 가치가 없다고 너는 이 여자들에게 말할 수도 있을 테지. 그러나 내가 공유하려는 마음을 애인보다는 남편에게 더 가질 수 없다면, 그건 내 잘못은 아니야. 미혼의 여자를 사랑하라고? 그리고 그녀와 결혼도 하고? 오! 테레즈, 이번에는 너도 웃지 않고서는…… 아니, 떨지 않고서는 이런 생각을 할 수 없을 거야. 내 의지로 그렇게 될 수 없을 때만 오로지 나는 법에 묶이는 사람이라고!

일전에 내 친구 하나는 바람기 있는 어느 젊은 여공을 사랑했고, 자신이 행복하다고 믿고 있었지. 나는 그에게 충실했던 이 여자를 유혹했고, 이 여자의 애인이 그녀에게 주고 싶어 하지 않았던 푸른 앵무새 한 마리를 주어 그녀를 얻을 수 있었지. 그녀는 순진하게 이렇게 말했어. "정말이에요! 그건 그의 잘못이라니까요. **그 남자** 말이에요. 그는 이 앵무새를 내게 준 것밖에 없다니까요!" 그리고 그날 이후, 나는 애인 있는 여자, 다시 말해 자신의 애인이 자기에게 주지 않는 모든 것을 열망하는 존재를 절대로 사랑하지 않겠다고 나에게 약속했지.

그래서 정부(情婦)에 관해 말하자면, 내게 이 여자들은 인생의 여정에서 만나게 되는 모험을 즐기는 여자, 모두 공주로 태어났으나 숱한 **불행**을 겪은 여자로만 보여. 지나친 불행이라, 고마운 일이군! 나는 이런 과거의 심연을 채울 만큼 충분히 부유하지 않아. 명성 있는 여배우? 그 이름이 자주 나를 유혹하긴 했지만, 그러려면 나의 이 애인은 대중을 포기해야 했는데, 이럴 경우 그녀의 연인을 바꿀 힘이 내게 있지 않다고 느꼈어. 아니, 아니야, 테레즈, 나는 사랑할 수 없는 거야! 나는 지나치게 많은 것을, 내가 돌려줄 줄 모르는 것을 요구해. 그래서 내 옛 생활로 되돌아가는 게 정말 내게 필요할 것 같아. 나는 그게 더 좋아. 왜냐하면 비교는 할 수 있겠지만, 그럼에도 내게 너의 모습은 절대로 더럽혀지지 않을 것이기 때문이야. 왜 내 인생은 이렇게 정리되지 않는 것일까? 욕망을 위해서는 여자들을, 영혼을 위해서는 애인을? 테레즈, 네가 이런 애인, 그러니까 꿈꿔온, 잃어버린, 눈물을 흘리게 한, 영원히 꿈꿔온 이상형이 아닐지 그 여부는 네가 결정하는 것도 그렇다고 내가 결정하는 것도 아니야. 너는 이 사실을 반박할 수 없을 거야. 이에 관해서라면 나는 어떤 말도 너에게 하지 않을 거니까. 누구도 알지 못하게, 그리고 어떤 여자라도 "내가 테레즈를 대신했어"라고 절대로 말할 수 없게, 내 생각의 비밀을 간직한 채 나는 너를 사랑할 거야.

내 친구여, 우리가 마지막으로 함께 보냈던 달콤하고 소중한 나날에 네가 나에게 베풀어주지 않았던 호의를 이제 베풀어주어야 해. 그건 바로 파머에 관해 나에게 얘기해주는 거야. 너는 그게 나를 여전히 아프게 할 거라고 생각했었지. 이것 참! 네가 착각한 거라고. 내가 네게 화를 내며 그 사람에 대해 처음으로 물어보았을 당시라면, 그에 관한 이야기가 나를 절망에 빠뜨리고 말았을지도 몰라. 당시 나는 여전히 아팠고 약간 미쳐 있었으니까. 하지만 내가 이성을 되찾은 후, 나한 테 고백하라고 네게 강요하지는 않았던 그 **비밀**을 내가 알아 맞히게 그냥 나를 내버려두었을 때, 고통을 느끼는 와중에도 나는 너의 행복을 받아들이면서 내 모든 실수를 만회할 수 있다고 생각했어. 나는 두 사람이 함께 있는 방식을 주의 깊게 살펴봤어. 그가 너를 열정적으로 사랑하고 있는 한편, 아버지의 자상함으로 나를 대하고 있다는 사실을 깨달았어. 테레즈, 네가 알지 모르겠지만 이게 나를 곤혹에 빠뜨렸어. 나는 사랑 속에 이런 관대함, 이런 위대함이 있는 줄은 차마 생각조차 하지 못했어. 아, 행복한 파머! 얼마나 너에 대한 확신에 차 있던지! 얼마나 너를 잘 이해하고 있던지! 네게 얼마나 잘 어울리는 사람이던지! 이런 그의 모습이 내가 너에게 "파머를 사랑하세요. 그러면 당신은 제게 아주 커다란 기쁨을 줄 겁니다"라고 말했던 때를 기억나게 하네. 아! 나는 영혼 속에

추악한 감정을 얼마나 자주 품었던가! 나는 너의 사랑에서, 후회가 나를 짓눌렀던 너의 사랑에서 벗어나기를 바라고 있었어. 그러나 네가 나에게 "이걸 어쩌지! 나는 그를 사랑해!" 라고 대답했더라면, 나는 너를 죽이고 말았을까?

그리고 그 사람, 마음씨 좋은 그 사람, 그는 이미 당신을 사랑하고 있었어. 어쩌면 네가 나를 여전히 사랑하고 있었을 순간에조차 그는 네게 헌신하는 걸 두려워하지 않았다고! 비슷한 상황에서 나라면 위험을 무릅쓰는 일을 절대로 하려 들지 않았을 거야. 나를 포함한 사교계의 남자들이 아주 자랑스러워하며 달고 다니는 그런 오만이나 위험, 손해를 무릅쓰고라도 행복을 쟁취하는 걸 방해하거나, 행복이 우리에게서 벗어나려 할 때 오로지 우리가 그걸 다시 붙잡으려는 걸 방해하려고 바보들이 아주 잘 찾아낸 그런 오만에 나는 지나치게 절어 있었던 거야.

맞아, 나는 남김없이 고백하고 싶어, 내 가엾은 친구야. 내가 너에게 **"파머를 사랑하세요"**라고 말했을 때, 나는 가끔 네가 벌써 그를 사랑하고 있는 것은 아니었을까 생각했고, 바로 이 때문에 네게서 마침내 멀어지게 되었어. 마지막 날에, 네 발아래 엎드릴 각오를 했었던 수많은 시간이 내게 있었지. 그런데 이런 생각이 나를 멈추게 했어. '이젠 너무 늦었다. 그녀는 다른 사람을 사랑한다. 나는 그러기를 원했었으나, 그녀는 그렇게 되는 걸 바라지 않았던 게 분명했어. 그러니까 그녀는 내게 어울리지 않아!' 이런 생각 말이야.

이게 바로 내가 광기에 빠져 떠올렸던 생각들이야. 그러나 한편, 지금 나는, 네가 딕을 사랑하고 있었을지라도, 진심을 다해 내가 너에게 돌아갔더라면, 너는 나를 위해 그를 희생했을 거라고 확신해. 너는 어쩌면 나로 인해 야기된 그 고난의 길을 다시 걷기 시작했을지도 몰라. 자, 내가 도망치길 잘했지, 그렇지 않아? 너를 떠나오면서 나는 그렇다고 느꼈어! 맞아, 테레즈, 그래서 네게 아무 말도 하지 않고 피렌체에서 너를 떠나올 힘을 얻을 수 있었던 거야. 매일매일 너를 조금씩 죽이고 있다고, 진정으로 사랑하는 남자 옆에 너를 혼자 두는 것 말고는 내 잘못을 만회할 다른 방법을 더 이상 찾을 수 없다고 나는 느꼈어.

이것이 바로 라스페치아에서 내게 용기를 북돋아주었던 것이야. 그날 나는 여전히 용서를 받으려 시도해볼 수도 있었겠지. 그러나 내가 이런 가증스러운 생각을 했던 것은 아니야. 내 친구여, 그렇지 않았다고 맹세할 수도 있어. 네가 그 선장에게 시야에서 우리를 놓치지 말라고 말했는지 어쨌는지 나는 몰라. 하지만 그랬다면 정말 쓸데없는 짓이었어, 젠장! 우리 두 사람을 두고 떠나면서 파머가 내게 보여줬던 신뢰를 배반하느니 차라리 나는 바다에 몸을 던졌을 거야.

그러니, 할 수 있는 한 내가 너를 진심으로 사랑하고 있다고 그에게 말해줘. 내가 지금까지 그랬던 것처럼, 내가 벌을 받고 처형되어야 했던 것은 너에게만큼이나 그에게도 책임이 있다고 그에게 말해줘. 하느님 맙소사, 늙은 망령의 자살을 완수해서 그를 쫓아버리려고 나는 정말로 고통받았어! 그러나 지금 나는, 나 자신이 자랑스러워. 나의 옛 친구들은 나를 결투에서 이 연적을 죽이려 애쓰지 않는 바보였거나 겁쟁이였다고 생각하고 있을 거야! 애인의 얼굴에 침을 뱉어가며 나를 배반한 여인을 내가 포기했더라면, 그들은 분명 나를 그렇게 생각하지 않을 테지. 그래, 맞아, 테레즈, 나는 다른 남자라 해도 분명 이렇게 처신했을 거야. 너와 파머를 마주하면서도 기쁨만큼이나 결의에 차 있던 그런 행동 말이야. 나는 야만인이 아니기 때문이지. 그러니 얼마나 다행이야! 나는 아무런 가치도 없는 사람이야. 그러나 내가 가지고 있는 이 얼마 안 되는 가치가 무엇인지 알고 있고, 그래서 정의로워질 수 있어.

그러니 파머에 대해서 내게 말해줘. 너의 말에 내가 혹시 고통받을까 걱정하지 마. 그러기는커녕 우울한 시간을 보내고 있는 내게는 커다란 위안이 될 거야. 그래준다면 내게 힘이 될 거야. 너의 가엾은 이 아이는 아직도 아주 약하기 때문에, 그 사람이 네게 무엇이 될 수 있었을지에 대해, 그리고 지금 그가 네게 무엇인지에 대해 생각하기 시작하면, 여전히 머리가 혼란스러워. 그러나 네가 행복하다고 말해줘. 그러면 나는 자랑삼아 이렇게 내게 말하겠지. "나는 이 행복을 뒤흔들고, 방해하고, 어쩌면 부숴버릴 수 있었을지도 몰라. 그러나 그렇게 하지 않았어. 따라서 이 행복에 나의 수고도 약간 들어갔으니, 나는 지금 테레즈의 우정을 가질 자격이 있어"라고 말이야.

테레즈는 가엾은 자신의 아이에게 다정하게 답장했다. 그녀는 과거의…… 성소(聖所)에 방부제로 처리해 보존된 것처럼, 이제부터 그가 매장되었다는 전제하에 그랬다. 테레즈는 파머를 사랑했다. 적어도 그녀는 그러기를 바랐거나 그렇다고 믿고 있었다. 아침마다 잠에서 깨어나면서 혹시 집이 머리 위로 무너지는 것은 아닐까 중얼거리며 지낸 시간을 결코 후회할 것처럼 보이지 않았다.

그러나 그녀에게 부족한 것이 몇 가지 있었는데, 그녀가 포르토베네레의 저 납빛 바위산에서 머물게 된 이후, 그녀를 엄습했던 슬픔이 어떤 것이었는지 나는 알지 못한다. 그것은 그녀에게 마치 간혹 매력이 없지는 않았던 삶에 대한 무관심과도 같았다. 하지만 그것은 그녀의 성격에는 존재하지 않았던, 그리고 그녀 자신에게 무어라 설명할 수 없었던 침울함이나 낙담 같은 것이었다.

파머와 관련해 로랑이 그녀에게 요구했던 걸 실제로 하는 것은 그녀에게는 가능하지 않았다. 그녀는 파머에 관해 극진한 칭찬을 짧막하게 하면서 자신이 보기에 가장 다정했던 모습들을 로랑에게 말해주었다. 하지만 그녀는 둘의 사생활을 털어놓을 정도로 로랑과 친밀하다고 생각할 수 없었다. 자신의 진짜 상황을 그에게 알려주고 싶은 마음이 들지 않았다. 다시 말해, 그녀 자신조차도 아직 결정을 내리지 못하고 있었던 여러 약속들을 그에게 털어놓고 싶지 않았다. 설사 그녀가 결정을 내렸다 하더라도 "당신은 여전히 고통받고 있군요. 안

타까운 일이네요! 저요, 저는 결혼해요!"라고 로랑에게 말하기에는 지나치게 이른 감이 있지 않은가!

그녀가 기다렸던 돈은 두 주가 지나서야 도착했다. 이 두 주 동안 그녀는 끈기 있게 레이스를 짰으며, 이로 인해 파머는 상심했다. 마침내 은행으로부터 지폐 몇 장을 손에 넣게 되자, 그녀는 친절한 여주인에게 금액을 넉넉히 지불했고, 파머와 항만 주위를 산책하러 외출하는 것에도 동의했다. 하지만 그녀는 왜 이 음울하고도 조악한 숙소를 고집하는지 딱히 설명할 수 없는 상태에서 얼마간 계속 포르토베네레에 머물기를 바라고 있었다.

정의되는 것보다 더 좋다고 느껴지는 정신적인 상황들이 있는 법이다. 테레즈가 편지로 자신의 마음을 토로하기로 결심한 것은 어머니에게였다. 7월에 그녀는 어머니에게 편지를 썼다.

살인적인 더위에도 불구하고 저는 아직 여기 있어요. 나무 한 그루도 자라날 엄두를 내지 못하지만 상큼한 미풍이 힘차게 불어오는 이 바위산에 저는 조개처럼 찰싹 붙어 있어요. 더위는 견디기 힘들지만 날씨는 맑고, 예전에는 견디기 어려워했던 바다의 저 끊이지 않는 전망이 어떤 점에서는 제게 필요해졌어요. 작은 배로 두 시간이 채 걸리지 않는, 제 뒤로 펼쳐진 이 고장의 봄은 정말로 아름다워요. 해안가에서 2~3리외 정도 떨어진 항만의 안쪽으로 들어가다보면, 정말 낯선 장소들이 나와요. 짐작할 수 없는 과거의 지진으로 여기저기 찢긴, 아주 기이하게 생긴 단층들을 그대로 드러내는 대지들이 이어진 지역이 있어요. 이 지역은 소나무와 히스 덤불로 뒤덮인 붉은 모래언덕들이 일정한 간격을 두고 연달아 늘어서 있고, 이 모래언덕의 능선이 자연적으로 만들어져 제법 넓은 길을 이루었다가 갑자기 깊은 구렁 속으로 수직으로 떨어져서, 계속 가도 되는지 혼란스럽게 만듭니다. 왔던 길로 되돌아오다가 가축 무리의 발자국으로 다져진 조그마한 오솔길의 미궁으로 발을 잘못 들이면 또 다른 구렁을 만나게 되고, 이렇게 파머와 저는 왔던 길을 찾지 못한 채 나무가 우거진 저 꼭대기에서 여러 시간 머물러 있곤 했습니다. 머무르던 곳에서, 우리는 저 기이하게 생긴 단층들 때문에 규칙적으로 여기저기 잘린 상태에서 경작된 이 고장의 광활한 대지 속으로 빨려 들어가고, 이 광활한 대지 너머로, 푸르르고 광활한 바다가 또다시 펼쳐집니다. 이쪽에서 보면, 지평선은 끝나지 않는 것처럼 보입니다. 북쪽과 동쪽은 알프마리팀● 지역이며, 대담하게 모습을 드러낸 알프스의 능선들은 제가 이곳에 도착했을 때, 아직 눈으로 뒤덮여 있었습니다.

그러나 꽃이 핀 지중해 연안의 관목들로 뒤덮였던 이 대초원과 5월 초 아주 신선하고 세련된 향기를 퍼뜨렸던 하얀 히스나무들은 이제 더 이야깃거리가 되지 못합니다. 지상의 낙원

● 프랑스 최남동단 프로방스알프코트다쥐르에 위치한 주이며, 주도는 니스다.

이 따로 없었습니다. 이 숲은 금사슬나무, 박태기나무, 은매화가 검게 우거진 수풀 한복판에서, 금처럼 반짝거리며 향내를 피워 올리던 금작화들로 가득했었습니다. 하지만 지금, 모든 것이 타버렸습니다. 소나무들은 매콤한 냄새를 내뿜고, 얼마 전까지 꽃이 만개하고 향기로 가득했던 루피너스 밭에는 불길이 휩쓸고 지나간 것처럼 검고 잘린 줄기만이 남아 있습니다. 수확물은 뽑혀나가고, 대지는 정오의 태양 아래 연기를 피워 올립니다. 고통받지 않고 산책하려면 아주 이른 시간에 일어나야 합니다. 그렇게 하지 않으면, 작은 배로 가든 걸어서 가든 나무가 우거진 지역까지 적어도 여기서 네 시간이 걸리고, 또 돌아오는 길이 그다지 유쾌하지 않기에, 형태나 외양은 멋지지만 항만을 직접 둘러싸고 있는 언덕들은 죄다 아주 헐벗어서 포르토베네레나 팔마리아 섬으로 가야만 좀 더 편하게 숨을 쉴 수 있을 정도입니다.

라스페치아에는 골칫거리가 하나 더 있어요. 바닷물로부터 경작지를 보호하려고 조성한 거대한 늪지에 고인 물과 인접한 작은 호수의 물에서 생겨난 모기들입니다. 사람들을 곤란하게 만드는 것은 대지의 물이 아닙니다. 이곳에는 바다와 바위만 있어서 결과적으로 벌레도 없고, 수풀 한 조각 찾아볼 수 없으니까요. 그러나 금빛과 자줏빛을 띤 구름 떼, 장엄하기까지 한 폭풍우, 성대한 평화가 따로 없습니다! 바다는 밤과 낮을 가리지 않고 시시각각 색깔과 감정을 바꾸는 한 폭의 그림입니다. 바다에는 아우성으로 가득 찬 소용돌이 구렁들이 있는데, 끔찍하게 변하는 그 모습을 어머니께서는 상상조차 못 하실 겁니다. 절망에 찬 온갖 오열들, 지옥의 온갖 저주들이 여기서 만나기로 서로 약속을 주고받고, 밤이 되면 제 방 조그마한 창문을 통해, 어떨 때는 이름을 붙일 수 없는 방탕한 술판이 포효하기도 하고, 또 어떨 때는 거대한 평온 속에서도 여전히 위험한 야생의 찬가를 부르는 심연의 목소리들이 들려오기도 합니다.

어찌 되었건, 이제 저는 이 모든 걸 사랑합니다. 목가적 취향을 가졌던, 외지고 푸르고 조용한 곳을 좋아했던 제가 말이에요. 어쩌면 그건 이 파멸적인 사랑 속에서 제가 폭풍우에 익숙해졌고 또 제게 소란이 필요했기 때문인 걸까요? 아마그렇겠지요! 우리는 너무나 기이한 피조물로 태어났잖아요, 우리 여자들이요! 사랑하는 어머니, 고통 없이 지내는 데 익숙해지기까지 수많은 날을 보내야 했다고 고백해야 할 것 같아요. 더 이상 도와야 할 사람도, 돌봐야 할 사람도 없어지자 저는 무엇을 해야 할지 몰랐어요. 그래서 파머가 이따금 견디기 어려운 사람이 되어야만 했던 것 같아요. 하지만 부당하게도 저는 그가 그런 척을 하자마자 화를 내버렸어요. 그리고 그가 다시 천사같이 선한 사람이 된 지금, 이따금 저를 엄습하는 끔찍한 권태를 누구에게 풀어야 할지 이제 저는 모르겠어요. 아아! 맞아요, 그런 거예요! 제가 어머니께 말해야 할까요? 아닙니다, 저 자신조차 알지 못하거나, 그게 아니면, 제가 알게 된다 하더라도 저의 광기로 어머니의 마음을 아프게 하지 않는 게 더 나을 듯합니다. 저는 어머니께 이 고장, 저의 산책, 저의 관심사들, 지붕 아래 오히려 제가 혼자여서, 아무것도 모른 채로, 사교계에서 잊힌 채, 의무도 없이, 일도 없이, 고객도 없이, 제게 즐거운 작업 이외에 아무것도 없이, 제가 기뻐하곤 했던, 지붕 위 저의 이 서글픈 방에 대해서만 말씀드리고 싶어요. 저는 아이들이 포즈를 취하게 하고 여러 그룹으로 구성해보며 즐거워하고 있습니다. 하지만 이 모든 것도 어머니께는 충분하지 않겠지요. 제 마음과 의지가 어디에 머무는지 어머니께 말씀드리지 않으면, 어머니께서는 계속해서 걱정하시겠죠. 이것 참! 아셔야 할 것은, 제가 파머와 결혼하기로 단단히 결심했고 또 제가 그를 사랑한다는 것입니다. 그러나 저는 아직도 결혼 시기를 확정하지 못했고, 그에게나 저에게나 파기할 수 없는 이 결합이 이루어진 그다음을 걱정하고 있습니다. 이제 저는 환상을 품을 나이가 아니고, 저와 같은 삶을 보낸 이후라면 누구나 풍부한 경험을 가질 것이지만, 결과적으로 공포를 느낄 테니까요! 저는 로랑에게서 완벽하게 떨어져 나왔다고 생각했었어요. 제가 그의 재앙이고 그의 재능과 영광을 죽이는 사람이라고 제네바에서 그가 말한 날, 저는 완벽하게 그랬다고 생각했었어요. 그러나 더는 그에게서 제가 아주 자유롭다고 생각할 수 없어요. 그가 아픈 이후로, 그가 뉘우친 이후로, 지난 두 달간 그가 부드러움과 헌신으로 가득한 사랑스러운 여러 통의 편지를 제게 보내온 이후로, 어떤 커다란 의무가 있어 아직 저를 이 불행한 아이에게 묶어두고 있다고 느끼고 있어요. 그와 완전히 관계를 끊어서 그를 상처받게 하고 싶지 않아요. 그렇지만 결혼 이후에라면 그렇게 되겠지요. 파머가 질투했던 순간이 있었고, '**나는 원해요**'라고 파머가 제게 말할 권리를 얻게 될 날, 이 질투의 순간이 다시 찾아올 수도 있겠습니다. 사랑하는 어머니, 저는 로랑을 더는 사랑하지 않아요. 맹세할 수도 있어요. 그를 사랑하느니 차라리 죽어버리겠어요. 그러나 제 안의 이 불행한 열정에서 살아남은 우정을 파머가 깨뜨리려 하는 날, 어쩌면 저는 파머를 더는 사랑하지 않을 것입니다.

저는 이 모든 것을 그에게 말했습니다. 대단한 철학자인 것에 자부심을 느끼는 그는 제 말을 이해했어요. 그는 오늘 그에게 정당하고 선한 것처럼 보이는 것이 눈앞에서 변하는 일은 절대로 없을 거라고 고집스레 믿고 있습니다. 저도 그럴 거라 믿어요. 그럼에도 저는 날짜를 세지 말고, 우리가 지금 이곳에서 그러하듯이, 조용하고 온화한 상황 속에서 날들이 흘러가도록 내버려두라고 말했습니다. 저는 우울로 발작을 일으키고 있어요. 사실이에요. 그러나 천성적으로 파머는 통찰력이 있는 사람이 아니며, 그에게 저는 발작을 숨기고 있어요. 저는 저 때문에 파머가 겁에 질리지 않도록 그 사람 앞에서 로랑이 제 얼굴을 두고 병든 새라고 불렀던 그런 표정을 짓곤 합니다. 미래의 불행이 이 정도에 그친다면, 저는 파머가 알아차리지 못하고 속상해하지도 않을 만큼만 곤두선 신경과 침울해진 영혼을 가지려 할 것이고, 우리는 가능한 한 행복하게 함께 살아갈 수 있을 것입니다. 정신적으로 쇠약했던 시기에 로랑은 넋을 놓은 제 시선을 유심히 뜯어보며 제 몽상의 베일에 구멍을 내려고 마침내 참혹하고 유치한 행동으로 저를 짓누르기 시작했는데, 저는 더 이상 맞서 싸울 힘이 없어요. 누군가가 곧바로 저를 죽여주는 게 더 나을 것 같아요. 어쩌면 빨리 그렇게 될지도 모르겠어요.

비슷한 시기에 테레즈는 로랑에게서 걱정할 정도로 아주 강렬한 편지 한 통을 받았다. 편지는 더 이상 우정이 아니라 사랑의 열정으로 가득했다. 파머와의 관계에 대해 그녀가 고수해왔던 침묵이 이 예술가에게 그녀와 다시 이어질 수 있다는 희망을 주었다. 그는 그녀 없이 더 이상 살 수 없었다. 쾌락의 삶으로 돌아가려고 부단히도 헛된 노력을 했다. 환멸이 그의 목을 조이고 있었다. 그가 그녀에게 말했다.

아! 테레즈, 나는 예전에 네가 너무 순결하게 사랑한다고, 사랑보다는 오히려 수도원에 더 어울린다고 너를 비난한 적이 있었다. 어떻게 내가 너에게 그런 모욕을 줄 수 있었을까? 타락에 매이려 궁리한 이후, 유년기처럼 다시 순결해지는 나를 느낀다. 내가 만나는 여자들은 내가 수도사가 되기에 알맞다고 말한다. 아니다, 아니다. 우리 사이에 존재했던 사랑 이상의 어떤 것, 몇 시간이고 잔잔하고 평온한 미소로 나를 감싸

주었던 어머니 같은 저 온화함, 심정을 토로하는 저 말들, 지성의 갈망들, 의도하지 않았음에도 우리 자신이 작가이자 등장인물이었던 우리 둘만의 저 시를 나는 절대로 잊지 않을 것이다. 테레즈, 만약 네가 파머의 사람이 아니라면, 너는 내 사람이 될 수밖에 없다! 강렬한 저 숱한 감정들, 깊은 저 연민들을 너 말고 누구한테서 되찾을 수 있을까? 우리가 함께 한 모든 날이 그저 나쁠 뿐이었을까? 아름다운 날도 있지 않았을까? 게다가 네가 찾는 것은 과연 행복인가? 너처럼 헌신적인 여자가? 네가 누군가를 위해 고통받지 않고 지낼 수 있을까? 네가 내 광기를 용서해주었을 때, 간혹 나를 너의 사랑스러운 고통이라고, 또 네게 필요한 고뇌라고 너는 부르지 않았었던가? 기억해내, 기억해내라고 테레즈! 너는 고통받았어. 그리고 너는 살아가고 있지. 너를 고통스럽게 했던 나는 죽어가고 있어! 내가 충분히 속죄하지 않았는가? 내 영혼은 고통으로 죽어간 지 석 달이 다 되었다!

이후에는 비난이 이어졌다. 테레즈는 비난에 대해 지나칠 정도로 많이, 아니면 지나칠 정도로 적게 그에게 말했었다. 우정에 대한 그녀의 표현들은 단순한 우정이라고 하기에는 지나치게 생생했고, 사랑이라고 하기에는 지나치게 차가웠으며 또한 지나치게 신중했다. 그녀는 그를 살게 하거나 죽게 할 용기를 가져야만 했다.

테레즈는 자신이 파머를 사랑한다고, 그를 영원히 사랑할 생각이라고 로랑에게 답장하기로 결심했다. 확실하게 결정된 것으로 간주할 수 없는 결혼 계획에 대해서는 언급하지 않고 말이다. 그녀는 이 고백이 로랑의 자존심에 가할 충격을 최대한으로 누그러뜨렸다. 그녀가 로랑에게 말했다.

명심해, 내가 다른 사람에게 내 삶과 마음을 준 것은, 네가 주장하는 것처럼, 그렇게 해서 너를 **벌주기** 위해서가 아냐. 그게 아니야. 파머의 감정을 내가 받아들였던 그날, 너는 완전히 용서받았고, 파머와 함께 내가 피렌체를 분주하게 돌아다녔다는 게 그 증거야. 내 가엾은 아이, 네가 아팠을 때 너를 간호하면서 정말로 내가 수녀처럼 있었다고 믿고 있는 거야? 아니야, 아니라고. 너의 침대맡에 나를 묶어둔 것은 의무가 아니라 어머니의 다정함이었어. 언제나 용서하지 않는 어머니가 어디 있을까? 그래! 언제나 그럴 거야. 똑똑히 들어! 내가 파머에게 해야 할 일을 소홀히 하지 않으면서 너를 도와주고, 보살펴주고, 너를 위로할 수 있는 매 순간에 너는 나를 다시 만나게 될 거야. 파머가 이걸 반대하지 않았기 때문에 나는 파머를 사랑할 수 있었던 거고 또 내가 그를 사랑하는 거야. 내가 네 품에서 연적의 품으로 가야만 했던 것이라면, 나는 아마도 그런 나를 끔찍이 싫어했을지도 몰라. 하지만 그 반대였어. 파머와 나는 두 손을 하나로 모아 언제나 너를 보살피기로, 절대 너를 포기하지 않기로 맹세했어.

테레즈는 이 편지를 파머에게 보여주었는데, 열렬히 감동한 파머는 테레즈와 똑같이 변함없는 배려와 진정한 우정을 약속하기 위해 로랑에게 편지를 쓰고 싶어 했다.

로랑이 새로 편지를 쓰기까지는 시간이 꽤 걸렸다. 다시 하늘을 날아 다시 돌아오지 않을 꿈을 꾸기 시작했다. 처음에 로랑은 두 사람의 편지를 보고 몹시 슬퍼했다. 그러나 견딜 힘이 없다고 생각하곤 차라리 이 슬픔을 털어내기로 마음먹었다. 그는 간혹 재앙이기도 했고, 간혹 자기 인생의 구원이기도 했던 완벽하고도 갑작스러운 혁신 중 하나를 행하기로 마음먹었고, 테레즈에게 편지를 썼다.

흠모하는 나의 누이, 신의 가호가 있기를! 나는 행복해. 충직한 네 우정이 자랑스러워. 파머의 우정에는 감동해서 눈물이 나올 정도였어. 나쁜 사람아, 좀 더 일찍 말해주지 그랬어? 그랬다면 내가 그렇게 힘들지 않았을 거야. 내게 정말로 필요한 것은 무엇이었을까? 네가 행복하다는 것을 알게 되는 것, 그 이상은 필요 없어. 네가 혼자 있고 또 슬퍼한다고 생각했기 때문에 네게 돌아가 발치에 엎드리며 이렇게 말하려고 했지. '저런! 네가 고통스러워하다니, 우리 함께 고통을 나누자. 나는 너의 슬픔, 너의 권태와 너의 고독을 나눠 갖고 싶어'라고 말이야. 이게 바로 내 권리이고 또 의무 아니었던가? 하지만 테레즈, 네가 행복하니 결과적으로 나도 역시 행복해! 네가 그렇다고 내게 말해줘서 진심으로 기뻐. 덕분에 지금 나는 심장을 갉아먹던 회한에서 마침내 벗어날 수 있었어! 머리를 들고 걷고, 가슴 깊이 공기를 한가득 들이마시며 내 친구 중 최고인 한 여자의 인생을 더럽혔거나 훼손하지 않았다고 나 자신에게 말해주고 싶어! 아! 나는 자부심에 가득 차서, 과거에 나를 힘들게 했던 저 끔찍한 질투 대신, 너그러운 기쁨을 내 안에서 느끼고 있어!

친애하는 테레즈, 친애하는 파머, 그대들은 나를 지켜주는 천사야. 두 사람은 내게 행복을 가져다주었어. 그동안 이끌어왔던 삶과는 다른 무언가를 위해서 내가 태어났다고 느끼게 된 것은 결국 당신들 덕분이야. 나는 다시 태어났어. 지금 나는 하늘에서 내려오는 공기가 신선한 기운을 갈망하는 내 폐 속에 가득 차는 걸 느끼고 있어. 나라는 존재는 변하고 있어. 나는 사랑할 거야!

그래, 나는 사랑할 거야. 나는 이미 사랑하고 있어! 아직은 아무것도 알지 못하는 아름답고 순수한 어느 젊은 여자를 나는 사랑하고 있어. 이 아이의 곁에서라면 내 마음의 비밀을 간직할 때 찾아오는 신비로운 기쁨, 이 아이처럼 나도 순진해지고 유쾌해지는 신비로운 기쁨을 발견해. 아! 어떤 감동이 막 탄생하려는 초입의 나날들은 또 얼마나 아름다운지! 이런 생각에는 숭고하고 전율을 불러일으키는 무언가가 있는 게 아닐까? 감추고 있던 내 감정을 드러낼 거야. 다시 말해 나는 헌신할 거야! 내일, 아니면 어쩌면 오늘 저녁, 나는 이제 더는 나 자신이 아니게 될 거야.

테레즈, 가엾은 네 아이의 슬프고 광기에 찬 젊은 시절이 이렇게 끝나게 된 것을 기뻐해줘. 진창을 기어가는 대신, 새처럼 날개를 펼쳐 든, 길을 잃은 듯한 어떤 존재의 이와 같은 갱신이 너의 사랑과 온화함, 너의 인내와 분노, 너의 엄격함과 용서, 그리고 너의 우정에서 비롯된 작품이라고 말해도 좋아! 맞아, 내가 패배했던 사적인 비극에서 빚어진 돌발적인 사건들은 모두 내 눈을 뜨게 해주려고 일어날 필요가 있었던 거야. 나는 너의 작품이고, 너의 아들이고, 너의 일이고, 너의 보상이고, 너의 고난이고 또 너의 영광이야. 내 친구인 두 사람, 모두 나를 축복해줘! 그리고 나를 위해 기도해줘! 나는 사랑할 거야!

편지의 나머지 부분도 이와 비슷했다. 테레즈는 기쁨과 감사로 가득한 이 찬가를 받고 완벽하고 확실한 그녀만의 행복을 느꼈다. 파머에게 두 손을 내밀며 그녀가 말했다.

"아아, 우리 언제, 어디서 결혼할까요?"

제11장

　　파머는 미국에서 결혼식을 올리기로 결정했다. 어머니에게
테레즈를 소개하고 어머니가 보는 앞에서 혼배미사를 올린
다는 생각에 그는 지대한 기쁨을 느끼고 있었다. 한편 테레즈
의 어머니는 딸의 결혼식에 참석하는 행복을 누릴 수 없었는
데, 결혼식이 프랑스에서 열린다 해도 마찬가지였을 것이다.
테레즈의 어머니는 딸이 합리적이고 헌신적인 남자와 맺어
진 것을 보며 느꼈던 기쁨으로 이 아쉬움을 보상받았다. 그녀
는 로랑을 견딜 수 없어 했고, 로랑이 지운 멍에 아래로 테레
즈가 굴러떨어지지 않을까 늘 두려워했다.

　　유니언호가 출항을 준비하고 있었다. 로슨 대위는 파머와
그의 약혼녀를 데려다주겠다고 제안했다. 사랑하는 이 커플
을 데리고 항해한다는 생각은 그 자체로 선상에서의 축제와
같았다. 테레즈에게 존경하는 태도를 보였으며 테레즈를 가
장 진솔하게 평가한 젊은 장교는 다소 엉뚱했던 지난날 자신

의 계획을 바로잡았다.

8월 18일, 승선을 위한 준비를 모두 마친 테레즈는 하루만 머물게 되더라도 우선 파리로 와달라는 어머니의 편지를 받았다. 테레즈의 어머니도 마침 가족 일로 파리에 가야 할 일이 생겼기 때문이었다. 테레즈가 미국에서 언제 돌아올지 누가 알 수 있을까? 이 가엾은 어머니는, 도발적이고 신경질적인 아버지를 닮아 자신에게 반항하고 또 자신을 냉담하게 대했던 다른 자식들 때문에 행복하지 않았다. 그럴수록 그녀는 테레즈를 사랑했고, 테레즈만이 그녀에게는 실제로 다정한 단 하나의 딸이자 헌신적인 친구였다. 그녀는 테레즈의 결혼을 축복하고, 어쩌면 마지막이 될지도 모르기에 테레즈를 안아주고 싶었는데, 그건 그녀가 나이에 비해 늙었으며, 안전하지도 않고 발전하지도 않을 삶에 지치고 병들었기 때문이었다.

파머는 이 편지를 인정하려 하기보다 오히려 언짢아했다. 겉으로는 만족해하는 태도로 자신과 로랑 사이의 굳건한 우정을 인정했지만, 테레즈가 로랑을 다시 만나기라도 하게 될 때, 그녀의 마음속에서 깨어날지도 모를 감정들에 대한 불안이 의도와 상관없이 끊이지 않고 그를 찾아왔다. 반대 의사를 표했을 때, 분명히 그는 이런 사실을 깨닫지 못했다. 그러나 미국 함대의 함포가 8월 18일 종일 작별을 알리며 라스페치아 항만에 메아리를 반복해서 울렸을 때, 그는 불안을 느끼고 있는 자신을 알아차렸다. 함포가 터질 때마다 파머는 몸을 떨었고, 마지막 포성이 들릴 즈음에는 으스러질 정도로 두 손을 움켜쥐었다.

테레즈는 이런 파머를 보고 놀랐다. 이 나라에 머물던 초입에 로랑과 파머 두 사람이 함께 있었던 적이 있었다는 설명을 그에게 들은 이후, 파머의 불안 같은 건 전혀 감지하지 못했었다.

테레즈가 그를 주의 깊게 바라보다가 큰 소리로 말했다.

"저런, 무슨 일이에요? 무슨 예감에 사로잡히기라도 한 거예요?"

파머가 성급히 대답했다.

"맞아요! 바로 그거예요. 제 어린 시절의 친구, 로슨에 대한 예감입니다……. 왠지는 모르겠지만……. 맞아요, 맞아요. 제 예감이 맞아요!"

"항해 중 그에게 불행할 일이 일어날지도 모른다고 생각하고 있는 거예요?"

"그럴지도 모르지요! 누가 알겠어요? 우리는 지금 파리로 가고 있으니, 어쨌든 당신은 하늘이 도와 불행한 일을 겪지는 않을 겁니다."

"유니언호는 브레스트를 지나가요. 거기에 이 주 정도 머문다고 하네요. 우리는 거기서 배에 오르게 되겠죠?"

"네, 네, 그렇겠지요. 여기서 브레스트까지 가는 동안 재앙이 닥치지 않는다면요!"

그러고 나서 파머는 슬픔에 짓눌렸고, 파머의 마음속에서 무슨 일이 일어나고 있는지 테레즈는 짐작하지 못했다. 어떻게 그녀가 그의 마음을 짐작할 수 있겠는가? 로랑은 바덴의 온천에 있었다. 파머는 이 사실을 알고 있었고, 로랑이 편지에 썼듯이 로랑도 결혼 계획으로 바빴다.●

다음 날 두 사람은 역마차를 타고 출발했고, 어느 곳에도 내리지 않고 토리노와 몽스니를 통해 프랑스로 들어갔다.

이 여행은 유난히 슬픔에 젖어 있었다. 파머는 사방에서 불행의 징후들을 보았다. 파머는 그의 성격 어디에서도 존재하지 않았던 불합리한 집착과 유약한 마음을 털어놓았다. 아주 침착하고 봉사심으로 가득했던 그였지만, 역마차의 마부들에게도, 세관원들에게도, 행인들에게도, 심지어 가고 있는 길에 대해서도 믿기지 않을 정도로 자주 화를 내곤 했다. 지금까지 테레즈는 이런 파머를 본 적이 없었다. 그녀는 자신이 이렇게 느낀 걸 파머에게 말하지 않을 수 없었다. 그는 의미 없는 몇 마디로 그녀에게 대답했지만, 얼굴에 나타난 표정은 너무 어두웠고 또한 분개한 목소리는 너무나 또렷해서, 그녀는 그를, 결과적으로는 두 사람의 미래를 두려워할 정도였다.

무자비한 운명을 갖게 되는 어떤 존재들이 있다. 테레즈와 파머가 몽스니를 통해 프랑스로 들어오는 동안, 로랑은 제네바를 통해 프랑스로 들어오고 있었다. 두 사람보다 몇 시간

● 뮈세는 1834년 8월 바덴에 체류했고, 병든 뮈세를 치료했던 의사 피에트로 파젤로와 상드는 8월 14일 파리에 도착했으며, 17일 상드는 파리에서 뮈세를 다시 보게 되었다.

먼저 파리에 도착한 로랑은 깊은 시름에 사로잡혀 있었다. 테레즈가 이탈리아에서 가지고 있었던 모든 것을 처분해서 몇 달 동안 자신이 여행할 수 있도록 해주었다는 사실을 마침내 알게 되었고, 극도로 빈곤한 상태로 테레즈가 포르토베네레에서 살았으며, 고작 월세 6리브르를 벌려고 레이스를 짰었다는 사실을 그는 그 시기 라스페치아에 들렀던 누군가에게 들어(실제로 모든 것은 조만간 밝혀질 것이다) 알게 된 것이다.

굴욕감과 후회, 분노와 미안함을 느낀 그는 테레즈가 현재 상황을 어떻게 견디고 있는지 간절히 알고 싶었다. 무엇이 되었건 파머의 도움을 바라기에는 그녀의 자존심이 지나치게 강하다는 걸 그는 잘 알고 있었고, 만약 제노바에서 일한 작품의 대가를 받지 못했다면 그녀는 파리에서 가구들을 팔았어야만 했을 거라는, 제법 그럴듯한 생각을 하고 있었다.

그는 샹젤리제 대로로 내달렸고, 아담하고 소중한 테레즈의 집에 낯선 사람들이 살고 있는 걸 발견할지도 모른다는 생각에 섬뜩해하면서, 또 세차게 뛰는 심장의 박동 소리만을 들으며 테레즈의 집으로 다가갔다. 관리인이 없으므로 누가 대답할지 알지 못한 채 그는 정원의 철책을 두드려야 했다. 로랑은 테레즈의 결혼이 임박했다는 사실도, 그녀가 자유로워져 결혼할 수 있게 되었다는 사실도 모르고 있었다. 그녀가 그에게 썼던 마지막 편지는 로랑이 떠난 다음 날에야 바덴에 도착했기 때문이었다.

문을 열어주는 늙은 카트린을 보자 그의 기쁨은 극에 달했다. 그는 카트린의 목을 끌어안았다. 그러나 이 선량한 여인의 아연실색한 표정을 보자마자 곧 서글퍼졌다.

카트린이 언짢아하며 그에게 말했다.

"여기에는 뭐하러 오신 거지요? 오늘 아씨가 오신다는 걸 아시는군요? 아씨를 좀 가만 놔둘 수 없나요? 아씨를 또 힘들게 하려고 오신 겁니까? 두 분이 헤어졌다고 얘기하더군요. 저는 당신을 좋아했고 또 당신을 미워했으니 이 사실에 아주 만족해요. 아씨의 걱정거리와 고통의 **원인**이 바로 당신이라는 걸 저는 잘 알고 있었지요. 가세요. 어서 돌아가세요. 아씨를 죽이려고 결심한 게 아니라면 아씨를 기다리느라 여기 머물지 마세요!"

로랑은 여러 번 소리쳤다.

"테레즈가 오늘 도착한다고요!"

늙은 하녀의 질책에서 그가 이해한 것은 이게 다였다. 가구들을 보호하려고 카트린이 사방에 덮어놓은 회색 천들을 들추면서, 그는 테레즈의 작업실 안으로, 이어 아담한 자홍색 거실 안으로, 마침내 침실 안까지 들어갔다. 테레즈가 자신의 작품으로 값을 지불한 예술품들과 고상한 물건들, 흥미롭고 매력적인 소가구들을 그는 하나하나 바라보고 있었다. 무엇 하나 바뀐 것이 없었다. 테레즈가 파리에 자신을 위해 만들어놓은 상황은 무엇 하나 변하지 않은 듯했고, 한 걸음 한 걸음 자신을 따라다니는 카트린을 쳐다보면서 약간 정신 나간 듯한 표정으로 로랑은 이 말을 되풀이했다.

"오늘 그녀가 도착한다고요!"

로랑은 그녀처럼 순수한 금빛 사랑의 아름다운 소녀를 사랑해왔다고 말하면서 자랑했었다. 테레즈에게 편지를 쓰면서 자신에 대해 이야기하기 위해 흥분을 자제하지 못했고, 이런 흥분은 사교계에서 자신이 견지해야 한다고 믿어왔던 차가운 조롱의 말투와는 아주 이상하리만큼 대조를 이루었으며 그는 진실을 말하고 있다고 생각했다. 그는 꿈의 대상인 이 젊은 여자에게 자신이 해야만 했었던 선언을 하지 않았다. 이 아이와 시인의 상상 속에서 아침에 부화되어 점점 자라나는 행복이라는 저 취약한 구조물을 방해하는 데는 저녁에 하늘 위를 지나갔던 한 마리 새나 구름 한 점만으로도 충분했다. 웃음거리가 될 수 있다는 두려움, 그게 아니라면, 테레즈를 향한 치명적이고도 꺾일 줄 모르는 자신의 열정이 치유될 수도 있다는 불안이 그를 사로잡았다.

자신이 아끼는 여주인의 도착에 맞추어 모든 것을 준비해 놓으려 서두르던 카트린이 그를 혼자 내버려두기로 마음먹을 때까지, 로랑은 그녀에게 아무런 대답도 하지 않은 채 그곳에 있었다. 로랑은 지금까지 경험해본 적 없는 혼란과 동요에 사로잡혔다. 테레즈가 그에게 알리지 않고 파리로 돌아온 이유가 궁금했다. 그녀는 파머와 함께 비밀리에 오는 것일까, 아니면 로랑처럼 혼자 오는 것일까? 아직은 존재하지 않는 행복을 그녀가 로랑에게 예고하고 있는 것일까? 행복에 관한 생각은 이미 사라져버린 것일까? 갑작스럽고 의문 가득한 그녀의 귀환은 혹시 딕과의 이별을 감추고 있는 것은 아닐까?

로랑은 이런저런 생각에 기뻐하면서도 한편으로 두려워하고 있었다. 수천 가지 생각과 감정이 그의 머릿속에서 신경을 자극하며 서로 엉겨붙고 있었다. 자신도 모르는 사이에 현실을 잊은 채, 회색 천으로 뒤덮인 이 가구들이 공동묘지의 무덤들이라고 믿게 된 어떤 순간이 있었다. 그는 늘 죽음에 대한 공포를 느끼고 있었고, 자신이 원하지 않았음에도 끊임없이 죽음에 대해 생각해왔다. 그는 자신의 주변에서 어떤 형태로든 죽음을 보았다. 자신이 수의(壽衣)에 싸여 있다고 믿었고, 공포에 질려 일어나 이렇게 소리쳤다.

"그래서 누가 죽은 거야? 테레즈야? 파머야? 나는 보고 있어, 나는 느끼고 있어, 방금 내가 되돌아온 이 나라에서 누군가가 죽었다고! 아니야." 그는 자신에게 묻고 대답했다. "그건 너야. 이 집에서 홀로 인생의 하루하루를 살아온 건 바로 너라고, 시체처럼 생기 없이, 버려지고 잊힌 채, 여기로 돌아오는 건 바로 너라고!"

그가 눈치채지 못하는 사이 카트린이 돌아와 천을 걷어내고 가구에 쌓인 먼지를 털었으며, 닫혀 있던 십자형 창문과 덧문들을 활짝 열고 나서 금박을 입힌 탁자 위에 놓여 있던 커다란 중국식 꽃병 여럿에 꽃을 꽂았다. 그러고는 그에게 다가가 이렇게 말했다.

"이것 참! 저기요, 여기서 뭘 하고 있는 거예요?"

로랑은 꿈에서 빠져나왔다. 그리고 어리둥절한 표정으로

주위를 둘러보다가, 거울에 되비친 꽃들, 햇빛에 반짝이는 불의 상감(象嵌) 가구들,● 그리고 마치 마술을 부린 듯 부재의 침울한 모습에 잇달아 이어졌던, 실제로 죽음과 상당히 닮은 축제의 분위기를 보았다.

그의 환각은 또 다른 단계로 이어졌다.

침울한 표정으로 웃음을 지으며 그가 말했다.

"내가 여기서 뭘 하고 있는 거지? 맞아, 내가 여기서 도대체 뭘 하고 있는 거지? 테레즈의 집은 오늘 축제라고, 만취와 망각의 날이라니까. 이 집 주인이 약속한 사랑의 날이라고. 그녀가 기다리는 사람은 물론 내가 아닐 테지, 나는 죽었잖아! 이 신혼부부의 방에 시체가 무슨 볼일이 있겠어? 여기서 나를 보면 그녀가 뭐라고 말하겠어? 그녀는, 불쌍한 노인네, 당신처럼 나에게 이렇게 말하겠지. '꺼져! 네가 있어야 할 곳은 관 속이야!'라고 말이야."

로랑은 마치 열이 오른 것처럼 말했다. 카트린은 그에게 연민을 느끼며 이렇게 생각했다.

'이 사람은 미쳤어. 이 사람은 항상 그랬었어.'

그를 얌전히 돌려보내려면 그에게 어떻게 말해야 할까 카트린이 고민하고 있을 즈음, 거리에서 마차가 멈춰 서는 소리

● 앙드레 샤를 불(1642~1732). 프랑스의 가구 제조인. 진귀한 나무에다가 청동이나 거북 등껍질을 입힌 고급 가구를 만들었다. 베르사유 궁전과 루이 14세의 침실에 있는 화려한 서랍장 등이 대표작이다.

가 들려왔다. 카트린은 테레즈를 다시 본다는 기쁨에 로랑의 존재 따위는 잊어버리고 문을 열러 달려갔다.

파머가 테레즈와 함께 문 앞에 있었다. 그러나 파머는 서둘러 여행의 먼지를 털어버리고는, 짐을 역마차에서 내리는 불편함을 그녀에게서 덜어주려고 곧바로 역마차에 도로 올라타더니, 그녀의 짐을 가지고 두 시간 이내에 돌아올 테니 그때 저녁을 함께하자고 말하고는 마부에게 뫼리스 호텔로 가자고 지시했다.

테레즈는 하녀 카트린을 끌어안았고, 자신이 없는 동안 어떻게 지냈는지 물어보면서 오랫동안 살았던 어떤 장소를 다시 보게 되었을 때 본능적으로 느끼곤 하는, 초조하고 불안한 한편 즐거운 호기심을 가지고 집 안으로 들어갔고, 카트린은 집 안에 로랑이 있다는 말을 할 새가 없었다. 테레즈는 거실 소파에 앉아 돌이 된 것처럼 굳어진 채, 창백한 얼굴로 무언가에 골몰해 있는 로랑에게 놀람을 선사했다. 그는 마차 소리도, 급하게 문이 열리는 소리도 듣지 못했다. 눈앞에서 그녀를 보았을 때 로랑은 여전히 서글픈 망상 속에 침잠해 있었다. 그는 비명을 질렀고, 그녀에게 달려가 그녀를 안으려다가, 질식한 것처럼, 기절이라도 할 것처럼 그녀의 발아래에 쓰러졌다.

넥타이를 풀어주고, 그에게 에테르를 맡게 해야만 했다.[•] 그는 숨을 제대로 쉬지 못했고, 심장의 박동은 거칠었으며, 전기

[•] 당시에는 기절한 사람들에게 종종 에테르를 맡게 했다.

충격을 받은 것처럼 온몸을 떨었다. 이런 그를 보고 겁먹은 테레즈는 그가 다시 병에 걸렸다고 생각했다. 그렇지만 얼마 가지 않아 젊음의 활기가 되돌아왔고, 그가 살이 찐 것을 눈여겨보게 되었다. 그는 어느 때보다 자신이 잘 지냈으며, 그녀가 더욱 아름다워졌다고, 서로 사랑했던 첫날처럼 순수해진 그녀의 눈을 다시 보게 되어 정말 행복하다고 그녀에게 수없이 강조했다. 그는 그녀 앞에 무릎을 꿇었고, 그녀를 향한 존경과 경의를 표하려고 그녀의 발에 키스를 했다. 그의 토로가 너무나 격렬해서 테레즈는 오히려 불안해졌고, 자신이 곧 떠날 것이며 조만간 파머와 결혼할 거라는 사실을 그에게 서둘러 상기시켜주어야 한다고 생각했다.

로랑이 발등에 벼락이라도 떨어진 것처럼 창백해져서 소리쳤다.

"뭐라고? 그게 무슨 소리야? 지금 뭐라고 말하는 거야? 떠난다고! 결혼한다고! 어째서? 왜? 내가 아직 꿈꾸고 있나? 도대체 무슨 말을 하고 있는 거야?"

그녀가 대답했다.

"그래, 내가 한 말이 맞아. 너한테 썼잖아. 아니, 그럼 내 편지를 받지 못한 거야?"

로랑이 말을 반복했다.

"떠난다고! 결혼한다고! 하지만 그런 일은 있을 수 없다고 예전에 네가 말했었잖아! 기억해봐! 너에게 내 이름과 내 평생을 바치면서, 너를 갈기갈기 찢어놓은 사람들 입을 다물게 할 수 없었던 걸 후회했던 날들이 있었어. 또 너는 '절대로, 절대로, 안돼, 그 사람이 살아 있는 한!'이라고 말했지. 그러니까 그는 죽기라도 했어? 아니면 나를 한 번도 사랑한 적이 없었던 네가 파머를 사랑하기라도 하는 거야? 피할 수 없을 거라 내가 생각하는 무시무시한 추문과 그래야 마땅하다고 여기는 거리낌 같은 건 파머를 위해서라면 기꺼이 무릅쓸 수 있어서?"

"×× 백작은 이제 더는 없어. 나는 자유로워."

이런 사실이 밝혀지자 로랑은 너무 충격을 받아 우애적이며 사심 없는 우정에 관한 계획 따위는 깡그리 잊고 말았다. 제노바에서 테레즈가 예상했었던 것이 말 그대로 가장 비통한 상황에서 실현된 것이다. 로랑은 테레즈의 남편이 되어 맛볼 수 있을지도 모를 행복에 관한 생각에 한껏 고양되었으며, 혼탁해지고 절망에 빠진 자신의 영혼에 관해 단 한마디도 설명하거나 질책할 말을 떠올리지 못한 채 그저 눈물을 펑펑 쏟았다. 그의 고통이 너무나도 강렬하게 드러났고 또 그의 눈물이 너무나 진실해 보였기에, 비장하며 비통한 감정이 펼쳐진 이 장면을 테레즈는 피해 갈 수 없었다. 로랑이 고통받는 것을 보면서 테레즈는 꾸짖기도 했지만 결국 지고 마는 모성애의 연민을 느끼지 않을 수 없었다. 눈물을 참아보려 애썼으나 허사였다. 그것은 후회의 눈물이 아니었다. 그녀는 로랑이 겪고 있던 이 현기증에 속지 않았다. 그것은 오로지 현기증일 뿐 다른 것은 아니었으나 그녀의 예민한 신경, 그녀와 같은 한 여인의 신경을 자극했다. 이 신경은 그녀 자신도 설명할 수 없는 고통으로 멍든 그녀의 심장에 퍼져 있는 섬유망이었다.

그녀는 마침내 그를 진정시켰고, 그녀의 결혼을 받아들이는 것이 그녀와 그를 위한 가장 현명하고도 최상의 해결책임을 부드럽고 다정하게 설득하는 데 성공했다. 로랑은 서글픈 미소를 지으며 그녀의 말에 동의했다.

그가 말했다.

"맞아, 확실히 맞아. 나는 아마 고약한 남편이 되었을 거야. 그러면 너를 행복하게 해줄 거야! 하늘은 네게 이렇게 보답해야 하고 이런 보상을 해줘야 마땅해. 너는 이 보상에 정말로 감사해야 하고, 그것이 우리를, 비참한 존재로부터 너를, 과거의 후회보다 더 나쁜 후회로부터 나를 지켜준다고 생각해야 해. 이 모든 것은 너무나도 진실되고, 너무나도 현명하고, 너무나도 논리적이고, 너무나도 잘 정리되어 있어. 내가 너무나도 불행할 정도로!"

그리고 그는 다시 흐느껴 울기 시작했다.

파머가 돌아왔고 아무도 그가 오는 소리를 듣지 못했다. 사실 그는 무서운 예감에 사로잡혀 있었고, 아무 생각 없이 그저 불신에 차 질투하는 사람처럼 초인종도 겨우 눌렀고, 소리도 내지 않으면서 마룻바닥을 밟아 집으로 들어왔다.

거실 문 앞에 멈춰 선 그는 로랑의 목소리를 알아들었다.

장갑을 잡아 뜯으며 그가 속으로 말했다.

'아! 이럴 줄 알았어!'

그는 안으로 들어가기 전에 잠시 생각할 시간을 가지려고 문 앞에서 장갑을 꼈었다. 노크해야 한다고 생각했다.

"들어오세요!"

누군가 자신의 거실 문을 두드리는 무례를 범하고 있다는 사실에 조금 놀란 테레즈가 격한 목소리로 말했다. 파머인 걸 본 그녀는 창백해졌다. 그가 방금 한 행동은 그녀를 의심하고 있다는 걸 수많은 말보다 더 잘 보여주고 있었다.

파머는 사색이 된 그녀를 보았으나 그렇게 된 진짜 원인을 알아낼 수 없었다. 그는 테레즈가 울고 있었던 걸 보았고, 로랑의 일그러진 얼굴은 끝내 그를 혼란에 빠뜨렸다. 무심코 주고받은 이 두 남자의 첫 시선은 증오와 도발의 시선이었다. 두 사람은 시선을 주고받은 다음 서로 악수를 청할지 서로의 목을 조를지 확신을 갖지 못한 채, 서로를 향해 걸어갔다.

이 순간 로랑은 두 사람 중에서 제일 훌륭했고 또 제일 진지했는데, 그건 자신의 모든 실수를 만회하려고 그가 과감하게 움직였기 때문이다. 그는 눈물을 감추지 않고 팔을 벌려 열렬히 파머를 끌어안았고, 이게 다시 파머를 숨 막히게 했다.

테레즈를 바라보며 파머가 말했다.

"도대체 무슨 일이오?"

그녀가 단호하게 대답했다.

"모르겠어요. 우리가 결혼하러 떠날 거라고 방금 이 사람에게 말했어요. 괴로워하며 받아들이더군요. 아마 우리가 그를 잊을 거라고 생각하나봅니다. 파머, 가까이 있으나 멀리 있으나 우리가 항상 그를 사랑할 거라고 그에게 말해주세요."

파머가 말을 받았다.

"버릇없는 아이로군요! 제가 할 말은 하나뿐이오. 무엇보다도 제가 당신의 행복을 원한다는 걸 그는 알아야만 할 겁니다. 그가 더는 상심하거나 당신을 울리지 않게 하려면 우리가 그를 미국으로 데려가야 하는 걸까요, 테레즈?"

파머는 이상야릇한 목소리로 이렇게 말했다. 부성적인 우정과 짐작도 못할 만큼 오묘하고도 반박할 수 없는 신랄함이 뒤섞인 말투였다.

테레즈는 이해했다. 그녀는 파머에게 이렇게 말하면서 숄과 모자를 가져오게 했다.

"우리 카바레에 가서 저녁 먹어요. 카트린은 저만 기다리고 있었고, 그래서 여기에는 우리 두 사람이 먹을 만한 저녁거리가 없을 거예요."

계속해서 절반쯤 신랄하고 절반쯤 부드럽게 파머가 말을 받았다.

"우리 세 사람이라고 말해야 하지 않겠소."

마침내 파머의 마음속에서 무슨 일이 일어났는지 이해한 로랑이 대답했다.

"아닙니다. 저는 여러분과 저녁 식사를 하지 않을 거예요, 저는 가겠습니다. 두 분께 작별 인사를 하러 다시 오지요. 언제 떠나시나요?"

테레즈가 말했다.

"나흘 후에."

낯선 눈길로 로랑을 바라보면서 파머가 덧붙였다.

"넉넉잡아도! 하지만 그게 우리 세 사람이 오늘 저녁을 함께하지 않는 이유가 되지는 않지요. 로랑, 저를 기쁘게 해주세요. 우리 프레르 프로방소●에 가서 식사하고, 마차로 불로뉴 숲을 한 바퀴 돕시다. 그러면 피렌체와 카시네 공원이 기억날 거요. 자, 같이 가시지요."

로랑이 말했다.

"저는 약속이 있습니다."

파머가 말을 받았다.

"이것 참! 약속을 취소하시면 어때요? 자, 여기 종이와 펜이 있소! 어서 편지를 쓰시지요, 부탁입니다!"

파머는 타협하지 않을 만큼 단호한 어투로 말했고, 로랑은 이것이야말로 평상시 파머의 솔직한 말투라고 생각했다. 테레즈는 그가 거절하기를 바랐고, 한 차례 눈짓만으로도 로랑이 이런 자신의 의도를 알아차리게 할 수 있었으나, 파머가 그녀에게서 눈을 떼지 않았다. 그는 이 모든 것을 불길한 방식으로 해석하고 있는 것처럼 보였다.

로랑은 아주 진지했다. 그가 거짓말을 한다면 첫 번째로 속인 것은 자신이 될 터였다. 그는 이 미묘한 상황을 헤쳐나갈 만큼 충분히 강하다고 믿었고, 예전에 파머가 자신에게 주었

● 1786년 프로방소 3형제가 파리 제1구에 문을 연 유명한 식당.

던 신뢰를 되돌려주려는 올바르고 관대한 의도를 갖고 있었다. 불행히도 인간의 영혼은 커다란 열망에 사로잡히면 어떤 정상까지 기어오르고야 말고, 그러다가 현기증에 사로잡히고 나면, 더 이상 내려가지 않고 돌진해버린다. 이것이 바로 파머에게 일어난 일이었다. 누구보다 인자하고 올바른 마음을 갖고 있던 그는 지나치게 민감한 상황에서 빚어진 내적 감정들을 지배하려는 야심을 품고 있었다. 그의 힘이 그를 배반한 것이다. 누가 이런 그를 비난할 수 있을까? 그는 테레즈와 로랑을 데리고 구렁을 향해서 자신도 함께 돌진했다. 누군들 이 세 사람 모두를 동정하지 않을 수 있을까? 세 사람 모두 하늘을 오르려 했고, 청명한 곳에 도달하려 꿈꾸었는데, 거기서 열정은 지상의 것이라고는 아무것도 갖고 있지 않았다. 하지만 하늘은 인간에게 주어진 것이 아니었다. 혼란과 불신 없이 사랑할 수 있는 어느 한순간을 믿는 것조차 그에게는 이미 벅찬 일이었다.

저녁 식사 자리는 극도로 우울했다. 파머가 초대자 역할을 맡아 함께 자리한 사람들에게 최고의 요리와 포도주를 제공하며 정성껏 마음을 쏟았지만, 그들에게는 모든 것이 씁쓸해 보였고, 피렌체에서 병을 앓은 다음 날 이 두 사람 사이에서 부드럽게 맛보았던 정신적 상황에 놓이려 헛되이 노력해본 다음 로랑은 불로뉴 숲까지 그들을 따라가는 걸 거절했다. 마음을 딴 데로 돌려보려고 평소보다 조금 더 술을 마신 파머는 초조해하며 테레즈에게 끈질기게 요구했다.

그녀가 말했다.

"가만있어봐요. 이런 식으로 고집부리지 마시고요. 로랑이 거부하는 데는 이유가 있어요. 불로뉴 숲에서, 지붕이 열린 당신의 마차를 타고 돌아다니다보면, 사람들 눈에 띌 거고, 아는 사람들과 마주칠지도 몰라요. 우리 셋이 처한 특이한 입장을 그들이 꼭 알 필요는 없지요. 사람들은 우리 각각에 대해 상당히 좋지 않은 뭔가를 생각할 수도 있을 거예요."

파머가 말했다.

"이것 참! 그럼 집으로 돌아가지요. 그런 다음 저는 혼자 산책할 겁니다. 바람을 좀 쐴 필요가 있겠어요."

로랑은 자신을 테레즈와 둘이 있게 하려는 파머의 결심이 십중팔구 테레즈와 로랑 두 사람을 감시하거나 놀라게 하려는 의도였다는 것을 알아차리고 자리를 빠져나왔다. 몹시 슬퍼하며 집으로 돌아가면서 로랑은 테레즈가 어쩌면 행복하지 않을 수도 있겠다고 생각했으며, 또한 자신이 상상했던 것처럼, 그리고 테레즈가 편지에서 묘사했던 것처럼 파머가 인간의 본성을 초월한 사람은 아니라고 생각할 수 있게 된 것에 자신의 의도와 상관없이 조금은 만족해했다.

그 후의 일주일, 그러니까 시시각각 이 불행한 세 친구가 다소간 격렬하게 꿈꾸었던 영웅소설을 점점 밑바닥으로 추락시켰던 그 일주일은 빨리 지나갈 것이다. 가장 현혹되었던 사람은 테레즈였는데, 두려워하면서 현명해할 만한 예측을 해본 다음 그녀가 자신의 목숨을 걸기로 결심했고, 파머의 불의가 이제 무엇이었든 간에 그녀는 그와의 약속을 지켜야만 하며 또 지키기를 바라기로 결심했기 때문이었다.

그러나 파머는 그녀의 이 약속을 그녀가 단박에 취소하게 만들었는데, 그것은 로랑이 그녀에게 퍼부었던 온갖 모욕보다 훨씬 더 무례하게 파머가 침묵으로 그녀를 계속해서 의심한 이후에 벌어진 일이었다. 어느 날 아침, 파머가 테레즈의 정원에 숨어 하룻밤을 보낸 다음 자리를 뜨려고 할 참에 철책 근처에서 나타난 그녀가 그를 가로막았다.

그녀가 그에게 말했다.

"이것 참! 당신은 여기서 여섯 시간 밤을 새웠고, 저는 제 방에서 당신을 보고 있었습니다. 어젯밤 우리 집에 아무도 오지 않은 걸 이제 똑똑히 확인하셨습니까?"

테레즈는 화가 났지만, 한편으로 파머가 그녀에게 하기를 거절했던 설명을 할 수 있게 유발하면서, 여전히 그를 신뢰할 수 있기를 바라고 있었다. 그러나 그는 달리 생각했다.

그가 그녀에게 말했다.

"알겠소. 당신이 제게 싫증 난 것처럼 보이는군요. 당신이 제게 고백을 강요하는 게 그래서지요. 당신 눈에 제가 비참하게 보이겠지요. 그러나 당신이 제 약점을 눈감아주는 데 그리 큰 비용이 들지도 않았을 겁니다. 제가 당신을 그다지 괴롭히지 않았던 약점 말입니다. 왜 침묵으로 고통받도록 저를 그냥 내버려두지 않았습니까? 제가 쓰디쓴 조롱으로 당신을 모욕하고 괴롭힌 적이 언제 있었던가요? 지금 이렇게 다음 날 당신을 찾아와 다시 괴롭히고 있는 것 외에, 언제 제가 당신의 발 앞에 엎드려 울며 미친 듯이 항의하려고 분노의 글을 쓴 적이라도 있었습니까? 제가 경박한 질문이라도 한 적이 있었나요? 눈물을 흘리며 또 소리를 질러가며 당신의 휴식을 방해하지 않으면서, 여기 이 벤치에 제가 앉아 있던 어젯밤, 당신은 편안하게 잠을 자지 않았습니까? 어쩌면 얼굴을 붉힐지도 모르지만 적어도 숨기길 원하고 숨길 줄 아는 데에 자부심을 가지고 있는 제 고통을 당신은 용서해줄 수는 없는 겁니까? 당신은 저와 같은 이런 용기를 갖고 있지도 않았던 누군가를 훨씬 더 자주 용서하곤 했었습니다."

"파머, 저는 그에게 아무것도 용서한 게 없어요. 돌아보지 않고 그를 떠났기 때문이에요. 당신이 고백하고 있는, 그리고 당신이 그렇게도 잘 숨기고 있다고 믿고 있는 그 고통에 관해서 말씀드리면, 제 눈에는 그 고통이 아주 선명하게 느껴졌으며, 그 고통에 당신보다 제가 더 힘들어했다는 것을 알아주세요. 당신의 고통이 저를 심각하게 모욕했고, 또 당신처럼 강하고 사려 깊은 사람에게서 나온 것이라서, 착란에 빠진 어떤 아이의 분노보다 백배 더 제게 상처를 주고 있다는 사실도 알아주십시오."

파머가 말을 받았다.

"네, 맞아요. 사실입니다. 그래서 지금 당신은 저의 잘못으로 언짢아하며 제게 계속 짜증을 내고 있군요! 이것 참! 테레즈, 우리 사이에 이제 모든 게 끝났어. 로랑을 위해 했던 것을 제게도 해주시오. 당신의 우정을 저에게도 간직해주세요."

"이렇게 저를 떠나는 건가요?"

"네, 테레즈. 하지만 저는 잊지 않았어요. 당신이 제 청혼을 받아주었을 때, 저의 이름과 저의 재산, 저의 존경을 당신의 발치에 두었다는 것을 말입니다. 제가 할 수 있는 한마디 말이 있다면, 당신에게 약속한 것을 제가 지킬 거라는 겁니다. 소리 없이, 기뻐하지 않고, 우리 여기서 결혼합시다. 저의 이름과 저의 재산의 절반●을 받아주세요, 그런 다음……."

테레즈가 말했다.

"그런 다음?"

"그런 다음, 저는 떠날 겁니다. 저는 어머니를 안아드리러 갈 겁니다……. 그러면 당신은 자유롭게 될 겁니다!"

"당신은 지금 자살하겠다고 저를 위협하고 있는 건가요?"

"아닙니다. 맹세코! 자살은 비겁한 행동입니다. 특히 저처럼 어머니가 있을 때는 더욱 그렇습니다. 저는 여행을 할 겁니다. 세계 일주를 다시 시작할 거고, 당신은 저에 관한 이야기를 이제 더는 듣지 않게 될 겁니다!"

테레즈는 이와 같은 제안에 분노했다.

그녀가 그에게 말했다.

"이보세요, 파머. 당신을 진지한 사람으로 알고 있었는데,

● 서양에서는 대개 결혼을 하면 여자는 남자의 성(姓)을 따랐으며, 따라서 당시 남자는 결혼에 대해 '자신의 이름 절반을 결혼 상대에게 준다'고 말하곤 했다.

제게 이 모든 게 아주 고약한 농담처럼 들리네요. 양심에 대한 문제의 해결책으로 당신이 제게 제시한 당신의 이름과 돈을 제가 받아들일 수 있다고 판단하지 않기를 바랍니다. 이런 제안, 절대로 다시 하지 마세요. 다시 그러면 저는 화를 낼 겁니다."

멍이 들 만큼 난폭하게 테레즈의 팔을 붙잡으며 파머가 외쳤다.

"테레즈! 테레즈! 잃어버린 아이에 대한 기억을 걸고, 로랑을 더는 사랑하지 않겠다고 제게 맹세해줘요. 부당한 제 행동을 용서해달라고 당신의 발아래 엎드려 이렇게 애원합니다."

테레즈는 멍이 든 팔을 빼냈다. 그리고 말없이 그를 바라보았다. 요청받은 맹세에 그녀는 마음속 깊이 분노했고, 그녀가 방금 겪은 신체적 고통보다 훨씬 더 잔인하고 거친 표현을 거기서 발견했다.

숨 막혀 흐느끼면서 그녀는 마침내 외쳤다.

"얘야, 하늘에 있는 네게 맹세하마. 어떤 남자도 불쌍한 네 이 어미를 더 이상 모욕하지 못할 거라고!"

그녀는 일어나서 방으로 돌아갔고 거기에 틀어박혔다. 그녀는 파머가 너무 순진하다는 느낌을 받았으며, 마치 죄지은 여인처럼, 변명으로 자세를 낮추는 것을 받아들일 수 없었다. 그리고 또한 그녀는 심한 질투를 너무나도 잘 품을 줄 아는 남자, 자신이 그녀에게 위험이 될 거라 생각한다며 두 차례 부추긴 다음, 자신의 경솔에 대한 죄를 그녀에게 전가하는 남자와 보내게 될 끔찍한 미래를 보고 있었다. 그녀는 과거의 질투하는 남편과 살았던 자신의 어머니라는 끔찍한 존재를 생각했고, 로랑의 열정처럼 어떤 열정을 겪어 불행해진 이후에 다른 남자와의 행복을 믿는 것이 어리석은 짓이라고 생각하는 자신이 타당하다고 여겼다.

파머는 이성과 자부심이라는 자산이 있어서 방금과 같은 일이 벌어진 후에도, 테레즈가 행복하게 될 거라고 희망하는 것을 스스로에게 허용하지 않았다. 그는 자신의 질투가 치유되지 않으리라 생각했고 또한 질투가 정당하다고 고집스레 믿었다. 그는 테레즈에게 편지를 썼다.

나의 친구여, 제가 당신을 괴롭혔다면 용서해주십시오. 그러나 제가 당신을 절망의 나락으로 데려가고 있다는 것을 알지 못하는 건 가능하지 않은 일입니다. 당신은 로랑을 사랑하고, 당신의 의지에도 불구하고 항상 그를 사랑했으며, 어쩌면 당신은 앞으로도 항상 그를 사랑할 겁니다. 이것이 당신의 운명입니다. 저는 당신을 이런 운명에서 빼내고 싶었고, 당신 역시 그러길 원했습니다. 제 사랑을 받아들였을 때 당신은 진심이었으며, 제 사랑에 응답하기 위해 당신이 할 수 있는 모든 것을 다 했다는 사실을 저는 아직도 기억하고 있습니다. 저 또한 많은 환상을 품고 있었습니다. 그러나 피렌체 이후, 이런 환상들이 제게서 빠져나가고 있는 것을 저는 매일 느꼈습니다. 그가 계속해서 은혜를 몰랐더라면 저는 아마도 구원받았을 겁니다. 그러나 그는 뉘우침과 감사로 당신에게 감동을 주었습니다. 저 역시도 그런 그에게 감동받았으며, 한편으로 나는 괜찮다고 생각하려고 애를 썼습니다. 그러나 헛된 일이었습니다. 그때부터 당신들 두 사람 사이에, 저로 인해 고통이 생겨나기 시작했으며, 당신들은 그 고통을 제게 단 한 번도 말하지 않았으나 저는 정확하게 짐작했습니다. 그는 당신에 대한 예전의 사랑을 되찾았고, 당신은 당신 자신을 변호하면서, 당신이 저의 것이라는 걸 후회했습니다. 아아! 테레즈, 애석합니다. 당신은 그때 당신이 했던 말들을 철회했어야 했습니다. 당신이 했던 말을 당신에게 되돌려줄 준비가 되었습니다. 라스페치아에서 당신이 그와 함께 떠날 수 있게 저는 당신을 자유롭게 놓아주었지요. 그런데 당신은 왜 그러지 않았나요?

저를 용서하세요. 저를 행복해지게 해주려고, 당신을 저의 곁에 붙들어놓으려고, 고통을 겪은 당신을 저는 나무라고 싶습니다. 저도 잘 싸웠습니다. 당신에게 맹세해도 좋아요! 그리고 지금, 당신이 아직 저의 헌신을 받아줄 수 있다면, 저는 다시 싸우고 또 고통받을 준비가 되어 있습니다. 당신이 자신을 힘들게 하기를 바라고 있는지, 저를 따라 미국으로 가서 지금 당신을 비참한 미래로 위협하고 있는 불행한 열정에서 치유되기를 희망하고 있는지, 당신 자신을 한번 돌아보시기 바랍니다. 저는 당신을 데려갈 준비가 되어 있습니다. 그러나 로랑에 대해서라면 이제 더 이상 말하지 않았으면 합니다. 당신께 드리는 저의 간청입니다. 그리고 저를 진실을 알아맞힌 죄인으로 만들지 말아주세요. 우리 친구로 지냅시다. 제 어머니의 집에 머물러 오세요. 그리고 몇 년 안에 제가 당신에게 합당한 사람이 아니라는 생각이 들지 않는다면, 다시는 프랑스로 돌아갈 생각을 하지 않기로 하고, 제 이름을, 그리고 미국에서의 체류를 받아주세요.

저는 일주일 동안 파리에 머물며 당신의 대답을 기다릴 겁니다.

리처드

테레즈는 자존심에 상처를 주었던 이 제안을 거절했다. 그녀는 여전히 파머를 사랑하고 있었다. 그러나 자신을 책망할 것도 없이 자신이 무자비하게 받아들여지고 있다고 느껴 너무나 기분이 상했고, 상처받은 자신의 영혼을 그에게는 감추었다. 그녀는 또한 그에게 더 이상 없애버릴 힘이 없는 이런 고문이 지속되는 한, 그와 그 어떤 종류의 관계도 재개할 수 없으며, 그들의 삶은 앞으로 매 순간 투쟁이나 괴로움이 될 거라고 느꼈다. 그녀는 어디로 가는지 누구에게도 말하지 않고 카트린과 함께 파리를 떠났고, 지방에서 빌린 어느 조그마한 시골집에 석 달 동안 틀어박혔다.

제12장

　파머는 깊은 상처를 품고 품위 있게, 그러나 자신이 잘못했었을 수도 있다는 사실을 인정하지 않은 채 미국으로 떠났다. 이따금 그는 자신의 성격에 영향을 끼칠 정도로 완고했다. 그러나 그런 경우란 오로지 그가 이러저러한 행위를 반드시 완수하기 위해서일 때뿐이었고, 고통스럽고 정말로 어려운 길을 고집하려고 그런 것은 아니었다. 그는 자신이 테레즈를 파멸적인 사랑에서 벗어나게 할 수 있다는 믿음을 갖고 있었고, 굳이 말하자면 신중하지 못했다고 할, 한껏 달아오른 믿음으로 이 기적을 행했다. 그러나 지금 그는 기적이 맺은 과일을 따려는 순간 그것을 잃어버리고 말았는데, 그건 마지막 시련의 순간에 그에게 믿음이 부족했기 때문이었다.

　진지한 관계를 맺는 데 있어서 가장 최악의 상황은 상처 입은 지 얼마 지나지 않은 영혼을 지나치게 빨리 소유하려 드는 것이라고 말해둘 필요가 있겠다. 이런 결합에서는 관대한 환상들이 서광처럼 나타난다. 그러나 과거에 대한 질투는 치유할 수 없는 불행이자 심지어 나이가 들어도 절대 소멸되지는 않는 폭풍을 불러일으키고 만다.

파머가 정말로 강한 사람이었더라면, 아니 그에게 조금 더 침착하고 조금 더 사려 깊은 힘이 있었더라면, 그는 테레즈에게 닥치리라고 예감하던 재앙에서 그녀를 구해낼 수 있었을 것이다. 배려와 존경에 걸맞은 진솔함과 이타심으로 그녀가 그를 신뢰하고 있었기 때문에, 그는 아마도 그렇게 할 수 있었을지도 모른다. 그러나 힘에 대한 열망과 환상을 가진 남자들 대부분은 그저 활기만을 가지고 있을 뿐이며, 파머는 오랫동안 사람들이 착각할 수 있는 남자들 중 하나에 속했다. 그가 그런 남자였으므로, 테레즈가 그에게 회한을 품은 것은 분명 그럴 만했으며 당연한 일이기도 했다. 파머가 가장 고상하게 움직이고 용감하게 행동할 수 있는 남자였다는 것을 우리는 곧 알게 될 것이다. 그의 잘못은 모두, 그에게 의지에서 비롯된 자발적인 노력이었던 것들이 흔들리지 않고 지속될 거라고 믿었다는 데 있었다.

우선 로랑은 파머가 미국으로 떠난 것을 알지 못했다. 작별 인사도 없이 테레즈마저 떠났다는 것을 알고 그는 엄청나게 놀랐다. 로랑은 그녀에게서 짧은 쪽지를 받았을 뿐이었다.

"당신은 파머와 제가 결혼할 거라는 사실을 프랑스에서 알고 있는 유일한 사람입니다. 결혼은 취소되었습니다. 이 사실을 비밀로 해주세요. 저는 떠납니다."

이 차가운 몇 마디를 쓰면서 테레즈는 로랑을 생각하며 괴로움을 느꼈다. 이 치명적인 아이가 그녀 인생의 모든 불행과 슬픔의 원인은 아니었을까?

그러나 얼마 지나지 않아 그녀는 이번만큼은 자신의 분노가 부당하다고 느꼈다. 모든 것을 잃게 했던 그 불행한 일주일 동안 로랑은 감탄할 만큼 파머와 그녀에게 훌륭하게 처신했다. 처음 감정이 흔들린 이후, 로랑은 아주 순수한 마음으로 상황을 받아들였고, 파머의 기분이 상하지 않도록 최선을 다했다. 그는 테레즈 곁에서 단 한 번도 그녀의 약혼자가 부당하다는 걸 이용하려 하지 않았다. 로랑은 존경과 우정을 드러내며 파머에 대해 계속해서 말했다. 도덕적 상황이 빚어낸 기이한 우연으로 인해, 이번에 좋은 역할을 한 사람이 바로 그였다. 그러자 테레즈는, 로랑이 간혹가다 견딜 수 없을 정도로 정신이 나가기도 했지만, 사소하고 천박한 그 어떤 것도 그의 생각 가까이 다가갈 수 없다는 사실을 인정하지 않을 수 없었다.

파머가 떠난 후 석 달 동안 로랑은 자신에게 테레즈와 우정을 나눌 자격이 있다는 사실을 계속해서 증명해냈다. 그는 그녀의 은신처를 찾아낼 줄 알았고, 거기서 그녀를 불안하게 만드는 그 어떤 짓도 하지 않았었다. 파머의 차가운 작별을 슬그머니 불평하려고, 슬픔에 빠진 파머가 자신을 믿지 않았으며 자신을 형제로 대해주지 않았다고 비난하려고 로랑은 그녀에게 편지를 보냈다.

"당신을 도와주려고, 당신을 위로해주려고, 필요하면 언제고 당신을 위해 복수해주려고 그자가 만들어지고 또 세상에 태어난 건 아니었던가요?"

이렇게 쓴 다음은 물음이 이어졌는데, 테레즈는 다음과 같은 물음에 대답을 강요받았다. 파머가 그녀를 모욕했었는가? 그렇다면 그에게 그 이유를 물어봐야 하는 거 아닌가?

"내 경솔함으로 네가 상처받은 일이 있었어? 네게 비난받을 만한 일을 내가 했던가? 오, 맙소사! 나는 그렇게 생각하지 않았어. 네 고통의 원인이 나라면 나를 어서 꾸짖어줘. 네 고통이 나와 아무런 관련이 없다면, 너와 함께 내가 울 수 있게 허락한다고 어서 말해줘."

테레즈는 아무런 설명도 하지 않은 채 파머를 변호했다. 그녀는 로랑에게 파머에 관해 이야기하는 걸 자제했다. 자신의 약혼자와의 추억에 오점을 남기지 않겠노라 너그럽게 결심하면서, 그녀는 이별의 원인이 오로지 그녀에게 있다고 로랑이 믿게 놔두었다. 이러한 그녀의 행동은 그녀가 로랑에게 절대로 남기고 싶지 않았던 희망을 로랑이 다시 품게 만들었을지도 모른다. 그러나 무엇을 하든 간에 실수를 저지르는 상황이 있게 마련이고, 이러한 상황은 필연적으로 파멸을 초래하기도 한다.

로랑의 편지들은 한없이 달콤하고 부드러웠다. 로랑은 기교를 부리지도 않고, 자만을 드러내지도 않으면서, 검토를 거의 하지 않은 채 세련되지 않은 편지를 썼다. 때론 선의로 과장되어 있었고, 때론 근엄한 척하는 태도를 버려 진부했다. 이렇게 많은 결점이 있었지만, 그의 편지들은 거부할 수 없을 정도로 설득력이 있는 확신을 바탕으로 기술되었으며, 한마디 한마디에서 젊음의 불꽃과 천재 예술가의 끓어오르는 활기가 느껴졌다.

게다가 로랑은 무질서한 생활에 다시 빠져들지 않겠다는 각오로, 열정을 가지고 다시 작업에 착수했다. 그의 마음은 자신에게 활력과 신선한 공기를 불어넣고 안전한 스위스 여행을 제공하기 위해 테레즈가 겪었던 궁핍에 대한 생각으로 피를 흘리고 있었다. 그는 가능한 한 빨리 빚을 갚겠다고 결심했다.

오래지 않아 테레즈는 **불쌍한 내 아이**, 늘 그렇게 불러왔던 이 아이에 대한 애정이 그녀에게는 달콤했으며, 그녀가 계속해서 그럴 수만 있다면, 이 애정이 자신의 인생에서 가장 순수하고 최고의 감정이 될 거라고 느꼈다.

로랑이 완전히 돌아왔다고 생각한 작업의 길을 그가 끈기 있게 밟아갈 수 있도록 테레즈는 모성애 가득한 답장으로 그를 격려했다. 이 편지들은 상냥했고 담담했으며, 순수한 애정으로 채워졌다. 하지만 로랑은 이 편지들을 꿰뚫고 있는 치명적인 슬픔을 보았다. 테레즈는 조금 아프다고 털어놓았다. 그녀에게 죽음에 대한 생각들이 찾아왔으며, 그녀는 죽음에 대한 생각을 애처롭게 우울해하며 비웃곤 했다. 그녀가 아픈 것은 사실이었다. 사랑도 사라지고 일도 없어지자 권태가 그녀를 집어삼켰다. 제노바에서 벌었던 돈에서 남은 약간의 금전이 그녀의 수중에 있었고, 가능한 한 오랫동안 시골에 머물기 위해 그녀는 가혹할 정도로 절약하는 생활을 하고 있었다. 그녀는 파리를 끔찍하게 여겼다. 그다음으로 그녀는, 편지에 내비친 것처럼 어쨌든 유순하고 개선된 모습으로 변한 로랑을 다시 본다는 것에 대해 차츰 어떤 욕망을 느끼는 동시에 두려움을 느꼈다.

테레즈는 그가 결혼할 거라고 생각했다. 그가 결혼에 대한 의사를 한 번 내비친 적이 있었기에, 이런 선한 생각이 그녀에게 다시 찾아올 수 있었다. 그녀는 이런 마음으로 그를 격려했다. 그는 어떨 때는 그러겠다고, 또 어떨 때는 그러지 않겠다고 말했다. 테레즈는 항상 로랑의 편지에 옛사랑에 대한 흔적이 조금도 드러나지 않기를 바랐다. 그는 매번 조금씩만 돌아왔지만, 그러나 이제 세련된 섬세함과 함께 왔고, 잘못 억눌린 어떤 감정으로의 이와 같은 회귀를 지배하고 있던 것은 감미로운 부드러움, 넘쳐나는 감수성, 자식이 갖는 일종의 열정적인 연민이었다.

겨울이 되자 돈이 거의 남아 있지 않다는 걸 알게 된 테레즈는 어쩔 수 없이 고객이 있고 또 자신의 의무가 남아 있는 파리로 돌아와야 했다. 너무 빨리 로랑과 재회하고 싶지 않았던 테레즈는 자신의 귀환을 로랑에게 숨겼다. 하지만 어떤 예감이 있었는지 모르겠으나, 로랑은 테레즈의 아담한 집이 있는, 사람들의 왕래가 거의 없는 거리를 지나갔다. 창의 덧문들이 열려 있는 것을 본 그는 기쁨에 차 집 안으로 들어갔다. 그것은 순진하고도 거의 아이 같은 기쁨이어서, 불신하거나 경계하는 태도를 모조리 우스꽝스럽고도 **뻘쭘하게** 만들어버릴 정도였다. 테레즈가 저녁 식사를 하게 놔두면서, 로랑은 자신이 방금 끝낸 작품을 보러 밤에 집으로 오라고 그녀에게 제안했다. 로랑은 작품을 넘기기 전에 정말로 그녀의 의견을 듣고 싶어 했다. 작품은 이미 팔렸고 돈도 받았으나 그녀가 지적해준다면 며칠 동안 추가로 작업할 의향이 있었다. 테레즈가 "잘 알지 못했던" 시절, 그녀가 "초상화가들에 대해 편협하고 직설적인 판단을 내렸던" 시절, 그녀가 "상상으로 탄생한 작품을 이해할 수 없었던" 그런 비통한 시절이 더는 아니었다. 이제 그녀는 "그의 뮤즈이자 영감을 주는 원천"이었고, "그녀의 신성한 숨결에 도움받지 않고서 그는 아무것도 할 수 없었으며", "그녀의 조언과 격려로 그의 재능은 자신이 했던 모든 약속을 지키게 될 것"이었다.

테레즈는 과거를 잊어버렸고, 현재에 지나치게 도취하지 않으면서, 예술가가 동료에게라면 절대로 거부하지 않을 것을 자신이 거부해야 한다고 생각하지 않았다. 그녀는 저녁 식사를 마친 후 마차를 타고 로랑의 집으로 갔다.

불 켜진 그의 작업실에는 화려하게 빛나는 그림이 있었다. 이 그림은 아름답고 훌륭했다. 쉬는 동안에도 이 기이한 천재는 끈기 있게 작업하는 사람들이라 해도 반드시 그렇게 되지는 않는 급속한 발전을 이루어내는 능력을 갖추고 있었다. 여행과 병으로 인해 지난 1년간 작업에 공백이 있었음에도, 단순한 고찰만으로도 그는 화려하다고 여겨졌던 초기의 결점들에서 벗어난 듯 보였다. 동시에 그는 자신의 본성에 가지고 있을 거라고 생각할 수 없을 새로운 자질들, 즉 데생의 정확성, 스타일의 우아함, 만듦새의 매력, 이제 예술가들에게 비난받지 않고 대중을 만족시킬 만한 모든 것을 습득했다.

테레즈는 감동했고 기뻐했다. 그녀는 그에게 거침없이 찬사를 보냈다. 그녀는 그에게 재능에 대한 그의 고귀한 자부심이 과거의 모든 잘못된 방황을 지배하도록 놔두라고, 자기가 생각한 모든 것을 그에게 말했다. 그녀는 지적할 건 하나도 찾지 못했고, 심지어 그가 더 이상 수정하는 것을 금지했다.

말이나 태도에서 겸손했던 로랑은 테레즈가 그에게서 인정하려고 했던 것보다 더 큰 자부심을 느꼈다. 그는 마음속 깊은 곳에서 그녀의 칭찬에 도취되어 있었다. 그는 자신을 평가할 능력이 있는 모든 사람 중에서 그녀가 가장 독창적이고 섬세하다고 느꼈다. 그는 또한 예술가의 고통과 기쁨을 그녀와 공유해야 할 필요성, 그리고 대가가 되고자 하는, 즉 자신이 실패해도 오로지 그녀만이 회복하게 해줄 남자가 되고자 하는 희망이 자신에게 긴박하게 되돌아오는 것을 느꼈다.

테레즈는 오랫동안 그림을 감상하고 있었고, 그녀가 더 흡족해할 거라고 말하면서 로랑이 바라보라고 당부한 그림을 보려고 몸을 돌렸다. 그러나 그림 대신에 테레즈가 본 것은 로랑의 방 문지방에 서서 웃고 있는 그녀의 어머니였다.

C 부인은 테레즈가 파리로 돌아올 정확한 날짜를 알지 못한 채 파리에 와 있었다. 이번에 C 부인이 파리로 온 것은 아들의 결혼이라는 중대사 때문이었고, 그녀의 남편 C 씨 역시 얼마 전부터 파리에 있었다. 테레즈에게 들어서 자기 딸이 로랑과 서신을 다시 주고받기 시작했다는 사실을 알게 된 테레즈의 어머니는 앞으로의 일을 걱정하면서, 딸을 불행하게 만들지 못하도록 어떤 어머니라도 할 법한 말을 딸이 사귀는 남자에게 하려고 예고도 없이 로랑을 찾아왔던 것이었다.

  로랑은 마음의 감동을 이끌어내는 웅변술을 타고났다. 그는 불쌍한 이 어머니를 안심시켰으며, 이렇게 말하며 떠나려는 그녀를 잡아두었다.

  "테레즈가 곧 올 겁니다. 테레즈를 위해 저는 형제든 남편이든, 테레즈가 원하는 존재가 되려 합니다. 이 중 어떤 경우에라도 테레즈의 노예가 될 거라고 어머님이 지켜보시는 앞에서 테레즈에게 맹세하고 싶습니다."

  테레즈는 이렇게 빨리 어머니를 볼 거라고 예상하지 못했기에, 뜻밖의 장소에서 어머니를 만난 것은 아주 기분 좋은 놀라움 자체였다. 두 여인은 기쁨으로 눈물을 흘리며 서로를 끌어안았다. 로랑은 꽃으로 가득 찬 아담한 거실로 두 사람을 안내했고, 거기서 값진 차를 대접했다. 로랑은 부자였는데, 얼마 전 만 프랑을 벌었다. 테레즈가 자신을 위해 써야 했던 모든 것을 그녀에게 돌려줄 수 있어 로랑은 행복했고 자랑스러웠다. 그날 저녁 내내 그는 사랑스러웠다. 그렇게 그는 딸의 마음과 어머니의 신뢰를 얻었으며, 그럼에도 테레즈에게 사랑에 관해 단 한마디도 하지 않는 섬세함을 보였다. 그러기는커녕 이 두 여인이 맞잡은 손에 입맞춤하면서, 오늘이 자신의 인생에서 가장 행복한 날이며, 테레즈를 마주 보며, 자신이 이렇게 행복하고 이렇게 만족했다고 느껴본 적이 단 한 번도 없다고 진심으로 외쳤다.

며칠 지나지 않아 결혼에 대해 먼저 테레즈에게 말을 꺼낸 사람은 C 부인이었다. 외적인 평판을 위해 모든 것을 희생했던, 서글픈 가정사에도 불구하고 잘 견뎌왔다고 믿고 있었던 이 가엾은 여인은 자신의 딸이 파머에게 버림받았다는 생각을 견딜 수 없어 했고, 다른 선택을 해서 테레즈가 이제부터 사교계를 납작하게 눌러버려야 한다고 생각하고 있었다. 로랑은 꽤 유명했고 평판도 좋았다. 결혼만큼 좋은 구색을 갖춘 선택은 아무것도 없는 듯 보였다. 젊고 위대한 예술가는 자신의 나쁜 버릇을 고쳤다. 테레즈는 그에게 영향력을 갖고 있었고, 이 영향력은 고통스러운 그의 변화에서 가장 큰 위기를 초래했었다. 그는 그녀에게 꺾이지 않을 애착을 갖고 있었다. 그의 이러한 애착은 완전히 끊어진 적이 한 번도 없고, 그들이 아무리 애써도 앞으로 절대 끊어질 수 없는 사슬로 영원히 두 사람을 다시 묶어줄 의무가 되었다.

로랑은 아주 교묘한 논리로 과거의 자기 잘못을 사과했다. 테레즈가 지나친 부드러움과 체념으로 자신을 근본적으로 망쳤다고 말했다. 그가 처음으로 배은망덕한 짓을 저질렀을 때, 바로 그때부터 그녀가 화난 모습을 보였더라면, 형편없는 여자들과의 관계에서 생겨난 그의 나쁜 습관이나 분노와 변덕에 쉽사리 굴복하고 마는 그의 성향을 그녀가 고칠 수도 있었을 것이다. 자신을 바친 사랑하는 여자에게 품어야 마땅한 존경이 무엇인지 그녀는 그에게 알려주었을 수도 있었을 것이다.

그다음으로, 자신을 정당화하려고 로랑이 한 번 더 돋보이게 하려 했던 또 다른 이유는 보다 심각해 보였으며, 이미 로랑의 편지에서 언뜻 내비치기도 했던 것이었다. 그가 그녀에게 말했다.

아무리 생각해봐도, 너에게 처음으로 잘못을 저질렀을 때, 나는 아프다는 걸 알지 못한 상태에서 아팠던 게 분명해. 뇌염이었어. 너에게는 그게 날벼락처럼 떨어진 것으로 보였겠지만, 젊고 강한 어떤 남자에게 그의 이성을 이미 흐트러뜨리고 그의 의지로도 저항할 수 없었던 끔찍한 위기라 해도, 오랫동안 단 한 번도 사전에 일어난 적이 없었다고 믿는 건 가능하지 않아. 가엾은 나의 테레즈, 내 안에서 바로 이런 게 일어났던 거 아니었을까? 내가 굴복할 뻔했던 그 병이 내게 다가왔을 때 말이야. 너도 나도 알아채지 못했고, 아침에 잠에서 깨어나 밤에 꾼 꿈과 현실을 내가 분간할 수 없어서 네가 밤을 새우며 겪은 고통을 생각해보는 일이 내게는 자주 있었어. 너도 잘 알 거야. 내가 작업할 수 없었다는 것을, 우리가 있었던 장소가 내게 병적인 혐오를 불러일으킨다는 것을, ×× 숲에서 내가 이미 특이한 환각을 본 적이 있었다는 걸 말이야. 그리고 마지막으로, 잔인한 몇 마디와 부당한 비난으로 네가 슬그머니 나를 나무랐을 때, 이 모든 걸 꿈꾼 게 너라고 생각한 내가 어리둥절한 표정을 지으며 네 말을 듣고 있었던 거, 너는 잘 알잖아. 가엾은 테레즈! 미쳤다고 너를 비난했던 건 바로 나였다고! 이 의도치 않은 내 잘못들을 네가 용서해줄 수는 없을까? 내가 미쳤었다는 걸 너도 잘 알잖아. 병이 발발한 후의 내 행동과 그전의 내 행동을 한번 비교해보라고! 내 영혼의 각성 같은 것은 아니었을까? 나 자신을 되찾게 해주었던 이 위기 이전에 회의적이고, 성급하고, 이기적이었던 내가 갑자기 낙관적이고, 순종적이고 헌신적인 사람이 되었다는 생각이 들지 않았어? 그리고 그 순간 이후로 나를 책망할 무언가를 네가 가졌던 건 아니야? 너와 파머와의 결혼을 받아야 마땅한 벌로 내가 받아들이지 않았던가? 너를 영원히 잃어버린다는 생각에 고통스러워하며 죽어가는 나를 너는 봤잖아. 네 약혼자에 대해 내가 한마디라도 어디 나쁜 말을 한 적이 있던가? 파머를 따라가라고, 아니 심지어 그를 너한테 데려오기 위해 내 머리에 총을 쏴 자살이라도 하라고 네가 나에게 명령했더라면, 나는 분명 그렇게 했을 거야. 내 영혼과 내 목숨은 너의 것이니까! 네가 아직도 바라는 게 이거야? 한마디 말이면 충분해. 내 존재가 너를 성가시게 하고 또 너를 망가뜨린다면, 나는 언제든지 내 존재 같은 것은 없애버릴 준비가 돼 있어. 테레즈, 한마디만 말해, 그러면 너를 위해 살거나 죽는 것 이외에 아무것도 할 게 없는 이 불행한 존재에 대해 말하는 걸 앞으로 네가 들을 일 따위는 절대로 없을 거니까.

　희곡 한 편의 두 막일 뿐이었던 이 이중의 사랑 속에서 테레즈의 정신력은 약해져갔다. 상처받고 부러진 이런 사랑이 없었다면, 파머는 절대로 그녀와 결혼할 생각 같은 건 하지 않았을 것이고, 또한 그녀가 파머에게 결혼을 약속하려고 기울였던 노력은 어쩌면 절망의 반작용이었을 뿐이었는지도 몰랐다. 로랑은 그녀의 삶에서 절대로 사라지지 않았는데, 그 것은 테레즈를 설득하기 위해 파머가 반드시 언급해야만 했었던 이 설득의 대상이, 그녀가 잊어버리기를 파머가 바랐던, 그리고 그녀가 끊임없이 상기하게끔 파머가 치명적으로 부추겼던, 두 사람의 불길한 관계 위로 끝없이 되돌아왔기 때문이었다.

　따라서 단절 이후 우정으로의 복귀는 로랑에게는 진정한 열정으로의 복귀였던 반면, 테레즈에게는 사랑 자체보다 더 섬세하고 부드러운 새로운 헌신의 단계였다. 테레즈는 파머에게 버림받아 고통스러워했으나 무기력하지는 않았다. 그녀에게는 여전히 불의에 맞설 힘이 있었는데, 우리는 그녀의 힘이 전부 거기에 있었다고까지 말할 수 있겠다. 그녀는 쓸모없는 후회와 치유할 수 없는 욕망으로 날마다 고통스러워하거나 불평이나 하는 여자가 아니었다. 그녀의 내면에서 강력한 반응들이 생겨났고, 상당히 발달한 그녀의 지능이 자연스럽게 그렇게 할 수 있도록 그녀를 도와주었다. 그녀는 정신적 자유를 높이 평가했고, 타인의 사랑과 믿음이 그녀를 파산으로 몰고 가면, 찢어진 협약서의 조항 하나하나를 따지면서 다투거나 하지 않는 올곧은 자부심을 가지고 있었다. 그럴 때면 그녀는 비난하지 않고서 독립과 휴식을 주장하는 사람들에게 관대하게 그들이 원하는 것을 되돌려주었다는 생각에 심지어 기쁨을 느끼기도 했다.

그러나 그녀는 젊은 시절보다 훨씬 덜 강해졌는데, 그것은 기대하지 않았던 파탄으로 인해 그녀 안에서 오랫동안 잠들어 있던, 사랑하고 믿고자 하는 욕구를 그녀가 회복했다는 의미에서였다. 그녀는 자신이 그렇게 살아갈 것이라고, 예술이 그녀의 유일한 열정이 될 거라고 오랫동안 생각해왔다. 그녀의 이런 생각은 잘못됐다. 그녀는 더 이상 미래에 대한 환상을 가질 수 없었다. 그녀는 사랑해야만 했다. 그리고 그녀의 가장 큰 불행은 그녀가 부드럽게, 희생으로 사랑해야 했다는 것, 어떤 대가를 치르더라도 자신의 본성과 삶의 숙명과도 같은 이 모성적 충동을 만족시켜야만 했다는 것에 있었다. 그녀는 누군가를 위해 고통받는 것에 익숙해졌고, 고통받을 필요를 여전히 느끼고 있었다. 일부 여성과 심지어 일부 남성에게서 특징적으로 나타나곤 하는 이 기이한 욕구는 그녀를 로랑에게만큼이나 파머에게는 자비롭게 하지 않았는데, 그것은 자신의 헌신을 필요로 하기에는 파머가 지나치게 강한 것처럼 보였기 때문이었다. 그녀를 지지하고 그녀에게 위안을 바친 파머는 따라서 잘못 생각했다. 테레즈가 오로지 그녀 자신만을 생각하기를 바랐던 이 남자에게 테레즈는 정작 자신이 필요할 거라고는 생각하지 않았다.

좀 더 순진한 로랑은 특별한 매력을 가지고 있었는데, 그녀를 결정적으로 사로잡았던 것은 그의 나약함이었다! 그는 나약함을 숨기지 않았다. 그는 성실함을 한껏 끌어내고 지칠 줄 모르고 부드러움을 쏟아내며 감동을 자아내는 타고난 재능의 이 고질병을 공공연히 겉으로 드러냈다. 아아, 안타깝도다! 로랑 역시 잘못 생각하고 있었다. 파머가 실제로 강하지 않았던 것만큼 로랑도 실제로 약하지 않았다. 그는 시간이 있었다. 그는 항상 하늘에서 내려온 아이처럼 말했으며, 약점을 극복한 다음 사랑받는 아이들이 대개 그러하듯이, 그는 고통을 줄 힘을 되찾았다.

로랑에게는 가혹한 운명이 예정되어 있었다. 정신이 명료해질 때면 그 또한 그렇게 말하곤 했다. 두 천사의 거래로 태어난 그는 분노의 젖을 빨아 먹기라고 한 것 같았고, 분노와 절망의 싹이 그의 핏속에 남아 있기라도 한 것 같았다. 그는 온갖 관념의 숭고함과 마음의 충동 때문에 일종의 지적 간질 상태에 곧바로 빠지지 않고서는 자기 능력의 정점에 도달할 수 없는, 우리가 흔히 생각하는 것보다 훨씬 더 인간 종자와 두 가지 성별 각각에 널리 퍼져 있는 그런 기질을 갖고 있었다.

게다가 파머와 마찬가지로, 그 역시, 절망에다 행복을 접목하겠노라 주장하거나, 황폐해진 지 채 얼마 되지 않은 과거의 폐허 위에서 신성한 우정과 혼인 서약이라는 천상의 기쁨을 맛보겠다는 불가능한 일을 감행하기를 바랐다. 상처받아 피를 흘리는 이 두 영혼에게는 휴식이 필요했다. 그래서 테레즈는 끔찍한 예감에 불안해하며 휴식을 제안했지만, 서로 헤어져 있던 열 달을 10세기쯤 지난 것으로 생각한 로랑은 지나친 영혼의 욕망으로 병이 날 지경이었고, 이것이 그 어떤 성적인 욕망보다 테레즈를 훨씬 더 두렵게 만들었던 게 분명했다.

공교롭게도 그녀가 안심할 수 있었던 것은 바로 이러한 영혼의 지나친 욕망이 지닌 속성 때문이었다. 제1선으로 자신이 점령해야 할 자리에 정신적 사랑을 도로 데려다놓을 정도로 로랑은 새사람이 된 듯했고, 테레즈를 불안하게 만들었던 예전과 같은 격정도 없이 테레즈와 단둘이 있는 자신을 되찾았다. 그는 가장 숭고한 애정으로 그녀에게 몇 시간이고 이야기할 줄 알았다. 오랫동안 자신을 벙어리라고 여기고 있었는데, 마침내 자신의 천재성이 확장되어 더 높은 곳으로 날아가는 것을 느꼈다고 말했다! 로랑은 성장기의 충동, 중년의 고약한 야망, 노년의 타락한 이기심으로부터 그를 지켜주어야 할, 그를 위해 완수해야 할 신성한 임무가 있다고 끊임없이 그녀에게 주지시키면서 테레즈의 미래에 의무를 지웠다. 로랑은 그녀에게 자신에 대해서만, 오로지 자신에 대해서만 말했다. 그러지 않을 게 또 무언가? 그는 자기 얘기를 너무나도 잘했다! 그녀를 통해 그는 위대한 예술가, 너그러운 남자, 위대한 남자가 될 것이었다. 그를 이렇게 만들어야 할 의무가 그녀에게 있었다. 그녀가 그의 생명을 구해주었기 때문에! 그리고 사랑하는 마음의 치명적인 단순함으로 테레즈는 이 논리를 반박할 수 없으리라 생각하게 되었고, 처음에 용서를 간청해왔었던 것을 결국 자신의 의무로 삼기에 이르렀다.

따라서 테레즈는 이 치명적인 사슬을 다시 묶게 되었다. 그녀는 결혼을 미룬다는 행복한 암시만을 갖고 있었고, 이 점에 관해 로랑의 결단력을 시험해보고 싶어 했으며, 돌이킬 수 없는 약속에 대해 그를 염려할 뿐이었다. 오로지 그녀만이 관련되었더라면, 그녀는 경솔하게 돌이킬 수 없을 정도로 자신을 묶어두었을 것이었다.

테레즈의 첫 번째 행복은, 어느 밝은 노래를 슬프게 부르는 것처럼 **일주일 내내** 지속되지 않았다. 두 번째 행복도 스물네 시간 지속되지는 않을 것이었다. 로랑의 반응은 기쁨의 활기로 인해 갑작스럽고도 폭력적이 되었다. 우리는 그의 반응이라고 했지만, 테레즈는 로랑의 **철회**라고 말했는데, 사실 이것이 정확한 표현이었다. 로랑은 일부 청소년들이 자기들 마음에 드는 것을 열광할 때까지 죽이거나 파괴하려고 하는 가차없는 이 욕구에 복종했다. 이러한 잔인한 본능은 매우 상이한 성격을 가진 남자들에게서 두루 발견되었으며, 역사는 그것을 도착적 충동이라 불렀다. 예컨대 태어난 환경에서 얻은 뇌질환에 의한 것이건, 인생에 첫발을 내디뎠을 때부터 어떤 상황들이 조장했던, 그러나 이성(理性)에는 치명적인 어떤 면죄부에 의한 것이건, 역사는 이런 도착적 충동을 변태성욕자들의 충동으로 규정하는 것이 더 정확할 것이다. 내장이 파닥거리는 걸 직접 보겠다는 단 하나의 쾌락을 위해 젊은 왕들이 자신이 애지중지해왔던 후궁들의 목을 베는 것을 우리는 봐왔다. 천재라는 사람들도 자신들이 성장해온 세계에서는 어쨌든 왕이다. 심지어 이들은 아주 독재적이며 자신의 권력에 흠뻑 도취된 왕이다. 이들 중에는 지배하려는 갈증으로 고문을 하고, 확실하게 지배한다는 기쁨이 분노로 치달을 때까지 흥분하는 자들도 있다.

로랑이 바로 이랬는데, 확실히 그의 내부에서는 아주 상반된 두 사람이 치열하게 싸우고 있었다. 서로 그의 육체에 활력을 불어넣는 임무를 맡겠다고 다투면서, 두 영혼이 서로를 쫓아내기 위해 치열한 사투를 벌여왔다고도 말할 수 있겠다. 상반된 이 두 기운의 한복판에서, 불행한 쪽은 자유의지를 잃고서, 목숨을 빼앗으려 드는 천사나 악마의 승리에 날마다 지쳐 쓰러졌다.

또한 그는 자신을 분석하면서 때때로 마법서를 읽는 것처럼 보였고, 자신이 먹이가 되었던 이 신비한 주술에 대한 열쇠를 소름 끼치도록 장엄한 통찰력으로 제시하는 것처럼 보였다.

그가 테레즈에게 말했다.

"맞아, 나는 마술사들이 **홀림**이라고 부르는 현상을 겪고 있어. 두 개의 영혼이 나를 사로잡았어. 과연 여기에 선한 영혼과 사악한 영혼이 있을까? 아닐 거야, 나는 그렇게 생각하지 않아. 둘 중에서 너를 두렵게 하는 영혼, 불신하고 폭력적이며 끔찍한 이 영혼은 오로지 자기 마음대로 선을 행하는 주인이 되지 못할 때만 악을 행하지. 이 영혼은 침착해지길 바라고, 철학적이고, 쾌활하고, 관대하기를 원해. **다른 하나**는 그렇게 되기를 원하지 않아. 이 영혼은 선한 천사와 같은 상태가 되기를 원해. 이 영혼은 불타오르고, 열의에 차오르고, 독점하고 싶어 하고, 헌신적이 되기를 원하고, 제 반대의 영혼이 자기를 조롱하거나 부정하고 상처를 입히면 차츰 침울해지고 또 잔인하게 변하고 말아서, 이렇게 내 안에 있는 두 천사는 결국엔 악마를 낳게 되어버리는 거지."

로랑은 또한 이 기이한 주제에 대해 테레즈에게 말하거나 편지를 쓰기도 했다. 이 편지에는 사실처럼 보이기도 하고 테레즈와 마주할 때를 대비한 새로운 면책권을 추가한 것처럼 보이기도 했던, 아름다운 만큼 끔찍한 내용도 담겨 있었다.

파머의 아내가 되면 로랑 때문에 고통받지 않을까 두려워했었던 모든 것을 테레즈는 로랑의 동반자가 되면서 파머 때문에 다시 고통받아야 했다. 이 모든 것 중에서 과거에 대한 끔찍한 질투는 최악이었다. 이러한 질투는 아무것도 확신할 수 없는 상태에서 모든 것에 개입하기 때문에, 불행한 예술가의 마음을 갉아먹고 뇌를 산산조각 내버렸다. 파머에 관한 추억은 로랑에게는 유령이 되고 흡혈귀가 되었다. 그의 생각은 테레즈가 제노바와 포르토베네레에서 보낸 생활에 대한 세세한 사항까지 전부 자신에게 보고하기를 원하는 데까지 집요하게 뻗어나갔으며, 그녀가 그의 이런 요구를 거절하면, 그때부터 그는 **자신을 속이고서 바람을 피우려 했었다**고 테레즈를 비난하기 시작했다. 당시 테레즈가 그에게 보낸 편지에서 **그녀가 파머를 사랑한다**고 말했었으며, 그리고 또 얼마 지나지 않아 **그녀가 "파머와 결혼할 것이다"**라고 적은 바 있었다는 사실을 까맣게 잊어버린 로랑은 그녀가 자신을 그녀에게 묶어두려는 욕망과 희망의 사슬을 확실하고도 불충한 한 손에 항상 쥐고 있었다며 테레즈를 비난했다. 테레즈는 두 사람이 주고받은 편지를 모두 로랑에게 보여주었고, 로랑은 자신을 떼어놓으려고 그녀가 공정하게 해야 할 모든 것을 적시적소에 그에게 말했다는 사실을 깨달았다.

고통 없이 그녀를 받아들일 준비가 되었다는 사실이 차츰 드러나고, 파머가 그녀를 이끌었던 미래를 그녀 자신이 신뢰할 수 있게 되자, 로랑은 그녀에게 모든 진실을 조금씩 이야기하면서 진정되었고, 잘못 꺼진 그녀의 열정을 그녀가 지나치게 조심스레 다루었다고 시인했다. 로랑은 그녀가 심지어 설명을 거부했을 때조차 그녀가 거짓말이라면 일말의 그림자도 그에게 비치지 않았다는 사실을 인정했고, 아팠던 다음 날 그가 여전히 불가능한 화해에 대한 환상을 품고 있을 때, "우리 사이에 모든 것이 끝났어. 나를 위해 내가 결심하고 받아들인 것은 나의 비밀이야. 너한테는 그걸 내게 물어볼 권리가 없어"라고 그녀가 말했다는 사실도 인정했다.

로랑이 소리쳤다.

"그래, 그래, 네 말이 맞아. 나는 옳지 못했고, 내 치명적인 호기심은 너와 공유하기를 원해서 내가 진짜로 죄인이 되고 마는 어떤 고문 같은 거야. 맞아, 가엾은 테레즈, 나는 지금 너에게 굴욕적인 심문을 겪게 하고 있는 거야. 나를 잊어버려도 그만인 너, 나를 관대하게 용서해주었던 너에게 말이야! 나는 역할을 바꾸고 있는 거야. 죄지은 자, 그리고 선고받는 자가 바로 나라는 사실을 까맣게 잊어버리고, 지금 나는 너의 재판을 진행하고 있는 거라고! 나는 불경한 손으로 부끄러움을 감추고 있는 베일을 벗겨내려고 했어. 파머와 관련된 모든 것을 덮어놓을 권리가 있고 분명 그럴 의무도 있는 네 영혼의 부끄러움을 말이야! 맞아! 나는 너의 자랑스러운 침묵에 감사해. 그런 너를 나는 더욱 존경하게 되었어. 너의 침묵은 우리의 고통과 기쁨의 비밀에 대해 물어보도록 파머를 버려두지 않았다는 걸 증명해주었어. 그리고 지금 나는 그를 이해해. 여자는 이런 비밀스럽고 사적인 이야기를 자기 애인한테 절대로 말하지 말아야 할 뿐만 아니라 이에 관해서 질문을 받았을 때도 대답을 거절해야 하는 의무가 있지. 그걸 요구하는 남자는 자기가 사랑하는 여자의 가치를 떨어뜨리는 거야. 그런 남자는 자기 여자에게 비겁해지라고 요구하는 동시에 자신을 사로잡고 있는 온갖 유령들의 이미지와 그녀의 이미지를 합쳐놓으며, 자기 생각 속에서 여자를 결국 더럽히고 말지. 맞아, 테레즈, 네가 옳아. 자기 이상형의 순수성을 유지하려고 스스로 노력해야만 해. 그런데 나는, 이상형을 끊임없이 모독하려 하고 내가 이상형을 위해 지었던 사원에서 이상형을 빼내려고 애쓸 뿐이지!"

이러한 설명을 끝내고 나서 로랑이 자신의 피와 눈물로 이 모든 것을 보증할 준비가 되었다고 다짐하자, 평화가 다시 피어오르고 행복이 다시 시작되기라도 해야만 할 것처럼 보였다. 하지만 상황은 그렇게 흘러가지 않았다. 은밀한 분노에 잡아먹힌 로랑은 이튿날 다시 물음을 던지면서 또다시 모욕을 하고 조롱하기 시작했다. 한탄스러운 토론으로 며칠 밤이 통째로 지나갔고, 그사이 로랑은 자신의 천재성을 채찍질하거나 상처를 입히고 또 고문하는 게 절대적으로 필요하기라도 한 것처럼 보였는데, 이는 끔찍한 말재주로 자신에게 저주를 퍼붓기 위해서, 테레즈와 자신을 절망의 마지막 한계에 도달하게 하기 위해서였다. 폭풍우 같은 시간이 지나자 서로를 죽이는 것 외에 더 이상 아무것도 남아 있지 않은 듯했다. 테레즈에게 삶이란 끔찍한 무엇이었으므로, 테레즈는 항상 죽음을 예상하고 있었고, 또 준비를 하고 있었다. 그러나 로랑은 아직 그런 생각을 한 것은 아니었다. 피곤함에 절어 잠이 들었고, 그러면 그의 선한 천사가 돌아와 그의 잠을 다독거려 주고, 천상의 환영들이 그의 얼굴에 신성한 미소를 입혀주는 것 같았다.

이 이상한 체질에도 변하지 않는, 상상을 초월한, 그러나 절대적인 규칙이 있다면, 그것은 바로 잠이 그의 모든 결심을 바꿔놓는다는 것이었다. 부드러움 가득한 마음으로 잠들었다면, 싸움과 살인을 갈망하는 마음으로 깨어나곤 했고, 거꾸로 전날 저주하면서 떠나갔더라면, 다음 날 그는 용서를 구하며 달려오곤 했다.

테레즈는 세 번 그를 떠났고 파리에서 멀리 도망쳤다. 그는 세 번 그녀를 쫓아가서 자신의 절망을 용서하라고 그녀에게 강요했는데, 그것은 그가 그녀를 잃자마자 그녀를 숭배했고 달아오른 후회로 온갖 눈물을 쏟아내며 그녀에게 다시 간청하기 시작했기 때문이었다.

테레즈는 자기 삶을 희생하며 두 눈을 감은 채 다시 빠져버린 이 지옥에서 비참한 동시에 숭고했다. 그녀는 희생할 때까지 이런 헌신을 밀어붙였는데, 이 모습에 그녀의 친구들은 치를 떨 정도였고, 사랑한다는 것이 무엇인지 모르는 자존심 강하고 현명한 사람들로부터 거의 경멸에 가까운 비난을 받기도 했다.

더구나 로랑을 향한 테레즈의 이러한 사랑은 테레즈 자신에게도 이해할 수 없는 무엇이었다. 그녀는 욕망에 이끌려 사랑한 것도 아니었는데, 그것은 방탕한 생활로 더럽혀진 로랑이 자신의 의지로는 없앨 수 없었던 사랑을 죽이려고 다시 방탕한 생활로 빠져들었고 그의 방탕한 생활은 그녀에게 시체보다 더한 혐오의 대상이 되었기 때문이었다. 그녀는 더 이상 그를 애무할 수 없었고, 그는 감히 그녀에게 그래달라고 요구할 수 없었다. 그녀는 더 이상 유창한 그의 달변의 매력과 어린애 같은 회개의 재능에 압도당하지도 굴복하지도 않았다. 그녀는 더 이상 다음 날을 믿을 수 없었다. 그들을 그토록 자주 화해시켰던 저 찬란한 감동은 그녀에게는 고작해야 폭풍우와 난파를 예고하는 끔찍한 징후에 지나지 않았다.

그의 곁에 그녀를 붙들어둔 것은 수없이 용서했던 존재들에게 어쩔 수 없이 습관처럼 갖곤 하는 무한한 동정심이었다. 포만의 상태에 이를 때까지, 어리석은 약점이 될 때까지 용서는 그지없이 용서를 낳는 듯하다. 어떤 어머니가 자신의 아이는 교정될 수 없으며, 아이가 죽거나 아이를 죽여야 한다고 말할 때, 어머니는 아이를 포기하거나 모든 것을 받아들이는 것 외에 더 이상 할 수 있는 게 없다. 로랑을 버림으로써 로랑을 치유할 수 있다고 매 순간 믿었던 테레즈의 생각은 잘못된 것이었다. 그럴 때마다 그의 상태가 다시 좋아진 것은 어쨌든 사실이지만, 그것은 그가 그녀의 용서를 바란다는 조건에서 그랬던 것이었다. 그가 더 이상 그녀의 용서를 바라지 않게 되었을 때, 그는 필사적으로 게으름과 무질서 속으로 뛰어들었다. 그럴 때마다 그녀는 거기서 그를 꺼내려고 돌아왔고, 그를 며칠 동안 일하게 하는 데 성공하기도 했다. 그러나 이 작디작은 일을 마지못해 겨우 하게 하려고 그녀가 도대체 얼마나 값비싼 대가를 치러야 했던가! 그가 도로 평범한 삶에 혐오를 느끼게 되었을 때, 그는 그녀를 "**여주인 테레즈 르 바쇠르가 장 자크에서 만들었던 것**",• 즉, 그에 따르면, 자신을

"바보와 편집광"으로 만들려 한다고 비난했으며, 그는 이것으로도 욕설을 충분히 퍼부은 게 아니었다.

그럼에도 불구하고, 테레즈가 그에게 돌아오자마자 그녀를 모욕하려고 열렬히 간청했던 테레즈의 이 연민 속에는 예술가의 천재성에 대한 열광적이고도 어쩌면 약간은 광적이라 할 존경심이 있었다. 이 여인, 천진난만하고 끈기 있게 로랑의 행복을 위해 애쓰는 모습을 보면서 로랑이 속물이며 아둔하다고 비난했던 이 여인, 그녀는 적어도 자신의 사랑에는 위대한 예술가였는데, 그것은 그녀가 로랑의 폭정을 신성한 권리로 받아들였기 때문에, 그리고 자신의 자존심, 자신의 일, 덜 헌신적인 여자라면 아마도 이 여자 자신의 영광이라고 불렀을 수도 있었을 무언가를 로랑을 위해 희생했기 때문이었다.

그리고 이 남자, 불행한 이 남자는 그녀의 이런 헌신을 지켜보았고 이해했으며, 자신의 배은망덕을 깨닫자 후회에 잡아먹혔다. 이 후회가 결국 그를 부수어버렸다. 그에게 필요했던 것은 자신이 분노했을 때도 회개했을 때와 마찬가지로 그를 조롱했을 여인, 그를 지배하고 있기에 그 무엇으로부터도 고통받지 않을, 태평하고 강건한 연인이었을 것이다. 그러나 테레즈는 그렇지 않았다. 그녀는 피로와 슬픔으로 죽어가

● 상드는 '테레즈'라는 이름을 장 자크 루소의 아내 '테레즈 르바쇠르'에서 따왔다. 7쪽의 각주를 참조할 것.

고 있었고, 쇠약해가는 그녀를 보면서 로랑은 지성을 자살로
몰고 가며, 만취의 독에 빠져 자신이 흘린 눈물을 일시적으로
망각하려 했을 뿐이었다.

제13장

어느 날 저녁, 말다툼이 있었다. 테레즈는 너무나 지루하고 이해할 수 없어서 더 이상 그가 하는 말을 듣고 있을 수 없었고, 그렇게 안락의자에서 슬그머니 졸았다. 잠시 후, 무언가 떨어지며 내는 짧고 가벼운 소리에 눈을 떴다. 무언가 반짝이는 것을 로랑이 소스라치듯 바닥에 던진 것이었다. 단검이었다. 테레즈는 살며시 웃더니 도로 눈을 감았다. 마치 어떤 꿈의 너울을 통해 본 것처럼 어렴풋이 그녀는 로랑이 자신을 죽이려고 마음먹었었다는 것을 알았다. 그 순간, 테레즈는 모든 것에 무관심해졌다. 사는 것과 생각하는 것에 휴식을 부여하기, 그것이 잠이든 죽음이든 상관없이 그녀는 자신의 선택을 운명에 맡겼다.

그녀가 무시했던 것은 죽음이었다. 그녀가 자신을 무시했다고 생각했던 로랑은 자신을 경멸했고, 결국 그녀를 떠났다.

사흘 후, 테레즈는 장기간의 여행과 오랜 시간 떠나 있는

(고통과 분노가 돌풍처럼 난무하는 생활이 그녀의 일을 말살했고, 그녀의 존재를 파멸로 몰고 가고 있었다) 것이 가능할 정도로 빚을 내기로 결심했고, 플뢰르 강변에 가서 횐장미나무 한 그루를 사서는 배달원에게 자신의 이름은 알려주지 않은 채 로랑에게 보냈다. 이것은 그녀의 작별 인사였다. 집에 도착했을 때, 그녀는 익명으로 온 횐장미나무 한 그루를 발견했다. 그것도 마찬가지로 로랑의 작별 인사였다. 두 사람 모두 떠났으며, 동시에 두 사람 모두 남았다. 이 횐장미나무라는 우연의 일치는 눈물을 흘릴 만큼 로랑에게 감동을 주었다. 그는 테레즈의 집으로 달려갔고, 짐을 싸고 있는 그녀를 보았다. 저녁 6시 우편 마차에 그녀의 자리가 예약돼 있었다. 마찬가지로 로랑의 자리도 같은 마차에 예약돼 있었다. 두 사람 모두, 홀로 이탈리아를 다시 볼 생각을 했던 것이다.

그가 소리쳤다.

"이것 참! 함께 떠나자!"

그녀가 대답했다.

"아니, 나는 이제 떠나지 않을 거야."

그가 그녀에게 말했다.

"테레즈, 아무리 헤어지려 해봐야 소용없어! 우리를 묶어놓은 이 잔혹한 줄은 절대로 끊어지지 않을 거야. 아직도 그럴 수 있다고 생각하는 것은 미친 짓이야. 내 사랑은 감정이라는 것을 부러뜨릴 수 있는 모든 것을, 영혼이라는 것을 죽여버릴 수 있는 모든 것을 너끈히 견뎌냈어. 너는 나를 있는 그대로 사랑해야만 해. 아니면 우리 같이 죽어야만 해. 나를 사랑하길 원해?"

"그래봤자 헛될 테지. 나는 더 이상 사랑할 수 없어. 마음이 고갈된 걸 느껴. 내 마음은 죽어버렸다고 믿고 있어."

"이것 참! 죽으려고 하는 거야?"

"네가 잘 알다시피 나는 죽는 것 따위에는 관심이 없어. 하지만 나는 네 삶도 네 죽음도 나와 함께하기를 바라지 않아."

"아! 그렇지, 너는 **자아**의 영원성 같은 걸 믿지! 다음 생에 나를 다시 보기를 원하지 않는구나! 불쌍한 순교자 같으니라고, 내 그럴 줄 알았어!"

"로랑, 우리가 다시 만나는 일은 없을 거야. 그럴 거라고 확신해. 영혼은 각각 자신이 매력을 느끼는 안식처를 향해 가. 휴식이 나를 부르고 있어. 그리고 너는 늘 어디서나 폭풍우에 매료될 테지."

"그러니까, 너! 지옥에는 네가 어울리지 않았다는 거지!"

"너도 마찬가지로 지옥에 어울리지 않았어. 너는 다른 하늘을 하나 가질 거야. 더 이상 할 말 없어!"

"네가 나를 떠나가버리면, 대체 이 세상에서 무엇이 나를 기다리고 있을까?"

"영광이 기다리겠지. 네가 사랑을 더 찾지 않는다면."

로랑은 생각에 잠긴 듯했다. 그는 여러 차례 "영광!"이라고 기계적으로 반복했고, 그런 후, 혼자 있고 싶을 때 늘 그래왔던 것처럼 불씨를 뒤적거리면서 벽난로 앞에 꿇어앉았다. 테레즈는 출발 예약을 취소하려고 밖으로 나갔다. 그녀는 로랑이 자신을 쫓아왔다는 것을 알고 있었다.

집으로 돌아왔을 때, 그녀는 매우 차분하고 쾌활해진 그를 보았다.

그가 말했다.

"이 세상은 평평한 극장일 뿐이야. 그런데 왜 세상 위로 올라가기를 바라는 걸까? 그 위에 무엇이 있는지 우리가 모르기 때문에? 게다가 그 위에 무언가가 있기는 한 걸까? 영광이라, 네가 속으로는 비웃고 있는 그 영광이라는 거, 나는 그게 뭔지 잘 알고 있지……."

"나는 다른 사람들의 영광을 비웃지는 않아……."

"다른 사람들? 누구?"

"그걸 믿고 또 사랑하는 사람들."

"테레즈, 내가 영광을 믿는 건 신도 알아. 그리고 내가 영광을 한 편의 익살극이라고 조롱하지 않는다는 것도 신은 알아! 그러나 사람들은 자신이 아주 조금 그 가치를 알고 있는 무언가를 아주 사랑할 수 있어. 사람들은 그대들의 목을 부러뜨리곤 하는 아주 다루기 힘든 말(馬)을, 그대들을 독살시키는 담배를, 그대들을 웃게 만드는 형편없는 연극을, 고작해야 가면에 불과한 영광을 사랑하지! 영광이라! 살아 있는 예술가에게 그것은 무엇일까? 그대들을 지치게 만들고 그대들에 대해 떠들게 만드는 신문 기사들, 그런 다음, 아무도 읽는 사람 없는 찬사들이 이어지겠지. 대중이란 신랄한 비판에만 즐거워할 뿐, 누군가가 자신의 우상을 발가벗겨놓으면, 우상에 더 이상 관심을 갖지 않지. 그런 다음, 서둘러 한 폭의 그림 앞에 모여들고, 그런 다음에는 행렬을 잇는 무리들이 그 뒤를 잇겠지. 또 그런 다음, 기념비적인 주문, 그대들에게 기쁨과 야망을 배달해주고, 그대들의 기대를 이루지 못한 채 피로로 반쯤 죽은 상태로 만들어버리는 그런 주문이 또 이어지겠지……. 그런 다음…… 그대들은 물론이거니와 당사자들도…… 경멸하는…… 그 무슨 협회 같은 게…….”

여기서 로랑은 가장 신랄하게 조롱했고, 이렇게 말하며 자신의 격정적인 풍자를 끝맺었다.

“뭐가 됐든! 그게 바로 이 세상의 영광이지! 그 위로 침을 뱉지만, 그것 없이는 살 수 없을 테지. 그것보다 더 나은 것은 아무것도 없으니까!”

그렇게 저녁까지 계속된 신랄하고 지적인 그들의 대화는 차츰차츰 완전히 무미건조하게 변해가고 말았다. 누군가 그들의 대화를 듣고 또 그들의 모습을 본다면, 전혀 사이가 틀어지지 않은 평화로운 두 친구라고 말할는지도 모른다. 이러한 기이한 상황은 둘 사이의 심각한 위기가 절정으로 치달았을 때도 여러 차례 반복되었던 것이다. 이는 이들의 심장이 서로를 향해 더 이상 고동치지 않을 때도 이들의 지성은 여전히 서로 뜻이 맞았으며, 이들이 서로를 이해하고 있었다는 걸 의미한다.

배가 고파진 로랑은 테레즈에게 함께 식사하자고 요청했다.

그녀가 그에게 말했다.

"그럼 당신의 여행은요? 출발 시간이 다 돼가잖아요."

"이제 당신이 떠나지 않으니까요, 당신 말이에요!"

"당신이 남겠다면 저는 떠날 거예요."

"이것 참! 테레즈, 제가 떠날게요. 아듀!"

그는 느닷없이 집을 나갔다가 한 시간 후에 돌아왔다.

그가 말했다.

"마차를 놓쳤어요. 내일 떠날 겁니다. 당신, 아직 저녁 식사 하기 전이지요?"

테레즈는 깊은 생각에 잠겨, 식탁에 차려진 식사를 잊고 있 었다.

"친애하는 나의 테레즈, 저에게 마지막 호의를 하나 베풀어 주세요. 어디 가서 저와 식사하고 또 오늘 저녁에 함께 공연 을 보러 갑시다. 저는 다시 당신의 친구, 친구 이외에는 아무 것도 아닌, 오로지 친구가 되고 싶어요. 그것이 저에게는 치 료일 것이고 우리 둘 모두에게는 구원일 것입니다. 저를 시험 해보세요. 저는 더 이상 질투하지도, 완고하지도, 심지어 사 랑하지도 않을 겁니다. 알고 있잖아요. 제게 다른 연인이 있 다는 걸 말입니다. 사교계의 이 예쁘고 아담한 여자는 꾀꼬 리처럼 자그맣고, 은방울꽃처럼 희고 또 곱습니다. 결혼한 여 자인데, 그녀의 애인이 제 친구입니다. 제가 부정을 저지르는 거지요. 저에게는 두 명의 경쟁자가 있는 겁니다. 대면할 때 마다 마주해야 하는 치명적인 위험이 두 가지 있는 거죠. 아주 짜릿해요. 여기에 바로 제 사랑의 모든 비밀이 있습니다. 저의 욕망과 상상력은 이런 쪽에서 충족됩니다. 제가 당신에게 드리는 것은 오직 저의 마음일 뿐이며, 당신의 생각과 제 생각의 교류일 뿐입니다."

테레즈가 말했다.

"그 교류를 저는 거부합니다."

"어떻게 이럴 수가! 당신이 더 이상 사랑하지 않는 존재를 질투하는 헛된 짓을 하실 겁니까?"

"당연히 그러지 않죠! 이제 누군가에게 줄 삶이 저에게는 더 이상 남아 있지 않아요. 그리고 당신이 저에게 요구하는 그런 우정, 전적인 헌신이 뒤따르지 않는 그런 우정을 저는 이해할 수 없습니다. 다른 제 친구들처럼 저를 보러 오세요, 저는 그랬으면 좋겠어요. 그리고 심지어 겉으로라도 저에게 더 이상 각별한 친밀함을 요구하지 말아주세요."

"알았습니다, 테레즈. 당신에게 다른 애인이 있군요!"

테레즈는 어깨를 으쓱거리며 들어 올렸을 뿐 아무런 대답도 하지 않았다. 그는 방금 자신이 그녀에게 했던 것처럼, 그녀가 그저 장난으로 허세를 부리고 있는 것인지 알고 싶어 죽을 지경이었다. 꺾였던 힘이 되살아났고 그는 싸울 필요를 느끼고 있었다. 로랑은 비난과 경멸로 그녀를 압도하려고 또 그녀의 속내를 그녀 자신이 드러내게 하려고, 이런 애인을 자신이 지어냈다고 주장하려고 그녀가 자신의 도발에 대답하기만을 초조하게 기다렸다. 그는 더 이상 테레즈의 소극적인 저항을 이해하지 못했다. 그는 자신이 귀찮은 사람이나 무관심의 대상이 되는 것보다 차라리 미움받고 속았다고 생각하는 것을 더 선호했다. 그녀는 침묵으로 그를 지치게 했다.

그가 그녀에게 말했다.

"그럼, 좋은 저녁 보내시길. 저는 저녁을 먹을 겁니다. 그러고 나서, 너무 우울하지 않으면 오페라 무도회에 가려고요."

홀로 남겨진 테레즈는 이 신비한 운명의 심연을 속으로 천 번도 넘게 파고 들어갔다. 가장 아름다운 인간의 운명 중 하나가 되기에 그녀에게 부족했던 것은 도대체 무엇이었을까? 이성(理性)이었다.

테레즈는 자신에게 물어보았다. 그렇다면 도대체 이성이란 무엇인가? 이성 없이 어떻게 재능이 있을 수 있는가? 재능이라는 것이 너무 거대한 힘이라 이성을 죽일 수도 있고 살릴 수 있기라도 한 것일까? 아니면 이성이란 고작해야 그 밖의 다른 능력과 반드시 결합할 필요는 없는 고립된 능력일 뿐인가?

그녀는 추상적인 몽상에 빠져들었다. 그녀에게 이성은 항상 구체적인 무엇이 아니라 관념들의 집합체인 것 같았다. 그녀가 볼 때 훌륭하게 조직된 어떤 존재의 능력은 모두 이성에 빚지고 있으며, 이성이 차례로 무언가를 제공하는 것 같았다. 그녀에게 이성은 수단이자 목적인 동시에, 어떤 걸작도 이성의 법칙에서 벗어날 수 없으며, 이성을 과감하게 발로 짓밟은 다음에는 그 누구라 해도 진정한 가치를 가질 수 없는 것만 같았다.

그녀는 위대한 예술가들의 모습을 기억 속에서 되새겨보았고 현재 예술가들의 모습도 살펴보았다. 그녀는 아름다움의 꿈과 연결된 진실의 법칙을 도처에서 보았고, 그러나 한편으로, 예외들, 가령 끔찍한 기형들, 로랑의 그것처럼 빛나고 벼락을 맞은 얼굴들도 도처에서 보았다. 숭고에 대한 열망은 심지어 테레즈가 처한 시대와 환경의 질병이기조차 했다. 그것은 젊은이를 사로잡아 그들로 하여금 정상적인 행복의 조건과 평범한 삶의 의무를 한꺼번에 경멸하게 만드는 열병과 같은 무엇이었다. 어쩔 수 없는 상황에 의해 테레즈는 자신이 바라지도 또 예상하지도 못한 채, 인간 지옥의 이 치명적인 회로에 던져졌다. 그녀는 이 숭고한 미치광이들 가운데 한 사람의, 이 상궤를 벗어난 천재들 가운데 한 사람의 지적인 반쪽 동반자가 되었다. 그녀는 프로메테우스의 끝없는 고통과 오레스테스*의 다시 살아나는 분노를 목격했다. 그녀는 치료법을 찾지 못한 채, 원인을 이해하지 못한 채, 말로 표현할 수 없는 이 고통의 여파를 고스란히 겪고 있었다.

그러나 이 반항적이고 고통받은 영혼들 안에 신은 여전히 존재했다. 로랑이 얼마 지나지 않아 다시 열광적이 되었고 다

● 프로메테우스는 인간에게 불을 다시 가져다준 죄로 스키타이 절벽에 묶여 독수리에게 매일 간을 쪼아 먹혔으나 불사신이기에 간이 매일 재생되어 계속 고통을 받는다. 오레스테스는 아가멤논과 클리템네스트라의 아들로 어머니가 아버지 아가멤논을 죽일 계획을 하자 피신했고, 이후 '아버지를 죽인 자들을 죽여라'라는 신탁을 받고 누이인 엘렉트라와 힘을 모아 어머니를 살해한다.

시 선하게 되었으므로, 또 성스러운 영감의 순수한 원천이 고갈되지 않았으므로 말이다. 그는 재능이 소진된 것이 아니라 어쩌면 미래를 월등히 많이 가진 남자였다. 착란이 그를 점령하도록 피로로 그가 몽롱해지도록 내버려둬야만 했던 것일까?

우리는 이렇게 말할 수 있다. 테레즈가 이 심연에 너무나 가까이 있었다고, 이 심연에서 피어오르는 현기증을 함께 맛보지 않기에는 그녀가 이따금 너무 가까이 있었다고 말이다. 그녀가 모르는 사이 그녀의 성격도, 재능도 이 절망적인 길로 들어갈 뻔했었다. 현실과 상상의 경계를 떠돌면서 삶의 비참을 확대해서 보여주는 이런 고통에 그녀도 도취된 적이 있었다. 그러나 자연적인 반응에 의해 그녀의 영혼은 그 이후로, 현실도 상상도 아닌 **진실**을 갈망하게 되었고, 그것은 억제되지 않은 이상도 시적이지 않은 사실도 아니었다. 그녀는 여기에 아름다움이 있으며, 합리적인 영혼의 삶으로 진입하려면 소박하고 품위 있는 물질적인 삶을 추구해야 한다고 느꼈다. 너무 오랫동안 자신을 돌보지 않았던 것을 두고 그녀는 자신을 크게 질책했다. 그리고 잠시 후, 그녀는 로랑의 운명에 얽혀 있는 극도의 위험이 여전히 존재하는데도 자신의 운명에만 지나치게 몰두한 자신을 또한 질책했다.

세상은 여론의 목소리와 우정의 목소리로 그녀에게 다시 일어나라고, 다시 시작하라고 외치고 있었다. 세상에 의하면 사실상 그것은 의무였으며, 이 세상이라는 이름은 비슷한 경우 "옳은 길을 따르십시오. 그 길에서 벗어난 자들은 죽게 내버려두십시오"라고 말하는 일반 질서나 사회의 이익이라는 이름과 등가를 이루었다. 또한 공인된 종교는 "지혜로운 자들과 선한 자들은 영원한 행복을, 눈먼 자들과 반역자들은 지옥으로!"라고 덧붙였다. 그러니 정신 나간 인간이 사라진다 한들 지혜로운 자에게는 대체 그게 무슨 상관이 있겠는가?

테레즈는 이러한 결론을 거역했다. 그녀는 속으로 이렇게 말했다.

'나 자신을 세상의 가장 완벽한 존재, 가장 귀중한 존재, 가장 탁월한 존재라고 믿게 될 날, 나는 다른 모든 이들의 사형 판결을 인정하리라. 그러나 그런 날이 내게 오면, 내가 이 다른 모든 미친 이들보다 더 미쳐 있지는 않을까? 허영심의 광기 뒤편에 자리한 이기심의 어머니여! 나 아닌 다른 이를 위해 우리 계속 고통받읍시다!'

네 시간 전 몸을 가누지 못할 정도로 몹시 지쳐 쓰러지듯 앉았던 안락의자에서 그녀가 몸을 일으킨 것은 거의 자정이다 되어서였다. 방금 초인종이 울렸다. 심부름꾼이 종이 상자와 쪽지를 가져왔다. 상자에는 두건 달린 가면무도회 복장과 검은색 새틴 마스크가 들어 있었다. 쪽지에는 "**Senza veder, senza parlar**"라고 로랑이 쓴 짧은 몇 마디가 적혀 있었다.●

'서로 보지 않고 서로 말하지 않는다'……. 이 수수께끼는

● 'Senza veder, senza parlar'는 뮈세가 실제로 상드에게 보냈던 가면무도회 초청장 겉면에 적혀 있는, 무도회의 이름이었다.

무엇을 의미하는 걸까? 그녀가 가면무도회에 와서 진부한 연애로 호기심을 자극해주기를 바랐던 것일까? 그녀를 알아보지 않은 채 그녀를 사랑하려 시도하려는 것일까? 시인의 환상이었던 것일까, 아니면 자유분방한 자의 모욕이었던 것일까?

테레즈는 상자를 되돌려 보내고는 다시 안락의자에 앉았다. 그러나 불안해서 더 이상 깊은 생각을 이어갈 수 없었다. 지옥의 탈선에서 이 제물을 빼내기 위해 그녀라면 모든 것을 시도했어야 하지 않았을까?

그녀가 말했다.

"나는 가겠어. 한 걸음 한 걸음 그의 뒤를 쫓겠어. 내게서 벗어난 그의 삶을 직접 보고 또 들어봐야겠어. 그러면 그가 내게 말하는 파렴치한 짓들에 뭔가 진실된 게 있는지, 어느 정도까지 순진하게, 아니면 애정을 가지고 그가 악을 사랑하는지, 정말로 그가 비정상적인 취향들을 가지고 있는지, 아니면 단지 도취할 거리를 찾는 데 몰두하는 것일 뿐인지 죄다 알게 되겠지. 그와 이 사악한 세계에 대해 내가 그저 무시하려고 했던 모든 것, 그의 기억들과 나의 상상을 혐오하면서 내가 멀리했던 모든 것을 알게 되면, 어쩌면 나는 이 어지러운 세계에서 그를 빼낼 틈새를 발견하고 수단을 찾을 수 있을지도 몰라."

그녀는 로랑이 조금 전에 보냈으나 흘깃 쳐다보았을 뿐인 두건 달린 무도회 의상을 기억해냈다. 새틴으로 된 옷이었다. 그녀는 사람을 보내 나폴리산 견직으로 만든 의상 하나를 구

해 오라고 시켰고, 로랑이 이 의상 때문에 그녀를 의심하게
될 경우, 겉모습을 바꾸려고 가면을 썼으며, 정성껏 머리카
락을 숨겼고, 다양한 색상의 리본을 매듭지어 달았으며, 그런
다음, 마차를 불러 단호하게 홀로 오페라 무도회에 갔다.

그녀는 단 한 번도 그곳에 발을 들인 적이 없었다. 가면은
그녀에게 참을 수 없으며 숨을 막히게 하는 무엇과도 같았다.
그녀는 절대로 자신의 목소리를 변조하려 하지 않았고, 자신
이 누군가로 추측되는 것도 바라지 않았다. 그녀는 소리를 내
지 않고 미끄러지듯 복도로 스며들었고, 걸어가는 데 지쳤을
때 외진 곳을 찾았지만, 누군가 그녀에게 다가오는 모습이 보
이면 계속 지나가고 있는 척하며 걸음을 멈추지 않았고, 그
녀가 바랐던 것보다 훨씬 수월하게 열띤 군중 속에서 마침내
홀로 있게 되어 자유로워질 수 있었다.

당시 오페라 무도회에서는 춤을 추지 않았고, 유일하게 허
가된 변장이란 검은 의상밖에 없었다. 따라서 겉으로 보기에
군중들은 다소 침울하고 또한 엄숙해 보였고, 떠들썩하고 난
잡한 여타 이런 종류의 모임들과 마찬가지로 도덕이라고는
찾아볼 수 없는 술책들로 가득 차 있었을 테지만, 위에서 내
려다보면 전체적으로 압도적인 면모를 갖추고 있었다. 그러
던 중 갑자기, 시간이 지나면서 소란스러운 오케스트라가 마
치 경찰과 대치하던 무도회 운영자가 군중을 이끌고 방어선
을 뚫으려 하는 것처럼 미친 듯이 사중주를 연주했다. 하지만
누구도 그것을 거슬려 하지 않는 것 같았다. 이 검은 개미 무

리는 계속해서 천천히 스텝을 밟았고, 이러한 소란 속에서도 귀에 대고 속닥거렸다. 이 소란을 끝낸 것은 권총 한 발이었는데, 그러나 기이하고도 환상적인 이 피날레도 이 축제의 음울한 광기를 흐트러뜨릴 힘이 없는 것처럼 보였다.•

잠깐 동안 테레즈는 이 광경에 충격을 받아 자신이 어디에 있는지 잊어버렸고, 자신이 서글픈 꿈의 세계에 있다고 믿게 되었다. 그녀는 로랑을 찾았으나 그를 발견하지 못했다.

그녀는 가면도 변장도 없이 파리의 모든 사람들에게 알려진 남자들이 서 있는 휴게실로 가는 모험을 감행했고, 그곳의 내부를 한 바퀴 돌아본 다음 되돌아 나오려 했을 때, 구석에서 누군가 그녀의 이름을 말하는 것을 들었다. 그녀는 몸을 돌렸고, 자신이 그토록 사랑했던 남자가 가면 쓴 젊은 두 여인 사이에 앉아 있는 것을 보았고, 무엇인지 알 길이 없는 그 목소리와 억양은 무기력하고 날카롭게 하나로 어우러져 피로에 지친 욕망과 쓰라림에 젖은 영혼을 드러내고 있었다.

두 여자 중 한 명이 말했다.

"이것 참! 그러니까 너의 그 유명한 테레즈를 너는 결국 버린 거네? 이탈리아에서 그녀가 너를 배신했다고 하던데, 너는 그걸 믿으려고 하지 않는 것 같네?"

다른 여자가 말을 받았다.

● 경찰의 진압 및 권총 발사 사건은 상드와 뮈세가 경험한 사실을 바탕으로 기술되었다.

"로랑도 그녀가 그랬다고 의심하기 시작했다고. 운이 좋았던 경쟁자를 쫓아내는 데 성공한 날에 말이야."

테레즈는 자기 인생의 고통스러운 로맨스가 이런 식으로 해석되는 것을 보고 치명적인 상처를 받았으나, 웃으면서 그녀들이 말한 것을 알지 못한다고 대답하고는, 방금 자신이 들은 것을 기억하지도 못하고 걱정하지도 않는 것처럼, 분개하지 않고 다른 화제에 관해 이야기하는 로랑의 모습을 보고 더한 상처를 받았다. 테레즈는 로랑이 자신의 친구조차 아니었다는 것을 한 번도 믿었던 적이 없었을 것이다. 이제 그녀는 확신하게 되었다! 그녀는 그 자리에 머무르며 그들의 대화를 계속 들었다. 식은땀 때문에 가면이 얼굴에 달라붙는 것이 느껴졌다.

그러나 로랑은 모든 사람으로부터 들었을 수도 있었을 것을 이 젊은 여자들에게는 아무것도 말하지 않았다. 그는 수다를 떨었고, 그녀들이 재잘거리는 모습을 즐기고 있었으며, 좋은 동반자 남성으로서 그녀들에게 대답하곤 했다.

그녀들에게는 재치라곤 전혀 없었으며, 그는 두세 번 정도 몰래 하품을 하곤 했다. 그러면서도 그는 자리에 남아 있었고, 그녀들과 함께 있는 모습이 모두에게 드러나는 것에는 거의 신경을 쓰지 않았고, 유혹하게 놔두기도 하면서, 부드럽고 산만하지만 다정한 진짜 권태 때문이 아니라 피로로 인해 하품을 하면서, 우연히 만난 이 동반자들이 마치 최상류의 사교계 여자들, 그러니까 속을 털어놓을 수 있는 기쁨에 대한 기분 좋은 추억들이 뒤섞여 있는, 훌륭하고 진지한 여자 친구들 이라도 되는 듯 이 여자들과 말을 나누고 있었다.

이 대화는 족히 십오 분 동안 지속되었다. 테레즈는 여전히 자리를 지키고 있었다. 로랑은 그녀에게 등을 돌린 채 있었 다. 그가 앉아 있던 긴 의자는 투명 유리문으로 가려진 움푹 들어간 곳에 놓여 있었고, 이 유리문은 로랑 앞으로 닫혀 있 었다. 바깥 복도를 배회하던 무리들이 유리문 앞에 잠깐 멈춰 설 때면, 그들이 입고 있던 무도회 의상이 유리창에 비쳐 불 투명한 배경을 만들어냈고, 그렇게 유리창은 검은 거울이 되 어 테레즈가 미처 깨닫지 못한 사이 반복해서 그녀의 모습을 되비추곤 했다. 로랑은 테레즈라고는 생각하지 못한 채 불규 칙한 간격을 두고 그녀의 모습을 바라보았다. 그러나 가면 쓴 이 얼굴의 움직이지 않는 모습이 차츰 그를 불안하게 만들었 고, 그는 어두운 거울에 비친 그녀의 모습을 동반자들에게 가 리켜 보이면서 이렇게 말했다.

"여러분, 여기 이 가면, 조금 섬뜩하다고 생각되지 않아요?"

"우리 모습이 무서워요?"

"아니요, 당신들 말고요. 이 새틴 조각 안에 감추어진 그대 들의 코가 어떻게 생겼는지 나는 잘 알고 있지. 그러나 알아 맞힐 수도 없고, 알지도 못하는데, 불 같은 눈동자로 그대들 을 뚫어지게 쳐다보고 있는 모습이라면 얘기가 다르겠지. 여 기를 나가야겠어. 이제 지겨워."

여자들이 말을 받았다.

"그 말은 우리가 지겹다는 거?"

그가 말했다.

"아니, 무도회가 지겨워졌어. 여긴 숨 막혀. 눈 내리는 거 보러 가지 않을래요? 나는 불로뉴 숲에 갈 거야."

"그런데 거기 가서 죽을 일 있나요?"

"물론 있지! 다들 여기 남아서 숨 막혀 죽을래? 아니면 같이 갈래?"

"아니, 절대 안 가요!"

목소리를 높여 그가 말했다.

"가면무도회 차림으로 나와 함께 불로뉴 숲에 갈 사람 있어?"

한 무리의 검은 얼굴들이 박쥐 떼처럼 그의 주위로 몰려들었다.

무리의 한 여자가 말했다.

"얼마를 내야 해요?"

다른 여자가 말했다.

"내 초상화 그려줄 거예요?"

세 번째 여자가 말했다.

"걸어서 갈 거예요? 아니면 말 타고 갈 거예요?"

그가 대답했다.

"한 사람당 100프랑. 달빛을 맞으며 눈 위를 걸어 다니기만 할 거라고. 나는 멀리서 그대들 뒤를 따라갈 거야. 어떤 광경이 펼쳐지는지 봐야 하니까……. 전부 몇 명이지?"

잠시 후 그가 덧붙였다.

"열 명이라! 별로 많지는 않네. 상관없어. 자, 어서 가자고!"

세 사람은 꼼짝하지 않은 채 이렇게 말했다.

"그는 무일푼이야. 따라가면 우리 모두 폐렴에 걸리고 말 거라고. 이게 고작해야 다라고."

그가 다시 말했다.

"당신들은 안 갈 거야? 일곱 명이 남았군! 브라보, 히브리의 숫자,• 일곱 개의 원죄! 하느님 만세! 지루할까 걱정했었는데, 나를 구원해주는 발명품이 여기에 있었네."

테레즈가 속으로 말했다.

'일단 가보자. 예술가의 환상! 자신이 화가란 것을 기억하고 있구나. 아직 실망하기에는 일러.'

그녀는 그의 엉뚱한 생각이 실제로 실행될지 확인해보려고 기이한 이 일행을 따라 회랑까지 갔다. 하지만 추위는 가장 단호하게 가자고 했던 여자들도 뒤로 물러서게 할 판이었고, 포기하자는 말에 로랑도 결국 설득되었다. 대신 여인들은 로랑이 통상적인 식사를 자신들과 함께하는 걸로 애초의 계획을 바꾸기를 원했다.

그가 말했다.

• 히브리어에서 숫자 7은 충만과 전체를 상징한다. 7은 하늘의 상징 수인 성부, 성자, 성령의 3과 땅의 상징 수인 동서남북의 4를 합한 수로, 인류를 구원하기 위한 하느님의 말씀을 가리킨다.

"아니, 그럴 수는 없어! 그대들은 정숙한 여자들처럼 정말로 겁쟁이인 데다가 이기주의일 뿐이야. 나는 나한테 어울리는 일행한테 가겠어. 그대들에게는 퍽 유감스러운 일이 되겠군!"

그러나 그녀들은 그를 휴게실로 도로 데려갔고, 로랑과 또 다른 그의 젊은 친구들, 그리고 뻔뻔한 여자들 무리 사이에서, 아주 그럴싸한 계획들을 들먹거리며 활발한 잡담이 이루어졌고, 이 계획을 듣고 혐오에 사로잡힌 테레즈는 시간이 너무 늦었다고 혼잣말하면서 자리를 떴다. 로랑은 악행을 사랑했다. 그녀가 그를 위해 할 수 있는 것은 아무것도 없었다.

그런데 로랑이 진짜로 악행을 사랑하고 있었던 것일까? 그렇지 않다. 노예는 멍에와 채찍을 좋아하지 않는 법이다. 그러나 자신의 잘못으로 그가 노예가 될 때, 용기 있고 사려 깊은 하루가 부족해서 그가 자유에 속고 말았을 때, 그는 예속과 모든 고통에 익숙해진다. 이렇게 노예는 고대로부터 내려온 자유라는 심오한 단어를 정당화하고, 유피테르는 한 남자를 이와 같은 상태로 줄여버리며, 이 남자 영혼의 절반을 그에게서 앗아 가버린다.●

육체의 예속이 두려운 승리의 열매를 맺었을 때, 하늘은 패자를 불쌍히 여겨 이와 같이 행동했다. 그러나 방탕한 생활의

● 호메로스의 《오디세이아》 18권 322행, "어떤 남자가 자유를 잃으면, 유피테르는 그의 영혼 절반을 앗아 간다"를 변형시킨 구절.

치명적인 중압을 영혼이 견뎌야 할 때는 형벌이 통째로 찾아온다. 이제부터 로랑은 이런 형벌을 받아야 마땅했다. 그는 죄를 씻어낼 수 있었고, 테레즈 역시 자기 영혼의 절반을 위험에 빠뜨렸다. 그러나 로랑은 이 기회를 살려내지 않았다.

집으로 돌아가려고 테레즈가 마차에 올라탔을 때, 당황한 한 남자가 그녀 곁으로 뛰어들었다. 로랑이었다. 미처 생각하지 못했던 무의식적인 공포의 몸짓으로 그녀가 휴게실을 떠나온 순간, 그가 그녀를 알아본 것이었다.

그가 그녀에게 말했다.

"테레즈, 무도회로 다시 가자. '당신들은 야만인이다!'라고 거기 있는 남자들 모두에게, 그리고 '당신들은 파렴치하다!'라고 거기 있는 여자들 모두에게 말하고 싶어. 네 이름을, 어리석은 이 군중들에게 신성한 네 이름을 외치고 싶어. 네 발 앞에서 구르면서, 그리고 내 위로 모든 경멸, 모든 모욕, 모든 수치를 불러 모으면서 먼지를 삼키고 싶어! 참회의 눈물로 깨끗해지고 순교자들의 피로 씻겨 내려가 단숨에 정화되었던 이교도들의 사원에서 초창기의 기독교인들이 그랬던 것처럼, 나도 이 어마어마한 가면무도회에서 큰 소리로 고해하고 싶어……."

테레즈가 로랑을 그의 집 문 앞으로 데려갈 때까지 이러한 흥분은 계속되었다. 가면무도회에 참석한 젊은 여자들 사이에서는 그렇게나 유쾌하게 수다를 떨고 그토록 자신을 잘 제어하며, 술에 거의 취하지 않았던 이 남자가 어떻게, 그리고 왜, 자기가 앞에 나타나자 광태를 부릴 정도로 열광적으로 변했는지 테레즈는 하나도 이해할 수 없었다.

그녀가 그에게 말했다.

"당신을 미치게 만든 건 나야. 방금 전, 사람들은 마치 내가 불쌍한 여자인 것처럼 당신에게 말했지. 그리고 이조차 당신을 깨어나게 하지 못했어. 당신에게 나는 복수하려는 유령처럼 되고 말았지. 내가 원했던 건 이런 게 아니야. 그러니 우리 헤어지자. 고통을 주는 것 외에 내가 당신에게 해줄 수 있는 게 아무것도 없기 때문이야."

제14장

그러나 두 사람은 다음 날 다시 만났다. 그는 남매처럼 수다를 떨고, **평범하고** 우호적이며 평온한 산책을 할 마지막 하루를 달라고 그녀에게 간청했다. 두 사람은 함께 **파리 식물원**에 가서 커다란 삼나무 아래에 앉기도 하고, 복잡한 미로로 오르기도 했다. 온화한 날씨였다. 눈은 이제 더 이상 흔적도 찾아볼 수 없었다. 창백한 태양이 자홍빛 구름 사이로 한 줄기 빛을 비추고 있었다. 식물의 새싹들은 벌써 수액을 머금고 있었다. 로랑은 시인이었다. 그날 그는 다른 무엇도 아닌 사색적인 예술가이자 시인이었다. 그는 회한도 없고, 욕망도, 희망하는 것도 없는, 전례 없이 완벽하게 평온한, 이따금 천진난만한 재치를 여전히 보여주는 그런 시인이었다. 그를 지켜보며 놀라움을 금치 못하던 테레즈에게는 그들 사이의 모든 게 부서졌다는 것이 믿기지 않을 정도였다.

원인도 계기도 없이, 굳이 찾자면, 전날 날씨가 좋았다는 단 하나의 이유로 여름 하늘에서 갑자기 생겨나는 것과 완벽하게 똑같이, 다음 날 무시무시한 폭풍우가 찾아왔다.

그러자 날이 갈수록 모든 것이 암울해졌다. 모든 것은 세상의 종말 같았고, 어둠 한복판에서 계속해서 번쩍거리는 번개와 같았다.

어느 날 밤 아주 늦은 시간, 그는 완전히 정신이 나간 상태로 그녀의 집에 들어왔는데, 자신이 어디 있었는지 알지도 못한 채, 그리고 테레즈에게 한마디 말도 하지 않은 채 거실 소파에 쓰러져 잠이 들었다.

테레즈는 작업실로 갔고, 자신을 이 고통에서 구해달라고 열렬하고도 절망적으로 신에게 기도했다. 그녀는 크게 낙심했다. 그녀가 취할 수 있는 조치는 더 이상 아무것도 없었다. 그녀는 밤새 울었고 또 기도했다.

그녀가 문밖의 초인종 소리를 들었을 때 날이 밝아오고 있었다. 카트린은 자고 있었고, 테레즈는 귀가에 늦은 어느 행인이 집을 착각한 거라고 생각했다. 다시 초인종이 울렸다. 잠시 후, 세 번째 초인종이 울렸다. 테레즈는 대문 위로 나 있는 계단의 채광창을 통해 밖을 살펴보았다. 그녀는 열 살에서 열두 살 정도 되는 아이를 보았다. 옷차림은 유복해 보였고 그녀를 향해 고개를 든 아이의 얼굴은 천사 같았다.

그녀가 아이에게 말했다.

"어린 친구, 무슨 일이니? 동네에서 길을 잃었어?"

"아니에요. 어떤 아저씨가 저를 이곳에 데려다줬어요. 저는 마드무아젤 자크라 불리는 여성분을 찾고 있어요."

테레즈는 계단을 내려가 아이에게 문을 열어주고는, 평소와는 다른 감정으로 아이를 바라보았다. 어디선가 아이를 본적이 있는 것 같다는 느낌을 받았고, 또한 그녀가 알고 있는 누군가와 아이가 닮았다는 생각이 들었지만, 테레즈는 닮은 누군가의 이름까지는 기억해내지 못했다. 아이 역시 당황하며 갈팡질팡하는 듯했다.

아이에게 물어보려고 테레즈는 아이를 정원으로 데려갔다. 하지만 그녀의 물음에 대답하는 대신 아이는 몸을 떨면서 그녀에게 말했다.

"그러니까 아줌마가 마드무아젤 자크시네요."

"나 맞아, 얘야, 그런데 내게 무슨 볼일이 있니? 무얼 도와주면 좋을까?"

"저를 받아주시고 보살펴주시면 돼요. 그러길 바라신다면요!"

"그런데 너는 누구니?"

"저는 ×× 백작의 아들입니다."

테레즈는 비명이 나오려는 것을 겨우 참았다. 그녀가 한 첫번째 행동은 아이를 밀쳐내는 것이었다. 그러나 갑자기, 최근에 어머니에게 보내려고 거울을 보면서 그려보았던 자신의 얼굴과 아이의 얼굴이 닮았다는 사실에 테레즈는 충격을 받았다. 아이의 얼굴, 이 얼굴은 바로 자신의 얼굴이었다.

경련을 일으키며 그녀는 이 남자아이를 두 팔로 안으며 소리쳤다.

"잠깐만! 네 이름이 뭐지?"

"마노엘입니다."

"오! 신이시여! 그러면 네 어머니는 누구시니?"

"그건…… 아줌마에게 곧바로 말하지 말라고 했어요! 제 어머니는…… 처음에는 저기 아바나에 있는 ×× 백작부인이었어요. 그분은 저를 사랑하지 않았고, '너는 내 아들이 아니니 나는 너를 사랑할 의무가 없다'라고 제게 정말 자주 말했어요. 하지만 아버지는 저를 사랑해주셨어요. 아버지는 제게 '너는 내가 키울 거다. 너에게 어머니는 없다'라고 자주 말씀하셨어요. 그러다가 1년 반 전에 아버지가 돌아가셨고, 백작부인은 저에게 '너는 내가 키울 거야. 너는 나랑 계속 살게 될 거야'라고 말했어요. 그건 아버지가 이분에게 돈을 남겨주시면서, 그 조건으로 제가 두 사람의 아들로 남아 있어야 한다고 했기 때문이에요. 하지만 이분은 계속해서 저를 사랑하지 않았고, 함께 살면서 저는 아주 지긋지긋해하곤 했는데, 그때 리처드 파머라는 미국 사람이 와서는 갑자기 저를 찾았어요. 백작부인은 '아니요, 난 원하지 않아요'라고 말했고, 그러자 파머 아저씨가 '네가 돌아가신 줄로 알고 있는 네 친엄마를 보고 싶지 않니? 너를 다시 만나면 네 엄마도 아주 기뻐하실 거야'라고 저에게 말했어요. 저는 '그럼요, 물론이죠!'라고 대답했어요. 그러자 파머 아저씨는 밤에 작은 배를 타고 왔는데, 그건 백작부인과 제가 바닷가에 살았기 때문이었어요. 저는 아주 조용히, 정말로 조용히 몸을 일으켰고, 파머 아저씨와 저는 작은 배를 타고 큰 배까지 갔고, 그런 다음 아저씨와 저는 아주 넓은 바다를 건넜고, 그래서 우리가 여기 있는 거예요."

아이를 가슴에 꼭 끌어안은 채 흥분에 몸을 떨고 몹시 동요하면서, 아이가 말하는 동안 열렬한 입맞춤만으로 아이를 품고 감싸 안았던 테레즈가 말했다.

"같이 왔구나! 파머 아저씨는 지금 어디에 있니?"

아이가 말했다.

"모르겠어요. 이 집 문 앞으로 저를 데려와서는, '**초인종을 눌러**'라고만 말했는데, 암튼 제게 그렇게만 말했고, 그런 다음 저는 아저씨를 더는 보지 못했어요."

테레즈가 몸을 일으키면서 말했다.

"함께 찾으러 가자. 멀리 가시지는 못했을 거야!"

아이와 함께 달려가 테레즈는 파머를 따라잡았는데, 파머는 아이의 엄마가 아이를 제대로 알아보는지 확인하려고 그녀의 집에서 약간 떨어진 곳에서 기다리고 있었다. 파머의 발 앞에 몸을 던지며 테레즈가 외쳤다. 아직 인적이 드문 거리 한복판이었는데, 아마 사람들로 거리가 가득 차 있었어도 그녀는 똑같이 행동했을 것이다.

"리처드! 리처드! 당신은 제게는 **신**이에요!"

기쁨의 눈물로 질식해 거의 미칠 것 같은 상태였기에 그녀는 더 이상 말을 이을 수 없었다.

파머는 그녀를 샹젤리제 대로의 가로수 아래로 데려갔고, 거기에 앉혔다. 진정되고 정신이 들 때까지, 숨 막히게 할 위험 없이 아들을 안아주게 될 때까지, 적어도 그녀에게는 한 시간 정도가 필요했다.

파머가 그녀에게 말했다.

"이제 저는 제 빚을 갚았소. 당신은 제게 희망과 행복의 나날을 주었고, 저는 그것을 당신에게 갚지 않은 채 지내고 싶지 않았소. 이 아이는 천사와 같고 아이와 헤어지는 게 저도 고통스러우니, 당신에게 평생의 애정과 위안을 돌려주는 거요. 저 때문에 아이가 유산을 물려받지 못하게 되었으니, 이에 상응하는 것을 아이에게 주려고 합니다. 저의 이 제안을 반대할 권리가 당신에게는 없소. 저는 필요한 모든 조치를 했고, 아이가 가져야 할 모든 돈은 지급되었소. 아이의 주머니에 그의 현재와 미래를 보장해줄 지갑이 하나 들어 있소. 아듀, 테레즈! 살아서나 죽어서나 제가 당신의 친구라는 사실을 기억해주시오."

파머는 행복한 마음으로 떠났다. 그는 선행을 행한 것이다. 테레즈는 로랑이 자고 있는 집에 다시 발을 들이고 싶지 않았다. 아들과 점심을 먹었던 조그마한 카페에서 그녀는 몇 가지 지침을 적어 심부름꾼을 통해 카트린에게 보낸 다음, 삯마차를 잡았다. 긴 여행을 준비하기 전, 엄마와 아이는 파리를 돌아다니며 하루를 보냈다. 저녁이 되었고, 낮에 싸둔 짐을 들고 카트린이 합류했고, 테레즈는 자신의 아이와 자신의 행복, 자신의 휴식과 자신의 일, 자신의 기쁨과 자신의 인생을 독일의 깊숙한 어딘가에다 숨겼다. 그녀는 이기적인 행복을 가졌다. 그렇게 그녀는 그녀 없는 로랑의 삶에 대해서는 더 이상 생각하지 않았다. 그녀는 어머니였고, 어머니라는 존재가 결정적으로 사랑하는 여인이라는 존재를 죽여버린 것이다.

로랑은 하루 종일 잠을 잤고, 고독 속에서 깨어났다. 자신에게 식사를 마련해줄 생각을 하지 않고 산책하러 나갔다고 테레즈를 저주하면서 그는 몸을 일으켰다. 카트린을 찾을 수 없자 놀랐으며, 집을 그냥 놔둔 채 밖으로 나갔다.

자신에게 무슨 일이 일어났는지 로랑이 깨닫게 된 것은 며칠이 지나서였다. 테레즈의 집이 임대 매물로 나오고, 가구들이 포장되거나 팔린 것을 그가 보았을 때, 몇 주가, 몇 달이 지나도록 그녀에게서 소식 한 자 받지 못한 채 그가 그저 기다리고 있었을 때, 그는 더 이상 희망을 품지 않았고, 흠뻑 취하는 것 외에 아무 생각도 할 수 없었다.

그가 테레즈에게 편지를 보낼 방법을 찾게 된 것은 1년이 지나서였다. 그는 모든 불행에 대해 자신을 비난했고 옛 우정을 회복하자고 그녀에게 요구했다. 그런 다음 다시 열정으로 되돌아와 이렇게 편지를 맺었다.

내가 너를 저주했으니 네게서 우정조차 받을 자격이 없다는 것을 잘 알고 있어. 너를 잃었다는 절망 속에서도 나는 치유되기 위해 필사적으로 노력했어. 맞아, 내 두 눈으로 똑똑히 보았음에도 나는 너의 성품과 행동을 왜곡하려고 애썼지. 너를 싫어하는 사람들과 어울려 너를 흉보기도 했고, 너를 알지 못하는 사람들에게 네 흉을 보며 즐거워하기도 했어. 네가 있을 때 너에게 그렇게 했던 것처럼, 나는 너를 없는 것처럼 대했어! 너는 왜 여기에 있지 않은 거야? 내가 미쳐버리면 그건 네 잘못이야. 날 버리면 안 돼……. 오! 내가 얼마나 불행한지, 너를 숭배하는 동시에 증오하고 있는 나를 느껴. 내 평생을 너를 사랑하고 너를 저주하며 보내리라고 나는 느끼고 있어……. 그리고 네가 나를 증오한다는 것도 나는 잘 알아! 널 죽여버리고 싶어! 네가 여기 있었다면, 나는 네 발 앞에 쓰러지고 말았을 거야! 테레즈, 테레즈, 너는 이제 괴물이 된 거야? 이제 더는 연민 같은 건 모르는 거야? 오! 끔찍한 형벌! 꺼지지 않는 분노로는 치유될 수 없는 사랑의 형벌! 맙소사, 모든 것을, 심지어 사랑하거나 증오할 자유마저 잃을 수밖에 없게 될 때까지 대체 내가 무슨 짓을 했던 거지?

테레즈가 로랑에게 답장을 보냈다.

영원히 아듀! 내가 용서하지 않은 어떤 일도 너는 나에게 하지 않았다는 것을, 내가 용서할 수 없을 어떤 일도 너는 할 수 없을 거라는 것을 명심해. 신은 천재라는 몇몇 인간에게 폭풍 속에서 방황하고 고통 속에서 창조하는 벌을 내렸어.

나는 네가 이런 운명의 희생양이며 대부분의 다른 사람들과 똑같은 저울로 무게를 재서는 안 된다는 것을 알 정도로 너의 빛과 그림자, 너의 위대함과 나약함을 보면서 너를 충분히 살펴보았어. 너의 고통과 너의 의심, 너에게 내려진 형벌이라고 너 자신이 부르는 것, 그것이 어쩌면 네 영광의 조건일 거야. 그러니 이 형벌을 견디는 법을 배워. 온 힘을 다해 너는 행복의 이상형을 갈망했고, 오로지 꿈속에서만 그걸 움켜잡았지. 그래, 맞아! 네 꿈 말이야, 나의 아이야, 그건 현실이야, 너에게 그것은 너의 재능이야, 이게 인생이야. 너는 예술가 아니었나?

걱정하지 말고 어서 가. 사랑할 수 없는 너를 신이 용서해주실 거야! 네 젊음이 한 여자에 의해서만 흡수되지 않게 하려고 신은 네게 만족할 줄 모르는 열망을 형벌로 내렸던 거야. 미래의 여성들, 세기에 세기를 거듭해서 너의 작품을 바라봐줄 여성들, 네 자매이자 네 연인이 바로 여기 있어.

꺼지지 않는 열정과 사랑의 모험

> "세상에는 재능보다 더 가치 있는 것이 많이 있다.
> 그것은 모성애와 사랑, 그리고 우정이다."
>
> —조르주 상드

1

조르주 상드의 《그녀와 그》는 1859년에 출간되었으며 흔히 자전소설로 분류된다. 작품은 '그녀' 테레즈 자크와 '그' 로랑 드 포벨 사이에 벌어지는 열렬한 열정과 사랑의 모험을 다룬다. 테레즈는 초상화가이며, 로랑은 역사화가다. 둘 다 화가이지만, 성격은 매우 다르다. 테레즈가 순수와 헌신의 화신이라면, 로랑은 광기와 불행으로 가득한 방탕한 천재다. 둘 사이에 테레즈를 어렸을 때부터 알았던 미국인 상인인 리처드 파머가 등장한다. 이 셋은 각각 실존 인물인 조르주 상드와 알프레드 드 뮈세, 이탈리아인 의사 피에트로 파젤로의 분신이다.

상드는 1833년 6월 《양세계 평론》에서 주최한 저녁 식사 자리에서 뮈세를 처음 만났다. 당시 스물세 살의 뮈세는 첫 시집 《스페인과 이탈리아 이야기》(1830)로 푸시킨의 찬사를 받는 등 엄청난 성공을 거둔 촉망받는 시인이었다. 여섯 살 연상이었던 상드에게 뮈세가 편지를 보내 사랑을 고백하기까지는 그리 오랜 시간이 필요하지 않았다. 얼마 가지 않아 연인이 된 두 사람은 파리에서 행복한 날들을 보낸다. 뮈세는 시를 지어 상드에게 바쳤고, 상드를 모델로 그림을 그렸으며, 상드는 편지로 마음을 전했다. 그러던 어느 날 두 사람은 파리 근교의 퐁텐블로 숲으로 떠난다. 뮈세는 이 숲을 산책하던 중, 최초의 발작을 일으키고 환각을 본다. 그곳에서 며칠을 머물던 두 사람은 마침내 오래전부터 함께 동경해오던 베네치아로 여행을 떠난다. 상드는 이 여행이 환각 속에서 보았던 유령의 공포에서 뮈세를 벗어나게 해줄 것이라고 생각했다. 1833년 12월 12일, 리옹으로 떠나 배를 타고 마르세유에 도착한 두 사람은 이후 제노바, 피렌체, 피사 등을 거쳐 마침내 1월 1일 베네치아에 도착했고, 이 도시의 매력에 흠뻑 취한다. 얼마 지나지 않아 오랜 여행의 피로로 상드에게 병이 생겼고, 이때 뮈세의 방탕한 기질이 다시 고개를 든다. 상드의 병이 호전될 무렵, 어느 날 피투성이가 되어 숙소로 돌아온 뮈세는 다시 발작을 일으켰고 환각을 본다. 이후 뮈세는 뇌염으로 고열에 시달리며 병석에 눕는다. 상드는 거의 석 달 동안 병든 뮈세를 정성껏 간호했으며, 그사이 뮈세를 치료하러 온 의사 파젤로와 연인 사이가 된다. 사랑에 빠진 두 사람이 짝을 이루어 밤낮으로 돌본 덕분에 뮈세는 완쾌했으나, 자신의 불행을 알아차린 몇 주 후 새로 탄생한 연인을 놔둔 채 베네치아를 떠나 파리로 돌아온다.《양세계 평론》에 〈어느 여행자의 편지〉를 기고하면서 베네치아에 계속 머무르던 상드는 이 의사 연인과 함께 파리로 돌아왔으나, 얼마 지나지 않아 그와 헤어진다. 이후 상드와 뮈세는 서로 화해를 했으나 다시 연인이 되지는 않았다.

3

두 해를 채 넘기지 못한 이 이야기를 먼저 소설로 쓴 사람은 뮈세였다. 상드와 겪은 이야기를 세상 사람들이 알게 하겠다고 단언한 뮈세는 1836년《세기아의 고백》을 발표한다. 《세기아의 고백》은 시인인 뮈세가 집필한 단 한 편의 소설이다. 뮈세는 이 책을 쓰는 데 상드와 그간 주고받은 서한을 이용했다. 그러나 이 작품을 자서전이라고 하기에는 어려움이 따르는데, 그것은 사실에 기반한 서술이 부족하고, 상드와의 사생활에 대한 사실적 묘사가 큰 비중을 차지하지는 않기 때문이다. 광기와 불행으로 가득한 뮈세와 상드의 사랑은 작품에서 흔히 옥타브와 브리지트에게 비교되고, 불행하다 할 의사 파젤로는 스미스를 통해 작품 속에서 발현되지만, 브리지트와 상드는 닮은 면이 그다지 많지 않다. 브리지트도 상드처럼 연인이자 어머니 같은 존재였지만, 세속적인 동시에 관능적인 인물로 그려지며, 이는 지적이며 결단력이 뛰어난 상드에게서 뮈세가 좀처럼 발견하지 못한 모습이기도 했다. 따라서 브리지트에 대한 묘사는 상드가 그랬으면 하고 뮈세가 바랐던, 그러니까 뮈세가 품고 있던 일종의 무의식적 복수심이 표출된 것에 가깝다고 하겠다. 그러나 《세기아의 고백》을 허구와 상상력에 기댄 오롯한 소설로 여길 수도 없다. 명백한 역사적 사건이 다소 변형되어 녹아 있으며, 항간에 널리 알려졌을 뿐만 아니라 편지 등 여타의 기록으로 존재하는 실제 에피소드에 대한 인유(引喩)의 흔적들에서 자유롭지 못하기 때문이다.

4

결핵과 알코올 중독으로 수년간 글을 쓰지 못하던 뮈세가 사망한 지 두 해가 지났다. 《세기아의 고백》이 출간된 지는 스무 해가 더 흘렀다. 뮈세와 헤어진 지 24년이 지나, 상드는 모든 이에게 알려지고 스캔들의 대상이 된 두 사람의 관계 주위로 무성하게 자라난 소문을 뒤늦게라도 잠재우기 위해 둘의 사랑 이야기를 기록하기로 결심한다. 그러니까《그녀와 그》는《세기아의 고백》과 모든 면에서 고스란히 포개어진다. 다른 점이 있다면,《세기아의 고백》에서 겪었던 사랑과 열정의 모험, 뮈세와 상드의 관계가 훨씬 더 사실에 근거해서 그려졌다는 것,《세기아의 고백》에서 구불구불하게 엉켜 있던 왜곡된 사안들을 바로잡았다는 것이다. 한 달이 되기 전에 초안을 완성했으며 분량은 600쪽을 조금 넘었다. 상드는《양세계 평론》의 편집장인 프랑수아 뷜로즈에게 초고를 보내 출간을 타진한다. 뷜로즈는 주인공 테레즈와 로랑은 물론, 파머 주위 등장인물들의 관계를 조금 완화하고, 다소 이상적으로 그려진 테레즈에 관한 부분을 수정했으면 좋겠다고 상드에게 요청한다. 상드는 분량을 다소 덜어내고 뷜로즈의 요구 대부분을 받아들인다. 이렇게 탄생한《그녀와 그》는 1859년 1월 15일부터 3월 1일까지《양세계 평론》에 연재되었고, 그해가 가기 전에 아셰트 출판사에서 단행본으로 출판되었으며, 이후 몇 년에 걸쳐 여러 출판사에서 발행되었다.《그녀와 그》는 주인공들의 유명세 덕분인지 상당한 성공을 거두었으며,《세기아의 고백》이 출간되었을 때와 마찬가지로 문단에 커다란 스캔들을 불러일으켰다.

《그녀와 그》는 '그'의 시선에서 그려진 동일한 사실을 '그녀'의 관점에서 '다시' 그려냈다고 할 수 있다. 그녀가 보고 겪은 사실에 기반해서 고백하는 '그와의 이야기'인 셈이다. 로랑은 악행에 길을 잃은 악마처럼, 재능이 있으나 불안정하고 방탕한 생활에 젖어 있으며, 매혹적인 천재다. 아름다움과 사랑에 대한 열망, 세속적인 욕망과 쾌락의 갈구에 대한 끌림 사이에서 갈등하며, 사교계를 오가며 매일같이 타락에 젖는다. 로랑은 예술을 위해서라면 무엇이든 희생할 준비가 되어 있으며, 자신이 하늘로부터 재능을 부여받았다고 믿는, 순진하고 고집이 센 인물이다. 테레즈는 정직하고, 순수하며, 우정을 지킬 줄 알고, 희생하는 인물이다. 침착하고 사려 깊은 성격의 테레즈와 그렇지 못한 로랑은 양립할 수 없다. 방탕한 생활에 젖은 로랑은 불안의 포로이며, 예술적 우월감으로 테레즈를 무시하고, 그녀에게 까닭 없는 분노를 표출하면서 의지하고, 술에 취해 야유를 퍼붓는가 하면, 그러다가도 갑자기 눈물로 호소하고, 유머와 재치를 뽐내며 절절한 사랑을 표현한다. 그의 열정은 치유되지 않으며, 우수는 희망보다 절망에 더 미소를 짓고, 기다림을 한없이 부추기고 신경을 몹시 자극한다.

《그녀와 그》는 소설인가? 고백록이나 회고록인가?《그녀와 그》는 회상으로 가득하지만, 우리가 생각하듯 뮈세와의 관계에 대한 이야기만은 아니다. 소설은 이 관계를 재구성하고 다시 쓰면서 실패로 귀결된 열정에 관한 이야기들을 주인공의 심리와 행위 속에서 이해하려고 시도한다. 이 소설은 상드의 자전소설《내 인생의 이야기》의 한 챕터가 아니라 추억을 향해 드리워진, 마치 소설만이 유일하게 자신을 오롯이 설명할 수 있다는 듯이, 그녀의 내적 침잠의 흔적을 기술한 보고서다. 상드는 주인공을 '화가'로 위장하고 있지만, 상드와 뮈세가 모두 그림을 그렸다는 사실에 비추어보면 이러한 치환에 우연은 없다. 상드는 기억 속으로 하강해 사적인 동시에 공개된 이야기를 낭만적으로 재창조한다.《그녀와 그》를 통해 상드는 절대적인 사랑을 이해하려고 노력하고, 두 존재를 거의 파괴할 뻔한 치명적인 열정을 설명하고자 시도한다. 상드는 뮈세와 함께한 삶의 주요 순간들을, 과거를 회고하는 분석의 시선으로 담아내 열정적 사랑과 모성적 사랑, 예술적 창조와 정념, 악행에 빠진 남성 천재 예술가의 면모, 평등이라는 주제를 환기한다. 상드는 이 오토픽션에서 테레즈라는 등장인물을 통해 여성의 평등과 독립을 보여주며, 문학을 통해 도달하려는 가치와 이상을 전달한다.

6

《그녀와 그》는 출간되자마자 화제를 몰고 왔으며, 언론에서는 매일같이 수많은 기사가 쏟아져 나왔다. 출간 당시 두 사람 주위로 온갖 스캔들이 난무했지만,《그녀와 그》는 동료 들에게 상당히 좋은 평가를 받았다. 출판인 피에르 쥘 에첼은 《그녀와 그》를 '숭고한 포용의 작품'이라고 일컬었고, 오노레 드 발자크는 '진실과 절제' 속에서 로랑이 만들어졌고 사실 성이 매우 뛰어나다고 언급했으며, 티에리 보댕은 이 작품을 '잃어버린 사랑에 대한 쓰라림 없는 최후의 기록'이자 '절대 적 사랑에 대한 불가능한 낭만적 탐구'라고 평가했다.

　《그녀와 그》는 작품에 담긴 이야기의 진위 여부를 달리 조 명한 여타의 작품들을 낳았다. 뮈세와 주고받은 편지를 상드 가 보관하고 있는 것에 반대했던 뮈세의 형 폴 드 뮈세는 동 생이 남긴 편지를 참조해 같은 해《그와 그녀》를 출간했다. 이 책에서 '그녀'는 도덕적 관념도, 심지어 양심의 가책조차 느끼지 않는 냉혹한 여인으로 묘사되었으며, 반면 '그'는 이 러한 '그녀'에게 농락당한 불의의 희생자로 그려졌다. 뮈세 의 형 폴은 상드가《그녀와 그》를 집필한 이유는 뮈세의 발작 과 죽음에 상드 자신이 책임을 느꼈기 때문이라고 주장했다. 《그녀와 그》가 출간된 이후, 다른 관점에서 둘의 이야기를 담 은 패러디 소설은 뮈세의 형이 출간한 이 작품에만 국한되지 않았고, 다른 작가들에 의해 연이어 출간되면서 계속해서 반 향을 불러일으켰다. 1859년 시인이자 서간 작가였던 루이즈 콜레가 뮈세와 상드의 관계에 대한 회상 이야기를 자신과 귀 스타브 플로베르에 관한 회상과 뒤섞어놓은 작품《그》를 출간했다. 같은 해, 작가이자 역사가였던 가스통 라발레가《그들》을, 이듬해에 작가이자 역사가였던 아돌프 드 레스퀴르가《그들과 그녀들: 어떤 스캔들의 역사》를 발간했다. 1897년 연출가이자 소설가였던 지프가《그들과 그녀》를 발표했고, 1926년 시인이자 소설가, 정치인이자 평론가였던 샤를 모라스가《베네치아의 연인들》을, 1927년 소설가이자 시인이었던 세귀르가《베네치아의 그녀와 그》를 출간했다.

조재룡

휴머니스트 세계문학 007

그녀와 그

1판 1쇄 발행일 2022년 6월 20일

지은이 조르주 상드
옮긴이 조재룡

발행인 김학원
발행처 (주)휴머니스트출판그룹
출판등록 제313-2007-000007호(2007년 1월 5일)
주소 (03991) 서울시 마포구 동교로23길 76(연남동)
전화 02-335-4422 **팩스** 02-334-3427
저자·독자 서비스 humanist@humanistbooks.com
홈페이지 www.humanistbooks.com
유튜브 youtube.com/user/humanistma **포스트** post.naver.com/hmcv
페이스북 facebook.com/hmcv2001 **인스타그램** @boooook.h

편집주간 황서현 **편집** 이성근 이은서 김선경 **디자인** 김태형
조판 이희수com. **용지** 화인페이퍼 **인쇄** 청아디앤피 **제본** 민성사

ISBN 979-11-6080-415-7 04860
979-11-6080-785-1 (세트)